Julia Karnick

Am liebsten sitzen alle in der Küche

Julia Karnick

Am liebsten sitzen alle in der Küche

Roman

dtv

Von Julia Karnick
ist bei dtv außerdem erschienen:
Man sieht sich

MIX
Papier | Fördert gute Waldnutzung
FSC® C083411
www.fsc.org

Originalausgabe 2022
8. Auflage 2025

Tumblingerstraße 21, 80337 München
produktsicherheit@dtv.de

Umschlaggestaltung: www.buerosued.de
Satz: Fotosatz Amann, Memmingen
Gesetzt aus der Palatino 10/14,35
Druck und Bindung: CPI books GmbH, Leck
Printed in Germany · ISBN 978-3-423-26333-7

Für Christian,
der aus schlechten Zeiten das Beste macht
und aus guten Glück
(und in allen Lebenslagen: die leckerste Lasagne)

Am Ende ein lauwarmer Espresso

Der Notar, ein schmächtiger Mann mit einer randlosen Brille und einer überaus korrekt sitzenden Krawatte, räusperte sich. Dann begann er, das Dokument in der aufgeschlagenen Ledermappe vorzulesen. Die wenigen Dinge, die sich außerdem auf seinem riesigen Schreibtisch befanden, darunter ein Füller, ein Zettelkasten und sonderbarerweise eine Packung Kaugummi, waren in Parallelen und rechten Winkeln zueinander angeordnet.

»Trennungs- und Scheidungsfolgenvereinbarung«, las der Notar.

Seine Stimme war so hoch, dass Almut sich sorgte, nicht lange gefasst bleiben zu können. In Situationen, in denen man große Ernsthaftigkeit von ihr erwartete, überkam sie oft der Drang zu kichern. Das war schon seit ihrer Jugend so. Inzwischen war sie zweiundfünfzig, aber diese kindische Schwäche hatte sie nie ganz überwunden.

»Heute – den fünften Juni – erschienen gleichzeitig vor mir – Doppelpunkt. Erstens«, las der Notar, »Herr Christoph von der Karst, geboren elfter März – Wirtschaftsingenieur und Chief Operating Officer der Saalbaum Trading GmbH und Co. KG –«

Almut fand, er klang fast wie die Synchronstimme von Tony Curtis in ›Manche mögen's heiß‹.

»Zweitens«, las der Notar weiter, »Almut von der Karst – von Beruf Hausfrau, nach Angabe im gesetzlichen Güterstand der Zugewinngemeinschaft verheiratet.«

Almut versuchte zu rekapitulieren, wie das Telefonat mit ihrer Mutter gestern Abend geendet hatte. Sie hoffte, die Erinnerung daran würde ihr helfen, angemessen betreten zu gucken.

»Römisch eins. Persönliche Verhältnisse. Unsere Ehe haben wir – am achtundzwanzigsten August – vor dem Standesbeamten in Hamburg-Nord unter der Heiratsregisternummer zweiunddreißig Schrägstrich eins neun zwo geschlossen –«

Eigentlich war das Gespräch ganz friedlich verlaufen. Sie waren schon bei den Abschiedsfloskeln angelangt, aber dann hatte Almut den heutigen Notartermin erwähnt und dass er ihr bevorstand. Daraufhin hatte ihre Mutter mal wieder eine ihrer Predigten gehalten. Was für ein begabtes Mädchen sie, Almut, gewesen sei und dass Großes aus ihr hätte werden können, wenn sie sich nur genug angestrengt hätte.

Stattdessen hatte Almut sich mit einer großen Familie begnügt und damit, ein großes Haus, einen Mann und vier Kinder zu umsorgen.

»Römisch zwo. Scheidungsverfahren. Vor dem Amtsgericht Hamburg ist ein Scheidungsantrag – unter dem Aktenzeichen einundsiebzig eff vierundzwanzig Schrägstrich neunzehn – anhängig. Zur Regelung aller Trennungs- und Scheidungsfolgen und zur Auseinandersetzung unseres beiderseitigen Vermögens –«

Sie hatte Christoph neunzehnhundertachtundachtzig auf einer Party im Café Schöne Aussichten kennengelernt. Da war sie im zweiten Semester, und er saß an seiner Diplomarbeit. Als Christoph ihr den Heiratsantrag machte, hatte er gerade seine erste Beförderung hinter sich, sie war im elften Semester und hatte sich noch nicht mal angemeldet zur Magisterprüfung.

»Die Ehefrau hat vor Eheschließung Germanistik studiert und während des Studiums geheiratet –«

Nach der Verlobung hatte sie sofort die Pille abgesetzt und war noch schneller schwanger geworden als von ihr erhofft.

Bei der Hochzeit war sie im siebten Monat. Als ihre Mutter sich in der Kirche schnäuzen musste, war sich Almut keineswegs sicher gewesen, dass das aus Rührung geschah.

»In der Ehezeit hatten sich die Eheleute darauf geeinigt, dass die Ehefrau keine Berufstätigkeit ausübt und ihre Kraft und Kompetenz uneingeschränkt in die Begleitung und Erziehung der gemeinsamen vier Kinder einbringt –«

Almut guckte unauffällig nach rechts.

Christophs Ellbogen ruhten auf den Armlehnen, die Hände hatte er ineinander verschränkt. Er schien dem Vortrag des piepsigen Notars genauso gebannt zu folgen, wie er vor fünfundzwanzig Jahren der Predigt des fusselbärtigen Pastors zugehört hatte, der sie getraut hatte. Sein Auge zuckte tatsächlich, so wie sie es vermutet hatte.

»Der Ehemann verpflichtet sich – zur Zahlung von Kindesunterhalt gemäß nachfolgenden Bestimmungen –«

Wie gut sie ihn kannte.

Sein Auge zuckte immer, wenn ihm irgendwas nicht schnell genug ging. Henriette war noch ganz klein gewesen, als sie es zum ersten Mal bemerkt hatte. Eine Welle aus Wehmut schlug über Almut zusammen, erstickte die Stimme des Notars und zog sie in einen Strudel aus Erinnerungen.

Christoph war dagegen gewesen, ein viertes Kind zu bekommen. Besser gesagt, er war nicht dafür. Aber wie so oft, wenn es nicht um seine Karriere ging, war sein Interesse halbherzig gewesen und damit auch sein Widerstand.

»Meinetwegen könnten wir das Projekt Familienplanung abschließen«, war seine Antwort, als sie sagte, sie wünsche sich noch ein Kind. Er klang, als erörtere er in einem Meeting den mittelmäßigen Vorschlag eines bewährten Mitarbeiters. »Aber wenn du unbedingt willst. Die räumlichen und finanziellen Kapazitäten sind ja vorhanden, und ehrlicherweise muss man sagen, am Ende des Tages ist es so was wie dein Verantwortungsbereich. Wenn du meinst, du hast da noch freie Ressourcen.«

Bei Henriettes Geburt ein gutes Jahr später war Franziska zehn, Johann und Ludwig waren sieben Jahre alt. Almut war sechsunddreißig und hingerissen von ihrem kleinen Mädchen (und davon, dass sie immer noch jung genug war, um Leben zu schenken). Christoph dagegen, damals einundvierzig, war in Sachen Kleinkinder offenbar am Ende seiner Geduld.

Sein Auge zuckte, wenn Hetti erst vor der Haustür einfiel, dass sie doch Pipi musste, wenn sie beim Lesenüben immer wieder an denselben Wörtern hängen blieb oder wenn sie ihm vorführen wollte, wie viele Kunststücke sie auf dem Einrad schon (fast) beherrschte. Nachdem Almut das Zucken das erste Mal wahrgenommen hatte, fiel es ihr immer öfter auf. Sie tröstete sich damit, dass Christoph immerhin nicht aus der Haut fuhr.

Das tat er nie.

Vor fünf oder sechs Jahren – Hetti ging noch in die Grundschule – hatte das Auge angefangen, auch abends zu zucken, wenn Christoph, sofern er überhaupt zu Hause und nicht geschäftlich unterwegs war, auf seine hastige und immer schweigsamere Art schon fertig gegessen hatte, Almut und die Kinder aber noch nicht. Sobald das Auge zuckte, wusste sie, dass er es kaum abwarten konnte, endlich ins Arbeitszimmer oder vor den Fernseher verschwinden zu können. An Tagen, an denen sie besonders dünnhäutig war, fragte sie die Kinder, ob sie zum Nachtisch noch ein Eis wollten.

Dann hatte das Auge auch beim Sex gezuckt.

Es war eines der seltenen Male gewesen, bei denen sie ihn gedrängt hatte, sie mit der Hand zu befriedigen, nachdem er mal wieder sofort gekommen war. Sie lag mit geöffnetem Schoß und geschlossenen Augen auf dem Rücken. Er lag neben ihr und streichelte sie. Das Kinn hatte er in die andere Hand gestützt, um die Erregung in ihrem Gesicht besser lesen zu können. Jedenfalls hatte sie das gedacht, als sie die Augen zugemacht hatte, um sich auf ihre Lust zu konzentrieren. Als sie die Augen kurz öffnete, sah sie, dass Christoph ihr nicht ins Gesicht schaute, sondern auf die Schlafzimmerwand.

»Dein Auge zuckt.«

Es war das einzige Mal gewesen, dass sie es aussprach.

Sie hatte die Beine zusammengeklappt, sich weggedreht und gehofft, er würde sich die Mühe machen, irgendeine lahme Ausrede zu erfinden. Schlechte Zahlen, wichtiger Termin morgen, mit den Gedanken ganz woanders, es tut mir leid. Stattdessen zog er sich erst ein T-Shirt und dann die Unterhose an.

»Möchtest du auch was trinken?«

»Ja, gerne.« Immerhin, dachte Almut, wir gehen höflich miteinander um.

Das war vor drei Jahren gewesen, als nach Franzi auch die Zwillinge ausgezogen und sie zu dritt zurückgeblieben waren in dem Haus mit den vielen Zimmern und dem riesigen Garten. Nach diesem Abend hatte sie so lange immer wieder Nein gesagt oder stumm seine Hand weggeschoben, bis er verstand, dass er es nicht mehr zu versuchen brauchte. Kurz nach ihrem fünfzigsten Geburtstag behauptete sie, er würde so laut schnarchen, dass sie nicht mehr schlafen könne neben ihm.

»Aber ich habe noch nie geschnarcht.«

»Christoph, ich hab es aufgenommen. Mit dem Handy. Soll ich es dir vorspielen?«

»Um Gottes willen, nein.« Er klang fast panisch.

Sie hatte gewusst, dass er sich um keinen Preis würde schnarchen hören wollen. Nichts verletzte ihn mehr als seine eigene Vergänglichkeit.

Almut kaufte ein neues Bett, einen neuen Nachttisch, zwei

Kerzenständer und auf Ebay eine schöne, alte Leselampe. Sie strich die Wände in Franzis altem Kinderzimmer in Hague Blue und hängte weiße Vorhänge auf. Als alles an seinem Platz stand, zündete sie die Kerzen an, legte sich aufs Bett und versuchte, sich daran zu erinnern, wann sie sich zuletzt so zu Hause gefühlt hatte in dem zu großen Haus.

Ob er wohl fremdging?

Im Herbst nach ihrem Auszug aus dem gemeinsamen Schlafzimmer hatte sie sich das zum ersten Mal ernsthaft gefragt. Sie war aus Südfrankreich zurückgekommen, wo sie mit ihrer Cousine Urlaub gemacht hatte. Er hatte sie vom Flughafen abgeholt, Blumen gekauft und einen Tisch beim Italiener um die Ecke reserviert. So liebevoll benahm er sich nur noch, wenn er außergewöhnlich gut gelaunt war. Außergewöhnlich gute Laune bekam er vor allem aus Begeisterung über sich selbst. Das war schon immer so gewesen. Abends im Restaurant versuchte sie, mehr herauszufinden.

»Wie läuft es in der Firma? Gibt es was zu feiern?«

»Nein, wieso? Aber alles im Lot.«

Sie fischte eine Muschelschale aus den Spaghetti alle vongole. »Und was macht das Laufen? Klappt das mit dem Marathon in Florenz?«

Er spießte ein Stück Kalbsleber mit Salbei auf. »Da bin ich nicht sicher, leider. Ich habe in den letzten Wochen, was das Training angeht, nicht ansatzweise so gut performt, wie ich eigentlich müsste. Zu viel Arbeit.«

Da war sie hellhörig geworden. Wenn es weder ein berufliches noch ein sportliches Erfolgserlebnis war, das ihn in Hochstimmung versetzte, was war es dann?

Eine Frau?

Ich könnte es ihm nicht mal verübeln, hatte Almut gedacht.

Sie begann, Christoph zu beobachten, akribisch und nüchtern wie eine Wissenschaftlerin, die Daten sammelt und zueinander in Beziehung setzt. An welchen Wochentagen arbeitete er noch länger als sonst? Welche Gründe führte er dafür an? Wie reagierte er, wenn sie ihn nach seiner Arbeit ausfragte? Und was sagten seine nonverbalen Reaktionen über die Glaubwürdigkeit seiner Worte aus?

Ihrem Forschungsprojekt gab sie den Titel »Gabi«, nach jener sehr hübschen Gabriele, die erst in der Mittelstufe in ihre Klasse gekommen war und allen Jungs den Kopf verdreht hatte.

»Und wo wart ihr gestern mit den Franzosen?«

»Im Süllberg.«

»Im Deck Seven? Oder im Seven Seas?«

»Im – im Seven Seas.«

»Ach? Ich dachte, das hat montags und dienstags zu?«

Nach ein paar Wochen war Almut sich sicher, ein Muster erkannt zu haben. Falls er eine Gabi hatte, traf er sie fast jeden Montag, manchmal auch donnerstags, aber so gut wie nie am Wochenende. Beweise gab es allerdings nicht, Christoph ließ sein Handy nie lange unbeobachtet liegen. Nur ein einziges Mal vergaß er es zu Hause. Almut fand es unter der Zeitung, neben dem halb leeren Kaffeebecher. Aber sein alter Code zum Entsperren, ihr Geburtstag, funktionierte nicht mehr. Auch mit den Geburtsdaten der Kinder hatte sie kein Glück. Sie gab auf.

Es war zu würdelos.

Und selbst wenn, hatte sie sich eingeredet – es gab schlimmere Schicksale als das, mit einem Topmanager verheiratet zu sein, der selten zu Hause war und mit dem sie zwar nicht mehr das Bett teilte, aber immerhin noch den Freundes- und Bekanntenkreis, eine Mitgliedschaft im Hockey- und Tennisverein und die Vorliebe für badischen Grauburgunder. »Immerhin« wurde zu Almuts Lieblingswort, wenn sie über ihre Ehe nachdachte.

Eines Abends, im Februar vor einem Jahr, als er von einer Konferenz zum Thema »Affirmativ-effektive Führungskultur in Zeiten agil-digitaler Unternehmenstransformation« in Düsseldorf heimkehrte und ihr sechs edle Reisschalen und den kostbarsten grünen Tee mitbrachte, den er im japanischen Viertel hatte finden können, wurde sie ganz heiter, geradezu übermütig vor Erleichterung. Wer so liebevolle Geschenke machte, konnte nicht aufgehört haben zu lieben. Dessen Liebe hatte wahrscheinlich nur eine schwierige Phase durchgemacht, das kam vor in langjährigen Ehen. Auf einmal kam ihr der Gedanke, es könnte eine Gabi geben, wie ein rasend komischer Witz vor. Ein Witz, den sie Christoph unbedingt erzählen musste.

Sie saßen beim Abendessen. Die zuckerwattefarbigen, geschlossenen Tulpen, die sie morgens gekauft hatte, verstärkten ihre Frühlingssehnsucht noch. Sie erhob das Glas Weißwein.

»Ich möchte mit dir auf die Ehrlichkeit anstoßen. Und über Gabi reden.«

Christoph machte keinerlei Anstalten, sein nur wenige Zentimeter über dem Tisch schwebendes Glas in ihre Richtung zu lenken. Stattdessen bewegte sich alles Mögliche an ihm abwärts. Er stellte das Glas wieder hin. Er ließ beide Hände auf die Tischplatte sinken. Seine Gesichtsmuskulatur samt Kinnlade glitt herunter. Der ganze sich sonst so gerade haltende Mann schien in sich zusammenzufallen.

»Woher weißt du es?«

»Was weiß ich?«

Almuts Glas hing immer noch in der Luft. Dort begann es, ganz leicht zu zittern. Christophs rechte Wange sackte noch ein bisschen weiter ab, bis er aussah wie der Basset aus dem Nachbarhaus.

»Das mit Gabi.«

»Welche Gabi?«

»Gabriele. Wie hast du es rausbekommen?«

»Gabriele? Aus meiner Schule?«

»Nein, aus Viersen. Ich wollte es dir schon ganz lange sagen.«

Christoph erzählte nur widerstrebend, wie er Gabriele kennengelernt hatte. Almut brauchte eine Weile, bis sie dieses dunkle Geheimnis aus ihm herausgebohrt hatte. Als sie damit fertig war, saßen sie da, stumm und starr vor Erschöpfung und Ratlosigkeit. Das Einzige, was sich bewegte, war eine Träne, die an Christophs Wange hinunterrann. Die Träne blieb kurz an seinem glatt rasierten Kinn hängen, fiel dann auf sein grasgrünes Hemd und landete genau auf dem Polo-Ralf-Lauren-Logo.

Ein Hauch von Mitleid streifte Almuts Herz.

Dann fiel ihr ein, dass sie das grüne Hemd gestern nach dem Einkaufen gebügelt hatte, zusammen mit fünf oder sechs weiteren Poloshirts, drei Chinos und seinen beigen Shorts. Seine Anzughemden bügelte sie nie, die brachte sie in die Reinigung, auf dem Weg in den Spa- und Fitnessclub, wo dienstags und freitags um zehn der BodyFitIntense-Kurs begann. Almut dachte an die nach Schweiß und teuren Düften stinkenden Räume und die drahtigen, stets grell gut gelaunten Pferdeschwanzträgerinnen, von denen sie sich dort herumkommandieren ließ, weil man, wenn man älter wurde, nun mal etwas tun musste für sich.

Weil sie sich wohlfühlen wollte in ihrem Körper.

Weil ihr Sport so wichtig war.

Weil Christoph Sport so wichtig war.

Weil ihm eine sportliche Figur so wichtig war.

Weil sie das Gefühl gehabt hatte, sie sei ihm als Gegenleistung dafür, dass er ihren Lebensunterhalt bestritt, nicht nur anständig erzogene, erfolgreiche Kinder, einen perfekt geführten Haushalt, gut gepflegte Sozialkontakte und ein repräsentatives Zuhause schuldig, sondern auch optimal gewartete Oberschenkel.

»Ich kann so nicht mehr weitermachen.« Sie tupfte sich die Lippen mit der Serviette ab.

Christoph richtete sich ein wenig auf aus seiner Zerknirschung. Almut registrierte es und verstand: Mitten in seine Verzweiflung hatte sie unbeabsichtigt einen Hoffnungsfunken geschickt, dessen Potenzial ihr Ehemann blitzschnell durchkalkulieren musste, bevor er entschied, wie in Sachen Reue weiter zu verfahren sei.

»Du willst die Scheidung?«, fragte er.

»Nein. Wie kommst du darauf?«

»Okay?« Er wirkte irritiert.

Ich muss ruhig bleiben und nachdenken, hatte sie sich gesagt.

Sie blieb ruhig und dachte nach, wochenlang.

Sie verlor kein Wort mehr über Gabriele und zwang sich, Christoph so distanziert-freundlich zu begegnen, wie er es seit Jahren gewohnt war. Sie suchte sich eine Anwältin und eine Therapeutin. Sie verließ sich darauf, dass Christophs Angst davor, sie könnte die Kontrolle über den Schmerz verlieren, noch größer war als sein Bedürfnis nach Klarheit. Sie lag richtig, auch er sprach das Thema nicht mehr an.

Nach gut zwei Monaten war sie mit Nachdenken fertig.

Es gab sein Lieblingsessen, Lammrücken mit Kräuterkruste in Rotweinjus mit Kartoffelplätzchen und glasierten, gebutterten Honigmöhrchen. Beim Nachtisch (Erdbeertiramisu) schlug sie ihm vor, sich zu trennen, einvernehmlich, undramatisch und ihrerseits mit dem Versprechen, Gabrieles und seinem Glück nicht im Wege zu stehen.

Unter einer Bedingung.

Bevor sie weitergesprochen hatte, hatte sie ein paarmal tief in den Bauch geatmet und sich dabei einen aufgepumpten Ballon vorgestellt, so wie Frau Sommer, ihre Therapeutin, es ihr geraten hatte.

»Ich will eine angemessene Abfindung.«

»Frau von der Karst, wenn Sie bitte als Erste?« Mit fast schriller Stimme holte der Notar Almut zurück in die Gegenwart. Er hielt ihr den Füllfederhalter entgegen. Die silberne Feder kratzte auf dem Papier, als sie die Scheidungs- und Trennungsfolgevereinbarung unterschrieb.

»Der Ehemann verpflichtet sich zum Ausgleich von Ansprüchen aus Zugewinn, Trennungsunterhalt und nachehelichem Unterhalt sowie unter sonstiger Verrechnung von wechselseitigen Ausgleichsansprüchen jeglicher Art mit Ausnahme aller Ansprüche, die die gemeinsamen Kinder betreffen, einen Gesamtbetrag in Höhe von –«

Almut reichte den Füller an Christoph weiter.

Ihn dazu zu bekommen, ihr auch noch die Wohnung in Eimsbüttel, ein Hochzeitsgeschenk seiner Eltern, zu überlassen, war schwieriger gewesen. Sie hatten sie vor wenigen Jahren saniert und an einen jungen Kollegen von Christoph und dessen Freundin vermietet.

»Die Grundbucheintragung dahin gehend, dass die Ehefrau als neue Alleineigentümerin eingetragen wird, wird hiermit allseits bewilligt und bestätigt.«

Der Notar schlug die Dokumentenmappe zu.

Am Ende hatte auch das geklappt, aber erst, nachdem sie ihm klargemacht hatte, wie perplex, ja vermutlich fassungslos die Kinder, seine Eltern, Kollegen und der gesamte Freundeskreis reagieren würden, wenn sie erführen, was für ein Fortbildungsseminar es gewesen war, auf dem er Gabriele getroffen hatte.

Er hatte die Wohnung gegen ihr Schweigen getauscht.

»Alles Gute!«, piepste der Notar, als er Almut die Hand gab. Ein kleines, schnelles, fast spechtgleiches Nicken unterstrich seine Worte. »Auch Ihnen, alles Gute!«, piepste er nochmals, während er Christophs Hand drückte. Almut fragte sich, wie er sich wohl von nicht getrennten Paaren verabschiedete. Bekam da auch jeder seinen eigenen guten Wunsch? Oder reichte bei den Glücklichen ein guter Wunsch für zwei?

Im Fahrstuhl vertieften sie sich beide in die Betrachtung des Linoleumfußbodens. Als die Tür aufging, ließ Christoph ihr den Vortritt, um in der imposanten Eingangshalle an ihr vorbeizuhasten und vor ihr die schwere Flügeltür zu erreichen, die aus dem Kontorhaus ins Freie führte. Er hielt sie ihr auf, ganz der Mann, dem die Liebe zur Ehefrau, aber nicht die guten Manieren abhandengekommen waren.

»Eine halbe Stunde habe ich noch. Wollen wir einen Kaffee trinken?«, fragte er.

Während sie auf die zwei Doppio Espresso Macchiato warteten, die sie bei einer reizenden, vom Mittagsansturm völlig überforderten Bedienung bestellt hatten, erläuterte er ihr nochmals ausführlich, womit er sie schon neulich gelangweilt hatte. Dass sein junger Kollege, an den sie die Wohnung vermietet hatten, zunächst enttäuscht, aber am Ende doch einsichtig reagiert habe auf die Kündigung wegen Eigenbedarfs, dass der Kollege sich aber eine andere Reaktion als diese auch kaum hätte erlauben können, schließlich sei er ein ehrgeiziger junger Mann, der auf Christophs Förderung angewiesen –

»Es ist also ganz sicher, dass er Ende des Monats raus ist?« Almut nahm die Abkürzung zum einzigen Punkt, der sie an dem ganzen Wohnungsthema interessierte.

»Ja, ja.« Wie immer, wenn man ihn unterbrach, wirkte Christoph gekränkt. Er straffte den Rücken und legte mit einem Ruck des linken Armes den von der Hemdmanschette verdeckten Chronometer frei, den sie ihm zum zwanzigsten Hochzeitstag geschenkt hatte. »Tut mir leid, ich kann nicht länger warten.«

Der Kaffee kam, als er gerade gegangen war.

Die reizende Bedienung entschuldigte sich und stellte beide Tassen ab. Almut fehlte das passende Vokabular, um dagegen zu protestieren. »Mein Mann musste weg, er braucht den Kaffee nicht mehr« klang plötzlich falsch, obwohl es juristisch korrekt war. Noch waren sie nicht geschieden. Sie wusste nicht genau, warum sie nach dem ersten Espresso auch den zweiten trank, obwohl er nur noch lauwarm war und sie davon schlimmes Herzklopfen bekommen würde.

»Du musst aber zugeben, ich habe dich immer davor gewarnt, alles auf die Familienkarte zu setzen, Liebes«, hatte ihre Mutter gestern Abend am Telefon frohlockt. In zwei Monaten wurde sie dreiundachtzig. Neben Hörbüchern, Nougatpralinen und dem Formulieren von Beschwerdebriefen an die Pflegeheimleitung war Rechtbehalten eine der letzten Freuden, die ihr geblieben waren, und wenn sie die Gelegenheit dazu bekam, kostete sie sie weidlich aus. »Deine Kinder sind groß, dein Mann ist dir leider abhandengekommen, einen Beruf hattest du nie, und jetzt stehst du da. Mit nichts außer einer Wohnung und genug Geld. Gott sei Dank, wenigstens das. Hast du dir inzwischen überlegt, was du mit deinem Leben anfangen willst?«

»Natürlich habe ich das.«

Aber das stimmte nicht.

Almut betrachtete die zwei leeren Espressotassen.

Sie war nicht mal mehr sicher, welche Menschen in Zukunft noch so selbstverständlich dazugehören würden zu ihrem Leben, dass sie sie jederzeit anrufen und fragen könnte, ob sie Lust auf einen Kaffee hätten. Sie wurde weiter ab und zu eingeladen zu den Abendrunden in ihrem Freundeskreis, aber fast jede Einladung wurde mit dem mal flapsigen, mal verlegenen Hinweis versehen, außer Almut seien nur Paare da, das störe sie hoffentlich nicht. Es hätte sie nicht gestört, wenn sie nicht den Verdacht gehabt hätte, dass es (also sie, Almut) die anderen störte.

Ihr Herz pochte.

Sie brauchte Luft.

Almut versuchte erst gar nicht, die Bedienung herbeizuwinken. Sie legte einen Schein auf den Tisch und verließ das Lokal. Der heute früh noch hellblaue Himmel war bedeckt. Es war kühl, obwohl nächste Woche Sommeranfang war. Eine Möwe kreischte höhnisch. Vor ihr lag die von einem leichten Wind blaugrau gekräuselte Alster und eine Zukunft, auf die sie sich umso mehr gefreut hatte, je weiter weg sie gewesen war. Nun war diese Zukunft fast da. In sechs Wochen würde sie ausziehen aus dem zu großen Haus. Sie würde umziehen in die Wohnung, die nun ihr allein gehörte.

In ihr neues Zuhause.

In ihr neues Leben.

Ihr war kein bisschen mehr nach Kichern zumute.

Der tröstende Klang von klappernden Töpfen

Noch eine einzige Folie, dann würde sie wissen, ob sie die Wette gewonnen oder verloren hatte. Falls sie sie gewann, würden die Kollegen sie morgen, in der Agenturkonferenz, laut bewundern dafür, wie hartnäckig sie auf ihrer Idee bestanden hatte. Falls sie verlor, würde sie als aufmunternden Zuspruch getarntes Mitleid ernten, hier und da wahrscheinlich auch stille Häme. Yeliz drückte die Laptop-Fernbedienung und reichte sie an Konstantin weiter. Er würde die Präsentation beenden.

Auf der Leinwand erschien die Schlussfolie.

Sie zeigte eine blonde, nicht mehr ganz junge Frau mit Dutt und goldener Brille in einem hellen Businesskleid, aus dem so end- wie makellose Beine ragten. Die Frau stieg mit einer Bürotasche über der Schulter und einer Einkaufstasche in der Hand aus einer monströsen champagnerfarbenen Geländelimousine, die Yeliz »Schampuspanzer« getauft hatte.

Der Panzer parkte vor einer prächtigen Jugendstilvilla, die offensichtlich von einer Familie bewohnt wurde. Vor dem Haus stand ein Riesentrampolin. Auf dem Rasen lagen ein Ball und ein Roller. Hinten im Garten erkannte man eine Rutsche. Aus der halb geöffneten Haustür lugten zwei Kinder hervor. Ein etwa dreijähriger Junge, Typ Michel, und ein etwa sechsjähriges Mädchen, Typ Cinderella. Yeliz hatte vorgeschlagen, ein Mädchen Typ Ronja Räubertochter und einen Jungen Typ Emil Tischbein zu nehmen. Aber Konstantin hatte sie nur ausgelacht, und sie hatte ihm recht geben müssen.

Erst auf den zweiten Blick nahm man wahr, dass der knuffige Golden Retriever, der auf dem Treppenabsatz vor der Haustür lag, etwas im Maul hatte, das kein Kauknochen und kein Hundespielzeug war. Im Clip würde an den Hund herangezoomt werden, bis man sah, dass es sich um eine Handtasche handelte, in der Eingeweihte die Tote Marcie von Chloé erkannten. Rechts unten im Bild prangte das Logo des Konzerns, über den die Autofuzzis herrschten. Daneben stand in der Hausschrift:

Perfektion ist unser Job. Ihr Job ist: leben.

»Perfection, that's our job. Your job is to live«, übersetzte Konstantin, um klarzumachen, wie gut der Slogan auch auf Englisch klang. Vor Jahren hatte er ihr mal erzählt, dass er seinen ersten Kuss in dem neuseeländischen Eliteinternat bekommen hatte, auf das er ein Jahr lang gegangen war. Seitdem wunderte Yeliz sich nicht mehr über seinen affigen Akzent. Sie fremdschämte sich nur noch.

Ihr rechter Fuß schmerzte höllisch, als steckten Reißzwecken darin. Sie verlagerte das Gewicht, um ihn zu entlasten. Leider stand es sich auf dem linken auch nicht besser. Beide Füße steckten in den grauen Stilettos, die sie zum Hosenanzug angezogen hatte, obwohl sie darin keine fünf Minuten schmerzfrei laufen oder stehen konnte. Die Autofuzzis bevorzugten es klassisch, besonders wenn es um das Aussehen von Frauen ging. Zum Glück befand Konstantin sich auf der Zielgeraden.

»International könnten wir kaum benutzte Hashtags wie perfectforyou oder herperfectionist kapern, aber zu Mood und Message passen auch Top-Hashtags wie bestfriend oder mybestfriend, allein über mybestfriend erreicht man Millionen Userinnen und User. Aber gut, wir haben erst mal genug Gesprächsstoff, denke ich.« Er legte die Fernbedienung auf den Konferenztisch und die Hände ineinander. »Danke für Ihre Aufmerksamkeit. Und nun, Ladies and Gentlemen, sind wir gespannt, was Sie dazu sagen.«

Yeliz fragte sich, welche Ladies Konstantin meinte.

Außer ihr waren nur Männer im Raum. Der Autokonzern, zu dessen Management sie gehörten, war einer ihrer wichtigsten Kunden, er brachte ein neues SUV-Modell auf den Markt. Die Verantwortlichen hatten sich eine »mutige« Kampagne gewünscht, die »für gesellschaftlichen Gesprächsstoff und ein Maximum an medialer Resonanz sorgen« sollte, und Yeliz hatte entschieden: Sie würden die erste Werbekampagne für einen Wagen der Oberklasse entwerfen, die sich gezielt an weibliche Kundinnen richtete.

Wie bei allen Präsentationen, die sie in diesem Unternehmen schon gehalten hatte, hatten sich die Autofuzzis auch diesmal kein bisschen anmerken lassen, wie sie fanden, was sie sahen und hörten.

Waren sie begeistert? Skeptisch? Brüskiert?

Die Autofuzzis waren erheitert.

Der Oberautofuzzi – ein, wie die ganze Branche wusste, kluger, wortgewaltiger, machtgeiler und cholerischer Endfünfziger – sagte erst mal gar nichts. Er wippte auf seinem überdimensionierten Chefsessel hin und her und blickte versonnen aus dem Panoramafenster auf die Stadt, die ihm (dem von ihm geführten Konzern) zu Füßen lag. Im Rhythmus des Wippens schob er einen Montblanc-Kugelschreiber zwischen seinen Zähnen hin und her, als handele es sich um einen Ein-Euro-Bleistift. Schließlich drehte er sich abrupt wieder in Richtung Konstantin und Yeliz. Seine Mitarbeiter schauten erwartungsvoll. Er nahm den Montblanc aus dem Mund.

»Sehr gut. Sehr. Sehr. Gut. Auch der Claim. Perfektion. Stimmt. Riesenthema für Frauen. Weiß ich. Auch für meine. Die Kampagne würde ihr gefallen. Das Auto sowieso. Klar. Nur.« Er streckte den Kugelschreiber wie ein Zeigefingerdouble in die Luft. »Meine Frau bezahlt das Auto ja nicht. Das mache ich. Beziehungsweise, das macht meine Firma für mich.

Und ich weiß.« Der Stift zeigte nacheinander auf die Kollegen, die links und rechts von ihm an den langen Seiten des Konferenztisches saßen. »Wir sind kein Einzelfall, meine Gattin und ich. Nicht wahr, meine Herren?«

Seine Herren nickten eifrig und schmunzelten in verschiedenen Härtegraden.

»Und wer zahlt, Frau Bademli, Herr Voss, der entscheidet. So ist das. Und zwar egal, wie sehr die kreative Lebensentwurfs-Avantgarde aus der Großstadt sich wünscht, das wäre anders.«

Yeliz war sehr gut vorbereitet.

Sie hatte alle Fakten und Zahlen im Kopf.

Ihr Team hatte Forscherinnen vom »Wissenschaftszentrum Frau und Auto« befragt. Sie hatten sich mit Studien beschäftigt, die belegten, dass Sports Utility Vehicles hauptsächlich von Männern gekauft, aber vor allem von Frauen gefahren wurden, jedenfalls wenn Kinder im Haushalt lebten. Die Männer, die sich das leisten konnten, gönnten sich einen windschnittigen Zweitwagen. Interviews mit SUV-Fahrerinnen hatten bestätigt: Die Geländelimousine war keineswegs das Männerspielzeug, als das es immer beworben wurde, sondern das Familienauto der Spitzenverdiener. Die Mütter, vorwiegend Akademikerinnen in Eltern- oder Teilzeit, liebten die SUVs, weil sie zwei ihrer wichtigsten Bedürfnisse erfüllten. Das Bedürfnis, Kinderwagen und Großeinkäufe zu verstauen.

Und das Bedürfnis nach Respekt.

Auf Grundlage all dieser Fakten hatte Yeliz zehn Argumente formuliert, an denen sie gestern Abend bis halb zehn gefeilt hatte – so lange, bis sie sie für unschlagbar gehalten hatte. Der Oberautofuzzi ließ sie nicht einmal ausreden.

»Sicher, sicher. Sehr verehrte, liebe Frau Bademli. Das glaube ich Ihnen sofort, dass der SUV in Wahrheit ein Frauenauto ist. Das Problem ist: Mit der Wahrheit können wir auf keinen Fall werben.«

Tamam, dachte Yeliz, mit der Wahrheit habt ihr es ja grundsätzlich nicht so.

Sie hielt dem Blick des Oberautofuzzis stand, während er sich in Fahrt redete. Er lächelte jetzt nicht mehr, sondern zielte mit dem Montblanc auf sie. Die konzentrierte Miene, seine Bewegungen und die angespannte Stille, die sich um ihn herum ausgebreitet hatte, erinnerten sie an einen Messerwerfer, der sich auf den nächsten Wurf vorbereitet.

»Weil, Frau Bademli. Frauen fahren gerne SUVs, können sie sich aber nicht leisten. Männer können sie sich leisten, mögen aber keine Frauenautos fahren. Darum kaufen sie sie nicht. Außer als Geschenk für die werte Gattin. Oder für die hübsche Tochter.«

Der Oberautofuzzi schaltete stimmlich in den vorletzten Gang. Den letzten, so hieß es, verwendete er ausschließlich in seinem Büro, im Vier-Augen-Gespräch hinter geschlossener Schallschutztür. Es hätte Yeliz nicht überrascht, wenn er den Kugelschreiber in ihre Richtung geschleudert hätte.

»Das heißt, Frau Bademli. Die Geländelimousine darf auf gar keinen Fall in den Verdacht geraten, ein Frauenauto zu sein. Haben Sie das verstanden? Es muss! Ein Männerauto bleiben! So wie auch bei allen anderen Oberklassemodellen ganz klar sein muss, wer unsere Zielgruppe ist. Männer! Männer! Männer!«

Als Yeliz sich eine Stunde später die Pumps von den Füßen riss, hätte sie sie am liebsten aus dem Autofenster geworfen.

»Männer, Männer, Männer.« Sie hatte die schuhlosen Füße auf dem Armaturenbrett abgelegt. »Mann, Mann, Mann, du ahnst nicht, wie scheiße ich die alle finde.«

»Stimmt«, sagte Konstantin, ohne den Blick von der Autobahn zu wenden, »ich ahne es nicht. Ich weiß es. Weil man es dir ansieht. Und ich fürchte, die anderen haben es auch gesehen.«

Er beschleunigte, wechselte die Spur und raste mit hundertneunzig an einem alten Käfer vorbei. Wenn sie weiter so gut vorankamen, könnte sie um sieben zu Hause sein. Hoffentlich war Morten da und nicht noch was trinken gegangen. Plötzlich sehnte Yeliz sich so sehr nach ihm und der stoischen Zuversicht, mit der er kleine und große Niederlagen aller Art verdaute, als hätte sie ihn seit Wochen nicht mehr gesehen. Dabei hatten sie heute Morgen zusammen gefrühstückt.

»Und dass der schmierige Becker tatsächlich schon wieder von seinem dämlichen Architekten angefangen hat.« Yeliz klang nun wie ein Mafiaboss, der seinem Handlanger betont geduldig erklärt, warum er mit ihm unzufrieden ist, bevor er ihm die Kniescheibe zerschießt. »Frau Bademli, Herr Voss, ich sage doch immer: Stellen Sie sich den erfolgreichen fünfundvierzigjährigen Architekten vor. Wenn Sie es schaffen, den zu begeistern, begeistern Sie alle Männer.«

Den erfolgreichen Architekten mittleren Alters hielten die Autofuzzis für den begehrenswertesten aller begehrenswerten Kunden. Yeliz hatte eine Weile gebraucht, um zu verstehen, warum. Der erfolgreiche mittelalte Architekt war für die Autofuzzis ein Typ, der Stil und guten Geschmack verkörperte, ohne sich dabei der unmännlichen Neigung zum Aufhübschen verdächtig zu machen: ein Kerl, der einer kreativen, trotzdem handfesten Arbeit nachging. Eine Art Luxusklasse-Bauarbeiter, der im schwarzen Rolli vor puristischem Beton im Bauhausstil zum Sinnbild fortschrittlicher Eleganz wurde.

»Konstantin, diese reaktionären Volltrottel sind absolut lächerlich.«

Sie hätte sich zu gerne eine angezündet und tief inhaliert. Aber sie rauchte nicht mehr. Vor sieben Jahren hatte sie aufgehört, kurz nachdem sie die Pille abgesetzt hatte, nach einem Besuch bei ihrer Familie.

Ihr Bruder Aslan war damals gerade zum dritten Mal Vater

geworden. Sie hatte auf dem Sofa ihrer Eltern gesessen und das Baby im Arm gehalten, während ihre kleine Schwester Funda, ihre Mutter und ihre Schwägerin Merve das Essen vorbereitet, die größeren Kinder ferngeguckt und die Männer auf dem Balkon geraucht und geredet hatten. Sie hatte den Miniaturmund ihres Neffen und die winzigen Porzellanfinger betrachtet, hatte ihre Nase in sein dichtes Haar gesteckt und die Härchen auf dem Rand der perfekten Ohren gestreichelt, und plötzlich, als hätte jemand in ihr einen Schalter umgelegt, war sie überwältigt worden von einer sehr speziellen, ihr bis dahin völlig fremden Gier.

Das muss ich auch haben, hatte sie gedacht.

»Vielleicht will ich doch ein Kind«, hatte sie auf der Heimfahrt zu Morten gesagt.

Aber erst, als sie zwei Wochen später vor dem Schlafengehen ihre letzte Zigarette zerbrochen und mit der zusammengeknüllten Packung in den Müll geschmissen hatte, hatte er verstanden, dass sie es ernst meinte mit dem Schwangerwerdenwollen. An jenem Abend hatten sie den schönsten Sex seit Langem gehabt. Sex voller Hoffnung, Vorfreude und jener aufgeregten Innigkeit, die entsteht, wenn zwei mit einer langen gemeinsamen Vergangenheit zusammen Zukunftspläne schmieden.

Es hatte nicht geklappt.

Meistens hatte Yeliz das Gefühl, darüber hinweg zu sein. Nur wenn ihr der Job mal wieder so sinnlos vorkam wie heute, war sie sich sicher, dass sie glücklicher wäre, wenn sie ein Kind hätte. Fortpflanzung, der fetteste Auftrag, den das Leben zu vergeben hatte, und sie war daran gescheitert.

Und deshalb muss ich bis zur Rente Vollzeit um Marketing-Etats pitchen, dachte Yeliz.

Immer wenn sie das dachte, wollte sie wieder anfangen zu rauchen, tat es aber nie, weil sie wusste, wie unglücklich sie

Morten damit machen würde. Sein Vater war an Lungenkrebs gestorben.

Als sie merkte, dass die Wohnungstür nicht abgeschlossen war, machte ihr Herz einen Hüpfer. Töpfe klapperten, es lief Musik.

»Hej!« Morten rief ihr aus der Küche entgegen. »Rate mal, was es heute zu essen gibt! Gerade noch rechtzeitig, bevor man keinen mehr bekommt.«

Es gab Spargel, von dem Morten jedes Frühjahr aufs Neue sicher war, sie würde ihn genauso gerne mögen wie er. Sie hatte ihm schon mehrmals gestanden, dass sie ihn nur »geht so« mochte, aber bis die nächste Spargelsaison begann, hatte er das jedes Mal wieder vergessen (verdrängt). Sie küsste ihn und setzte sich an den Küchentisch. Morten, in der einen Hand eine halb nackte Kartoffel, in der anderen den Sparschäler, guckte gespannt.

»Und? Los, erzähl!«

»Verkackt.«

Während sie berichtete, schlug ihre Abneigung gegen die Autofuzzis in Ekel um. Diese Verachtung, wenn jemand es wagte, sich eine Welt auszumalen, die anders funktionierte als die, die ihnen vertraut war. Diese Selbstzufriedenheit, mit der sie sich gegenseitig darin bestätigten, dass ein naiver Depp war, wer versuchte, die von ihnen behaupteten Gesetzmäßigkeiten zur Diskussion zu stellen. Diese geistige Beschränktheit bei schier unbeschränkter Macht, die sie ohne zu zögern dazu benutzten, sie zu behandeln wie ein Schulmädchen, das seine Hausaufgaben nicht richtig gemacht hatte. Dabei hatte sie in den letzten Wochen bestimmt mehr nachgedacht als all diese albernen Anzugkasper zusammen im ganzen letzten Jahr. Es kotzte sie so an. Sie musste diesen Kunden abgeben.

Yeliz seufzte.

Morten seufzte auch, auf diese theatralische Art, mit der er gleichzeitig Mitgefühl und ironische Distanz ausdrückte. Nichts tröstete sie besser. Solange Morten ihren Kummer liebevoll veräppelte, war nicht alles verloren. Richtig schlimm stand es erst, wenn auch er traurig wurde, so wie damals, als sie ihm nach der zweiten künstlichen Befruchtung gestanden hatte, dass sie es nicht noch mal versuchen wollte.

Er war versteinert. Dann wollte er sie überreden, nicht aufzugeben.

Dann hatten sie zusammen geweint. Yeliz hatte Morten im Arm gehalten und Morten hatte Bamse gehalten, seinen abgewetzten Teddy, den er dem Kind, das sie nicht haben würden, schon hatte vererben wollen, als sie über das Thema Familie noch gewitzelt hatten wie über eine völlig abwegige Idee.

Morten legte den Schäler aus der Hand, kraulte Yeliz mit beiden Händen in den drahtigen Haaren wie in einem Terrierfell und küsste sie auf den Kopf.

»Bitte, bitte, weitermachen«, bettelte sie, aber er musste weiterkochen. Sie beobachtete ihn dabei, wie er den dreckigen großen Topf aus dem Geschirrspüler holte und abwusch.

»Und wie war dein Tag?«, fragte sie ihn.

»Ganz okay. Sogar ziemlich gut. Ich habe die Zusage für einen Riesenauftrag bekommen. Ein Privathaus, ganz futuristischer Neubau. Ich soll die Küche und die Bibliothek bauen und wahrscheinlich auch noch so eine Art Indoor-Kletterpodest. Die Familie hat drei kleine Kinder, und die sollen ein eigenes Spielzimmer bekommen. Bisschen dekadent, aber na ja, schönes Projekt und gutes Geld.«

»Toll.« Yeliz hörte selbst, wie wenig überzeugend sie klang. »Nee, echt. Super.«

Wie gerne wäre sie die mit den Erfolgsnachrichten gewesen, dabei war Morten viel dringender darauf angewiesen als sie. Er hatte in den letzten Monaten zu wenig zu tun gehabt, und er hatte sich gegrämt deshalb, auch wenn er behauptet hatte, er sei froh, mal endlich wieder genug Zeit zu haben, um neue Möbel zu entwerfen und die Werkstatt aufzuräumen. Wobei es in dem winzigen Büro, in dem er angeblich seine Buchhaltung erledigte, so unordentlich aussah wie eh und je, als sie ihn neulich abgeholt hatte. Er war ein großartiger Tischler und ein ziemlich schlechter (chaotischer) Geschäftsmann.

»Hast du den Auftrag schon schwarz auf weiß?«

»So gut wie, aber jetzt hör auf, dir über irgendwelchen Jobscheiß den Kopf zu zerbrechen. Deck lieber mal den Tisch.«

Später im Bett schob Morten den dünnen Träger ihres Tops von ihrer Schulter und küsste sie vom Schlüsselbein bis zum Bauchnabel. Sie ließ es sich gefallen. Sie wusste, dass er hoffte, ihren Kopf zu überlisten, wenn er sich ihrem Körper widmete. Sie hoffte, es würde ihm gelingen. Aber der Kopf sprang sofort wieder an, als sie sich danach an ihn ranlöffelte. Sie nuschelte mit geschlossenen Augen in Mortens Nacken.

»Weißt du, was das Schlimmste ist daran, dass ich es versemmelt habe? Ich muss mit Gunther Salsa tanzen gehen. Wir hatten gewettet, er und ich. Er hat behauptet, ich würde nicht durchkommen mit dem Pitch. Und er hat gewonnen. Fuck. Das wurmt mich total. Albern, oder?«

Morten antwortete nicht.

Yeliz belauschte im Dunkeln seine Atemzüge und versuchte zu hören, ob er schon eingeschlafen war oder ob er nur so tat.

In der Agenturkonferenz am nächsten Morgen hielt Gerrit eine seiner typisch verschwurbelten Ansprachen, in der er Yeliz' sensationellen Riecher für neue Trends lobte und bedauerte, dass es nun mal leider das Schicksal der Besten sei, gelegentlich zu früh dran zu sein mit ihren Ideen. Normalerweise legte sie es ihrem Chef als Führungsschwäche aus, wenn er Fehler schönredete, die mit seinem Segen gemacht worden waren. Diesmal war sie ihm dankbar.

Nach der Konferenz holte sie sich eine Wasserflasche, einen schwarzen Kaffee und eine Banane, die nicht reif genug für ihren Geschmack war. Sie zwang sich, sie trotzdem zu essen, und betrachtete dabei das Familienfoto, das zwischen einem Urlaubsschnappschuss von Morten und ihr und einem Fotostudioporträt ihrer Nichten und Neffen auf ihrem Schreibtisch stand. Gunther lachte sie manchmal aus deshalb. Er fand es spießig, sich Fotos von seinen Liebsten ins Büro zu stellen, aber Yeliz war immun gegen seinen Spott, weil sie ihn für Neid hielt.

Ich muss das Foto endlich mal gegen ein neueres austauschen, dachte sie.

Es war uralt. Sie sah blutjung aus darauf, fast kindlich, dabei war sie schon achtundzwanzig gewesen. Entstanden war es auf der Hochzeit ihrer Cousine Şeker, deshalb waren sie alle festlich gekleidet. Ihr Vater und Aslan im weißen Anzug, Funda mit kunstvoller Hochsteckfrisur in einem schulterfreien Cocktailkleid aus dunkelgrünem Samt, ihre Mutter in einem paillettenbesetzten, auberginefarbenen Kleid mit passendem Seidenhijab. Sie selbst hatte ein schlichtes nachtblaues Kleid getragen und die damals ganz neue Frisur, die zu ihrem Markenzeichen geworden war: ganz kurze Haare. Ihre Mutter war außer sich geraten, als sie sie das erste Mal so gesehen hatte, einen Tag vor Şekers Hochzeit.

Yeliz' eigener Zorn war aus Eis gemacht. Je wütender sie war, desto kühler wurde sie. Der Zorn ihrer Mutter war aus Feuer. Erst hatte sie die Hand vor den Mund geschlagen, dann war sie explodiert.

»Aman Allahim, sabir ver! Neye benziyorsun böyle? Was hast du getan? Du siehst ja aus wie ein kleiner Junge!«

Ihre Mutter war so laut geworden, dass Funda mit offenem Mund und offenem Lippenstift in der Hand aus dem Bad gestürzt war. Gleich darauf stand auch noch Aslan im engen Flur und starrte seine Schwester an, als würden ihr beide Ohren fehlen, dabei waren es nur ihre schulterlangen schwarzen Haare, die sie sich hatte abschneiden lassen.

Nur ihr Vater hatte es nicht eilig gehabt.

Er pflegte sich aus allen Streitigkeiten rauszuhalten, und wenn das nicht möglich war, flüchtete er sich in blumige Beschwichtigungsformeln, die keinerlei Wirkung hatten außer der, die gesamte im Raum wabernde negative Energie in seine Richtung zu lenken. Er war erst aufgetaucht, als er nachdrücklich gerufen wurde von seiner Frau.

»Osman! Osman? Çabuk gel buraya. Kızını şımartın. Başımiza ne getirecek daha!«, hatte Hayriye Bademli geschrien. »Komm her und sieh dir an, was deine Tochter schon wieder getan hat!«

Osman Bademli hatte sein Unterhemd sehr gründlich in die Hose gesteckt, dann besänftigend die Hände gehoben und »Çocuk büyütmek taş kemirmek gibidir« gemurmelt, ein Sprichwort, das wörtlich bedeutete: »Ein Kind zu erziehen ist, wie auf Steinen zu kauen.«

Aus Sicht ihrer Eltern hatte sie als junge Frau ständig Mist gebaut. Mist war alles, was ihre Eltern nicht verstanden. Dieser angebliche Mist war Teil eines Weges gewesen, der sie hierher geführt hatte – in dieses Büro, auf einen Vitra-Stuhl, von dem aus sie durch ein breites Fenster auf einen mit Containern legobunt beladenen Frachter schauen konnte, der langsam flussabwärts glitt.

Der Blick auf den Fluss befriedigte Yeliz immer wieder auf eine fast körperlich spürbare Weise, so wie ein gutes, reichliches Essen einen satt und zufrieden machte. Nicht nur seiner weltläufigen Ästhetik wegen, sondern weil er sie daran erinnerte, wer sie war: Yeliz Bademli, Client Service Director bei Kelke & Kraus, die einzige Frau in der Agentur, der ein Einzelbüro mit Hafenblick zustand.

»Darf ich reinkommen?« Gunther wartete ihre Antwort nicht ab. Er trat ein und ging Richtung Fenster. »Oder hast du keine Zeit für mich, weil du gerade den nächsten heißen Trend erschnüffelst, mit dem du deine Kunden überfordern kannst?«

Yeliz fand das nicht lustig, also lachte Gunther selbst über seinen Witz. Er setzte sich mitten auf die tiefe Fensterbank und tat dort für ein paar Augenblicke nichts, außer ihr die schöne Aussicht zu versperren und seinen Beinen beim Baumeln zuzugucken. Dann richtete er sich auf, strich mit dem angefeuchteten linken Ringfinger beide Augenbrauen glatt, führte die Faust vor den Mund wie ein Mikrofon und fing an zu singen. Er konnte sehr gut singen, er klang fast wie Peter Alexander.

»Sag mir quando, sag mir wann. Sag mir quando, quando, quando, ich dich tanzen sehen kann. Sag mir quando, sag mir wann.« Nach dieser Zeile verwandelte er sich zurück in Gunther und verschränkte die Arme. »Ich gehe hier nicht weg ohne einen verbindlichen Termin für den mir zustehenden Salsa-Abend. Wettschulden sind Ehrenschulden.«

Manchmal, jetzt zum Beispiel, war es Yeliz schleierhaft, warum sie jemanden so gerne haben konnte, der imstande war, ihr so gewaltig auf die Nerven zu gehen.

»Gunther, du kriegst deinen Salsa-Abend, versprochen«, sagte sie. »Aber ich habe echt irre viel auf dem Tisch gerade und bin auch sonst ziemlich verplant, und ich habe keine Lust, mich fünf Wochen im Voraus zu verabreden. Können wir das also bitte ein bisschen spontan machen? Und jetzt raus, ich muss was schaffen heute.«

Gunther rutschte von der Fensterbank und tänzelte leise summend Richtung Tür. Er war schon fast dort, als er noch einen überraschenden Abstecher zu ihrem Schreibtisch machte.

»Yeliz, du göttliche Agentur-Amazone, ich verehre dich«, flüsterte er ihr ins Ohr. »Aber weißt du, was dir fehlt, um nicht nur eine sehr gute, sondern eine beeindruckende Kämpferin zu sein? Du müsstest auch noch eine gute Verliererin werden. Mach dich mal ein bisschen locker.«

Er tupfte ihr einen Kuss auf die Wange, und Yeliz sah ihm hinterher, wie er die Tür hinter sich zuzog, um den Flur hinunter in sein Büro zu gehen. Wie ihres war es ein Einzelbüro mit Elbblick, nur dass es ein bisschen größer war und ein Eckfenster hatte.

Immer allein für zwei einkaufen müssen

Tilles Tag begann mit einem Albtraum.

Im Traum war sie Pilotin eines großen Flugzeuges, in dessen Passagierraum Menschen saßen, von denen sie viele kannte, manche sehr gut, andere flüchtig. Ihr Praxisteam flog mit und ihre Freundin Clau, die sie endlich mal wieder in Bochum besuchen musste. Jan, ihr Vater, sogar ihre Mutter, die viel jünger aussah, als sie sie in Erinnerung hatte, waren dabei und auch ihre Friseurin, Jans Deutschlehrerin und Dr. Blaszczykowski, der neue Kollege aus der neurologischen Gemeinschaftspraxis gegenüber.

Die Fluggäste waren außerordentlich vergnügt.

Sie riefen und lachten durcheinander, während Tille im Cockpit klar wurde: Sie rasten auf eine Katastrophe zu, denn der Treibstoff ging zu Ende, und sie hatte keine Ahnung, wie man ein Flugzeug landete. Sie hätte gerne um Hilfe gerufen, aber sie tat es nicht. Ihr Hilferuf würde nichts ändern, außer dass die anderen in Panik gerieten, und sie konnte ihnen doch nicht mit ihrer eigenen jämmerlichen Angst die allerletzten glücklichen Sekunden ihres Lebens versauen. Kurz vor dem Aufprall wachte sie auf mit Kopfschmerzen, die von den Schläfen in die Stirn zogen.

Tille nahm eine Ibuprofen, ehe sie sich auf den Weg in ihre Praxis machte. Vor Beginn der Sprechstunde traf sie sich wie jeden Morgen mit Frau Tespe im Personalraum, um mit ihr einen Kaffee zu trinken und den bevorstehenden Arbeitstag durchzusprechen. Heute gab es nicht viel zu bereden, es blieb noch Zeit für andere Themen. Nachdem Frau Tespe berichtet hatte, dass sie endlich die Flüge für ihre Georgienreise gebucht hatte, erzählte Tille ihr von ihrem Traum.

Frau Tespe hörte ihrer Chefin so gewissenhaft zu, wie sie auch alle übrigen Pflichten zu erledigen pflegte, und teilte dabei den restlichen Kaffee zwischen ihnen auf. In Tilles Becher, bedruckt mit Reklame für ein Mittel gegen Harninkontinenz, gab sie einen Schuss Milch und einen halben Teelöffel Zucker, in ihren eigenen, der für ein Testosteronpräparat warb, ein Stück Süßstoff. Obwohl Tille den bösen Traum in eine ziemlich komische Geschichte verwandelte, sah Frau Tespe, die Erstkraft unter ihren Medizinischen Fachangestellten (MFA), von Pointe zu Pointe mitleidiger aus.

»Ach, Frau Seyboldt«, sagte Frau Tespe nach dem letzten Satz und berührte mit den Spitzen ihrer hageren Finger sanft Tilles Handrücken. Tille bereute es umgehend, ihr den Traum erzählt zu haben. »Nur noch zehn Wochen, dann haben Sie auch wieder Urlaub. Vorher müssten wir uns aber auf jeden Fall noch mal wegen der Homepage zusammensetzen, die Datenschutzgrundverordnung, Sie wissen ja. Ich habe Ihnen da neulich was geschickt, haben Sie gesehen?«

Noch endlose zehn Wochen bis zu den Herbstferien.

Sie war gerade erst aus dem Sommerurlaub zurückgekommen. Lesbos, dreiunddreißig Grad im Schatten. Tille hasste es, wenn es so heiß war. Aber die Hitze war ein guter Vorwand für Jan und sie gewesen, ihre Urlaubstage damit zu verbringen, im Schatten vor sich hin zu vegetieren und kaum miteinander zu reden. Tille mit einem Buch in der Hand, Jan mit seinem Handy. Nur während der Mahlzeiten war aufgefallen, dass eine prämenopausale Noch-Sechsundvierzigjährige und ein pubertärer Junge keine ideale Reisegruppe bildeten.

Ob Urlaubmachen mit einer vierzehnjährigen Tochter genauso oder noch anstrengender oder viel leichter wäre? Darüber hatte Tille nachgedacht, während sie im Schummerlicht einer Strandtaverne auch noch nach der allerkleinsten Gräte im weißen Fleisch ihrer gegrillten Dorade fahndete. Weil sie Gräten noch mehr hasste als Hitze. Und weil eine solche Beschäftigung half, den Mangel an Gesprächsstoff zu kaschieren, der zwischen Jan und ihr herrschte.

Zurück im Sprechzimmer setzte Tille sich auf den Rollhocker, der vor dem Ultraschallgerät stand. Sie stieß sich mit den Beinen kräftig vom Boden ab, ließ sich an der Untersuchungsliege vorbei durch den ganzen Raum rollen und bremste gerade noch rechtzeitig, um nicht gegen ihren Schreibtisch zu krachen. Anders als sonst hob das ihre Stimmung nicht. Auf dem Weg ins Wartezimmer, zu den ersten Patienten des Tages, begegnete ihr Frau Kemper, die einen riesigen Karton in den Lagerraum trug und wie immer grundlos gut gelaunt war.

»Einen wunderschönen guten Morgen!«

Tille kannte niemanden, der derart euphoriebegabt war wie Frau Kemper. Frau Kemper jubilierte, weil die Post pünktlich kam, weil die Blumen auf dem Praxistresen dufteten oder weil Frau Okafor sich Cornrows hatte flechten lassen, und sobald sie in irgendwas von dem selbst gebackenen Zeug hineinbiss, das ständig im Personalraum herumstand, schnaufte sie orgiastisch. Vom Ed-Sheeran-Konzert hatte sie tagelang geschwärmt, als sei ihr währenddessen der Heiland erschienen. Wenn Patienten mit sehr guten Nachrichten aus Tilles Sprechzimmer kamen, konnte es vorkommen, dass Frau Kempers Augen feucht schimmerten, während sie ihnen mit beiden Händen beide Hände drückte. Manchmal tat sie das so ausdauernd, dass Frau Tespe, die inoffizielle Hygienebeauftragte der Praxis, die Berührung als »intensiven Hautkontakt« einstufte und eine anschließende Händedesinfektion anmahnte. Frau Kemper hatte die Gabe, das Glück, sei es alltäglich oder außergewöhnlich, mittels ihres Überschwangs auf ein x-Faches seiner ursprünglichen Größe aufzupumpen, dafür wurde sie von allen geliebt. Nur Tille gruselte sich vor so viel hemmungsloser Begeisterungsfähigkeit. Heute wäre sie ihr am liebsten aus dem Weg gegangen (oder vor ihr weggelaufen Richtung Wartezimmer).

Frau Kemper aber jauchzte: »Ah, Frau Seyboldt, übrigens!«, sodass sie im Praxisflur stehen bleiben musste. »Herr Klöppel-Göttler kann heute doch, aber erst um Viertel nach zwölf. Hab's schon eingetragen.«

Herr Klöppel-Göttler war ein schier unerträglich dröger Pharmareferent, der Tille mehrmals im Jahr mit seinem Vertreterkoffer und einem üblen Mundgeruch heimsuchte.

Er vermieste ihr die erste Hälfte der Mittagspause.

Nach Herrn Klöppel-Göttler musste sie mit Frau Okafor reden, die vor Beginn ihres zweiten Ausbildungsjahrs um ein Feedbackgespräch gebeten hatte.

»Mit Frau Tespe habe ich ja schon gesprochen, aber ich wollte gerne auch noch mal von Ihnen wissen, ob Sie mit meinen Leistungen zufrieden sind.« Ify Okafor saß steif ganz vorne auf der Kante des Stuhls vor Tilles Schreibtisch, auf dem sonst die Patienten Platz nahmen. »Oder kann ich aus Ihrer Sicht irgendwie noch was besser machen?«

Tille unterdrückte ein Gähnen.

Frau Okafor war der beste Azubi, den sie je gehabt hatte, und so zielstrebig, dass man sie auf keinen Fall mit einem müden »Alles super, weiter so!« abspeisen durfte. Sie brauchte eine Entwicklungsaufgabe, um sich ernst genommen zu fühlen. Tille schlug vor, sie solle versuchen, bestimmter als bisher gegenüber schwierigen Patienten aufzutreten.

»Seien Sie höflich, schauen Sie den Leuten freundlich in die Augen und sagen Sie ruhig, klar und deutlich, was geht und was nicht. Aber sonst alles super, weiter so!«

»Okay. Ja stimmt, das muss ich noch üben.« Ify Okafors Augen leuchteten vor Eifer. »Danke, Frau Seyboldt.«

Tille sah der Auszubildenden hinterher, die mit zufriedenem Lächeln, geradem Rücken und forschem Schritt das Sprechzimmer verließ. Sie dachte an Jan. An seine fast zum Buckel hochgezogenen Schultern. An seinen labberigen Händedruck. An sein Desinteresse allem gegenüber, das man weder aufessen noch anschalten konnte. Eigentlich, dachte Tille, konnte es nicht sein, dass zwischen ihrem Sohn und dieser jungen Frau nur drei Lebensjahre lagen. Es mussten ganze Evolutionsstufen sein.

Der Lahmacun, den sie danach im Stehen herunterschlang, lag ihr schwer im Magen. Die ganze Nachmittagssprechstunde über war ihr ein bisschen übel. Ihrem vorletzten Patienten, einem sehr alten Herrn, musste sie die Diagnose Nierenkrebs mitteilen. Als sie sagte, er müsse sich operieren lassen, fing er an zu weinen. »Meine Frau ist dement, wer soll sich denn dann um sie kümmern?« Heute war einer dieser Tage, an denen sie fast mitgeweint hätte. Der letzte Patient war ein Einundsechzigjähriger mit Bauch, Schnauzer und Erektionsstörungen.

Immerhin privat versichert.

Als Erstes fragte Tille ihn, was er beruflich machte. Das tat sie immer, wenn jemand das erste Mal zu ihr kam. Die Antwort tippte sie hinter dem Kürzel SA ins System. SA stand für Sozialanamnese. Das war, fand Tille, ein Fachbegriff, hinter dem sich gut verstecken ließ, dass sie sich vor allem aus Neugierde nach den Berufen ihrer Patientinnen und Patienten erkundigte. Vorher versuchte sie immer, die Antwort zu erraten. Ihre Trefferquote war im Laufe der Jahre erstaunlich gut geworden.

Handwerker. Bäcker oder Konditor. Oder Schlachter? Bestimmt selbstständig.

»Bäckermeister.«

Bei der Untersuchung der Hoden versteifte sich sein Penis. Das kam immer mal wieder vor.

»Na, geht doch.«

Tille sprach in exakt jenem Tonfall, in dem sie vor über vierzig Jahren von ihrer Grundschullehrerin dafür gelobt worden war, dass sie das kleine Einmaleins endlich fehlerfrei konnte. Die Grundschullehrerinnennummer führte bei neunzig Prozent der Erektionen zu umgehender Erschlaffung. Sie wartete darauf, dass der Bäckermeister »Bitte entschuldigen Sie« oder »Ich weiß auch nicht, wie mir das passieren konnte« stottern würde. Das taten sie alle.

Der Bäckermeister sagte: »Holla, altes Freundchen!«

Ein paar Augenblicke lang wussten beide nicht, welche Worte nach diesem Ausruf die passenden waren. Der Bäckermeister entschied sich für die falsche Fortsetzung.

»Das nenne ich mal heilende Hände. Vielleicht sollte ich mir doch eine Jüngere suchen. Sie haben nicht zufällig Bedarf?«

Tille teilte ihm mit, die Sprechstunde sei beendet, er möge sich bitte anziehen und sich um einen Termin bei einem männlichen Kollegen bemühen, sie könne ihm da sehr gerne jemanden empfehlen. Sie kritzelte »Urologische Praxis Dr. Feldmann, Eppendorf« auf einen Notizblock und reichte dem Bäckermeister mit einem Tschüss den Zettel, aber nicht die Hand. Es geschah ein paarmal im Jahr, dass ihr neue Patienten erzählten, sie seien zuvor bei Dr. Feldmann gewesen, aber der habe die rektale Untersuchung so grob durchgeführt, dass sie nie wieder zu ihm wollten. Erst als sie ihren Computer ausschaltete, fiel es ihr wieder ein:

Scheiße. Ich muss ja noch eine Bolo machen heute.

Als sie durchs Treppenhaus ins Erdgeschoss hinunterrannte, weil das viel schneller ging, als auf den lahmarschigsten Aufzug der Welt zu warten, traf sie auf halbem Weg auf Dr. Blaszczykowski, den neuen Neurologen, der in der Nacht aus unerfindlichen Gründen unter ihren todgeweihten Fluggästen gewesen war. Tille kannte ihn nur vom Sehen und Hallo-Sagen.

»Achtung!« Sie hatte es wirklich eilig.

»Zu Befehl!« Dr. Blaszczykowski sprang aus dem Weg, drückte sich mit dem Rücken an die Wand und salutierte. Er holte sie im Erdgeschoss wieder ein, als sie den Schnürsenkel ihres rechten Turnschuhs neu binden musste.

»Anders als Sie habe ich keine Zeit, mich zu beeilen.« Er zwinkerte ihr zu, während er ihr die Tür aufhielt. »Leider nicht von mir. Igor Strawinsky. Was immer Sie so antreibt, Frau Kollegin, ich wünsche Ihnen, es ist was Schönes.«

»Danke, gleichfalls«, sagte Tille und rannte weg.

Im feierabendvollen Rewe stand sie viel zu lange in der Kassenschlange, bis sie endlich bezahlen konnte: Bananen, Mohrrüben, eine Gurke, zwei Liter Milch, Käse, fünfhundert Gramm Salami und Toast. Und die Zutaten für die Spaghetti Bolognese, die sie für Jan kochen musste.

Tille hätten Brot und Käse völlig gereicht. Ihr war immer noch ein bisschen flau von dem Lahmacun, und Jan hatte die Schulkantine. Aber irgendwann in der Achten hatte er plötzlich behauptet, das Essen sei so eklig geworden, dass er davon kotzen müsse. Zu matschig, nicht gar, versalzen, fade, lauwarm, eiskalt. Seitdem nahm er morgens mindestens zwei, manchmal vier Salamistullen mit, und wenn ihm abends schwante, dass er wieder nichts Warmes zu essen bekommen würde, sagte er viel leiser, als er sonst redete: »Gibt's heute nur Brot?«

Er schaffte es jedes Mal, gleichzeitig so tapfer und so enttäuscht zu klingen, als wäre er Hunger und Elend (Vollkornbrot) von klein auf gewohnt und erlaube sich nur in kurzen Augenblicken der Schwäche, auf das ganz und gar Unwahrscheinliche zu hoffen (Thunfischpizza, Nudeln mit Erbsen-Schinken-Sahne-Soße, Spinatknödel).

Manchmal fand Tille es lustig, wie sehr er sich in Sachen Verpflegung dafür bedauerte, sie zur Mutter zu haben, und wie absurd er es andererseits fand, wenn sie ihm vorschlug, selbst mal einzukaufen und zu kochen. Meistens machte sein verwöhntes, so vorwurfsvolles wie träges Selbstmitleid sie sauer. Viel öfter, als ihr Verstand es erlaubte, machte es ihr ein schlechtes Gewissen. Dann versprach sie, am nächsten Abend etwas zu kochen, obwohl sie wusste, dass sie es bereuen würde.

Als sie endlich mit den Einkäufen vor dem Eingang des Mietshauses stand, in dem sie wohnte, kam es ihr wie Folter vor, gleich Möhren, Knoblauch und Petersilie hacken zu müssen.

Alleinverdienend, alleineinkaufend, alleineinkäufetragend, alleinkochend, alleinaufräumend, alleinschlafend, alleinaufstehend, alleinerziehend, dachte Tille, manchmal hasse, hasse, hasse ich es.

Sie suchte minutenlang nach ihrem Haustürschlüssel. Sie hatte ihn in der Praxis liegen lassen. Sie klingelte. Sie klingelte ein, zwei, drei, vier Mal. Nichts passierte, obwohl sie wusste, dass Jan zu Hause war. Er war immer zu Hause, wenn sie von der Arbeit kam. Leider. Sie rief ihn auf dem Festnetztelefon an, auf seinem Handy, er ging nicht ran. Sie schrieb eine WhatsApp.

»Stehe ohne Schlüssel vor der Tür, bitte aufmachen!«

Aber die beiden Häkchen wurden nicht blau.

Sie kam nur deshalb ins Haus, weil ein Nachbar ihr die Tür öffnete. Die beiden vollen Papiertaschen waren schwer. Als sie im zweiten Stock ankam, rissen die Henkel der einen Tüte. Sie hämmerte gegen die Wohnungstür, bis sie Jan durch die milchigen Türgläser aus dem Klo kommen sah. Er öffnete die Tür. Er guckte auf sie. Er guckte auf die Einkäufe auf dem Boden. Er guckte wieder auf sie.

»Was denn?«, fragte er.

Sie war zu wütend, um etwas sagen zu können.

Jan hob die Milchtüten auf. Er latschte mit der Milch in die Küche und ohne die Milch zurück zu seinem Computer. Als sie die Tür zu seinem Zimmer aufriss, setzte er sich gerade wieder die fetten Kopfhörer auf, die er immer beim Spielen trug. Kein Wunder, dass er sie nicht gehört hatte. Hätte er nicht aufs Klo gemusst, würde sie immer noch im Treppenhaus stehen. Dann fing sie an zu schreien.

»Ganz ehrlich? Ich fände es so super, wenn du dich mit deinen Freunden bekiffen würdest, statt hier im Stockdunklen vor dem Scheißcomputer bei lebendigem Leib vor dich hin zu verwesen, weil, viel verblödeter würdest du nach zwei Joints ja wohl auch nicht aussehen als nach einem halben Tag hirnlosem Rumgeballer!«

Während Tille sich schreien hörte, war sie sich über zwei Sachen im Klaren. Erstens, so etwas sagte man nicht zu seinem vierzehnjährigen Sohn, wirklich nicht. Zweitens, dies waren Sätze mit so zwingendem Anekdoten-Potenzial, sie würden nicht vergessen werden. Niemals, nicht von ihr und nicht von Jan.

Jan würde, wenn es schlecht lief für Tille, noch seinen Enkeln davon erzählen, wie seine Mutter (ihre Urgroßmutter) einst an einem schwülen Abend Ende Juli gegen neunzehn Uhr die Tür zu seinem Jugendzimmer aufgerissen, ihn mit einem Schwall wüster Schimpfwörter zum Missbrauch illegaler Drogen aufgefordert und ihm zu guter Letzt auch noch schwere körperliche Gewalt angedroht hatte.

»Und jetzt mach sofort Schluss damit und hilf mir gefälligst in der Küche, sonst schmeiße ich das Scheißteil aus dem Fenster und dich gleich hinterher!«

Falls es ganz schlecht läuft, dachte Tille später, wird er diese Anekdote erst mal einem Therapeuten erzählen.

Jan hatte sich auf seinem Stuhl vom PC-Bildschirm weg in ihre Richtung gedreht, als sie mit Schreien angefangen hatte.

Er saß so regungslos da, als hätte eine unsichtbare Macht seine Unterarme auf die Armlehnen getackert, und guckte dabei so bräsig, wie er immer guckte, wenn er viel zu viel Computer gespielt hatte. Mit aufgerissenen Augen fixierte er Tille schweigend, so als wäre er soeben aus dem Koma aufgewacht und sein Gehirn müsste sich erst darauf besinnen, dass neben dumm Glotzen auch Sprechen eine Option war.

Eigentlich, fand Tille, guckte er fast ein bisschen so, wie er nach der Geburt geguckt hatte, als die Hebamme ihn auf ihren Bauch gelegt hatte und sie einander das allererste Mal in die Augen geschaut hatten, Mutter und Sohn. Damals, im Kreißsaal, hatte sie auf einmal keinerlei Zweifel mehr gehabt, dass sie ihn genug für zwei würde lieben können. Dass sie es schaffen würde, ihn auch ohne seinen Vater zu einem vernünftigen, lebensfähigen Menschen zu erziehen. Jetzt, in diesem Moment, war sie sich, wie so oft in letzter Zeit, nicht sicher, ob das nicht eine zu optimistische Prognose gewesen war.

Tille verließ das von Vorhängen verdunkelte Zimmer ihres Sohnes so plötzlich, wie sie es betreten hatte, und schlug die Tür hinter sich extra laut zu.

Wennschon, dennschon.

Aber ihre gerade noch irre Wut hatte den Zenit schon überschritten. Sie kam sich lächerlich vor beim Türenknallen. In der Küche holte sie sich ein Bier aus dem Kühlschrank und ließ sich auf einen Stuhl fallen. Der Gedanke, sich peinlich benommen zu haben, hatte über die Gewissheit, im Recht zu sein, gesiegt.

Was bin ich nur für eine Mutter?

Sie blickte aus der offen stehenden Küchenbalkontür in die Krone der Kastanie, die seit Jahren kränkelte. Als der alte Baum das erste Mal von Miniermotten befallen worden war, hatte sie hier, in dieser Altbauwohnung, noch mit Nils zusammengewohnt. Der Stadtteil hatte noch Eimsbüttel geheißen und nicht Eimsbullerbü, und vorne im Eckladen, in dem inzwischen »Alles für deinen Yogalifestyle« verkauft wurde, hatten noch halbe Gardinen im Schaufenster gehangen, hinter denen Herrengedecke serviert und Kette geraucht wurde.

Jan war noch nicht mal gezeugt worden.

Seit jener Zeit barg selbst der allerschönste Sommer für sie eine Enttäuschung. Dieses kleine, traurige Ziehen in der Magengegend, wenn sie irgendwann im Juli braune Flecken auf den großen Blättern entdeckte.

Sie trank das Bier fast in einem Zug aus. Es würde den Kloß wegspülen, der in ihrer Kehle steckte.

Der Tag war offenbar nicht zu retten.

Tille starrte weiter auf die Kastanie und trommelte mit den Fingern auf den Küchentisch. Sie nahm die unangezündete Zigarette aus dem Mund, die sie gerade eben noch auf dem Balkon hatte rauchen wollen, steckte sie zurück in die fast leere Zigarettenpackung, schlug einmal leicht mit der Faust auf die Tischplatte, stand auf und ging zurück zu Jans Zimmer.

Diesmal öffnete sie seine Tür ganz sachte und leise.

Sie schlich sich von hinten an, blieb hinter seinem Rücken stehen und atmete tief ein, durch die Nase. Sie schluckte mit geschlossenem Mund, konzentrierte sich, riss Jan den Kopfhörer vom Kopf und rülpste laut.

Seine Schultern zitterten, dann bebten sie. Er lachte.

Widerwillig zwar, aber er lachte. Erst leise, dann immer lauter. Er lachte sein herrliches, röhrendes Jungslachen. Er klappte zusammen auf seinem Stuhl und lachte mit dem Gesicht zwischen den Knien Richtung Boden.

»Alter!«, keuchte er. »Du bist so eklig, Mama!«

Nachdem sie zusammen gekocht, gegessen und die Küche aufgeräumt hatten, ließ Tille sich zu Jan aufs Sofa fallen, um mit ihm ›Game of Thrones‹ zu gucken. Das tat sie nur selten, meistens guckte Jan allein. Er war nicht gut darin, sie auf den neuesten Stand der Geschichte zu bringen. Er erzählte so langatmig und verworren, dass Tille ihn unterbrach.

»Lass uns einfach loslegen, ja? Und wenn ich was nicht verstehe, machen wir Pause, und du erklärst es mir.«

Sie drückten alle zehn Minuten auf Pause.

Gerade als Jan Tille in Erinnerung rief, wer Ellaria Sand war und wann und warum sie sich auf die Seite der Drachenkönigin geschlagen hatte, klingelte es an der Tür.

»Erwartest du noch jemanden?«

Tille gefiel es, so zu tun, als hätte ihr Sohn Freunde, die überraschend vorbeischauten. Dabei waren seine früheren Freunde inzwischen jeden Nachmittag und Abend damit beschäftigt, sich die Birne wegzukiffen. Behauptete Jan jedenfalls und dass das der Grund war, warum er nicht mehr mit ihnen befreundet sein wollte. Er saß lieber jeden Nachmittag und Abend und ganze Wochenenden und halbe Schulferien lang alleine in seinem Zimmer und spielte Computer. Noch zwei Wochen, dann waren die Sommerferien endlich vorbei.

Jan ignorierte Tilles Frage. »Opa vielleicht?«

Sie hatten in den letzten zwei Stunden nach dem großen Krach alles zusammen gemacht. Also gingen sie auch zusammen zur Wohnungstür. Tille ging vor, Jan schlurfte hinterher.

Im Hausflur stand eine große, schlanke Frau.

Die Frau war ungefähr so alt wie Tille, um die fünfzig, sie hatte blonde (blondierte), leicht gewellte, mittellange Haare und einen schmalen, wohlgeformten Mund, dessen Oberlippe sich ganz leicht über die Unterlippe schob – so leicht nur, dass es nicht nach Schmollen aussah, sondern apart wirkte. Sie war dezent und sorgfältig geschminkt, trug eine helllila Strickjacke über einem weißen Top und erinnerte Tille an irgendeine Schauspielerin, die sie noch nie hatte leiden können, weil sie nicht nur schön, reich und berühmt war, sondern auch noch klug und gesellschaftspolitisch engagiert.

An wen nur?

»Guten Abend, ich hoffe, ich störe Sie nicht.«

Maria Furtwängler!

Maria Furtwängler lächelte und wedelte mit einer Sektflasche. »Ich bin gestern eingezogen, gegenüber von Ihnen. Almut von der Karst. Hallo. Ich dachte, vielleicht haben Sie Lust, auf eine gute Nachbarschaft anzustoßen?«

Während Tille ihr die Hand schüttelte, spähte Maria Furtwängler Richtung Jan, der hinter ihr stand. Sie nickte ihm freundlich zu. Tille konnte sich ungefähr vorstellen, was für einen Gesichtsausdruck er gerade machte. Offenbar war seine Mimik nicht misszuverstehen.

»Oder lieber mal später?«, fragte die Furtwängler.

»Ja, lieber mal später, ehrlich gesagt.« Tille atmete innerlich auf. »Gerade passt es nicht so gut, wissen Sie, wir gucken zusammen eine Serie!«

»Oh, da will ich nicht stören, auf keinen Fall. Das ist wichtig, dass man sich Zeit nimmt für so was. Ich weiß das. Ich habe selbst vier Kinder großgezogen.«

Vier Kinder, dachte Tille, auch das noch.

Am liebsten sitzen alle in der Küche

Henriette, Almuts Jüngste, war das einzige ihrer Kinder, das noch zur Schule ging. Nach den Sommerferien kam sie in die Zehnte. Franziska, die Älteste, hatte fertig studiert, Grundschullehramt in Flensburg. Sie unterrichtete in einer kleinen Schule nicht weit von der Förde und war vor Kurzem mit ihrem Freund, einem Agrarinformatiker, zusammengezogen. Ludwig machte seinen Master in Maschinenbau in Leipzig. Und Johann, sein Zwillingsbruder, war nach der Ausbildung zum Schifffahrtskaufmann ans andere Ende der Welt verschwunden, nach Valparaíso, wo er tagsüber in der chilenischen Niederlassung seines Unternehmens arbeitete und abends mit Pisco Sour gefüllte Cocktailgläser vor farbfilterfrisierten Sonnenuntergängen auf Instagram teilte.

Nur Hetti lebte noch bei den Eltern.

Seit fast drei Wochen, seit Almuts Umzug nach Eimsbüttel Ende Juli, hatte sie zwei Zuhause.

Vor gut einem Jahr hatten Almut und Christoph ihrer Tochter eröffnet, dass sie sich trennen und ihr Vater in ein möbliertes Apartment ziehen würde.

Hetti war schluchzend aus dem Wohnzimmer gelaufen.

Ein Dreivierteljahr später hatte Almut sich im zu großen Haus auf das Ende des Bettes gesetzt, auf dem Hetti lag und irgendein YouTube-Video guckte. Almut erklärte ihr, dieses Haus würde bald ihrem Vater alleine gehören, darauf hätten er und sie sich geeinigt. Christoph wolle wieder hier wohnen, sobald sie ausgezogen seien.

»Aber ich kriege die Wohnung in Eimsbüttel. In ein paar

Monaten wird sie frei, und dann ziehen wir beide dort ein. Dein Zimmer dort ist auch ganz, ganz schön.«

Hetti musterte sie regungslos.

Almut berührte den nackten Streifen Haut, der zwischen dem Ende von Hettis Jogginghose und dem Rand ihres Söckchens hervorschaute. Sie begann den Knöchel ihres Fußes kreisförmig mit dem Daumen zu massieren, Hetti liebte das.

Aber Hetti zog das Bein weg und winkelte es an.

In ihrem Blick lag nichts Kindliches mehr.

»Vergiss es, Mama. Ich wechsele doch nicht die Schule.« Sobald Almut umgezogen sei, verkündete sie, würde sie die Wochenenden und einen Teil der Ferien bei ihr verbringen, an den Schultagen aber würde sie im Haus wohnen, bei Christoph.

»Aber Papa ist kaum da unter der Woche.«

»Mama, ich bin fast sechzehn.« Hetti war damals noch nicht sehr lang fünfzehn. »Wenn ihr euch schon hinter meinem Rücken trennt, dann kann ich mir ja wohl aussuchen, wo ich zur Schule gehe. Und ich fahre bestimmt nicht jeden Morgen eine Stunde dahin und nach der Schule noch mal eine Stunde zurück. Und wenn was ist, bist du ja auch noch da, du bist ja nicht tot.«

Innen drin hatte es sich aber ein bisschen so angefühlt.

Dennoch, Almut war nichts eingefallen, was ernsthaft gegen Hettis Entschluss sprach, außer dass er sie so schwindelig machte, als hätte sie jemand an eine Felskante geschubst, hinter der nichts kam als der freie Fall.

»Um in Ihrem Bild zu bleiben: Wurden Sie wirklich geschubst? Von wem? Und welche Möglichkeiten fallen Ihnen ein, um dem drohenden Sturz auszuweichen?«, hatte Frau Sommer in der darauffolgenden Sitzung gefragt – jene Therapeutin, von der sie sich durch das lange, manchmal endlos erscheinende Ende ihrer Ehe lotsen ließ.

»Und falls Ihnen keine Alternativen zum Sturz von der Felskante in den Sinn kommen«, hatte Frau Sommer nachgehakt, »wovor fürchten Sie sich ganz konkret, wenn Sie sich die Situation vorstellen?«

Almut hatte in Hettis Plan eingewilligt.

Sie hatte versucht zu verbergen, wie traurig er sie machte. Wenn Hetti erst freitags nach der Schule zu ihr kam, sollte sie wenigstens gerne kommen. Wirklich gerne, das war Almut klar, kamen Heranwachsende nur dann nach Hause, wenn man sich über ihr Kommen freute, ohne es allzu sehnsüchtig erwartet zu haben. Und auf keinen Fall durften sie das Gefühl haben, eine schmerzhafte Leere zu hinterlassen, wenn sie wieder gingen. Nur Frau Sommer wusste, wie viel Angst Almut vor diesem Schmerz hatte.

Nach dem Umzug hatte Hetti zwei Wochen mit Christoph auf Ibiza verbracht. Es war eine Premiere, dass sie nur mit ihrem Vater Urlaub machte. Dass ihre WhatsApp-Nachrichten trotzdem vergnügt klangen, war nicht leicht gewesen für Almut. Die beiden hatten ein Sporthotel gebucht, wo Hetti surfen lernte (den Surflehrer zu beeindrucken versuchte), während Christoph (ganz bestimmt) am Laptop saß und an seiner beruflichen Unentbehrlichkeit arbeitete.

Vor einer Woche war Hetti nach Hamburg zurückgekehrt und hatte erklärt, die letzten Ferientage bei ihrer Mutter im neuen Zuhause verbringen zu wollen.

Almut war so aufgeregt wie vor einem ersten Date.

Hetti stand freitagmittags vor der Tür, braun gebrannt, mit sonnengebleichtem Haar, einem Muschelkettchen ums schmale Handgelenk, einem vollgestopften Baumwollbeutel und ihrem Rucksack. Almut hatte einen Zitrone-Mascarpone-Kuchen mit Zuckerguss und gerösteten Pistazien gebacken und war unendlich erleichtert, als Hetti unbefangen durch die fast fertig eingerichtete Wohnung lief, die frisch lackierten Altbaufensterbänke streichelte, alles cool und megaschön fand bis auf das kleine Bad (das fand sie nur süß) und bei jedem neu angeschafften Teil fragte: »Wo hast du das her?«

Die folgenden Tage verbrachten sie damit, Rezepte aus dem vegetarischen Kochbuch zu kochen, das Almut von Franzi zum letzten Geburtstag bekommen hatte, eine Wand in Hettis Zimmer erst knallgrün, dann doch lieber graugrün zu streichen, durch großstädtische Straßen zu schlendern, Eis zu essen und in Schaufenstern nach zum Graugrün passenden Einrichtungsgegenständen zu fahnden.

Heute war der Tag des Abschieds. Hetti stand mit gepacktem Rucksack, prallem Baumwollbeutel und einer Tüte voller neuer Hefter, Leuchtmarker und Collegeblocks, die sie zusammen besorgt hatten, in der Wohnungstür, um Tschüss zu sagen. Almut bemühte sich, fröhlich auszusehen.

»Bis Freitag, Mamili.« Hetti gab ihr einen Kuss. »Morgen habe ich wieder Training. Soll ich die anderen grüßen, wenn ich sie sehe?«

Die anderen, das waren jene Frauen, mit denen Almut jahrelang am Rand von Hockeyfeldern gestanden und Kinder angefeuert, mit denen sie Tennis gespielt, Feste gefeiert und viele Stunden auf der Terrasse des Vereinsheims gesessen und getratscht hatte über alles, was im Stadtteil so vor sich ging. Die größte Tratschtante von allen war Evelyn, die jedes Gerücht als Erste kannte und ihre Erzählungen immer mit »Ich weiß nicht, ob's stimmt, ich hab's nur gehört« einleitete.

Wie ihre eigene Geschichte wohl geklungen hatte aus Evelyns Mund? Und wie hatten ihre Zuhörerinnen reagiert? Ob Katharina wieder erschüttert die Hand vor den Mund geschlagen hatte, so wie sie es immer tat, wenn einer anderen etwas von dem passierte, wovor sie sich fürchtete?

Almut würde es nie herausfinden.

»Ja, grüß mal ganz lieb.« Sie lächelte tapfer.

»Mache ich.« Hetti gab Almut einen zweiten, endgültigen Kuss, da hörte man jemanden die Treppe hochkommen.

Es war der Junge von Frau Seyboldt.

Er presste mit gesenktem Kopf ein Hallo hervor, steuerte auf die gegenüberliegende Tür zu, schloss mit nervösen Bewegungen auf und hoffte offenbar, unbehelligt in die Wohnung gelangen zu können. Aber Hetti, selbstbewusst und vorpreschend, wie sie als Letztgeborene und Stürmerin nun mal war, ließ ihn damit nicht durchkommen.

»Bist du unser Nachbar?« Sie fragte so laut, dass er unmöglich tun konnte, als habe er sie nicht gehört.

Er drehte sich um, erschrocken, als wäre er bei etwas Verbotenem ertappt worden. »Ja.«

»Ich heiße Hetti. Und du?«

»Jan.«

»Hallo Jan! Ich bin jetzt immer am Wochenende hier, hast du vielleicht schon mitbekommen.«

»Nein.«

»Aber ich habe schon viel von dir gehört.«

»Ja?«

Jan sah so entsetzt aus, dass Almut Mitleid mit ihm bekam. Über Hetti ärgerte sie sich. Es stimmte nicht, dass sie schon viel über den Nachbarsjungen geredet hatten. Almut hatte nicht mehr erzählt als das wenige, was sie über Frau Seyboldts Sohn wusste. Dass er ungefähr so alt war wie sie, vielleicht ein bisschen jünger, dass er die gleichen Locken hatte wie seine Mutter, nur in kürzer und dunkelbraun, und dass er ein ganz hübscher Junge sein könnte, wenn er etwas gegen die unreine Haut auf seiner Stirn täte und seine Körperhaltung verbessern würde.

»Aber ich muss jetzt los«, sagte Hetti.

»Okay«, sagte Jan und verschwand.

Almut lauschte Hettis Treppab-Galopp noch hinterher, als die schon längst aus ihrem Blickfeld verschwunden war. Danach machte sie einen Salat, einen Mittagsschlaf und einen Kaffee. Sie telefonierte lang und lustlos mit einer alten Bekannten und verabredete sich für übernächste Woche. Sie suchte im Internet nach einer Tapete für das WC, landete auf einer Onlinebörse für Ehrenämter und schließlich auf Monster.de, wo sie von dem Slogan »Finde den Job, den du wirklich verdienst« begrüßt wurde. Sie gab in die Suchfelder »Hausfrau« und »Hamburg« ein und klickte auf »Job finden«. Sie schöpfte kurz Hoffnung, als sie entdeckte, dass sie sich vertippt und nach Stellenangeboten für eine »Haufrau« gesucht hatte.

Aber auch nachdem sie den Fehler korrigiert hatte, lautete das Ergebnis: »Noch keine passenden Jobs.«

Am Freitag danach kam Hetti wieder und verbrachte das Wochenende ausschließlich mit Almut. An den folgenden beiden Wochenenden traf sie sich samstagnachmittags mit ihrer Freundin Vicky zum Bummeln und Kaffeetrinken. Wieder einen Samstag später fragte Hetti, ob sie mit Vicky und ein paar anderen abends ins Schanzenviertel gehen dürfe.

»Mamili, bitte! Ich bin doch auch gar nicht weit weg, nur zwei U-Bahn-Stationen, das ist so cool!«

Almut gab sofort nach.

Eigentlich war null Uhr viel zu spät. Franzi hätte sie es mit nicht mal sechzehn niemals erlaubt, so lange auszugehen. Aber Hetti war ihr viertes Kind (der pädagogische Elan ließ allmählich nach) und dazu ein sehr vernünftiges und verlässliches Mädchen. Vor allem aber war Almut zu froh über die fast dreiste Unbeschwertheit, mit der ihre Tochter die veränderten Lebensverhältnisse zu ihren Gunsten ausnutzte, um streng sein zu können.

Hetti kam nur zehn Minuten zu spät nach Hause, sodass Almut ihr auch am folgenden Wochenende erlaubte, abends auszugehen.

»Wer ist denn eigentlich noch dabei, außer Vicky?«

»Kennst du nicht.«

»Ihr könnt euch auch gerne mal hier treffen.«

»Schon klar«, sagte Hetti und war weg.

Am Samstag darauf fragte sie nicht mehr, ob sie ausgehen dürfe. Sie teilte es nur noch mit. Aber erst, als Almut vorschlug, zusammen ins Kino zu gehen.

»Ich kann nicht. Ich bin in der Schanze verabredet.«

»Heute Abend? Schon wieder? Mit wem?«

»Hab ich doch gesagt, kennst du nicht.«

»Ich würde die Leute aber gerne mal kennenlernen, mit denen du nachts durch die Gegend ziehst.«

»Ach Mama, nee!« Hetti guckte fast angeekelt. »Ich ziehe nicht durch die Gegend. Ich treffe mich einfach mit ein paar Freunden. Soll ich denen jetzt sagen, ihr müsst euch alle mal schnell meiner Mutter vorstellen, damit ich was machen darf mit euch, am besten mit Knicks?«

»Aber wenn sich mal die Gelegenheit ergibt –«

»Ja, ja«, sagte Hetti.

Am Sonntag kam sie um elf aus ihrem Zimmer an den Küchentisch geschlurft. Almut küsste sie auf den ungekämmten Kopf. Sie glaubte, unter einem nur noch schwachen Shampooduft einen noch schwächeren Hauch von Bier zu riechen, widerstand aber der Versuchung, gründlicher in Hettis Haaren herumzuschnüffeln. Sie goss ihr einen Apfeltee auf und setzte sich zu ihr, aber Hetti pustete mit enervierender Ausdauer so lange in den dampfenden Becher hinein, dass Almut wieder aufstand und sich daranmachte, die Spülmaschine auszuräumen.

»Ich glaube, ich höre mit Hockey auf.« Noch ein Pusten, dann ein Schlürfen.

»Wieso das denn auf einmal?« Almut setzte sich wieder, in der Hand die große Salatschüssel, die sie auf den Knien parkte.

»Weils mir null Spaß mehr macht. Ich habe keine Lust mehr auf Spiele jedes Wochenende und Turniere. Ich brauche auch mal Zeit für mich.« Hetti pustete und schlürfte weiter.

»Kannst du bitte mal mit mir reden statt mit dem Tee?«

Sie stritten sich zum ersten Mal in der neuen Wohnung. Als sie fertig waren, nahm Almut ihren Kalender, um damit zur Nachbarin rüberzugehen. Sie würde sie jetzt endlich auf ein Kennenlerntreffen festnageln. Wenigstens das würde sie hinbekommen heute, wo sie schon sonst nichts zu tun hatte, außer ihrer Tochter vorzuschreiben, womit und mit wem sie ihre Freizeit verbringen sollte. So hatte Hetti es ihr eben vorgeworfen.

Als Almut das erste Mal bei den Seyboldts geklingelt hatte, gleich nach ihrem Einzug, hatte es ewig gedauert, bis die Tür aufgegangen war. Heute ging es ganz schnell, und Frau Seyboldt stand alleine da. Von Jan war nichts zu sehen und zu hören.

»Hallo?«, sagte Frau Seyboldt. Genauso gut hätte sie fragen können: Was wollen Sie denn jetzt schon wieder?

Die Nachbarin war barfuß und hatte ein labberiges weißes T-Shirt an, das im Bauchbereich besprenkelt war mit gelblichen Spritzern. Ein paar Strähnen ihrer kinnlangen dunkelblonden Locken hingen vor den grünen Augen, die abwartend, fast misstrauisch guckten. Hinter ihr im Flur stand ein alter Sekretär, darauf ein Korb voll mit leeren Bierflaschen, ein Stapel ungeöffneter Briefumschläge und eine Vase mit toten Rosen. Sie hielt ein feuchtes Shirt in der Hand, und auf ihrer Schulter stapelten sich ein paar weitere Wäschestücke, die nach ziemlich verwaschenen Baumwollunterhosen aussahen. Die Unterhosen signalisierten unmissverständlich, dass Almut erneut einen schlechten Augenblick erwischt hatte.

»Oh, ich störe schon wieder«, sagte Almut. »Das tut mir leid. Aber ich dachte, wir suchen mal ganz in Ruhe nach einem Termin. So zwischen Tür und Angel ist das ja schwierig.«

Sie waren sich in den letzten paar Wochen ein paarmal über den Weg gelaufen und hatten einander immer wieder bestätigt, man werde demnächst mal was trinken zusammen.

»Ah ja, klar. Gerne.« Frau Seyboldt strich sich mit dem Handgelenk eine Locke aus dem Gesicht. Dabei rutschte der Unterhosenstapel von ihrer Schulter auf die Türschwelle. Schnell bückte Almut sich, um die Slips aufzuheben. Auf der Matte, die vor der Tür im Flur lag, stand rot auf Grau in Großbuchstaben: »DIE GANZE WELT IST EIN IRRENHAUS, ABER HIER IST DIE ZENTRALE.«

»Oh, danke.« Frau Seyboldt riss ihr die Unterhosen aus der Hand, und Almut wurde klar, dass es höflicher gewesen wäre, weniger zuvorkommend zu sein.

»Ich bin gerade beim Wäscheaufhängen«, erklärte Frau Seyboldt das Offensichtliche. »Tja, meine Alltagsschlüpfer. Ich brauche wirklich mal neue. Obwohl, bei mir ist eigentlich immer Alltag, auch was meinen Unterwäschebedarf angeht.«

Almut versuchte zu lachen.

»Aber eine neue Fußmatte, die brauche ich noch viel dringender«, redete Frau Seyboldt weiter. »Die da habe ich von meinem Vater, das war das erste Mal, dass er online was bestellt hat. Er war so stolz, auch weil er dachte, der Spruch würde zu mir passen. Ich hab's nicht übers Herz gebracht, ihm zu sagen, dass ich Fußmatten mit witzigen Sprüchen schrecklich finde, aber ich war auch ein bisschen beleidigt, na ja – warum erzähle ich Ihnen das eigentlich alles?«

Darauf wusste auch Almut keine Antwort.

Wie immer, wenn sie verunsichert war, versuchte sie, ihr Gegenüber durch noch größere Freundlichkeit zu überwältigen. »Also, wenn Sie so wenig Zeit haben – vielleicht würde es

Ihnen ja passen, sich mal von mir bekochen zu lassen? Ich koche sehr gerne.« Und sehr gut, aber das traute sie sich nicht zu sagen. »Ich mache was Leckeres, und Sie kommen dann einfach mal ein Stündchen rüber?«

Frau Seyboldt zögerte.

»Zum Beispiel mal nach der Arbeit, zum Abendessen und auf ein Glas Wein?« Weil Frau Seyboldt immer noch nichts sagte, erhöhte Almut den Einsatz. »Sie können auch gerne Ihren Sohn mitbringen. Sagen Sie einfach, wann es Ihnen passt, ich bin flexibel.«

Da kapitulierte Frau Seyboldt. »Okay. Diesen Donnerstag? Aber ich mag eigentlich nur Bier, ich bringe auch was mit.«

Diesmal reichte Jan ihr die Hand und nuschelte irgendetwas, das wie »Guten Tag, Frau Furtwängler« klang.

»Kommt rein, schön, dass ihr da seid. Wir duzen uns doch? Ich bin Almut«, sagte Almut.

»Ich bin Tille«, sagte Frau Seyboldt.

»Hier entlang, ich habe in der Küche gedeckt«, sagte Almut. »Da ist es ja immer am gemütlichsten, dachte ich.«

»Stimmt«, sagte Tille. »In der Küche sitzen immer alle am liebsten. Ich auch.«

Zum Steinpilzrisotto hatte Almut grüne Blattsalate mit einer fruchtigen Vinaigrette vorbereitet, als Nachtisch gab es Obstsalat mit selbst gemachtem Vanillequark und Mandelkrokant. Jan aß noch mehr als die Zwillinge, und auch Tille sagte mehrmals, wie gut es ihr schmeckte. Nach dem Nachtisch erklärte Jan, er müsse noch Fotos von Wassermolchen in Landtracht im Internet suchen, für eine Bio-Präsentation. Als er gegangen war, öffnete Tille ein zweites der Biere, die sie im Sixpack mitgebracht hatte. Almut schenkte sich Wein nach.

»Vorbildlich«, sagte sie. »Meine Jungs waren die ganze Mittelstufe über so furchtbar faul, es war kaum zu ertragen.«

»Ist es okay, wenn ich auf dem Balkon eine rauche?«, fragte Tille. Almut holte einen Aschenbecher. Sie setzten sich zusammen nach draußen an den kleinen Fermob-Tisch.

»Vorbildlich? Das täuscht«, sagte Tille und zündete sich eine an. »Jan wollte nur rüber, weil er weiter Computer spielen will. Er ist leider ziemlich schlecht, besonders in Deutsch, aber er will partout keine Nachhilfe nehmen. Und ich habe zu wenig Zeit. Ich bin auch nicht gut in so was, ich bin zu ungeduldig.«

»Du kümmerst dich ganz allein um ihn?«

»Sein Vater lebt in Thailand, den kennt er quasi gar nicht.« Jan, erzählte Tille, war gezeugt worden, als sie und ihr Exfreund Nils schon so gut wie getrennt gewesen waren, auch wenn sie das beide nicht hatten wahrhaben wollen. »Wir hatten uns mal wieder furchtbar gestritten und uns so schreckliche Sachen an den Kopf geworfen, dass wir, glaube ich, danach nicht wussten, wie wir das wiedergutmachen sollten. Außer durch Sex. Kennst du bestimmt.«

»Nein, ehrlich gesagt nicht«, sagte Almut.

Zwischen ihr und Christoph war Sex nie etwas gewesen, womit sie eine Kluft hätten überbrücken können. Sie hatte mit Christoph immer nur schlafen können, wenn sie sich ihm (halbwegs) nahe gefühlt hatte. Vielleicht war das noch eines ihrer vielen großen Probleme gewesen?

»Na ja, jedenfalls, als ich Nils erzählt habe, dass ich schwanger bin, hat er erst Wow gesagt und dann Scheiße und dann: Es ist dein Bauch, du musst entscheiden, was du willst.« Was Nils selbst wollte, habe er lange nicht sagen können, erzählte Tille, und als er es endlich wusste, sei es sowieso zu spät gewesen für eine Abtreibung. »Er hat sich noch vor der Geburt in ein Flugzeug gesetzt. Weil er mal ganz woandershin und den Kopf frei bekommen musste.«

Einfach abhauen, dachte Almut, immerhin, das hätte Christoph nie gemacht.

Jans Vater war auf einer kleinen Insel in der Andamanensee hängen geblieben, erzählte Tille, wo er mit seiner neuen israelischen Freundin ein Eco-Beach-Hostel eröffnet hatte. »Die Freundin ist längst weg, aber das Hostel hat er immer noch. Auf Booking.com wird es mit »außergewöhnlich« bewertet, aber angeblich verdient er fast nichts damit, weil er seinen Mitarbeitern so überdurchschnittlich hohe Löhne zahlt.«

»Du kriegst keinen Unterhalt für Jan?«

»Alle paar Monate überweist er mal was, mal fünfhundert, mal hundert Euro.«

Eine gute halbe Stunde später wusste Almut, dass Tille eine Stelle als Assistenzärztin gehabt hatte, als Jan zur Welt gekommen war. Dass sie im ersten Jahr von Sozialhilfe, Erziehungs- und Kindergeld gelebt hatte und von dem, was ihre Eltern ihr zugesteckt hatten. Dass Tille bis zu Jans drittem Geburtstag halbtags arbeiten gegangen war, weshalb sich ihre Facharztausbildung verzögert hatte, die man damals nur Vollzeit absolvieren konnte. Dass Tilles Mutter an jedem Arbeitstag, bei jedem Wochenenddienst und jeder Nachtschicht zu Tille und Jan nach Hause gekommen war, um auf ihren Enkel aufzupassen.

»Wie lieb von ihr«, sagte Almut. »Meine Mutter hat sich nach den Geburten ihrer Enkel ziemlich viel Zeit gelassen, bevor sie ihnen einen Antrittsbesuch abgestattet hat.« Neugeborene sähen alle mehr oder minder gleich aus, hatte Almuts Mutter behauptet, außerdem würden sie anfangs sowieso nur schlafen, deshalb käme sie lieber erst nach ein paar Wochen, wenn das Baby sie wenigstens schon anlächeln könnte. »Sie hat gesagt: Der weite Weg muss sich ja lohnen für mich«, erzählte Almut. »Deine Mama und Jan, die haben dann jetzt bestimmt ein sehr enges Verhältnis, oder?«

»Hatten sie, ja. Aber sie lebt nicht mehr.« Mehr wollte Tille dazu offenbar nicht sagen. »Und du? Was ist bei dir so alles schiefgelaufen in den letzten fünfzig Jahren?«

»Na, wie war's gestern?«, fragte Hetti am Freitagnachmittag. Sie saßen am Küchentisch, tranken Kaffee und aßen Franzbrötchen, von denen Almut irgendwann eingesehen hatte, dass es sich nicht lohnte, sie selbst zu backen.

Almut kam es vor, als würde sie sich selbst hören. »Na, wie war's?«, genau das fragte sie immer am nächsten Morgen, wenn eines ihrer Kinder am Abend zuvor ausgegangen war, in der albernen Hoffnung, sie würden sie diesmal wenigstens an ein paar interessanten Details ihres jugendlichen Lebens teilhaben lassen, statt einfach nur »Gut« zu antworten.

»Sehr gut«, sagte Almut.

Sie selbst fügte an dieser Stelle des Gesprächs meistens ein »Hattet ihr es schön?« an.

»Ja? Hattet ihr es schön?« Hetti nahm sich noch ein Stück Franzbrötchen. »Ist Frau Seyboldt doch ganz okay? Und ihr komischer Sohn, war der auch da?«

»Ja, war er.«

»Und? Hast du ihn zum Reden bekommen, oder kann er nur Ja und Nein sagen und rot werden?«

»Er ist eben nicht so selbstsicher wie du. Er ist auch nicht lange geblieben, nach dem Essen ist er wieder rübergegangen, und dann habe ich mich noch sehr nett mit seiner Mutter unterhalten.«

Ach, das freut mich, würde Almut jetzt sagen.

»Cool«, sagte Hetti.

Hettis hochinteressierte Freude darüber, dass ihre Mutter einen schönen Abend gehabt hatte, war Almut irgendwie unangenehm. Das gehört andersherum, dachte sie. Sie behielt für sich, dass sie Tille (und Jan) zum Abschied gleich noch einmal zum Abendessen eingeladen hatte.

»Total gerne«, hatte Tille gesagt. »Wieder nächsten Donnerstag?«

Drei Margaritas und die Pforte zum Glück

Seit mehr als zwei Monaten gingen Tille und Jan jeden Donnerstagabend um acht zu Almut rüber. In ihrer Küche setzten sie sich an einen stets liebevoll, mit jahreszeitlichem Dekozeugs gedeckten Tisch. Angefangen hatte es mit kleinen Sträußen aus Brombeeren, Hagebutten und Efeu, beim vorletzten Mal hatten Tanne, Ilex und rote Kerzen den Adventsbeginn eingeläutet. Tille versuchte jedes Mal schon beim Betreten von Almuts Wohnung zu erraten, was es zu essen gab. Egal was es war, immer fand sie die Gerichte wunderbar, schon allein deshalb, weil sie nichts dafür tun musste, außer die Köchin zu loben.

»Das Rehgulasch ist sensationell, Almut, und dein Wirsing ist noch besser als der Spitzkohl neulich.«

In den letzten Wochen war Henriette ein paarmal dabei gewesen, Almuts Jüngste. Eigentlich wohnte sie nur am Wochenende bei ihrer Mutter, aber die Donnerstagabendessen schien sie so gerne zu mögen, dass sie immer öfter eine Ausnahme machte.

Hetti, wie Almut sie nannte, war eine sehr gut erzogene Sechzehnjährige mit wippendem blondem Pferdeschwanz und Peace- und Snoopie-Buttons am Rucksack. Auf ihren Wunsch hin hatte Almut aufgehört, San-Pellegrino-Wasser zu kaufen. (»Mama! Die gehören zu Nestlé!«) Nun stand immer eine Karaffe mit eisgekühltem Leitungswasser auf dem Tisch. Letzte Woche hatte es ein fantastisch mürbes Bœuf bourguignon gegeben und als Beilage knuspriges Baguette und einen Kurzvortrag von Hetti dazu, wie viel CO_2 die Produktion von Rindfleisch verursachte. Seitdem sorgte sich Tille, dass Almut als Nächstes auf nur-noch-vegetarisch umstellen könnte.

Als Hetti das erste Mal mit am Tisch gesessen hatte, hatte Jan fast gar nichts mehr gesagt, war aber nur einmal kurz (ohne Handy) aufs Klo gegangen und nach dem Nachtisch länger sitzen geblieben als sonst. Hetti, die Almuts zwischenmenschliche Beharrlichkeit geerbt hatte, hatte ihn so unverdrossen befragt zu seinen Lieblingsessen, Hassfächern, Mitschülern und Computerspielen, dass er irgendwann zu antworten begonnen hatte, gelegentlich sogar in ganzen Sätzen.

Almut behauptete, es gebe für sie nichts Schöneres, als »viele liebe Menschen« um einen Tisch zu versammeln. Und zu wissen, dass sie damit Tille entlaste, mache sie zusätzlich froh: »Dein Job ist es, Leute gesund zu machen. Mein Job war es immer, andere zu umsorgen, darin bin ich wirklich gut. Gönn es mir doch einfach, dir zu zeigen, was ich kann.«

Das stimmte, sie war wirklich gut darin.

Nicht mal mehr Bier musste Tille mitbringen. Almut hatte immer alles da, was man brauchte, um auf der entweder viel zu stressigen oder viel zu eintönigen Strecke zwischen zwei Wochenenden kleine, heimelige Rastplätze zu schaffen. Kaltes Dithmarscher. Schokolade mit ganzen Nüssen. Lust und Zeit, sich zu unterhalten.

Manchmal schaute Tille auch an anderen Tagen auf ein Feierabendbier bei ihr vorbei und erzählte von ihrem Alltag in der Praxis. Von dem Mann, der sich den Namen seiner Verlobten Jeanette auf den Steiß hatte tätowieren lassen, allerdings falsch, nämlich »Janette«. Von der alten Frau, die kaum Deutsch sprach und über »Pischi verbrannt« klagte, und wie froh Tille war, als sie endlich verstand, was sie damit meinte, nämlich Schmerzen beim Wasserlassen, das Symptom für eine Blasenentzündung. Oder von dem Brasilianer, der kein Wort Deutsch konnte und den linken Zeigefinger nach unten gekrümmt in die Luft gehalten und mit dem rechten auf seinen Schritt gezeigt und »Imma, imma, imma!« gerufen hatte.

Almut lachte, staunte oder bemitleidete entweder die Patienten oder Tille, je nachdem. Immer wieder bot sie an, ihr etwas vom Wochenmarkt mitzubringen, Päckchen bei der Post oder Winterjacken in der Reinigung abzuholen und nachmittags nach Jan zu schauen und ihm Kakao und Kuchen anzubieten, »damit er mal zehn Minuten vom Computer wegkommt«, aber Tille lehnte jede weitere Hilfe ab. Nicht nur weil sie fürchtete, dass Jan ihr die Kindschaft kündigen würde, falls rauskäme, dass sie ihm Almut als Aufpasserin auf den Hals gehetzt hatte. Sie mochte es nicht, noch dankbarer sein zu müssen.

Almut erzählte weniger als Tille.

Wenn, dann von ihren Kindern oder von den alten Leuten, denen sie neuerdings in einem Altenpflegeheim vorlas, ab und zu auch von ihrem idiotischen Immer-noch-nicht-Exmann und seinen Unverschämtheiten. »Seine Mutter und seine Tante kommen nach Hamburg und haben Tickets fürs Ballett, und er hat mich doch tatsächlich gefragt, ob die beiden vorher zu mir zum Kaffeetrinken kommen könnten, weil er keine Zeit hat für sie.«

Oder sie berichtete von ihrer letzten Therapiestunde.

Zu Tilles Entzücken hieß Almuts Therapeutin Karin Sommer, wie die Frau mit dem besonderen Verwöhnaroma, deren überlegenem Kaffeewissen ihre Eltern einst vertraut hatten. Davon war Tille jedenfalls als Kind felsenfest überzeugt gewesen, dass Karin Sommer der Grund dafür war, dass bei ihnen zu Hause nur Jakobs Krönung getrunken wurde.

Vor ein paar Wochen hatte Almuts Frau Sommer ihr geraten, sie solle sich überlegen, was ihr mal so richtig Spaß bringen würde. »Am besten etwas, das Sie noch nie gemacht haben und wo es auch Männer gibt«, hatte die Therapeutin gesagt. »Wenn Sie sich einen neuen Partner wünschen, müssen Sie

Männer treffen und Flirten üben. Schnappen Sie sich eine Freundin, und los!«

Eine Sache, die Almut noch nie gemacht hatte, aber schon immer mal machen wollte und bei der es auch Männer gab, war: Salsa tanzen. Die Freundin war: Tille.

Almut war mal wieder überaus hartnäckig gewesen und hatte behauptet, Tille müsse »auch mal raus« und »was Neues ausprobieren«, bis sie das irgendwann selbst geglaubt hatte. Außerdem war es nur fair, Almut (dem Salsa) einen Abend (ihre Selbstachtung) zu opfern. Immerhin hatte sie es ihr zu verdanken, dass der Donnerstag – der Tag, an dem sie Spätsprechstunde hatte und bis sieben in der Praxis bleiben musste – nicht mehr ihr Hasstag war.

»Na gut«, hatte Tille gesagt. »Wenn Karin Sommer das empfiehlt, werde ich wohl auf sie hören müssen.«

Tille hatte sofort gewusst, dass es eine Scheißidee war, zu diesem bescheuerten Tanzabend zu gehen. Er begann mit einem einstündigen Schnupperkurs, zu dem ein gutes Dutzend Salsa-Anfänger gekommen waren, darunter deutlich mehr Frauen als Männer.

Tille gab nach vierzig Minuten auf.

Almut machte begeistert mit.

Erst nach dem Schnupperkurs begann die eigentliche Salsa-Party, zu der die Salsa-Könner dazustießen. Unter den männlichen Profis gab es mehrere, die sich ein kleines Frotteetuch in den Hosenbund oder die Hosentasche gestopft hatten, um sich zwischen zwei Tänzen den Schweiß von Gesicht und Händen wischen zu können. Viele der Männer schwitzten stark, auch weil sie wegen des Frauenüberschusses ständig tanzen mussten.

Almut trug ein grasgrünes, ausgestelltes Kleid und dunkelblaue Ballerinas. Sie hatte erst vor einer Stunde die ersten

Salsa-Schritte gelernt, beherrschte sie aber schon so sicher, als sei sie nicht in Hanau, sondern in Havanna aufgewachsen.

Du alte Streberin, dachte Tille.

Sie lehnte mit einem fast leeren Hefeweizenglas an der Theke neben der Tanzfläche und beobachtete, wie ihre Freundin versuchte, mit einem der Salsa-Anfänger zu tanzen. Sie schätzte ihn auf Ende fünfzig, Anfang sechzig. Er trug ein kariertes Kurzarmhemd und Geox-Sneakers und stapfte genauso unbeholfen herum wie Tille, wenn sie vorgegebene Schrittfolgen tanzen sollte. Ganz anders als sie selbst wurde er anscheinend von keinerlei Selbstzweifeln geplagt. Er amüsierte sich prächtig.

Zu Unrecht, dachte Tille.

Noch unattraktiver als Männer in Karokurzarmhemden fand sie Männer in Karokurzarmhemden, die schlecht tanzten.

Die Latino-Musik schmetterte so laut aus den Boxen in den niedrigen Raum hinein, dass Tille ihre nächste Bestellung drei Mal wiederholen musste, bevor die Barfrau sie verstand. Das machte der Barfrau (anders als Tille) aber gar nichts aus. Während Tille »Ein al-ko-hol-frei-es He-fe-wei-zen!« brüllte, grinste sie nur und ließ ihren üppigen Oberkörper zur Musik schwingen.

Die ganze Veranstaltung propagierte derart aufdringlich die frohe Botschaft von Ausgelassenheit und Lebenslust, dass Tille beschloss, nach diesem Bier zu gehen.

Vorher aber musste sie Almut vor dem Karohemd retten.

Die muss nicht flirten üben, dachte Tille, die muss üben, wie man klettige Verehrer loswird.

Die Salsa-Stücke gingen pausenlos ineinander über. Die Könnerinnen und Könner nahmen die Übergänge zum Anlass, den Tanzpartner zu wechseln. Nur Almut merkte immer erst dann, dass das letzte Stück zu Ende war, wenn das nächste schon begonnen hatte. Drei Mal war es für sie zu spät gewesen zu fliehen, zumal der karierte Typ sie in den Übergangsphasen besonders fest an den Händen zu halten schien. Als sei sie ein kleines Mädchen, das im Getümmel verloren gehen könnte. Ihr Lächeln hatte einen Stich ins Säuerliche bekommen.

Mensch, Almut, dachte Tille, du bist echt viel zu nett.

Sie ging über die Tanzfläche auf sie zu.

Auf halber Strecke kam ihr ein hochgewachsener Mann entgegen, torkelte leicht und rempelte sie an. Noch während Tille »Ey, pass doch auf!« zischte, ließ er sich vor ihr auf der Tanzfläche nieder, verschränkte die Arme auf den angezogenen Knien und legte die Stirn auf ihnen ab. Die Menschen ringsherum blieben nach und nach stehen und glotzten. Eine Frau mit kurzen schwarzen Haaren drängelte sich zwischen ihnen hervor, sie hockte sich neben den Mann und legte den Arm um seine Schultern.

»Was ist los?« Ihre Stimme war tief und leicht kratzig.

Der Mann hob den Kopf und atmete ein und aus.

»Mir war ein bisschen schwummerig, ich wollte kurz was trinken. Aber dann dachte ich auf einmal, ich kippe um, wenn ich mich nicht sofort hinsetze.« Er guckte zu Tille hoch. »Sorry.«

»Kein Problem.« Tille schämte sich mal wieder ein bisschen für ihre ruppige Art. »Geht's?«

»Weiß nicht«, sagte der Mann.

Er fixierte einen weit entfernten Punkt und war käsebleich. Die Musik wurde leiser gedreht, eine zweite Frau schlängelte sich zwischen den Gaffern hindurch, diese Frau trug ein grasgrünes Kleid und dunkelblaue Ballerinas und sah aus wie Maria Furtwängler.

»Meine Freundin ist Ärztin!«, rief Maria Furtwängler.

Bitte nicht, dachte Tille. Wieso konnte Almut nicht einfach mal ein bisschen weniger fürsorglich sein?

Vier oder fünf Mal in ihrem Berufsleben war Tille schon in solche »Ist hier ein Arzt?«-Situationen geraten. Jedes Mal hatte sie sich erfolgreich totgestellt. Vor ein paar Jahren hatte sie sogar mal Jan den Mund zugehalten, als sie beide im Zug saßen und die Durchsage kam, in Wagen Nummer sieben werde dringend ein Mediziner gebraucht. »Hast du gehört, Mama? Mama, los, hast du nicht –« Dass sie ihm auch die Nase zugepresst hatte, hatte sie erst bemerkt, als Jan panisch gegen den Vordersitz getreten hatte. Wenige Sekunden später war ein Mann durch den Gang Richtung Wagen sieben gehastet, kurz darauf noch einer, dann noch einer und noch einer. Den nächsten hatten die Fahrgäste mit Lachen und Klatschen angefeuert. »Siehst du? Die brauchen mich gar nicht«, hatte Tille zum bitter enttäuschten Jan gesagt.

Wo sie war, gab es immer und überall mehr als eine Ärztin, und sie ließ den anderen (den Wichtigtuern) sehr gerne den Vortritt beim Lebenretten. Notfallmedizin war nicht gerade ihr Steckenpferd, und sie hasste es, wenn sich alle Augen auf sie richteten. So wie in diesem Moment im Kellerclub, während Celia Cruz, die Queen of Salsa, leise sang.

»Por si acaso no regreso.« Almut, der sitzende Mann, die kurzhaarige Frau, die anderen Gäste, die Bardame, alle guckten Tille an. »Pero el tiempo va passando, y tu sol sigue llorando –«

»Tille? Ich glaube, dem Herrn da geht's nicht gut. Willst du nicht mal was tun?«, sagte Almut, die Queen of Nichtlockerlassen.

Tille führte den Mann von der Tanzfläche und setzte ihn in einen der wenigen Barsessel aus rotem Kunstleder. Almut und die Frau mit den kurzen, schwarzen Haaren folgten ihnen. Tille fühlte seinen Puls (etwas zu schnell, aber kräftig) und guckte ihm in die Augen (Pupillen wirkten normal).

»Haben Sie Schmerzen im Brustkorb oder in den Armen? Ein Druckgefühl auf der Brust oder im Hals?«

»Nein.«

»Bekommen Sie gut Luft?«

»Ja, kein Problem.«

»Ist Ihnen übel?«

»Nein, nur noch ein bisschen schwindelig.«

Klang schon mal nicht nach Herzinfarkt.

»Haben Sie Kopfschmerzen?«

»Nein. Du kannst mich ruhig duzen.«

»Können Sie sich daran erinnern, wie Sie umgefallen sind und was davor war?«

»Ich heiße Gunther.«

»Gunther, jetzt beantworte doch mal die Fragen«, schimpfte die Frau mit den kurzen Haaren und der heiseren Stimme.

»Ja, ich kann mich an alles erinnern«, sagte Gunther.

»Wann haben Sie zuletzt etwas getrunken?«, fragte Tille.

»Vor zwanzig Minuten, ich trinke die ganze Zeit.«

»Und was?«

»Ein Glas Rotwein, ansonsten nur Wasser.«

»Okay, gut. Was haben Sie heute gegessen?«

Gunther krempelte die Ärmel seines schwarzen Hemds runter. Tille kam das unsinnig vor, es war sehr heiß im Kellerclub.

»Wissen Sie das noch? Was Sie gegessen haben heute?«

»Nichts.« Gunther krempelte weiter.

»Nichts?«

»Ja, nichts.«

»Wieso nichts?«

»Weil er spinnt.« Über der Nase der fremden Frau hatten sich zwei tiefe Falten gebildet. Ihr Tonfall war ruhig, aber schneidend. Sie wandte sich Tille und Almut zu.

»Ich bin Yeliz. Danke, dass ihr euch kümmert.«

Gunther gestand, das Essen vorübergehend ganz eingestellt zu haben. »Intervallfasten. Ist ja aber eigentlich gesund.«

Bevor Tille etwas dazu sagen konnte, redete Yeliz schon weiter. »Die Fastenintervalle beim Intervallfasten dauern aber nicht vier Tage. Und die sechshundert Kilokalorien, die erlaubt sind, sollte man dem Körper eher nicht in Form von Rioja zuführen. Ich rufe dir jetzt ein Taxi, und auf dem Heimweg besorgst du dir was zu essen. Und zum Salsa gehe ich nie wieder mit dir, nicht mal, wenn du vorher Yoğurtlu Kebap mit mir isst.«

Die möchte man auch nicht zur Feindin haben, dachte Tille.

»Und falls du mal wieder fastest, trink lieber Kräutertee.« Almut strich mitfühlend über Gunthers Oberarm. »Auf dem Isemarkt gibt es einen Stand, da gibt es tolle Mischungen, alles bio, die schmecken auch ungesüßt.«

Yeliz brachte Gunther zum Taxi und kehrte anschließend an die Bar zurück. Die Musik war wieder voll aufgedreht worden. Sie bestellte drei Margarita, ohne Tille und Almut zu fragen, ob sie auch einen wollten.

»Also, danke noch mal! Ohne euch säße ich jetzt wahrscheinlich in der Notaufnahme. Prost! Auf euch! Şerefe!«, schrie Yeliz.

»Gern geschehen. Prost!«, schrie Tille, die seit Jahren keinen Cocktail mehr getrunken hatte. Aber sie war auch seit Jahren nicht mehr tanzen gewesen, und seit Jahrzehnten hatte sie niemanden mehr beim Ausgehen kennengelernt.

»Auf den armen Gunther! Zum Wohl!«, schrie Almut. »Meinst du, er isst wirklich was? Ich mache mir doch ein bisschen Sorgen um ihn.«

»Ich nicht. Wenn er verhungert, vielleicht kriege ich dann sein Büro.« Yeliz' Lachen klang noch heiserer als ihre Stimme. »Das ist noch geiler als meins, obwohl ich eindeutig noch geiler bin als er.« Sie trank den Margarita in einem Zug halb aus. »Sagt mal, wollen wir gleich noch woandershin? Ich habe noch keine Lust, nach Hause zu gehen, aber wenn wir hierbleiben, reißen gleich meine Stimmbänder.«

Draußen regnete es in Strömen.

Sie rannten Slalom zwischen den Pfützen. Tille und Almut liefen Yeliz hinterher, bis sie vor einem Geschäft stehen blieb, das aussah, als stünde es leer. Sein erkerförmiges Schaufenster war von innen mit Zeitungspapier verklebt, ein Ladenschild gab es nicht. Neben einer Eingangstür aus Metall hing schief eine unbeschriftete Klingel. Yeliz drückte sie, ein Mann mit blondem Schnauzer öffnete.

Durch den Türspalt sah Tille goldene Siebzigerjahrelampen, aus denen gedimmtes Licht auf einen hölzernen Bartresen fiel. Sie musste an ›Sonnenau‹ denken, das sie sich von allen Astrid-Lindgren-Märchen am allerliebsten von ihrem Vater hatte vorlesen lassen. Weil es darin mitten im düsteren, eiskalten Wald eine versteckte Pforte gab, durch die zwei hungrige, frierende Kinder ins Paradies gelangten. Ihre ganze Kindheit lang hatte sie davon geträumt, auch mal eine solche Pforte zu finden. Inzwischen war sie siebenundvierzig, und hier war sie plötzlich, die Tür zum Glück, in einer finsteren, im Regen besonders schäbig wirkenden Seitenstraße.

»Hi Babe!« Der schnauzbärtige Mann küsste Yeliz auf die Wange. »Zu dritt? Passt. Ist gerade was frei geworden.«

Der Tresen belegte beinahe die gesamte Fläche, sodass gerade noch Platz blieb für ein Dutzend Barhocker. Vier davon waren frei. Sie setzten sich.

»Phil macht den besten Whiskey Sour der Welt, den müsst ihr probieren«, beschloss Yeliz.

Gemurmel und Gelächter erfüllten den winzigen Raum, untermalt von etwas Jazzigem und dem Klirren und Klackern, das entstand, wenn der schnauzbärtige Mann Eiswürfel in Gläser schaufelte oder im Shaker schüttelte. Die Wand hinter ihm war verkleidet mit bronzefarben getöntem Spiegelglas. Der Whiskey Sour war köstlich. Sie tranken ihn schneller, als er es verdiente (als gut für sie war), und lästerten über Männer, die sich einbildeten, sehr gut tanzen zu können. Immer wieder wuschelte Yeliz ihre nassen Haare zurecht. Tille verfolgte die Bewegungen im Spiegel, und als ihre Blicke sich dort trafen, wechselte Yeliz plötzlich das Thema: »Was ist Tille eigentlich für ein Name? Den habe ich ja noch nie gehört.«

»Den hat sie sich selbst ausgedacht, als Kind.« Almut hatte erst beim dritten Treffen nach der Herkunft von Tilles Namen gefragt und vermutet, er sei friesisch.

Yeliz war der Typ, der sofort fragte.

Sozialpädagogin? Stationsleitung? Hundetrainerin?

»Ich mochte meinen richtigen Namen nicht, deshalb«, sagte Tille.

»Was ist denn dein richtiger Name?«, fragte Yeliz.

»Ottilie.«

»Oh, mein Gott, du Arme. Wie konnten deine Eltern dir das antun?«

»Ach, das ist eine wirklich alberne Geschichte. Wie aus einem anderen Jahrhundert.« Tille fand, dass sie genug über sich geredet hatte, aber Almut sah das anders.

»Es ist ja auch eine Geschichte aus einem anderen Jahrhundert.«

»Aber das einzig Lustige an dieser Geschichte ist, dass meine Eltern sie mir die ganze Zeit verheimlicht haben, obwohl sie total banal ist«, wiegelte Tille ab. Sie schüttelte den Kopf, um ihren Unwillen zu unterstreichen, und trank aus dem Wasserglas, das noch fast voll neben ihrem fast leeren Whiskeyglas stand. »Mein Vater hat sie mir erst erzählt, als meine Mutter gestorben ist.«

»Ich liebe Familiengeheimnisse!«, erklärte Almut dem schnauzbärtigen Barkeeper und schob ihm ihr schon ganz leeres Glas hin. Ihr Gesicht war gerötet, ihr Lächeln wirkte ziellos. »Noch so einen, bitte.«

»Hey, Phil, zwei!« Yeliz hielt Zeige- und Mittelfinger in die Luft.

»Drei«, sagte Tille und winkte Phil mit Zeige-, Mittel und Ringfinger zu.

Sie sahen dem Barkeeper einträchtig schweigend dabei zu, wie er die nächste Runde zubereitete. Als wäre es unmöglich, ohne Gläser vor sich auf der Theke auch nur ein Wort weiterzureden. Kaum aber standen die Drinks vor ihnen, befahl Yeliz: »Los, Tille, nun erzähl schon!« Sie schlürfte den frischen Eiweißschaum von ihrem Whiskey Sour. »Es gibt keine langweiligen Lebensgeschichten. Jedes verdammte, einzelne Leben ist interessant, egal wie piefig es auf den ersten Blick aussieht. Man muss nur ganz genau nachfragen und zuhören.«

»Bist du Therapeutin oder so?«, fragte Almut.

»Nein, eher im Gegenteil«, lachte Yeliz, »ich bin professionelle Schönrednerin.«

»Aber falls ihr einschlaft«, sagte Tille und zündete sich die nächste Zigarette an, »ich bin nicht schuld, ich habe euch gewarnt.«

Vom Babygläschen bis zum Nutellamund

Das »Restart!« getaufte Agenturfest am Jahresbeginn war eine Erfindung ihres Chefs und der Grund, warum die Weihnachtsfeier abgeschafft worden war: Gerrit Kraus (einer der Gründungspartner von Kelke & Kraus) hatte vor ein paar Jahren angeregt, im Januar das neue Geschäftsjahr zu feiern, statt im Dezember das alte. (»Warum zurückblicken, wenn die Zukunft vor einem liegt?«) Außer Yeliz hatten fast alle diesen Vorschlag begrüßt. Besonders die Kolleginnen und Kollegen mit Kindern schienen heilfroh zu sein über einen Termin weniger im Advent.

Die Restart!-Party fand immer am ersten Freitag nach den Weihnachtsferien statt, in irgendeiner gerade angesagten Lokalität mit irgendeinem gerade extrem angesagten DJ (deshalb letztes und dieses Jahr: mit einer DJane). Sie war meistens richtig super. Leider gab es auch noch das agenturinterne Restart!-Get-together, gleich morgens am ersten Schultag nach den Weihnachtsferien, wenn wirklich alle wieder in der Agentur waren.

Das Get-together begann stets damit, dass Gerrit in einer launigen Rede vor der versammelten Agenturmannschaft Geschäftsziele, geplante Veränderungen und absehbare Herausforderungen erläuterte. Das hielt Yeliz für sinnvoll. Albern fand sie es, dass er dazu übergegangen war, nur noch von Goals, Changes und Challenges zu reden, und zwar so inflationär, dass er sie an ihren jüngsten Neffen erinnerte, der jedes neu gelernte Wort eine Zeit lang für alles benutzte, was auch nur im Allerentferntesten seiner eigentlichen Bedeutung entsprach. Das Wort Katze hatte Çan fast ein halbes Jahr auf diese Weise strapaziert. Alles, was vier Beine hatte, war für ihn eine Katze gewesen. Dabei hatte er nicht nur auf Hunde, Kaninchen und Kühe, sondern auch auf Tische, Bänke und Stühle gezeigt und »Kedi!« gerufen, bis Aslan angefangen hatte, sich zu sorgen, ob etwas mit seinem Jüngsten nicht stimmte.

Nach Gerrits Präsentation gab es ein Jahr für Jahr ausgefalleneres Fingerfood-Büfett (diesmal: australisch). Während seine Mitarbeiterinnen und Mitarbeiter damit beschäftigt waren, sich nicht zu bekleckern und dabei so lässig auszusehen, wie man es von den (laut Selbstbild) hipsten Werbern der Stadt erwarten konnte, machte sich Gerrit bereit, die Give-and-grow-Wichtel-Geschenke zu verteilen. Nadja, seine Assistentin (Yeliz sagte versehentlich immer noch manchmal: Sekretärin), hatte sie dekorativ auf einem Konferenztisch angerichtet. Die vom Chef festgelegten »Fünf goldenen G&G-Regeln«, nach denen das Wichteln ablief, waren wie immer schon lange vor Weihnachten an alle gemailt worden:

»1. Die Teilnahme ist freiwillig. Wer nicht mitmacht, ist ein verdammter Lauch. 2. Wer verrät, wen er gezogen hat, muss ALLE zu Austern und Champagner (NO ALDI!) einladen. 3. Überleg dir, welche persönliche Stärke der*die gezogene Kolleg*in im kommenden Jahr ausbauen sollte. 4. Mache ein Geschenk (15 € max), das diese Stärke auf möglichst originelle Weise symbolisiert. 5. Give and grow!«

Gerrit stand auf einem Stuhl, ließ sich von Nadja nacheinander die Päckchen geben und rief den jeweils darauf geschriebenen Namen aus. Letztes Jahr hatte Yeliz einen Tischtennisschläger, davor eine Zehnerpackung Energiesparglühbirnen bekommen. Das Päckchen, das Gerrit ihr diesmal überreichte, war mit dem Hinweis »Vorsicht, zerbrechlich!« versehen. Sie packte es erst aus, als sie nach dem Get-together wieder in ihrem Büro war, allein.

Die fünf Kuchenteller waren flach und weiß mit einem sehr breiten Goldrand, auf der Unterseite stand »Melitta«, vermutlich aus den Sechzigern. Yeliz fand sie schön, hatte aber (mal wieder) keine Ahnung, was ihr das Geschenk sagen sollte. Wie jedes Jahr würde sie noch lange darüber nachdenken, was die wahrscheinlichste Botschaft an sie war. Das war, wie sie vor Gerrit niemals zugeben würde, eine recht kurzweilige Anregung zur Selbstreflexion.

Sie überlegte.

Aus Porzellan war sie nun wahrlich nicht gemacht. Hatte das Alter des Geschirrs etwas zu bedeuten, dass sie vintage oder dass es Kuchenteller waren oder dass sie einen Goldrand hatten?

Auf dem Display ihres iPhones erschien die Vorschau einer Nachricht, Yeliz öffnete sie.

»Hallo Yeliz, unser guter Vorsatz fürs neue Jahr, also Tilles und meiner: Wir möchten dich wiedersehen. Ich koche jeden Donnerstag für uns, hast du Zeit und Lust, auch mal zu kommen? Wir würden uns freuen. Liebe Grüße, Almut«

Hinter der Fensterscheibe verschwammen Himmelgrau und Flussgrau fast nahtlos ineinander, so war das Wetter schon seit Wochen. Es war gerade mal früher Nachmittag, und Yeliz war schon wieder so müde, dass sie an ihr Bett wie an ein luxuriöses, aber immer noch eine halbe Tagesreise entferntes Fernreiseziel dachte. Im neuen Jahr war sie noch kein einziges Mal ausgegangen, sie hatte abends entweder im Büro gesessen oder (mit Morten) auf dem Sofa. Manchmal kam es ihr vor, als würde ihr Leben, das sich früher so unübersichtlich und verwickelt angefühlt hatte, immer enger und absehbarer werden, dabei predigte sie ihrem Team ständig, man müsse stets aufs Neue über den Tellerrand gucken, wenn man erfolgreich sein und bleiben wolle. Plötzlich glaubte sie, die geheime Botschaft der Kuchenteller zu verstehen.

Sie ging zu Gunther, um sich zu erkundigen, was in seinem Päckchen gewesen war.

»Weißt du, was das soll?«, fragte Gunther.

»Lieber nicht.«

Sie starrten auf den Eierschneider, der vor ihm auf dem Schreibtisch stand, neben einer Packung Bio-Bruderhahneiern.

»Das ist so deutsch, das wollte ich schon immer mal haben.« Yeliz nahm den Eierschneider und ließ ihn hinter ihrem Rücken verschwinden. »Die Freundin von deiner Lebensretterin hat bestimmt auch so einen. Almut. Die hat mich grade eingeladen, zu sich nach Hause.«

»Ich mag Eiersalat ja ganz gerne«, sagte Gunther.

Von Gunther aus ging Yeliz in die Kaffeeküche, wo sie den Eierschneider ganz unten im Mülleimer versenkte. Dann weiter zu Gerrit, um ihn über den neuesten Stand in Sachen Babybrei zu informieren, obwohl das eigentlich überflüssig war. Er fand sowieso alles super, was sie dazu zu berichten hatte. Sie hatte den Verdacht, dass sein kritikloses Wohlwollen eine Wiedergutmachung sein sollte für die dämliche Frage, mit der er ihr dieses Projekt übertragen hatte.

»Und du bist ganz sicher, dass du ausgerechnet diese Marke betreuen willst?« Gerrit, der sie auf ihre Bitte hin von den Autofuzzis abgezogen hatte, hatte seinen allmählich grau werdenden Kopf ganz leicht zur Seite geneigt. Das tat er immer, wenn er väterlich wirken wollte.

»Wieso soll ich denn nicht sicher sein? Weil Autos so viel mehr hermachen als Babynahrung?« Yeliz hatte flegelhaft und mit verschränkten Armen auf dem Lounge Chair in Gerrits Sitzecke gesessen, ihm ihre neuen neongelben Sneakers entgegengestreckt und ihn so kalt wie möglich gemustert.

»Nein, Yeliz, nicht wegen dem Prestige.« Wegen des Prestiges hatte sie ihn in Gedanken korrigiert. »Wegen dem Thema. Babys. Kinder. Familie und so was. Ich dachte, ich meine, das war ja nur so ein Gedanke, dass – vielleicht wäre dir was anderes lieber?«

»Hä? Was meinst du?«

»Na ja. Nicht dass du. Also –«

Yeliz hatte sich daran geweidet, wie verlegen und letztendlich vergeblich Gerrit nach den richtigen Worten gesucht hatte. Schließlich hatte er aufgegeben und in Richtung ihrer Sneakers genickt. »Nice. Neu?«

An der Tür hatte sie sich noch mal umgedreht.

»Es ist ein Job, Gerrit, und zwar mein Job, und ich bin Profi, wie du hoffentlich mitbekommen hast. Letzte Woche hat Gunther uns übrigens ins Henssler eingeladen, Morten und mich. Weißt du, warum? Zum Dank. Weil Morten ihm nach seinem Umzug geholfen hat. Bett zusammenschrauben, Regale anbringen, Lampen aufhängen, so was. Das kann Gunther nämlich alles nicht, weil: Gunther hasst Heimwerken.«

Gunthers größter Kunde war eine Baumarktkette.

Das Gespräch hatte keine zehn Minuten gedauert. Zurück in ihrem Büro checkte Yeliz ihren Terminkalender, dann gab sie sich einen Ruck und antwortete auf Almuts Nachricht. »Lust: ja! Zeit: erst überübernächsten Donnerstag. Wo? Wann? Was soll ich mitbringen? LGY«

Yeliz merkte, dass sie Tilles Sohn schon viel zu lange anstarrte, fasziniert davon, wie und vor allem wie viel er aß.

Es war lange her, dass sie sich das letzte Mal ausgemalt hatte, wie es wäre, Mutter zu sein. Wenn sie es sich ausgemalt hatte, war darin immer irgendetwas Niedliches, Kleines vorgekommen. Ein zarthäutiges Baby, das krabbenrosa an ihrer nackten Brust lag. Ein mit ausgestreckten Speckärmchen auf sie zu schwankendes Windelkind. Ein Minimensch, der so unbeholfen wie zielstrebig auf ihren (oder Mortens) Schoß kletterte. Eine schmierige Kinderhand, die sich beim Langsamgehen in ihre schob. Maximal: ein aufgewecktes Grundschulkind, dem sie geduldig die Welt erklärte. Niemals hatte sie etwas so Großes, Plumpes vor Augen gehabt wie diesen Riesen mit der glänzenden Stirn und den hängenden Schultern, der soeben wortlos seinen dritten Crêpe mit Nutella verspachtelt, zusammengerollt und mit drei Bissen vernichtet hatte.

»Noch einen?«, fragte Almut.

»Auf keinen Fall«, sagte Tille und zog Jan den Teller weg.

»Kann ich rüber?«, presste er hervor und wischte sich den Nutellamund mit der Serviette halbwegs sauber.

Offenbar hatte er Mühe zu sprechen, das verwunderte Yeliz nicht. Eher erstaunte es sie, dass er überhaupt noch atmen konnte. Sie versuchte, sich zu erinnern, ob Aslan als Teenager auch so viel gegessen hatte. Wahrscheinlich. Aber sie war sich nicht sicher. Sie wusste nur, dass selbst Aslan es nie geschafft hatte, alles aufzuessen, was auf dem Tisch stand. Essen hatte es bei ihr zu Hause schon immer im Überfluss gegeben, abgezählte Kartoffeln kamen nur bei deutschen Müttern vor. Wobei Yeliz zugeben musste, dass nicht nur Almuts Essensmengen, sondern auch ihre Kochkünste fast an die ihrer Mutter heranreichten.

»Hast du genug Deutsch gemacht?«, rief Tille, als Jan schon im Flur war.

»Nein«, rief er zurück. »Bringt eh nix.«

Die Wohnungstür fiel ins Schloss.

Almut stand auf. »Yeliz, möchtest du auch noch Wasser?« Sie strich Yeliz sanft über die Schulter, eine beiläufige Zärtlichkeit, die sie befremdete und anrührte. Sie war zu intim für eine erste Verabredung und gab ihr gerade deshalb das Gefühl, aufrichtig willkommen zu sein.

Sie hatte es nicht erwartet, aber sie saß gerne in Almuts Küche. Hier sah es aus wie in einer der ›Schöner Wohnen‹-Zeitschriften, die ihre Mutter manchmal aus den Arzt- und

Anwaltspraxen mit nach Hause gebracht hatte, weil Yeliz so fasziniert davon gewesen war. Sie hatte darin geblättert wie in den Bildbänden über fremde Länder und Kontinente, die in der Schulbibliothek standen.

»Espresso?«, fragte Almut, während sie Wasser nachschenkte.

»Unbedingt.« Tille sah müde aus und rieb sich seufzend mit beiden Händen das Gesicht. Dann stapelte sie die benutzten Teller aufeinander und reichte sie Almut. »Ich weiß nicht mehr, was ich mit Jan machen soll, außer verzweifeln. Aber es nützt ja nichts, dann bleibt er eben sitzen. Ich glaube, im Halbjahreszeugnis kriegt er eine Fünf in Deutsch.«

»Will er nicht doch mal Nachhilfe nehmen?«, sagte Almut.

»Ich kann ihn ja schlecht zwingen.«

»Schule kann aber auch ganz schön scheiße sein«, sagte Yeliz. »Ich hatte nach der Zehnten auch keinen Bock mehr. Meine Mutter ist total ausgerastet, als ich das Abi geschmissen habe, aber das war mir egal.«

Dass es ihr egal gewesen war, stimmte nur halb.

Unter der wort- und tränenreichen Enttäuschung ihrer Mutter hatte sich ihr Herz zu einem kleinen festen Klumpen zusammengezogen, so wie sich ein Rücken angespannt krümmt, um Schläge abzuwehren. Aber egal, wie weh es getan hatte, sie hatte es ausgehalten, weil sie beschlossen hatte: Nichts auf der Welt (auch nicht die Wut ihrer Mutter) würde sie dazu bringen, weiter zur Scheißschule zu gehen.

»Warum hast du denn aufgegeben?«, fragte Almut und stellte Espressotassen und ein Zuckertöpfchen auf den Tisch.

»Warst du auch so schlecht?«, fragte Tille und schob Yeliz eine Tasse hin.

»Nö, ich war ganz okay. Deshalb wusste ich auch nicht, wie ich es meinen Eltern erklären soll. Also hab ich's gar nicht erst versucht. Keine Ahnung, vielleicht ist es ja auch nicht zu verstehen. Es war eigentlich immer mein großer Traum, aufs Gymnasium zu gehen, schon als Grundschülerin.«

»Tatsächlich?«, fragte Almut.

»Ich kenne da eine Frau, die hat mal gesagt: Es gibt keine langweiligen Lebensgeschichten«, sagte Tille. »Nun lass dir nicht alles aus der Nase ziehen.«

»Na gut.« Yeliz lachte heiser. »Meine Noten in der Vierten waren zwar nicht sehr gut, aber eher gut als schlecht. Sie hätten gerade so gereicht fürs Gymnasium. Aber meine Eltern waren skeptisch, ob ich es dort schaffe. Und dann hat meine Klassenlehrerin ihnen auch noch davon abgeraten.«

Sie könnten, hatte die Lehrerin zu den Bademlis gesagt, ihre Tochter nicht so gut unterstützen, wie es auf dem Gymnasium nun mal vorausgesetzt werde. Also kam Yeliz auf die Mittelschule, zusammen mit allen anderen Ausländerkindern aus ihrer Stufe.

»So hießen wir damals: Ausländerkinder«, sagte Yeliz und rührte einen Teelöffel Zucker in ihren Espresso. »Ich wollte da nicht hin, in die Mittelschule. Ich war todtraurig, und es gab da nur ein einziges Mädchen, mit dem ich befreundet sein wollte, Marisa. Aber die zog nach zwei Jahren weg, ihre Eltern wollten zurück nach Hause, nach Portugal.«

Die Lustlosigkeit, mit der sie sich zur Schule schleppte, als dort keine Marisa mehr auf sie wartete, war so allumfassend, dass sie nach der Achten sitzen blieb. Für ihre Eltern war das eine Bestätigung, für sie selbst ein Schock.

Yeliz nahm sich ein Stück Schokolade aus dem kleinen Schüsselchen, das Almut vor sie hingestellt hatte. »Da habe ich beschlossen, es allen zu zeigen.«

Die Mittlere Reife bestand sie so bravourös, dass ihre Eltern sich nicht trauten, ihr den Wechsel in die gymnasiale Oberstufe auszureden. Am Anfang hatte sie das Gefühl, endlich, nach einer Odyssee, dort angekommen zu sein, von wo ein gerader, breiter Weg an ein ihr unbekanntes, aber auf jeden Fall herrliches Ziel führen würde. Nach sechs Wochen wurde sie zu einer Party eingeladen. Sie freute sich, obwohl sie nicht würde hingehen können. Sie musste um acht zu Hause sein, am Wochenende um neun. Sie redete sich damit heraus, ihr Onkel habe Geburtstag. Beim nächsten Mal musste sie babysitten. Nachdem auch noch ihre Oma an einem Samstagabend in einem weit entfernten Krankenhaus besucht werden musste, wurde Yeliz nicht mehr gefragt, ob sie mitfeiern wolle.

Ihre Begeisterung wich einem Unwohlsein, das ihr vertraut vorkam, ohne dass sie sagen konnte, woher. Es lag nicht daran, dass man sie unfreundlich behandelte, auch nicht am Unterrichtsstoff, da kam sie einigermaßen mit, wenngleich nicht mühelos. Es lag eher daran, wie betont aufmunternd viele Lehrer sie für ihre mäßigen Leistungen lobten: »Großartig, Yeliz, weiter so!« Nur der Geschichtslehrer, ein hagerer Junggeselle kurz vor dem Pensionsalter, war nie zufrieden mit ihr. Einmal putzte er sie vor versammelter Klasse herunter, in einem Atemzug mit Kai und Constanze.

»Wenn Ihr Geist zu schwerfällig ist, um den Unterschied zwischen Menschewiki und Bolschewiki zu begreifen, fehlt Ihnen eben das Zeug zur Bildungselite. Strengen Sie gefälligst Ihr Hirn an, oder werden Sie meinetwegen Friseuse oder Maurer, es muss ja nicht jeder studieren, auch wenn die SPD uns das weismachen will.«

Yeliz hatte mit gesenktem Kopf auf das Pult gestarrt, auf das jemand mit Edding »Werdet Popper, Punker gibt es schon so viele!« gekritzelt hatte. Dann rückten die Osterferien näher, und die anderen erzählten einander, was sie machen würden. In den Skiurlaub, nach Gran Canaria, eine Freundin in München besuchen. Johanna stöhnte, weil ihre Eltern sie zum Französischkurs in Bordeaux verdonnert hatten, und auf einmal wusste Yeliz, woher sie das Unbehagen kannte, das sie ständig begleitete und das nun, während sie den anderen zuhörte, zu etwas fast Unerträglichem anschwoll.

Es war Heimweh.

Als sie ihren Eltern sagte, dass sie von der Schule abgehen und Werbekauffrau werden würde, stellte sich heraus, dass sich deren Skepsis längst in heimlichen Stolz verwandelt hatte. »Warum? Warum gibst du auf, einfach so, ohne jeden Grund, so kurz vor dem Ziel? Du wolltest das doch unbedingt!«, hatte Hayriye Bademli gejammert. »Senin derdin ne kızım? Was ist los mit dir?« Ihre Mutter beschwor sie, durchzuhalten, aber Yeliz hatte den Ausbildungsvertrag schon unterschrieben, einen Tag nach ihrem achtzehnten Geburtstag.

Sie machte die Ausbildung zur Werbekauffrau in einer winzigen Agentur, die nur zehn Minuten zu Fuß entfernt lag von dem Gymnasium, auf dem sich Kai, Constanze und Johanna weiter auf ihr Abitur vorbereiteten. Wenn ihr Chef wollte, dass sie für ihn oder irgendein Meeting belegte Brötchen besorgte, vermied sie es, wenn irgend möglich, während der großen Pausen loszugehen, denn in der Bäckerei gaben auch viele der älteren Schülerinnen und Schüler ihr Geld für Kaffee und Croissants aus. Als sie nach der Ausbildung nicht übernommen wurde, suchte sie sich einen Praktikumsplatz in einer großen Agentur in Hamburg. Hauptsache weg, irgendwohin, wo nicht jeder jede (sie) kannte. Am vorletzten Tag dort bot man ihr einen festen Job an.

Diesmal hatte Yeliz die Tränen ihrer Mutter nicht gesehen, nur gehört, abends in einer Telefonzelle.

»Hiç geri dönmeyecek misin?«, fragte ihre Mutter.

»Hayır!« Natürlich wollte sie den Job.

»Allah'a emanet ediyorum seni!«, verabschiedete sich Hayriye Bademli mit zitternder Stimme. Osman Bademli musste das Telefon übernehmen und erlöste Yeliz von ihrem schlechten Gewissen, indem er den Gefühlsausbruch seiner Frau unkommentiert ließ und sich nach Yeliz' zukünftigem Gehalt erkundigte. Ihre Antwort hatte auch ihn verstummen lassen.

»Ja, so war das.« Yeliz sah die anderen an, als warte sie auf Applaus. »So bin ich damals nach Hamburg gekommen.«

»Ich glaube, ich verstehe dich, und zwar total.« Tille stand auf und griff nach den Zigaretten, die auf der Fensterbank neben der Balkontür lagen. »Vielleicht wird ja eines Tages doch noch was aus Jan.«

Almut reichte den Aschenbecher hinüber. »Soll ich Hetti mal fragen, ob sie ihm in Deutsch helfen kann?«

Tille zeigte ihr einen Vogel und zog die Balkontür hinter sich gerade so weit zu, dass sie dem Gespräch in der Küche noch folgen konnte. Yeliz kämpfte gegen die Versuchung an, Tille auf den Balkon zu folgen und sie um eine Zigarette zu bitten. Erfolgreich.

»Hetti ist sehr gut in Deutsch«, sagte Almut. »Am Anfang konnten Jan und sie nicht so viel miteinander anfangen, aber inzwischen verstehen sie sich ganz gut. Die letzten beiden Male, als Hetti am Donnerstag dabei war, ist sie sogar danach mit zu Jan rübergegangen und letzten Freitag auch. Wir haben aber keine Ahnung, was die beiden da machen, in Jans Zimmer. Hetti behauptet, sie würden reden –«

»Aber das kann nicht sein«, unterbrach Tille. Sie hatte die Balkontür ein Stück weiter geöffnet und steckte die Nase durch den Spalt. »Dazu müsste mein Sohn erstens richtig sprechen können und zweitens etwas zu erzählen haben.« Mit ihrem Zwischenruf gelangte ein Schwall kalte, nach Rauch stinkende Winterluft in die Küche.

»Du sollst nicht immer so böse Sachen sagen über ihn«, mahnte Almut, aber Yeliz lachte, weil Tille aussprach, was sie schon den ganzen Abend gedacht hatte. Sie mochte es, wie Tille all die Unzulänglichkeiten, aus denen die Wirklichkeit bestand, auf Abstand hielt, indem sie sie verspottete. Noch lieber mochte sie, dass sie nicht einmal den eigenen Sohn verschonte. Yeliz stellte sich vor, dass eine spöttische Mutter leichter zu ertragen war als eine weinende.

»Vielleicht muss er ja gar nicht viel sagen?«, fragte sie. »Vielleicht knutschen sie die meiste Zeit. Ist das nicht das, was Fünfzehnjährige so machen, wenn sie zu zweit in einem Zimmer verschwinden?«

»Hetti ist schon sechzehn«, sagte Almut.

»Jan? Knutschen? Never ever!«, grölte es vom Balkon. »Eher würde Almut sich auf einen One-Night-Stand mit Bushido einlassen.«

»Was hast du gegen One-Night-Stands?« Was Almut gegen Bushido hatte, konnte Yeliz sich ungefähr vorstellen.

»Gar nichts.« Almut klang nicht sehr überzeugend. »Aber ich wünsche mir eher etwas Festes.«

»Almut ist neuerdings bei Elite-Partner, aber ihr schreiben immer nur Volltrottel.« Tille war mit Rauchen fertig. Sie holte sich noch ein Bier aus dem Kühlschrank und setzte sich wieder an den Küchentisch.

»Frag doch mal Gunther, ob er mit dir Salsa tanzen geht, und vorher bekochst du ihn lecker, damit er nicht umfällt«, sagte Yeliz zu Almut. »Der steht auf Blonde. Der wollte am liebsten mitkommen, als ich ihm vorhin im Büro erzählt habe, dass ich heute Abend bei dir bin.«

»Gut, dass du den im Büro gelassen hast«, sagte Tille. »Ich misstraue Männern, die weniger essen als ich.«

»Aber Morten darfst du gerne mal mitbringen«, fand Almut.

»Den auch nicht, wir sind ein Frauenabend«, entschied Tille, bevor Yeliz sagen konnte, dass sie dazu gar keine Lust hatte (Morten bestimmt auch nicht).

»Und was ist mit Jan? Hat der eine Ausnahmegenehmigung, weil er mehr isst als wir alle zusammen?«, fragte Yeliz.

»Der zählt nicht, der ist zu jung«, sagte Tille.

»Gunther ist auch zu jung, also für mich«, stellte Almut fest und streichelte ihr Weinglas. Sie wirkte plötzlich traurig. »Ich bin zu unsicher. Ein jüngerer Mann würde mich stressen. Ich möchte einen Partner, bei dem ich mich entspannen kann.«

Almut war das genaue Gegenteil von Tille, der am wenigsten ironische Mensch, den Yeliz seit Langem kennengelernt hatte. Sie stellte (erstaunt) fest, dass sie auch das mochte. Almuts unzweideutige Art, dass sie immer genau das meinte, was sie sagte, und nie etwas sagte, was sie nicht genau so meinte, ihr mangelnder Ehrgeiz, etwas Besonderes sein zu wollen, die altmodisch anmutende Ernsthaftigkeit, mit der sie darauf bestand, anderen freundlich (oder wenigstens höflich) zu begegnen – das war ein wohltuender Kontrast zu all den Männern und Frauen um Yeliz herum, die von morgens bis abends damit beschäftigt waren, witziger, schlagfertiger und individueller zu sein als die anderen (sie selbst eingeschlossen).

Almut brauchte einen wirklich netten Mann.

»Was hast du denn da so geschrieben bei Elite?«, fragte Yeliz. »Zeig mal!«

Sie überflog Almuts Profil.

Zuerst die Fotos, auf denen sie hübsch, aber zu bieder aussah. Dann ihre Selbstbeschreibung, in der sie ihre Vorzüge zu humorlos anpries und ihre Schwächen zu ehrlich offenbarte. Eine vom Leben erst verwöhnte, dann von der Liebe enttäuschte, nicht mehr junge, dennoch mädchenhafte, zugleich leidenschaftliche Hobbyköchin, die sich nach einem Mann mit Fantasie und Format sehnte, der Lust auf Zärtlichkeit, Zweisamkeit und eine Zukunft voller Zauber und Zürcher Geschnetzeltem hatte: Dieser Text zog, wenn überhaupt, ausschließlich sich selbst überschätzende, übergewichtige, pensionierte Studienräte mit einem vorgestrigen Faible für verschwenderische Alliterationen an.

»Und?« Almut und Tille guckten beide gleich erwartungsvoll.

»Schon ganz gut.« Yeliz ermahnte sich, dass das hier kein berufliches Feedback war. »Aber man könnte dein Profil sicher noch ein bisschen optimieren. Damit du deine Zielgruppe besser erreichst.«

»Lass sie machen«, sagte Tille, »die ist Fachfrau.«

Als Yeliz nach Hause kam, war es fast Mitternacht. Morten lag im Bett und las, Yeliz bohrte ihren Kopf durch das Loch zwischen seiner Armbeuge und seinem Buch und legte ihn auf seiner Brust ab. Sie bejahte, als er fragte, ob der Abend schön gewesen war. Als er wissen wollte, ob sie morgen nach der Arbeit nach Hause komme, musste sie Nein sagen.

»Ein Kundenessen, leider.«

»Tja«, sagte Morten.

Er legte das Buch auf den Nachttisch, machte sein Licht aus und drehte ihr den Rücken auf eine Weise zu, die ihr die Lust nahm, sich an ihn zu schmiegen. Sie war schon fast eingeschlafen, als er doch noch was sagte.

»Ich könnte auch mal ein bisschen Werbung gebrauchen. Aber ich kann es mir leider nicht leisten, dich zu beauftragen. Schade. Das scheint ja inzwischen der einfachste Weg, einen Termin mit dir zu bekommen.«

Diesmal war es Yeliz, die tat, als hätte sie ihn nicht gehört.

Tischgespräch über unnormal bescheuerte Patienten

Ihre linke Schulter wurde mit Fingerspitzen berührt und dann, als sie nicht reagierte, mit einer ganzen Hand umfasst und sanft gerüttelt. Das kam Tille, die soeben realisiert hatte, dass sie nur mit einem BH und einer Pudelmütze bekleidet auf der Rolltreppe einer japanischen Shoppingmall stand, sonderbar vor. Genauso hatte ihre Mutter sie immer geweckt, nur dass sie dazu noch ihren Namen geflüstert hatte: »Ottilie? Aufstehen, du musst zur Schule!« Aber ihre Mutter war tot beziehungsweise »bei unserem Erlöser«, wie sie das Totsein genannt hatte, als sie noch am Leben gewesen war.

Tille grunzte unwirsch.

»Mama?« Ihre Schulter wurde noch einmal gerüttelt, fester. »Wach auf, du kommst sonst zu spät in die Praxis. Ich muss auch los jetzt.«

Dann war Jan weg.

Zurück blieben eine halb bewusstlose Tille und die quicklebendige Bundeslandwirtschaftsministerin, die im Deutschlandfunk zum Thema Insektensterben in die Mangel genommen wurde. Mit geschlossenen Augen tastete Tille nach dem Aus-Schalter am Radiowecker und schnitt der Ministerin das Wort ab. Sie hatte den Wecker überhört, das war ihr ewig nicht mehr passiert.

Auf ihrem Nachttisch stand ein Milchkaffee.

Sie fuhr ungeduscht im Taxi zur Arbeit. Die fünfzehn Minuten, die das Auto im Morgenverkehr bis zur Praxis brauchte, verbrachte sie damit, auf vorbeiziehende Hausfassaden, Bushaltestellen, Geschäfte und Kreuzungen zu schauen und sich, untermalt von arabischem Pop und dem leisen, aber umso hingebungsvolleren Mitgesang des Taxifahrers, über Jan zu wundern. Bis eben hätte sie geschworen, dass er keine Ahnung hatte, wann genau ihre Sprechstunde begann. Nicht weil er das nicht hätte wissen können. Sondern weil Informationen, die ihn nicht unmittelbar betrafen (in diesem Augenblick, an diesem Ort), normalerweise nicht in sein Bewusstsein vordrangen. Es war, als wäre sein derzeit nur eingeschränkt funktionierendes Gehirn durch eine Firewall gesichert, an der alles abprallte, was als überfordernd oder unwichtig identifiziert wurde. Also quasi alles, was Tille zu ihm sagte.

Aber nicht nur, dass er sie geweckt hatte. Er hatte ihr Kaffee gemacht. Das hatte er zuletzt an ihrem vierundvierzigsten Geburtstag getan, da war er knapp zwölf gewesen. Sie erinnerte sich genau, weil er ihr neben dem Kaffeebecher im Wasserglas einen Blumenstrauß gebracht hatte, für den er ihren einzigen Balkonkasten abgeerntet hatte, wie sie später entdeckte. Den Kaffee von heute Morgen hatte Tille in die Spüle gekippt und sie gründlich von allen Spritzern gereinigt. Wenn Jan aus der Schule kam, sollte er auf keinen Fall bemerken, dass sie keine Zeit gehabt hatte, ihn zu trinken.

Jan hockte immer noch andauernd vor dem Computer, aber in letzter Zeit kam er ihr wieder ein bisschen aufgeschlossener vor. Vor einem Monat, in den Märzferien, waren sie ein paar Tage in Amsterdam gewesen. Die Reise war besser verlaufen als befürchtet. Zuerst hatte er sich gesträubt, mit ihr wegzufahren, war dann aber eingeknickt, als sie gedroht hatte, die ganzen Ferien lang den Router mit in die Praxis zu nehmen. Die meiste Zeit waren sie auf Leihrädern an Grachten entlang planlos durch die Stadt gefahren, dann stadtauswärts, bis sie in Vororten landeten, in denen sie Loempias und Pommes mit rohen Zwiebeln aßen. Sie hatten nur ein einziges Museum besucht, das Anne-Frank-Haus, darauf hatte Tille bestanden (um als Mutter vor sich selbst bestehen zu können). Während des Besuchs dort hatte Jan kein Wort gesagt, aber es war eine andere, weniger verstockte Art von Schweigen gewesen als sonst, eher ein respektvolles Verstummen, hatte Tille sich jedenfalls eingebildet.

Auch in der Schule lief es ein bisschen besser, nachdem Frau Böthe ihm im Halbjahreszeugnis tatsächlich eine Fünf verpasst hatte. Jan und seine Deutschlehrerin waren wie ein gescheitertes, aber vom Schicksal aneinandergekettetes Paar, das beim jeweils anderen nur das Schlechteste hervorbrachte. Jan hatte behauptet, die Bücher, die er in Deutsch lesen müsse, seien öde Steinzeitkacke. Seine (zugegebenermaßen) außerordentlich lust- und geistlosen Aufsätze verwandelte Frau Böthe mittels sehr viel roter Tinte und sehr vieler Ausrufungszeichen in blutige, von pädagogischer Resignation gesäumte Schlachtfelder: »Nein!!!«, »Falsch!!!«, »Rechtschreibung!!!« Die beiden hassten einander so inbrünstig, dass Tille es aufgegeben hatte, vermitteln zu wollen. In der letzten Deutscharbeit jedoch hatte Jan eine Vier plus gehabt. Keine Trendwende, aber ein Hoffnungsschimmer.

Vielleicht hingen diese winzigen Fortschritte ja mit Hetti zusammen, die inzwischen fast jeden Freitag nach dem Abendessen bei ihnen klingelte, um bei Jan im Zimmer zu verschwinden. Seine Tür war dann immer zu. Manchmal hörte Tille Hetti kichern und reden. Öfter hörte sie nichts oder Musik, meist elektronische. Nur selten hörte sie Jans Stimme. Und falls sie nicht schon eingeschlafen war, hörte sie spätestens gegen Mitternacht, wie Jan Hetti im Flur mit einem »Ciao« verabschiedete, dessen Coolness kein bisschen zu dem Jan passte, den sie als Mutter kannte. Tille verstand nicht, was ein so aufgewecktes Mädchen an einem so scheuen, dazu noch jüngeren Jungen fand, und warum Hetti immer Jan besuchte und nie umgekehrt. Womöglich hatte das etwas mit Almut zu tun und mit der Neugier, die sie so ungreifbar und aufdringlich verströmte wie ein zu schweres Parfum.

Tille kam nur vier Minuten zu spät in die Praxis.

Ihre ersten Patienten waren zwei Krebsvorsorgen und eine Frau, die ihr Problem mit den Worten »Mein Orthopäde sagt, meine Blase hat Spackungen« vorstellte. Danach beruhigte sie eine nette Mutter und ihren beschämten Neunjährigen, der vom Kinderarzt geschickt worden war, weil er noch ins Bett machte; sie würde dem Jungen ganz sicher helfen können. Bevor sie den nächsten Patienten ins Sprechzimmer bat, beantwortete sie schnell die Mail eines Überweisers. Sie hatte sie gerade abgeschickt, als Frau Rosengarten klopfte, ihre zweite Teilzeit-MFA. Frau Rosengarten arbeitete, wenn Frau Kemper frei hatte, also montags und dienstags.

»Frau Seyboldt, ich wollte Sie kurz vorwarnen, die nächste Patientin ist eine GKV.« Offiziell war GKV das Kürzel für »Gesetzliche Krankenversicherung«. Praxisintern bedeutete es: ganz klar verrückt. »Sie will nicht mit ihrem Namen angesprochen werden. Wegen Datenschutz, meinte sie.«

»Und wie will sie angesprochen werden?«

»Patientin Nummer fünf. Sie hat Frau Okafor gefragt, der wievielte Patient sie heute ist, und dann hat sie gesagt, dass wir Nummer fünf zu ihr sagen sollen.«

Tille guckte in den Sprechstundenkalender, marschierte Richtung Sprechzimmer und rief: »Frau Kleimann! Sie können jetzt kommen, bitte!«

Eine hagere Frau um die sechzig zuckte zusammen. Alles an ihr war farblos. Das krisselige braungraue Haar, das sie in der Mitte gescheitelt trug, die wollweiße Bluse unter dem sandfarbenen V-Pulli, ihre beige Handtasche, das elfenblasse, zarte, von feinsten Falten überzogene Gesicht. Das einzig (irritierend)

Bunte an ihr war der pinke Lippenstift auf dem dünnen, verkniffenen Mund. Sie folgte Tille ins Sprechzimmer, wo sie ihre Tasche auf dem Schoß abstellte und vorwurfsvoll guckte.

»Ich hatte die Damen am Tresen eben darum gebeten, dass Sie ein Pseudonym verwenden, wenn Sie mich ansprechen. Erst recht, wenn Sie mich aus dem Wartezimmer rufen. Da können ja alle alles hören.«

»Jetzt sind wir ja in meinem Sprechzimmer, Frau Kleimann. Wie kann ich Ihnen helfen?«

Frau Kleimann knetete ihre knochigen Hände. »Sie haben hier eine ganz normale Zimmertür. Woher kann ich sicher sein, dass niemand mitbekommt, was wir hier drinnen besprechen? Ich bestehe auf meinem Recht, dass Sie meine Privatsphäre schützen.«

Tille kämpfte gegen den Wunsch, unhöflich zu werden. »Und ich bestehe darauf, die Namen der Menschen aussprechen zu dürfen, die von mir behandelt werden möchten – Frau Kleimann.«

Nach Patientin Nummer fünf brauchte sie endlich einen Kaffee. Eigentlich hätte sie eher einen Schnaps gebraucht. Als Medizinstudentin hatte sie nicht geahnt, mit wie vielen Menschen sie zu tun haben würde, deren gesundheitliches Hauptproblem darin bestand, dass sie unglücklich waren. Sie hatte, wenn sie ehrlich war, nie sehr gründlich nachgedacht über die Zukunft, sondern immer alles passieren lassen oder aus dem Bauch heraus entschieden. Das Fach Urologie zum Beispiel hatte sie vor allem deshalb gewählt, weil sie verknallt gewesen war in den Professor.

Und um ihre Eltern zu ärgern.

Als Studentin hatte sie sie jeden Sonntag zum Mittagessen besucht. Jeden Sonntagmorgen waren die Eltern in den Gottesdienst gegangen, vor jedem Essen hatten sie ein Tischgebet gesprochen, und während jeder Mahlzeit hatten sie Tille detailliert zu den Inhalten ihres Studiums befragt. Erst als sie einen Teil des Praktischen Jahrs auf einer urologischen Station absolvierte, hörten sie damit auf.

Während Tille von Prostataerkrankungen, Harnleiterinfektionen, Hodentumoren, Penisbrüchen, Vorhautverengungen und Geschlechtskrankheiten berichtete, bemühten sich ihre Eltern, ihr gesamtes Konzentrationsvermögen auf das mundgerechte Zerteilen des Sonntagsbratens zu lenken. Tilles Mutter bekam rote Flecken am Hals, ihr Vater sandte Geräusche aus, die Anteilnahme signalisieren sollten (»aha«, »soso«, »hmhm«). Aber Tille ließ sich nicht täuschen. Sie fragte sich, wie sehr es ihre Eltern verstören würde, wenn ihre Tochter beschließen würde, sich beruflich mit (vorwiegend) männlichen Unterleibern zu beschäftigen. Sie kam zu dem Schluss: Sie wären schockiert.

Das hatte sie sehr verlockend gefunden.

Tille stürzte den Kaffee im Aufenthaltsraum herunter und machte sich wieder an die Arbeit. Drei Stunden und vierzehn Patienten später saß sie mit Ify Okafor in der Osteria da Antonio und konnte sich nicht entscheiden, ob sie eine Pizza tonno oder eine Pizza diavolo essen sollte. Sie nahm eine Prataiola. Frau Okafor entschied sich für Linguine aglio, olio e scampi, aber erst nachdem Tille sie ermuntert hatte, nicht auf den Preis zu achten. Einmal im Monat lud sie eine ihrer vier Mitarbeiterinnen in der Mittagspause in ein Restaurant ihrer Wahl ein, immer reihum. Medizinische Fachangestellte waren begehrt, man musste sie gut behandeln, wenn man sie behalten wollte.

Heute war die Auszubildende dran.

Tille strich Aioli auf pappiges Weißbrot. »Frau Rosengarten hat vorhin gesagt, Sie würden Fortschritte machen im Umgang mit schwierigen Patienten. Sie haben sich nicht aus der Fassung bringen lassen von Patientin Nummer fünf?«

»Ach. Ja.« Frau Okafor nestelte an ihrer Papierserviette.

»Aber die war ja harmlos. Da gibt es ja ganz andere. Die mit den bescheuerten Sprüchen.«

»Was für bescheuerte Sprüche?«

Tille hoffte, dass Frau Okafor irgendwas antworten würde, was sie unter normal bescheuert verbuchen und gleich wieder vergessen könnte.

(In die Kategorie »Normal bescheuert« gehörten die mäkeligen Kommentare mancher Patienten, die nicht bekamen, was sie wollten, zum Beispiel eine einwöchige Krankschreibung oder die von ihnen selbst ergoogelte Diagnose. Normal bescheuert waren auch jene Privatversicherte, die darauf bestanden, dass sie etwas Besseres verdient hätten als der Rest des Wartezimmers. Und dann gab es noch die mal leicht, mal schwer verunglückten, schleimig-schlüpfrigen Komplimente, die einige, meist ältere, Herren abzusondern begannen, sobald sie eine jüngere Frau vor die Gleitsichtbrille bekamen.)

Aber die Sprüche, die Frau Okafor meinte, waren nicht normal, sondern speziell bescheuert.

»Junge schwarze Frau heuert bei Fachärztin für alte weiße Männer an. Sie trauen sich ja was! Welche Diversitätsbeauftragte hat Sie denn geschickt?«, hatte der Germanistikprofessor mit der gutartigen Prostatavergrößerung gewitzelt, erfuhr Tille. Ein anderer Patient hatte neulich mitbekommen, wie Frau Okafor von Frau Tespe zurechtgewiesen wurde, weil sie vergessen hatte, Katheterstopfen und Zweierkanülen nachzufüllen. Daraufhin hatte er gerufen: »Nun seien Sie mal nicht so streng mit der jungen Dame. Die Sklaverei ist doch längst abgeschafft.« Und dann gab es noch die kleine, zerbrechliche Frau Garth, die fast hundert war und die alle und jeden, auch Tille, zu duzen pflegte.

Frau Garth hatte letzte Woche in die Tasche ihres Mantels gegriffen, einen Fünf-Euro-Schein herausgeholt und ihn Frau Okafor in die Hand gedrückt. Sie hatte gezwinkert und gewispert: »Ich mag dich richtig gern, min seute Deern! Mich stört das gar nicht, dass du ein Negermädchen bist.«

»Oh, das tut mir wirklich wahnsinnig leid.« Tille seufzte aus Mitgefühl mit ihrer Auszubildenden. Und aus Mitleid mit sich selbst, weil sie plötzlich ein echtes Problemgespräch an den Hacken hatte. »Und was haben Sie ihr geantwortet?«

»Ich habe ihr in die Augen gesehen und habe gesagt: ›Ich finde es schlimm, Frau Garth, dass Sie so einen rassistischen Ausdruck benutzen, das sollten Sie nicht mehr tun, aber ich mag Sie trotzdem ganz gerne.‹ Frau Garth hat gekichert, mir die Hand getätschelt und gemeint: ›Ich weiß, Kindchen, aber nun hab dich mal nicht so, das kriegst du nicht mehr aus mir raus.‹ Dann hat sie noch mal in ihre Manteltasche gegriffen und mir auch noch zwei Ferrero-Küsschen geschenkt, die aussahen, als hätte sie sie seit Ende des Zweiten Weltkrieges mit sich herumgetragen. ›Hier‹, meinte sie, ›sei nicht sauer, iss was Süßes!‹«

»Ach ja, die olle Frau Garth«, sagte Tille, ohne zu wissen, was sie damit eigentlich sagen wollte.

»Ja, die olle Frau Garth«, stimmte Ify Okafor zu.

(Zu Tilles großer Erleichterung.)

Der Kellner stellte die Pizza vor der jungen Frau ab, die Nudeln platzierte er vor Tille. Sie tauschten Teller.

»Guten Appetit«, sagte Tille. »Und wenn so was noch mal vorkommt, sagen Sie mir bitte sofort Bescheid.«

Zwei Tage später, am Donnerstag, war ein schlanker Mittvierziger mit Hornbrille, Collegeschuhen und kariertem Tweedsakko unter Tilles Patienten.

Er war zum ersten Mal da.

»Sehr schön.« Er zeigte auf das Freibadgemälde, das in Tilles Sprechzimmer hing. Auf dem Bild sah man von unten die Plattform eines Sprungturms vor einem Sommerhimmel. Oben auf der Plattform standen drei Teenager, vorne ein lässig ans Geländer gelehnter Junge in blau-weiß-roter Badehose, weiter hinten zwei Mädchen in Bikinis. Tille hatte das Bild vor vielen Jahren einem Kunststudenten abgekauft. Sie nahm es kaum noch wahr.

»Danke«, antwortete sie, ohne zum Bild zu schauen.

Jurist, Banker, Immobilienmakler?

»Ich bin Kunsthändler.«

»Gemälde?«

»Fotografie. Vor allem zeitgenössische.«

»Interessant. Dann schaue ich mir mal Ihr Problem an.« Sein Problem war ein kleines, nässendes, kreisrundes Geschwür auf der Eichel. Tille tastete die Lymphknoten im Leistenbereich ab. »Die Wunde tut nicht weh?«

»Nein.«

»Das sieht nach Syphilis aus. Dieses Geschwür hier ist der Primäraffekt, also die erste sichtbare Reaktion auf die Ansteckung, zehn bis zwölf Tage danach. Da, wo das Bakterium eingetreten ist. Ich mache einen Abstrich, dann wissen wir bald mehr.« Tille holte einen Spatel samt Transportröhrchen. »Keine Sorge, Syphilis ist in diesem Stadium gut behandelbar.«

Der Kunsthändler räusperte sich ein paarmal, als sie an ihm herumhantierte. Trotzdem klang er rau, als er wieder redete. »Ich wusste gar nicht, dass es die – diese Krankheit noch gibt, hier in Deutschland.«

Es gab Patienten, die reagierten besorgt, aber nicht sonderlich überrascht, wenn man ihnen sagte, dass sie sich mit einer Geschlechtskrankheit infiziert hatten. Das waren die, die ihre sexuellen Vorlieben selbstbewusst auslebten und die damit verbundenen Risiken kannten. Und es gab Patienten, die waren derart entsetzt, dass sie erst mal verstummten. Das waren die, die heimlich Sex hatten, für den sie sich hinterher schämten, auch vor sich selbst.

»Die Syphilis war nie ganz weg, und seit einiger Zeit steigen die Infektionszahlen wieder, besonders in den Großstädten.«

Tille streifte die Handschuhe ab, wusch sich die Hände und desinfizierte sie. Der Kunsthändler zog sich wieder an und beobachtete, wie sie Anamnese und Befund in die Krankenakte eingab.

»Und woran liegt das? An den vielen Zuwanderern?«

»Wie kommen Sie darauf?« Tille musterte ihn. Den dunklen Bartschatten auf seinem kantigen Kinn, die etwas zu große, markante Nase, die dicken dunkelbraunen, nur an der einen Schläfe vereinzelt grauen Haare, die grünen hellwachen Augen.

»Na, das ist doch auch der Grund, warum es hier wieder mehr Tuberkulose und Krätze gibt, oder?«

»Die Rückkehr der Syphilis hat aber ganz andere Ursachen«, sagte Tille. »Über achtzig Prozent der Betroffenen sind Männer, die sich bei gleichgeschlechtlichen Sexualkontakten angesteckt haben.« Seit Aids keine tödliche Infektion mehr war, gab es wieder mehr homosexuell aktive Männer, die ohne Kondom verkehrten. »Deshalb steigen die Fallzahlen, das gilt für alle Geschlechtskrankheiten. Ich rate Ihnen also dringend, sich und Ihre Sexualpartner zukünftig besser zu schützen.«

»Partnerinnen.« Er hob seine Hand, an der ein Ehering steckte. »Ich bin ein ganz normaler Mann mit ein paar ganz normalen Schwächen, wie Männer sie nun mal haben, leider. Das einzig Außergewöhnliche an mir sind meine drei bezaubernden Töchter.«

»Sie sind verheiratet? Dann müssen Sie Ihre Frau dringend informieren, die muss sich auch untersuchen lassen.« Gar nicht so selten hatte Tille Mitleid mit den armen Würstchen, die glaubten, sogar ihre Ärztin belügen zu müssen, aber diesmal spürte sie nichts als Abneigung. Sie tippte AL in seine Akte, das praxisinterne Kürzel für Arschloch, und korrigierte es zu RAL (Riesenarschloch). »Also, Sex ohne Kondom ist erst mal absolut tabu, und das sollte es am besten auch in Zukunft sein.«

Er nickte, mechanisch.

»Montag ist das Laborergebnis da, sicherheitshalber lassen wir auch gleich auf Tripper und Chlamydien untersuchen. Und auf jeden Fall sollten Sie auch einen HIV-Test machen, aber erst beim ersten Kontrolltermin. Wenn sich der Syphilisverdacht bestätigt, bekommen Sie ein Antibiotikum gespritzt. Am besten machen Sie gleich schon mal einen Termin.«

Die Laborergebnisse lagen Montagfrüh vor. Tripper und Chlamydien: negativ, Syphilis: positiv, wie erwartet. Zum Glück gehörte das Spritzengeben zu den Aufgaben der MFAs. Frau Kemper hatte den Kunsthändler für siebzehn Uhr eingetragen, nach Ende der Sprechstunde, aber Tille würde den Patienten erst in einem Monat zur Kontrolle wiedersehen.

Als um zehn nach fünf das Schreibtischtelefon klingelte, sie machte gerade den Computer aus, hatte sie ihn schon längst wieder vergessen.

Der Empfang, Frau Okafor.

»Frau Seyboldt? Kommen Sie mal bitte? Schnell?«

Frau Okafor stand mit verschränkten Armen vor dem Praxiseingang, der sich gleich neben dem Empfangstresen befand.

Ihr Unterkiefer zitterte.

Der Kunsthändler hatte die Hände in den Hosentaschen. Er musterte die junge Frau mit der genervten Herablassung eines an Effizienz gewohnten Menschen, der entdeckt, dass er von begriffsstutzigen Trotteln umzingelt ist. »Wären Sie so freundlich, Ihrer Angestellten zu erklären, dass ich gehen möchte?«

»Erst müssen Sie sich entschuldigen«, verlangte Frau Okafor. Ihre Stimme zitterte auch.

»Was ist denn passiert?«, fragte Tille.

»Und was war passiert?«, fragte Almut, als Tille zwei Stunden später bei ihr in der Küche saß. Tille war sofort zu ihr gegangen, ohne Jan vorher Hallo zu sagen. Nicht mal ihre Sachen hatte sie zu Hause abgelegt.

Folgendes war passiert:

Frau Rosengarten hatte den Kunsthändler gefragt, ob Frau Okafor ihm unter ihrer Anleitung das Antibiotikum spritzen dürfe, sie sei im zweiten Ausbildungsjahr und müsse das üben. (Das Tardocillin, erklärte Tille, werde im Liegen in die Gesäßmuskulatur injiziert, eine Prozedur, die Erfahrung und Geschick erforderte.) Der Kunsthändler hatte jedoch darauf bestanden, dass Frau Rosengarten ihm die Spritze gab, angeblich weil er Wert darauf legte, dass das von einer erfahrenen Fachkraft gemacht wurde.

Nach der Spritze wollte der Kunsthändler noch kurz liegen bleiben, Frau Rosengarten aber musste ganz schnell los, ihr Hochzeitskleid abholen. Frau Okafor saß allein hinter dem Tresen, als er aus dem Behandlungsraum kam.

»Und da ist das Riesenarschloch zu ihr gegangen und hat gesagt: Nur damit das klar ist, von einer wie dir lasse ich mir ganz sicher nirgendwo reinstechen«, sagte Tille zu Almut. »Weil man bei Leuten wie ihr ja nie genau wüsste, was die so alles anschleppen.«

»Mein Gott. So was gibt es tatsächlich?« Almut machte ihr betroffenes Gesicht. »Und? Hat der Mann sich entschuldigt?«

»Natürlich nicht.«

Der Kunsthändler hatte behauptet, Frau Okafor sei »eine von der typisch überempfindlichen Sorte« und habe ihn absichtlich missverstanden, und wie es eigentlich sein könne, dass Tille ihr einfach so alles glaube, was sie erzähle, vielleicht sei sie ja auch eine notorische Lügnerin, das sei »bekanntlich die Überlebensstrategie dieser Leute«.

»Da ist mir der Kragen geplatzt«, sagte Tille.

Sie war laut geworden.

»Ich weiß, wer hier die Wahrheit sagt und wer nicht, weil ich mich zufällig sehr gut auskenne mit Lügnern«, hatte sie gerufen. »Sie zum Beispiel sind einer!«

Sie war sogar sehr laut geworden.

»Sie kommen mit Syphilis hierher und wollen mir weismachen, Sie wüssten nicht, wo Sie die herhaben? Mich würde mal interessieren, was Ihre Frau denkt, wo Sie sind, wenn Sie hinter ihrem Rücken ohne Kondom in der Gegend rumvögeln.«

Sie war noch lauter geworden.

»Und ausgerechnet Sie trauen sich zu fragen, warum ich meiner Mitarbeiterin glaube und nicht Ihnen? Keine Sorge, Ihnen sticht hier niemand mehr irgendwo rein, weder Frau Okafor noch sonst jemand! Raus! Sofort!«

Plötzlich war es sehr still gewesen.

Nur durch das auf Kipp stehende Fenster am Ende des Empfangsbereichs hörte man eine Amsel, die den nahenden Frühlingsabend besang. Tille hatte erwartet, dass Frau Okafor den Weg räumen und der Kunsthändler gehen würde, aber Ify Okafor war wie angenagelt stehen geblieben. Statt auf Tille starrte sie nun auf irgendwas, was sich hinter Tille und dem Kunsthändler befand, und zwar so gebannt, dass sich schließlich beide gleichzeitig umdrehten.

In der geöffneten Tür zum Besucher-WC stand Patientin Nummer fünf, die farblose Frau Kleimann. Sie presste ihre hellbeige Handtasche an ihren nicht ganz so hellbeigen Mantel. Heute trug sie dunkelroten Lippenstift.

»Ich habe alles gehört und alles verstanden, alles. Jedes einzelne Wort!« Frau Kleimann war entschlossen auf den Kunsthändler zugesteuert und hatte ihm eine violette Visitenkarte entgegengehalten. »Sie sollten diese verantwortungslose Ärztin verklagen. Ich stehe gerne als Zeugin zur Verfügung, sehr gerne sogar.«

»Mein Gott«, sagte Almut wieder. »Wo kam die denn plötzlich her?«

»Die hatte sich auf dem Klo versteckt.« Tille seufzte und steckte sich eine der großen grünen, mit Mandeln gefüllten Oliven in den Mund, die Almut ihr zusammen mit ein paar Crackern hingestellt hatte.

Frau Kleimann hatte ihre Krankenkassenkarte aus der Praxis holen wollen, die sie am Donnerstag hatte liegen lassen. Bei dieser Gelegenheit hatte sie Frau Rosengarten gebeten, die Toilette benutzen zu dürfen, und sich dort, von Frau Okafor unbemerkt, etwas länger als üblich aufgehalten.

»Und dann?«, fragte Almut.

Dann hatte es energisch an der Praxistür geklopft.

Frau Okafor hatte aufgemacht.

Dr. Blaszczykowski hatte freundlich gelächelt.

»Wer ist das noch mal?«, fragte Almut.

»Das ist der inzwischen nicht mehr ganz so neue Neurologe aus der Praxis gegenüber«, klärte Tille sie auf.

»Hallo!«, hatte Dr. Blaszczykowski gefragt. »Ich wollte nur kurz fragen, ob hier alles in Ordnung ist?«

»Ja«, hatte das Riesenarschloch behauptet.

Nein, hatte Tille gesagt, gar nichts sei in Ordnung, aber das ließe sich ja nun, wo Dr. Blaszczykowski seine Hilfe angeboten habe, schnell ändern.

»Ob Sie so nett sind, den Herrn dort an die frische Luft zu begleiten?«

Dr. Blaszczykowski war so nett gewesen.

Unromantische Appetitverderber

Seit Yeliz ihr ElitePartner-Profil optimiert hatte – an jenem Abend Ende Januar, als sie das erste Mal beim Donnerstagessen dabei gewesen war –, hatte Almut viel mehr Kontaktanfragen erhalten als vorher. (Yeliz war tatsächlich ein Profi.) Manchen Männern hatte sie geantwortet. Mit ganz wenigen hatte sie sich getroffen. Aus keiner der Begegnungen war mehr entstanden als Befremden, Langeweile, Enttäuschung oder Kummer.

Ihre erste Verabredung hatte sie mit einem selbstständigen IT-Spezialisten aus Celle gehabt. Sie schrieben sich vier Tage lang, dann rief er sie an einem Mittwochmittag vom Hauptbahnhof aus an mit der Nachricht, er habe sich einer spontanen Eingebung folgend in die Bahn gesetzt, um an der Alster einen Winterspaziergang mit ihr zu machen. Sie war zu überrumpelt, um eine Ausrede zu erfinden. Als er auf der Alsterwiese eine Thermoskanne mit Pfefferminztee aus dem Rucksack holte, wusste sie längst, dass sie ihn nicht wiedersehen wollte. Sie schaffte es sogar, ihm das zu sagen. Er behauptete, sie mache einen tragischen Fehler, den sie ihr Leben lang bereuen werde. Am nächsten Tag fand sie eine Karte im Briefkasten, auf der stand: »Dies ist der erste Tag unserer gemeinsamen Zukunft!« Da wurde ihr mulmig, aber zum Glück meldete er sich nie wieder.

Sie ging mit einem leitenden Redakteur essen, der zwei Stunden lang über die immense Wichtigkeit seines Berufes redete und ihr nicht eine einzige Frage stellte.

Sie trank Kaffee mit einem Ingenieur, der nach Katzenfutter roch. Sie hatte einen vielversprechenden schriftlichen Flirt mit einem Geschichts- und Sportlehrer, der sauer wurde, als sie ihm ausnahmsweise mal nicht sofort, sondern erst nach vier Stunden antwortete: »Ich dachte, wir führen ein Gespräch.« (Almut hätte sich gerne verteidigt, aber das ging nicht, weil er sie schon blockiert hatte.) Sie fieberte der Verabredung mit einem Richter entgegen, der Mozart und Südtirol liebte und zwei Stunden vorher absagte, weil er sich mit seiner Ex ausgesprochen und beschlossen hatte, es noch mal mit ihr zu versuchen.

Dann traf sie sich mit Bernhard.

Bernhards Frau war an Brustkrebs gestorben. Er wohnte im Speckgürtel der Stadt, hatte zwei erwachsene Töchter, machte irgendwas mit Photovoltaik und sah aus, als hätte er ein gutes Herz. Er lächelte oft, liebte die Natur, war belesen, nachdenklich und (zu) rücksichtsvoll.

»Darf ich?«, fragte er, bevor er sie auf einer Bank am Alsterufer küsste. Dass er genauso unsicher war wie sie, rührte Almut. Nichts von dem, was ihr gerade passierte, kam ihr selbstverständlich oder auch nur wahrscheinlich vor. Sie hatte seit einunddreißig Jahren mit keinem anderen Mann geschlafen als mit Christoph. Jetzt, vor ihrem zweiten ersten Mal mit dreiundfünfzig, war sie so nervös wie vor ihrem ersten Mal mit siebzehn.

»Ist das okay für dich?«, fragte Bernhard, als er eine Woche später ihre Bluse aufknöpfte. Als er das dritte Mal Anstalten machte, ihre Erlaubnis einzuholen – er hatte sich gerade zwischen ihre gespreizten Beine geschoben und sah unentschlossen zu ihr herunter –, drückte sie ihn in sich hinein und befahl flüsternd: »Nicht fragen!« Sie durfte sich dominant fühlen mit ihm, also wie eine völlig neue Almut. Als sie morgens neben ihm aufgewacht war, hatte sie gehofft, verliebt zu sein.

In den Märzferien war Hetti mit einer Freundin in den Skiurlaub gefahren, und Almut hatte Bernhard eingeladen, ein ganzes Wochenende bei ihr zu verbringen. Er stand am Freitagabend mit Ranunkeln und einer Reisetasche vor ihrer Tür, zog sie zu sich und küsste sie leidenschaftlich (für seine Verhältnisse). Die Ranunkeln kitzelten ihren Nacken. Nach dem Küssen gab er ihr den Strauß und holte Pantoffeln aus grauem Filz aus der Reisetasche. Sie sahen aus wie die, die Almuts Opa getragen hatte. Bernhard schlüpfte hinein und erklärte: »Bei dir ist es immer so fußkalt.«

Almuts beginnende Verliebtheit war in sich zusammengefallen wie ein misslungener Hefeteig. Ihr war sofort klar gewesen, dass sie nicht mehr zu retten war. Sie schalt sich dafür, aber es war nicht zu ändern. Sie wusste, dass sie es Bernhard sagen musste, aber sie wusste nicht, wie. Sie wartete zu lange damit und löste diese Aufgabe schließlich so stümperhaft, dass sie danach nicht mehr an Bernhard denken konnte, ohne dass ihr heiß wurde vor Scham.

Es waren fast zwei Wochen vergangen, bis sie sich getraut hatte, wieder in ihren ElitePartner-Account zu schauen – an einem Donnerstagmittag Ende März, nachdem sie vom Pilates zurückgekommen war. In ihrem ElitePartner-Postfach fand sie ein knappes Dutzend veraltete Kontaktanfragen und die ziemlich frische, mit Selbstironie, einer Prise Melancholie und einem Hauch Frivolität fein gewürzte Nachricht, die ein auf Krisenkommunikation spezialisierter PR-Berater namens Ivo geschickt hatte.

Beim Lesen war ihr Appetit zurückgekehrt.

Sie hatte eine Antwort entworfen, die sie abends Yeliz und Tille vorlas. Ivo war neunundfünfzig, geschieden und kinderlos und trug auf allen Fotos leicht zerknitterte Leinenhemden zu einem leicht zerknitterten Gesicht.

Yeliz redigierte Almuts Antwort am Küchentisch.

Sie wurde angefeuert von Tille und überwacht von Almut, die die meisten Änderungsvorschläge absegnete und manche verwarf. (»Yeliz! So was würde ich niemals sagen!«) Es war ein großer Spaß, zu dritt an jedem Halbsatz zu feilen, bis die Schlagfertigkeit von Almuts Replik dem Charme von Ivos Nachricht in nichts nachstand. Als sie auf Senden drückte, johlten Tille und Yeliz: »Go, Almut, go!«

Er reagierte sofort.

Den Rest des Abends verbrachten sie damit, Nachrichten-Ping-Pong zu spielen. Kurz vor Mitternacht stießen sie auf den Sieg an.

»Almut, ich glaube, wir sollten uns treffen. Wollen wir vorher mal telefonieren. Samstag, 20 Uhr? Bin gespannt auf deine Stimme. Herzlich, Ivo.«

Samstag, fünf vor acht.

Hetti war wie immer ausgegangen. Almut hatte sich einen Ingwertee gemacht und das Telefon auf dem Sofatisch bereitgelegt. Sie ließ es fünf Mal klingeln, damit Ivo nicht dachte, sie säße schon seit fünf Minuten auf dem Sofa und wartete auf seinen Anruf. Als sie endlich ranging, hatte sie plötzlich solche Angst, er könnte wieder auflegen, dass sie hektisch wurde und das Telefon fallen ließ. Seine Stimme landete auf dem antiken Kelim, der vor dem Sofa lag.

»Hallo? Hallo, Almut?«

Sie hob ihn auf. »Hallo, Ivo?«

Er war es gewesen, der vorgeschlagen hatte zu telefonieren. Nun musste er auch einen Anfang finden.

»Geht es dir gut gerade? Hast du Lust, mit mir zu sprechen, oder lieber doch nicht?«

»Doch, doch.« (Sie mochte es, dass er das fragte.) »Ich habe Zeit, meine Tochter ist samstags immer mit Freunden aus.« (Es schien ihr vorteilhaft zu erwähnen, dass ihre Sechzehnjährige am Wochenende eigene Pläne verfolgte.) »Ich bin alleine zu Hause, ich hab's mir extra gemütlich gemacht.«

Ivo wollte wissen, wo und wie sie es sich gemütlich gemacht hatte. Sie sagte es ihm.

»Und du?«

»Ich sitze im Arbeitszimmer, in einem alten Ledersessel. Ich habe ihn viel zu teuer auf einer Auktion ersteigert. In alte Möbel verliebe ich mich leider sehr schnell.« Seine Stimme klang genauso, wie seine Nachricht geklungen hatte, gewinnend mit einem humorvollen Unterton und einer schwermütigen Note. »Ich bin so neugierig, Almut. Verrätst du mir, was ich sehen würde, wenn ich mit dir zusammen auf deinem Sofa sitzen würde?«

Diese Bitte hatte ein bisschen was von den Fragen, von denen Almut annahm, sie würden in Bewerbungsgesprächen gestellt werden (»Wie würden Sie Ihren Arbeitsstil beschreiben?«). Trotzdem zählte sie auf, was sie umgab, weil sie froh war, Gesprächsstoff zu haben: das graue Sofa, auf das sie sich gekuschelt hatte, der Kelim, die Kommode, die sie von ihren Großeltern geerbt hatte, auf der Kommode die indonesische Vase aus Rotterdam, darin ein frischer Magnolienzweig. Vor der in Altrosa gestrichenen Wand das Bücherregal. Das hohe Altbaufenster mit den hellen Vorhängen und der tiefen Fensterbank, auf der die schönsten der Porzellanvögel standen, die sie eine Zeit lang gesammelt hatte. Im Wohnzimmer hing immer noch kein größeres Bild, nur der Fernseher und das Fotografenfoto der Kinder, das sie ihr zum Fünfzigsten geschenkt hatten. Sie erwähnte weder den Fernseher noch die Kinder.

»Was willst du noch wissen?«

»Noch ganz viel«, sagte Ivo. »Und du von mir?«

Almut wollte wissen, ob er sich nicht lieber noch irgendwo treffen wolle. »Ich glaube, ich mag dieses Telefonieren nicht so gerne. Wir könnten doch auch was trinken gehen?«

Er atmete geräuschvoll aus. »Ich komme gerade vom Laufen, bis ich geduscht habe und irgendwo bin, wo du auch gut hinkommst, dauert es mindestens eine Stunde. Außerdem, ich mache das eigentlich immer so, dass ich erst mal länger telefoniere mit den Frauen, die ich interessant finde.«

»Warum?«

»Warum nicht? Ist doch gut zu wissen, ob man sich tatsächlich was zu sagen hat. Sonst braucht man sich ja gar nicht erst zu treffen.«

»Verstehe.« Sie hoffte, dass sie falsch verstanden hatte.

»Erzähl mir mehr von dir. Hast du ein Zeitungs-Abo?«

Sie redeten noch ungefähr eine Viertelstunde über alles Mögliche, dann sagte Ivo plötzlich, völlig zusammenhangslos: »Almut, es ist ein bisschen seltsam. Aber als wir uns geschrieben haben, kamst du mir ehrlich gesagt irgendwie – etwas spritziger vor als jetzt, kecker. Sorry, wenn ich das so offen sage.«

»Tatsächlich?« Almuts Gesicht glühte, als sie an Yeliz und Tille dachte und wie sie vor Lachen gekreischt hatten beim gemeinsamen Chat mit Ivo.

Fünf Minuten später legten sie auf, nachdem sie einander versichert hatten, wie müde sie beide seien und dass sie sich per WhatsApp kurzschließen würden wegen eines Termins für ein Treffen. Als sie am Sonntagmorgen zum ersten Mal aufs Handy guckte, hatte er ihr schon geschrieben.

»Hallo Almut, ich glaube, dass du eine attraktive und liebenswerte Frau bist. Aber nach unserem Gespräch weiß ich, dass du nicht die Frau bist, die ich mir beim Lesen deiner Nachrichten vorgestellt habe. Danke, dass du mir die Möglichkeit gegeben hast, mir darüber klar zu werden. Von Herzen alles Gute wünscht dir Ivo.«

Es ist so, so ungerecht, hatte Almut gedacht und versucht, nicht zu weinen.

Während sie immer noch alleine war und das, wie es aussah, auch für immer bleiben würde, obwohl sie sich alle Mühe gab, diesen Zustand zu beenden, tingelte Christoph vergnügt mit seiner ihm zufällig zugeflogenen neuen Partnerin durchs Leben. Mit dieser Gabriele aus Viersen, die ihrer zwar schwer kränkelnden, aber bis zu ihrem Auftauchen immerhin noch existenten Ehe den Todesstoß versetzt hatte. Und das auch noch im Rahmen einer so illegalen wie lächerlich würdelosen Veranstaltung.

Christoph hatte an jenem Februarabend vor zwei Jahren behauptet, er habe Gabriele auf einer Fortbildung in der Schweiz kennengelernt, die er, Almut erinnere sich vielleicht, im Frühling zuvor besucht habe.

Oh ja, Almut erinnerte sich sehr genau.

Vor allem daran, wie leer ihr das zu große Haus vorgekommen war, als nach Franzi und Johann auch noch Ludwig ausgezogen war, und dass Christoph und sie sich gestritten hatten, weil er nach der Fortbildung einen Studienfreund in Zürich besuchen wollte, um mit ihm Mountainbike zu fahren, statt schnellstmöglich nach Hause zu kommen.

Nach Hause zu ihr.

Aus der angeblich zweitägigen Fortbildung mit anschließendem Radurlaub war im Laufe des von Almut unerbittlich geführten Verhörs ein fünftägiges Persönlichkeitsentwicklungsseminar geworden, das sich am Ende als Selbsterfahrungsworkshop entpuppt hatte.

»Und auf welche Weise hast du dort was genau über dich selbst erfahren, was du nicht schon vorher wusstest?«

Almut hatte nicht aufgegeben, bis Christoph die Wörter »bewusstseinserweiternde Substanzen« aus dem Mund geschlüpft waren. Als wäre mit dieser Zwei-Wort-Beichte ein Damm gebrochen, war der Rest der Wahrheit wie von selbst aus ihm herausgequollen, und zwar so vollständig, dass Almut es kurz bedauert hatte, so hartnäckig gewesen zu sein.

»Du meinst, ihr habt zusammen Drogen genommen? Illegale Drogen? Du hattest Halluzinationen? Du?« Dass jemand, den sie sehr gut zu kennen glaubte, ihr plötzlich sehr fremd vorkam, hatte Almut schon häufiger erlebt. Das hier hatte eine andere Qualität. Sie hätte sich nicht gewundert, wenn Christophs Schädelnähte aufgeplatzt und das schleimige, dreiäugige Haupt eines Außerirdischen daraus hervorgewachsen wäre. »Und während der Zeremonie bist du dieser Gabriele so nahegekommen, als du dich übergeben musstest, dass eure Seelen sich berührt haben, und darum konnten eure Körper nichts dagegen machen, dass sie dann auch voneinander angezogen wurden?«

»Das ist eine etwas verkürzte Darstellung«, hatte Christoph geantwortet. »Bitte, Almut, bleib fair.«

Sie war fair geblieben.

Sie hatte Haltung bewahrt. Kein einziges Mal hatte sie ihm eine Szene gemacht. Kein schlechtes Wort hatte sie in den letzten zwei Jahren vor den Kindern über ihren Vater verloren (aber sehr oft gedacht). Sogar das Schwerste hatte sie geschafft. Sie hatte niemandem erzählt, wie Christoph seine neue Freundin kennengelernt hatte. Nicht mal Tille und Yeliz, obwohl sie ahnte, wie begeistert die beiden wären von der Geschichte. (Sie hätte auch gerne mal eine richtig gute Geschichte beigesteuert.) Nur Frau Sommer wusste Bescheid, aber die zählte nicht, denn Frau Sommer war ihre Therapeutin. Es war ihr Job, Geheimnisse zu kennen. Aber all ihrer Fairness zum Trotz war ihr keine Gerechtigkeit widerfahren.

Almut hatte Ivos ekelhaft süßlich sanfte Abfuhr wieder und wieder gelesen, bis ihr davon übel geworden war. Bestimmt war er auch noch stolz darauf, wie sachlich und respektvoll er Gefühle verletzte und Hoffnungen zerstörte. Dann hatte sie den Laptop angeschrien (»Ich brauche gar keinen Mann, um glücklich zu sein!«). Dann hatte sie den Laptop so grob zugeklappt, dass sie ihn gleich wieder aufklappen musste, um zu schauen, ob er noch funktionierte. Und dann hatte sie den Laptop vorsichtig zugeklappt und doch noch angefangen zu weinen. Wen sie dagegen sehr dringend brauchte, war ihr dabei klar geworden, war Frau Sommer.

Mit dem April hatte ein neues Quartal begonnen, weshalb Frau Sommer um Almuts Krankenkassenkarte bat. Almut ging nicht mehr regelmäßig zu ihr, nur noch bei Bedarf.

So wie jetzt, wegen Ivo.

Wie immer, wenn sie bei Frau Sommer war, saß sie ganz rechts auf dem violetten Sofa, so weit weg wie möglich von der Therapeutin, ganz nah dran an dem Beistelltisch mit dem Glas, der Wasserkaraffe und den Kleenex-Tüchern (in der praktischen Design-Box). Die Therapeutin thronte – Güte, Weisheit und Dienstfertigkeit verströmend und dabei das Zeitkontingent von fünfzig Minuten fest im Blick – auf ihrem Komfortsessel.

Wie ein Orakel, dachte Almut, und in gewisser Hinsicht war Frau Sommer das ja auch, nur dass sich kein göttlicher Wille durch sie offenbarte, sondern die menschliche Seele mit ihrem leidigen Hang zu Wundsein, Unreife und Selbstverachtung.

»Möchten Sie schon sagen, warum Sie heute hier sind?«, fragte Frau Sommer. »Oder brauchen Sie noch einen Moment?«

Als Almut hier zum ersten Mal Platz genommen hatte, hatte die Kleenex-Box sie abgestoßen oder vielmehr die Botschaft, die sie aussandte. So wie die zurechtgelegten Instrumente beim Zahnarzt von drohendem Schmerz kündeten und die bereitgestellten Kondome am Arbeitsplatz einer Hure von bevorstehender Wollust, so warnten die Tücher:

Auf diesem Sofa wirst du weinen!

Sie hatte es immer gehasst, in Tränen auszubrechen. Sie war beim ersten Mal nur deshalb geblieben, weil sie zu feige gewesen war, gleich wieder zu gehen. Inzwischen hatte sie Übung darin. Wenn die Traurigkeit kam, atmete sie weiter und ließ sie von der Brust bis in die Augen steigen, aus denen sie sie widerstandslos fließen ließ, so als sei es etwas ganz Normales, das eigene Schicksal betrauern zu müssen. Sie konnte inzwischen gleichzeitig reden und weinen, manchmal sogar weinen und dabei lachen oder lachen und dabei weinen. Je leichter es ihr im Laufe der Therapie gefallen war zu weinen, desto schneller hatte sie damit angefangen.

Diesmal brauchte sie keine zehn Sekunden.

Zweiundfünfzig Minuten später verließ sie Frau Sommers Praxis mit drei zerknüllten Kleenex-Tüchern in der Tasche ihres Cardigans und mit dem Vorsatz, die Dinge (die Männer) nicht mehr so ernst zu nehmen. Sie würde ab sofort auf Masse statt Klasse setzen bei der Suche nach dem Richtigen.

Liebe sei keine Frage der Magie, sondern der Statistik, hatte Frau Sommer dargelegt, und die Statistik besage: Je mehr Männer Almut kennenlerne, und zwar egal auf welchem Weg, bei der Arbeit (die sie nicht hatte), auf einer Party (zu der sie kaum noch jemand einlud) oder eben über ElitePartner oder irgendeine andre Online-Plattform, desto größer die Wahrscheinlichkeit, dass irgendwann einer dabei sei, der als Partner infrage käme.

Und das sei dann vielleicht einer, den Almut sofort aussortiert hätte, wenn sie nur nach seinem Foto oder seinen Nachrichten gegangen wäre.

»Sie sind immer wieder total enttäuscht, weil jedes Treffen für Sie ein Highlight ist, mit sehr viel Hoffnung verbunden. Wie wäre es, wenn Sie sich stattdessen mit so vielen Männern wie möglich treffen, ganz ohne Erwartungen? Sie brauchen für diese Strategie nur, wovon Sie genug haben, nämlich Ausdauer und Disziplin. Dann wird früher oder später sehr wahrscheinlich etwas Schönes passieren«, hatte Frau Sommer prophezeit. »Und wenn es nur ein bisschen netter Sex ist, das wäre doch auch schon was.«

Ja, das wäre auch schon was.

Almut befolgte Frau Sommers Rat, ließ sich auf keine langen Schriftwechsel mehr ein, sondern bot jedem Interessenten, der nicht komplett indiskutabel wirkte, ein schnelles Treffen an, jedoch nie nach neunzehn Uhr. Jedes dieser Sondierungstreffen begrenzte sie vorab auf maximal eine Stunde mit der (meist unwahren) Begründung, sie habe abends noch etwas anderes vor.

»Nach spätestens zehn Minuten wissen Sie, ob Sie den Mann attraktiv finden oder nicht«, hatte Frau Sommer gesagt. »Falls nicht, haben Sie schon einen guten Grund, warum Sie wegmüssen, das erspart Ihnen unangenehme Situationen.«

Auf diese Weise traf sie elf Männer in vier Wochen.

Der zwölfte war Fred.

Der Mai, der Monat der Liebe, hatte gerade begonnen, als er ihr schrieb, ihre Fotos und ihre Texte würden ihm sehr gefallen. Sie wirke auf ihn wie eine Frau, die konservativ denke und fortschrittlich fühle, das fände er spannend, er würde darauf brennen, im Gespräch herauszufinden, ob sein Eindruck richtig sei.

Sie bot ihm an, sich am nächsten Tag im La Caffètteria zu treffen, obwohl er sieben Jahre jünger war als sie, erst seit einem Vierteljahr getrennt lebte und seine drei Kinder alle noch zur Schule gingen, das jüngste erst in die erste Klasse. Alle drei Minuspunkte zusammen waren ihr eigentlich ein zu großer Malus, um ein Kennenlernen in Betracht zu ziehen. Aber er sah so sensationell gut aus auf seinen Bildern, dass sie nicht anders konnte, als sich von seinem Interesse geschmeichelt zu fühlen. Außerdem hatte die Formulierung »konservativ denken, fortschrittlich fühlen« es ihr angetan. Sie verstand (wenn sie darüber nachdachte) nicht genau, was er damit meinte, aber es klang gut. Wie eine Selbstbeschreibung, auf die sie niemals selbst gekommen wäre und von der sie sich umso mehr wünschte, sie würde auf sie zutreffen.

»Halb sechs?«, schlug Almut vor. »Aber ich kann morgen leider nur eine Stunde. Ich bin danach noch bei Freunden eingeladen.«

Sie stand ausgehfertig vor dem Flurspiegel und überprüfte den Sitz ihrer Bluse und ihres Make-ups, als es an der Wohnungstür klopfte. Es war Jan, der sagen wollte, dass er gestern Deutsch geschrieben und ein besseres Gefühl hatte als sonst. Seit drei Monaten gab Almut ihm Nachhilfe. Seit sie ihn Ende Januar am Halbjahreszeugnistag im Hausflur getroffen und gefragt hatte, ob alles okay sei. »Geht so«, hatte er gemurmelt und sich zu Kakao und Honigtoast überreden lassen. Als er wieder ging, hatten sie eine Abmachung. Er würde montags nach der Schule zu ihr kommen und sich bei den Deutsch-Hausaufgaben helfen lassen. Almut würde Nutella kaufen und seiner Mutter nichts verraten, das war seine Bedingung. »Sonst ist Mama noch mehr gefrustet, wenn es doch nichts bringt. Wir können es ihr ja sagen, wenn ich im nächsten Zeugnis vielleicht doch eine Vier schaffe.«

Ab und zu flog Almut ein schlechtes Gewissen an wegen dieser Heimlichtuerei, aber heute war sie zu aufgeregt dafür.

»Toll, ich drücke dir ganz doll die Daumen. Komm, lass dich mal drücken!« Es war, als umarmte sie eine Schaufensterpuppe. »Und? Sehe ich gut aus?«

Die Schaufensterpuppe deutete ein Nicken an.

Fred war schon da.

Was ihr sofort auffiel an ihm, waren seine unglaublichen Augen, die annähernd die Farbe der jungen Buchenblätter hatten, die gerade überall sprießten, und die ihr durch die Gläser seiner Brille fast ununterbrochen Aufmerksamkeit schenkten. Er roch nach Vetiver und Sandelholz, trug Budapester und die

Ärmel seines weißen Hemdes hochgekrempelt, darüber einen weinroten Pullunder und um den Hals einen sicher teuren Seidenschal, der gut zu seinen dunklen, nur vereinzelt ergrauten Haaren passte.

Dass er den Ehering noch nicht sehr lange abgelegt hatte, sah man am noch nicht ganz nachgebräunten Abdruck am rechten Ringfinger, auf dem er manchmal mit der Linken herumrieb, so als wolle er diese sichtbare Spur eines Scheiterns entfernen.

»Was möchtest du trinken?«, war das Erste, was er sie fragte. Er trank einen Cappuccino und einen Averna.

»Ich nehme einen Crémant«, sagte Almut, obwohl sie sich morgens vorgenommen hatte, weniger zu trinken.

Als Nächstes fragte er sie, ob sie wirklich schon über fünfzig sei, das sähe man ihr kein bisschen an. Was ihre Kinder so machten. Ob sie erzählen möge, warum sie sich von ihrem Mann getrennt habe. Er hörte ihr zu, statt nur so zu tun, als würde er zuhören, wie es die meisten anderen Männer taten. (Nicht ein einziges Mal guckte er auf sein Handy, das umgedreht auf dem Tisch lag.) Als sie ihn endlich auch was fragen wollte, nämlich was er mit dem konservativen Denken und dem modernen Fühlen gemeint habe, zeigte ihre Armbanduhr fünf nach halb sieben an.

»Stimmt, du musst ja jetzt los«, sagte Fred. »Schade.«

»Nein, nein. Habe ich dir das gar nicht gesagt?«, haspelte Almut. »Die Einladung fällt aus, also – ist verschoben. Die Gastgeber sind – haben – Magen-Darm.«

»Ach.« Fred lächelte, warm. »Wie schön für mich. Dann kann ich dich stattdessen zum Essen einladen.«

Sie gingen zum Syrer.

Danach zu Almut.

Und sofort miteinander ins Bett.

Zum Glück frisch bezogen, dachte Almut, bevor sie eine

Weile nichts mehr dachte, und dann an die Kondome, die seit Bernhard in ihrem Nachttisch lagen. »Warte.« Sie streckte den Arm aus, öffnete umständlich die Nachttischschublade, tastete nach der Packung, zog eines der Päckchen heraus und reichte es Fred. Er ignorierte es. Er strich ihr mit zwei Fingern das Haar aus der Stirn, leckte ausgiebig die Haut unterhalb ihres Ohres und zwirbelte dazu sanft ihre Brustwarze. Sie bemerkte gerade noch rechtzeitig, dass sie wieder zu denken aufgehört hatte.

»Wo ist das Kondom?«

»Brauchen wir doch nicht«, keuchte er.

»Doch.«

»Nein, komm, entspann dich.«

»Halt, warte.«

»Aber du kannst doch gar nicht mehr schwanger werden.«

»Trotzdem. Hör auf, ich möchte nicht ohne.«

»Aber ich kann nicht mit.« Er rollte von ihr herunter.

»Wirklich nicht? Aber wieso denn nicht?« Sie berührte seine Wange. Nach allem, was sie seit dem ersten Kuss von diesem Mann mitbekommen hatte, schien es ihr unglaubwürdig (zumindest übertrieben), dass er damit ein Problem haben könnte. Sie würde morgen Tille dazu befragen.

Fred antwortete nicht.

Er setzte sich auf und rieb sich absurd lange die Augen. Als er endlich damit aufhörte, waren sie gerötet. Er wirkte verändert. Fast wie ein fremder Mann. Ein wütender fremder Mann. Sein Blick wanderte von ihrem Gesicht über ihren Körper, nun nicht mehr aufmerksam, sondern prüfend. Almut zog die Decke über sich, aber er riss sie wieder runter, bis zu ihren Oberschenkeln.

Sie lachte, verlegen. »Was soll das?«

»Sei still!«, fuhr er sie an.

Sie war still, vor Schreck.

Er stöhnte auf, laut.

Sie brauchte viel zu lange, um zu begreifen, was er da tat, so sehr weigerte sich etwas in ihr zu glauben, was sie sah. Und dann war da auch noch diese hässliche, uralte Stimme, die behauptete, sie sei eine Spielverderberin, wenn sie nicht mitmache. Erst als er es wagte, sie mit der freien Hand auch noch anzufassen, kam sie zu sich. Er krallte sich in ihr Fleisch, so dass sie sich selbst wehtat, als sie seine Hand wegschlug. Der Moment, in dem sie »Hör doch auf damit!« flehte, war der Moment, in dem er kam.

Er wischte sich mit ihrer Decke ab.

In der Zimmertür drehte er sich noch einmal um.

»Du bist ganz schön naiv für dein Alter.« Er lächelte, verächtlich. »Welchen Grund sollte ein Mann wie ich wohl haben, mit einer so alten Frau wie dir zu schlafen, wenn nicht den, endlich mal das Scheißgummi weglassen zu können?«

Sie lag Minuten lang ganz still da und traute sich nicht, etwas zu fühlen.

Falsche Tomaten,
noch viel falschere Themen

Yeliz fror bitterlich auf dem Weg zu Jorge und Marie. Sie trug nur die Jeansjacke über einem dünnen Sweatshirt, dabei hatte Morten sie gewarnt, dass es heute Abend sehr kalt sei draußen. Sie hatte seine Warnung ignoriert: »Nee, nee, der Mai ist da, jetzt ist gefälligst mal Schluss mit dicken Jacken, bei mir ist ab sofort Frühling.«

Aber dieser erste Freitagabend im Mai tat, als wäre er nur ein weiterer elender Winterabend. Morten nahm seinen Schal ab, schlang ihn um Yeliz' Hals, schlug den Kragen seines Wollmantels hoch und legte seinen Arm um ihre Schulter. So gingen sie weiter Richtung Ottensen.

»Warum kann ich mir einfach nicht merken, wie kalt der Mai sein kann?«, fragte Yeliz.

»Weil du immer alles vergisst, was dir nicht in den Kram passt.« Morten küsste sie im Gehen auf die Schläfe, um klarzustellen, dass dieser Satz nicht kränkend gemeint war, sondern Ausdruck ihrer Vertrautheit. (Sicherheitshalber.)

»Aber du doch auch«, sagte Yeliz.

Sie dachte an den auch in diesem Frühling unvermeidlichen Spargel, den er letzte Woche gemacht hatte, als es zwischendurch ein paar Tage richtig warm gewesen war. Sein Arm auf ihrem Rücken und seine Hand, die ihre Schulter umklammerte, nervten total beim Gehen, aber es war zu kalt, um sich von ihm zu befreien. Als sie an dem Haus vorbeiliefen, in dem sie gewohnt hatte, bevor sie mit Morten zusammengezogen war, sagte sie wie immer, wenn sie hier entlangkam: »Hallo, altes Haus!«

Sie wurde jedes Mal ein bisschen sentimental, wenn sie an die kurze Zeit dachte, in der sie hier gewohnt hatte. Keine eineinhalb Jahre waren es gewesen. Sie mochte die Gegend, die Straße und das Haus, und sie hatte ihre Wohnung darin geliebt – das erste (und letzte) Zuhause, das sie mit niemandem hatte teilen müssen, das sie ganz für sich allein gehabt hatte und das rückblickend nur der Abzweig gewesen war, der sie auf den Weg in Mortens wärmenden Arm geführt hatte. Wäre sie hier nicht eingezogen vor zehn Jahren, dann wäre sie nicht ein paar Wochen später zu Ikea gefahren, dann hätte sie Morten niemals kennengelernt, dann wäre jetzt alles anders.

Und zwar nicht besser, dachte Yeliz. (Höchstwahrscheinlich.)

Bis zu ihrem Einzug in dieses Haus, bis kurz vor ihrem siebenunddreißigsten Geburtstag, hatte Yeliz immer nur in Wohngemeinschaften gelebt, meist zusammen mit anderen (Teilzeit-) Singles. Eines Samstagabends war sie vor ›Wetten, dass …?‹ eingeschlafen – sie war damals schon längst aus dem Alter raus, in dem sie an Wochenenden mindestens zweimal ausgehen musste, um sich lebendig zu fühlen.

Am nächsten Morgen war sie sehr früh aufgewacht und hatte um sieben die Tür zur WG-Küche geöffnet, um sich einen Kaffee zu machen. Aus dem Kaffeemachen wurde nichts, weil ihre neue Mitbewohnerin Ragna, Ende zwanzig, freischaffende Filmemacherin, in einem Leopardenstring auf der Küchenarbeitsplatte saß. Die Füße hatte sie auf der Kante des Tisches abgestellt, ihr Kopf lehnte an dem Oberschrank mit den Kaffeebechern. Vor Ragna stand ein Mann in Jeans und mit nacktem Oberkörper und saugte unter dem Rand ihres hochgeschobenen T-Shirts schmatzend an ihrer linken Brust, während er die rechte mit der Hand knetete. Das kann sie doch nicht mögen, hatte Yeliz gedacht. Eine Brust ist doch kein Manti-Teig.

Aber Ragna wimmerte entrückt, mit offenem Mund und flatternden Augenlidern, und krallte ihre schwarzen Fingernägel in ein muskulöses weißes Schulterblatt, auf das das legendäre Che-Guevara-Porträt tätowiert war. Es war kein gelungenes Tattoo, Che Guevara schielte. Yeliz stand unschlüssig und mit nackten Füßen auf den leicht klebrigen Altbaufliesen herum und fröstelte. Sie kehrte ohne Kaffee in ihr Zimmer zurück, öffnete im Bett den Laptop und studierte Wohnungsanzeigen. Fünf Wochen später zog sie in ein Loft, in dem es außer dem großzügigen Wohnraum mit offener Küche nur ein winziges Schlafzimmer mit riesigem Bad gab.

Als ihre Mutter die Fotos sah, die Yeliz von der Wohnung gemacht und Funda geschickt hatte, war in ihr der letzte Funken Hoffnung erloschen, dass ihre ältere Tochter jemals einen Mann finden würde. Das behauptete jedenfalls ihre kleine Schwester, auf deren Sofa Hayriye Bademli erst um Yeliz getrauert und sich dann hatte trösten lassen von Fundas Nachricht, sie erwarte ihr zweites Kind.

Yeliz' Mutter hatte sich geirrt.

Einen Monat später hatte sie Morten kennengelernt.

Der Einzige aus ihrer Familie, dem sie von ihrem neuen Freund erzählt hatte, war Aslan. Nach dreizehn Monaten war sie aus dem Loft wieder aus- und mit Morten zusammengezogen. Da hatte sie auch Funda eingeweiht. Wenn ihre Eltern zu neugierig wurden, mussten Aslan und Funda sie decken. Erst als feststand, dass sie ein Kind von Morten wollte, stellte sie ihn ihren Eltern vor – als den Mann, der ihr Ehemann werden würde. Ein uneheliches Enkelkind wäre so inakzeptabel für Osman und Hayriye Bademli, dass es auch für Yeliz unvorstellbar war. Außerdem wollte Morten endlich ihre Familie kennenlernen.

Sie legten beide keinen Wert darauf, standesamtlich zu heiraten. Das konnten sie später, wenn das Kind da war, immer noch nachholen. Eine große Hochzeitsfeier wollten sie auch nicht, also wählten sie die kleinste Lösung: einen Grillabend im Garten der Eltern, zu dem der Imam aus der nächsten Moschee eingeladen wurde, der die Ehe zwischen ihnen schloss. Damit hatten sie ihre Nikah, alles hatte seine Ordnung, und sie hatten Kebab essen können.

Yeliz bereute nichts. Auch noch zehn Jahre nachdem sie sich ineinander verliebt hatten, harmonierten Morten und sie überdurchschnittlich gut miteinander, fand sie, vor allem im Vergleich mit den meisten anderen Paaren um sie herum.

Zum Beispiel mit Jorge und Marie.

Yeliz hatte sich auf den Abend gefreut. Morten und sie waren lange nicht mehr zusammen bei Freunden gewesen. Aber die Stimmung stürzte gleich am Anfang ab, als Marie zur Begrüßung sagte: »Hallo! Schön, dass ihr da seid, aber Jorge hat leider die völlig falschen Tomaten gekauft.«

Jorge rollte mit den Augen und versuchte, das Gespräch auf andere Themen zu lenken. Aber während das Lamm noch im Ofen schmorte, fing Marie immer wieder davon an, wie extrem ärgerlich dieser Tomatenfehlkauf sei, wo sie Jorge doch, bevor er zum Einkaufen aufgebrochen war, extra lang und ganz genau erklärt hatte, welche Tomaten er besorgen solle. Aber (»So typisch, echt!«) Jorge hätte natürlich mal wieder nicht richtig zugehört, weil er sich nämlich (das Essen stand mittlerweile auf dem Tisch) grundsätzlich nie richtig interessiere für das, was ihr, Marie, wirklich wichtig sei. Etwa dass das Lammfilet mit den zwar teuren, aber ganz besonders süßen Honig- statt mit irgendwelchen nur durchschnittlich leckeren Kirschtomaten gegart wurde. Oder dass sie gerne wenigstens den Ostermontag zu zweit, nur mit ihm allein verbracht hätte, ganz ohne familiäre Verpflichtungen.

Das Essen schmeckte sehr gut.

Trotzdem guckte Marie bei jeder Tomate, die sie sich in den Mund schob, gleichzeitig leicht angewidert und hochgradig vorwurfsvoll, bis sie es endlich geschafft hatte, allen den Appetit aufs Beisammensein zu verderben. Um kurz vor halb elf einigten Morten und Yeliz sich wortlos darauf, dass es an der Zeit sei, nach Hause zu gehen.

»Tut uns leid, dass wir schon gehen müssen, aber ich hatte einen wirklich anstrengenden Tag«, sagte Yeliz. »Und wir müssen morgen früh raus, wir fahren zu meinen Eltern. Aber, sag mal, Marie, hast du vielleicht einen dicken Pulli, den du mir leihen kannst?«

Sie überließen Jorge und Marie ihrer mit Verdruss übersättigten Zweisamkeit und rätselten, während sie nach Hause liefen, wie dieser Abend wohl zu Ende gehen würde für die beiden. Yeliz hatte sich eingehakt bei Morten.

»Ich denke, sie zwingt ihn gerade mit ihrem japanischen Messer in der Hand, sie um Verzeihung zu bitten, und zwar auf Knien und splitternackt, nur mit einer angekauten Nullachtfünfzehntomate auf dem Kopf«, schlug Morten vor.

Yeliz kicherte und schmiegte im Gehen ihre Wange an seine Schulter. »Gut, dass wir beide so tolerant sind, auch was das verarbeitete Gemüse angeht. Eigentlich passen wir fast ideal zusammen, findest du nicht auch?«

Sie waren beide Frühaufsteher. Beide liebten sie Vollkornbrötchen und Hackfleisch in allen erdenklichen Variationen. Sie lasen Romane nur im Urlaub und abends im Bett, wo sie beide spätestens nach fünf Seiten einschliefen. Sie mochte es, Wäsche aufzuhängen, er bevorzugte es zu bügeln. Sie standen beide auf eher konventionelle Sexualpraktiken mit gelegentlichen Ausflügen ins zaghaft Anrüchige. Sie wählten abwechselnd dieselben zwei Parteien, und zwar der eine immer die, die der andere nicht wählte, weil das ihrem Gerechtigkeitssinn entsprach. Er lachte über ihre Witze, sie über seine. Sie kauften das gleiche Shampoo. Sie gingen sonntags gerne auf den Flohmarkt, kauften dort fast nie etwas außer alten Ansichtskarten und machten beide am liebsten im Süden Urlaub. Nur in einer einzigen Hinsicht passten sie nicht ganz so gut zusammen, nämlich was ihre jeweiligen Vorlieben in Sachen Film und Fernsehen anging.

Yeliz guckte am liebsten Komödien, Kostümschinken und Arthouse-Produktionen, die sie vorher noch nie gesehen hatte. Morten guckte am liebsten ›Herr der Ringe‹, ›Bourne‹ und ›James Bond‹ und zwar in genau dieser Reihenfolge und wieder und wieder und noch einmal, obwohl er sie alle längst auswendig kannte. »Aber du kannst doch nicht ständig das Gleiche gucken«, wunderte sich Yeliz immer wieder. »Doch! Herrlich!«, beteuerte Morten. »Jeg elsker det!«

Als sie am nächsten Morgen um neun in der Küche Kaffee tranken, versuchte Yeliz ein letztes Mal, Morten klarzumachen, dass sie ihre Familie auch alleine besuchen konnte. Aufs Frühstück verzichteten sie. Sie würden noch den ganzen Tag essen müssen.

»Mindestens zwei Stunden hin und zwei Stunden zurück, nur für einen Krankenhausbesuch«, sagte Yeliz. »Du musst echt nicht mitkommen, wenn du nicht willst.«

»Weiß ich, aber ich will.« Morten wollte fast immer mit, wenn sie zu ihren Eltern fuhr. Weil er ein Familienmensch war. Und weil er gerne Zeit mit ihr verbrachte, auch wenn es nur eine Autofahrt war oder ein Nachmittag im Wohnzimmer ihrer Eltern. »Und jetzt trink mal deinen Kaffee und komm«, sagte er. »Wir sollen deiner Mutter doch noch was von Onur mitbringen, hast du gesagt.«

Stimmt ja, dachte Yeliz, wir müssen noch das Blech Sulu-Börek kaufen.

Wie immer nahmen sie die B73 Richtung Westen, statt den Weg über die A1, der zwar länger, aber laut Google Maps ein paar Minuten schneller war. Wenn sie zwischen den Welten reiste, bummelte Yeliz lieber mit maximal hundert, meist deutlich weniger Stundenkilometern übers (platte) Land, als über eine Autobahn zu brettern. Jede Kreuzung, an der sie warten, jede Ortschaft, die sie durchqueren, und jeden Kreisverkehr, in den sie sich einfädeln mussten, bedeutete ein paar Minuten mehr Zeit, sich einzustellen auf das, was sie am Ziel erwartete.

Ihr zweites, ihr altes Leben.

Sie kamen mittags an. Ihr großer Bruder Aslan und seine Frau Merve mit ihren Söhnen Malik und Çan, ihre jüngere Schwester Funda und ihr Schwager Demirhan mit ihren Kindern Lale, Elif und Murat, alle waren schon da. Sie begrüßten Yeliz und Morten so überschwänglich, als hätten sie einander Jahre nicht gesehen. Yeliz' Mutter wischte die Hände an dem Geschirrhandtuch ab, das in ihrem Rockbund steckte, und beklopfte beidhändig Mortens Wangen: »Boyası bozuk, wie geht es dir, Morten oğlum?« Alle redeten durcheinander, ununterbrochen. Zum Çay gab es wie immer Berge von Gözleme gefüllt mit Spinat oder Kartoffeln und Sarma. Die Kinder wurden mit Proviant ausgestattet zum Spielen rausgeschickt, die Männer saßen vor dem Fernseher, die Frauen pendelten zwischen Wohnzimmer und Küche, um dort Çay nachzuschenken, die Teller aufzufüllen und währenddessen den neuesten Tratsch auszutauschen.

Morten saß auf dem Sofa eingequetscht zwischen Aslan und seinem Vater, dessen Bauch von Besuch zu Besuch dicker wurde, zwar langsam, aber sicher. Aslan und Osman Bademli ereiferten sich über Morten hinweg so laut über das letzte Galatasaray-Istanbul-Spiel, dass Yeliz ihrer Diskussion noch von der Küche aus folgen konnte. Vor lauter Aufregung vergaß ihr Vater immer öfter, dass Morten kaum Türkisch verstand, und schließlich hörte auch Aslan auf, Deutsch zu sprechen. Als es plötzlich still wurde im Wohnzimmer, wusste sie, dass sie sich jetzt mit Morten unterhielten über ein Thema, das nicht emotionsgeladen war und deshalb auch auf Deutsch verhandelt werden konnte.

Mortens Arbeit.

Mit welchen Tätigkeiten Yeliz die Tage in der Agentur verbrachte, verstanden ihre Eltern nur vage, es interessierte sie auch nicht so genau. Es reichte ihnen zu wissen, dass sie eine sichere Arbeit hatte, mit der sie (mehr als) genug verdiente. Sie waren sehr stolz auf ihren Erfolg. Wenn sie anderen erklärten, was ihre ältere Tochter beruflich machte, sagten sie: »Kizimiz reklamçi.« (»Sie ist eine Chefin in der Werbung.«) Wenn ihr Vater fragte, ob es immer noch so gut laufe bei der Arbeit, sagte Yeliz, was er gerne hören wollte: Ja, es lief weiter so gut. Dann nickte ihr Vater zufrieden, und ihre Mutter tätschelte ihr grob den Hinterkopf, so wie sie es immer tat bei jenen Kindern und Enkeln, die es schafften, ihr Wohlwollen zu wecken.

Über Mortens Arbeit ließ sich besser reden.

Dass er einen selbstständigen Tischler zum Schwiegersohn hatte, machte ihren Vater nicht ganz so stolz, wie ihn ein Arzt, Ingenieur oder Anwalt gemacht hätte, das wusste Yeliz, auch ohne dass sie jemals darüber gesprochen hatten. Aber wenigstens gingen Osman Bademli die Fragen nie aus, die er ihm stellen konnte. Wie läuft das Geschäft? Was ist dein größter Auftrag gerade? Gibt es genug Lehrlinge, neue Techniken? Was machen die Holzpreise? Wie viel würde es kosten, einen von innen beleuchteten, deckenhohen Spiegelschrank in Fundas Schlafzimmer zu bauen?

Heute ging es auf dem Sofa um die schlechte Zahlungsmoral vieler Kunden. Während sie das gute Geschirr in die Vitrine hinter dem Esstisch zurückstellte, hörte Yeliz, wie Aslan erzählte, sein Kumpel Mohammed, Besitzer einer Autowerkstatt, würde die von ihm reparierten Fahrzeuge nur noch gegen sofortige Bezahlung rausrücken, bar oder mit Karte.

»Die haben voll oft einfach nicht überwiesen, wenn er ihnen eine Rechnung mitgegeben hat. Bei denen musste Mohammed ewig hinter seinem Geld herlaufen und manchmal am Ende für gar nichts.«

»Nicht gut«, stellte der Vater fest.

»Nein, gar nicht gut«, stimmte Morten zu. »So was kann einen in richtig große Schwierigkeiten bringen. Ich als Tischler habe ja nicht nur laufende Kosten, ich habe zum Teil echt hohe Auslagen fürs Material, und wenn sich da mal jemand weigert zu zahlen, kann es richtig eng werden. Ich warte zum Beispiel seit Wochen auf einen fünfstelligen Betrag –«

»Davon weiß ich ja gar nichts«, sagte Yeliz und schloss die Vitrine.

»Ich hab's dir ja auch nicht erzählt«, sagte Morten.

»Uh, uh, guck dir ihre Stirn an. Das gibt Ärger, Mann«, sagte Aslan.

»Yeliz, Çay«, sagte ihr Vater und reichte ihr sein Glas. Sie ging Tee holen, widerwillig und mit Wut im Bauch. Morten tat in letzter Zeit öfter mal so, als würde sie ihn vernachlässigen. Dabei war er es, der nicht mit ihr redete. Aber dann mussten sie sich auch schon fertig machen, um zu Mahmut Kabak ins Krankenhaus zu fahren – der eigentliche Anlass für ihren Heimatbesuch.

Mahmut und seine Frau Necla wohnten in derselben Straße wie Osman und Hayriye Bademli, schon fast genauso lange und nur drei Hauseingänge weiter. Alle Kinder waren auf dieselbe Grundschule gegangen, Funda und Yasemin in dieselbe Klasse. Mahmut war Anfang der Woche mit einem Herzinfarkt ins Krankenhaus gekommen, und Yeliz' Mutter hatte darauf bestanden, sie müsse am Wochenende anreisen, damit die Familie Bademli so vollständig zum Krankenbesuch antreten könne, wie es sich gehörte. Wie zu einem solchen Anlass üblich hatte Hayriye Bademli drei Tetra Paks Multivitaminsaft eingepackt, Berge an Obst und Schokolade und jenes Gebäck, für das Yeliz extra noch zu Onur hatte fahren müssen, weil es dort Börek und Açma gab, die wie selbst gebacken aussahen.

Alle anderen Familienmitglieder rannten nun kreuz und quer durch die Wohnung, um Taschen und Autoschlüssel zu suchen, Handys einzustecken, Jacken zu holen und noch mal aufs Klo zu gehen. Nur ihr Vater blieb neben Morten auf dem Sofa sitzen und plauderte noch ein bisschen mit ihm, bis er ihm schließlich die Hand auf den Unterarm legte.

»Du arbeitest so viel und hast trotzdem so viele Sorgen, willst du nicht lieber hier bei den Kindern bleiben und dich ausruhen? Wir bringen dir Yeliz schon wieder zurück.«

»Kommt gar nicht infrage«, lehnte Yeliz das Angebot ab, das in Wahrheit eine Aufforderung war. »Morten kommt mit.«

»Schon gut, Yeliz, dein Papa hat recht, ich bin ganz froh, wenn ich hierbleiben kann. Danke, Osman.«

Yeliz fragte sich, wie Morten es schaffte, so gelassen, fast heiter zu bleiben, obwohl er bestimmt genauso gut wie sie wusste, warum ihr Vater lieber ohne ihn zu Mahmut fuhr. Sosehr ihre Eltern Morten mochten, vor Freunden und Bekannten brachte er sie in Verlegenheit. Morten gehörte zur Familie, aber ginge es nach Osman und Hayriye, hätte sie einen anderen, einen besser zu ihr (ihrer Familie) passenden, einen türkischen Mann gewählt.

Den ganzen Weg ins Krankenhaus und auch noch, als sie schon um Mahmuts Bett herumsaßen und standen, fühlte Yeliz, dass sich die zwei vertikalen Falten über ihrer Nasenwurzel zu kleinen Gräben vertieft hatten. Das passierte immer, wenn sie wütend war, sie konnte nichts dagegen tun. Ihre Zornesfalten waren ein unbestechliches, für alle sichtbares Stimmungsbarometer. Ihre Eltern reagierten mit besorgten Blicken, sagten aber nichts. Über ihre Partnerwahl wurde in ihrer Familie nicht geredet, niemals, von niemandem (auch nicht von Yeliz). Es war ein Minenfeld, das keiner betreten konnte, ohne irreparable Verletzungen zu riskieren. Erst beim Abendessen beruhigte sie sich. Sie aßen extra früh (schon um halb acht), damit sie danach noch nach Hause fahren konnten, und die Stimmung war wieder so gelöst, dass es völlig normal schien, dass ein blonder Schwiegersohn mit am Tisch saß.

Auf dem Heimweg fuhr Yeliz. An der Altenwalder Chaussee bog sie nach rechts ab statt wie sonst immer nach links. Morten schaute sie fragend an.

»Keine Lust auf Landstraße?«

»Nein.« Ihr war nach Schnellfahren zumute.

Sie rasten zum Schnurren des Motors über eine fast leere Autobahn durch die Nacht, keiner sagte etwas, keiner machte das Radio an. Nach dem stundenlangen Dauerdurcheinandergerede, das zu den Besuchen bei den Bademlis dazugehörte, waren sie sich oft einig in ihrem Bedürfnis nach Stille. Manchmal sprachen sie fast die ganze Rückfahrt lang kaum, selbst wenn es ganz offensichtlich etwas gab, das sich zu besprechen lohnte. Ein wieder mal besonders nerviger, frecher Malik, die kruden Ansichten ihres Bruders zu Merkels Flüchtlingspolitik oder dass sich Demirhan schon wieder von Funda hatte behandeln lassen, als wäre er ihr viertes Kind.

Diesmal jedoch herrschte im Auto kein einträchtiges, sondern das kühle Schweigen, das entsteht, wenn zwei sich davor drücken, ein unausweichliches Gespräch zu beginnen, und stattdessen darauf warten, dass der andere sagt, was er zu sagen hat.

Sie waren schon kurz hinter Bremen, als Morten den Anfang machte. Er machte fast immer den Anfang.

»Ich verstehe dich nicht.«

»Ich dich auch nicht«, antwortete Yeliz.

Rechts sauste in der Dunkelheit weiß-gelb-orange leuchtend

eine Autobahnraststätte vorbei. Morten machte auch den nächsten Anlauf.

»Wieso denkst du, dass ich dir immer alles erzählen muss?«

»Weil wir ein Paar sind.«

»Aber deshalb musst du doch nicht gleich jedes Scheißproblem kennen, das ich bei der Arbeit habe. Solche Sachen kommen andauernd vor, ohne dass du irgendwas mitkriegst davon.«

»Es ist fünfstellig, dein Problem. Es ist ein großes Problem, das hast du selbst zugegeben. Und solche großen Probleme hast du hoffentlich nicht andauernd, denn dann habe ich auch eins. Ich lebe nämlich mit dir zusammen.«

»Yeliz, es ist noch kein großes Problem, es könnte nur eins werden. Aber egal, was ich für Geldprobleme habe oder auch nicht, es sind ganz bestimmt nicht deine, weil du mein Geld überhaupt nicht brauchst. Du verdienst viel mehr als ich.«

»Ich arbeite ja auch viel mehr.«

»Niemand arbeitet so viel wie du.«

Bunu söylememeliydim, dachte Yeliz.

Das sagte sie besser nicht. Das war ein viel zu wunder Punkt, über den sie in letzter Zeit häufiger als früher (viel zu häufig) stritten, ohne jemals abschließend zu klären, wessen wunder Punkt es war – seiner oder ihrer. Nächste Woche hatte sie schon wieder so viele Abendtermine, dass es ihr selbst fast zu viel wurde, und dann noch der Donnerstag mit Tille und Almut, den sie nur noch im äußersten Notfall ausfallen ließ, weil Almuts Küche so was wie ein kindliches Geheimversteck geworden war. Ein magischer Ort, an dem niemand sie finden und mit Pflichten und Erwartungen belästigen konnte. Sie konnte jetzt keine Grundsatzdebatte über Arbeitszeiten gebrauchen.

»Brauchst du Geld?«, fragte sie.

»Nein.« Dann, versöhnlicher: »Danke, aber ich brauche echt

nichts, ich komme schon zurecht, und der Typ zahlt ja auch bestimmt demnächst. Der ist so reich, daran kann's nicht liegen.« Und nun wieder im Plauderton, der signalisierte, dass sie über den Berg waren: »Du müsstest das Haus mal sehen, das ist der Hammer.«

»Ja?« Es kam Yeliz vor, als sei sie im allerletzten Augenblick doch nicht aus der Kurve geflogen.

»Riesig, total modern und alles vom Feinsten. Seine drei Töchter haben alle ein eigenes Zimmer, die kleinste eines mit gigantischem Prinzessinnenhochbett, alles in Rosa, scheußlich. Und dann noch ein Spielzimmer für alle, mit Klettergerüst und Rutsche.«

»Und das hast alles du gebaut?«

»Nein, nur die Sachen im Spielzimmer. Und die Küche und die Regale in der Bibliothek. Großer Auftrag, habe ich dir doch damals erzählt, als ich den bekommen habe.«

Yeliz versuchte, sich zu erinnern.

Es war so viel los gewesen in den letzten Monaten. Erst der Stress mit den Autofuzzis, dann der Babybreispot, den sie unter großem Zeitdruck entworfen und angeleiert hatten und der nächste Woche endlich fertig war.

»Und woher haben die so viel Geld?«

»Wie bei uns.« Morten lächelte, ein bisschen spöttisch. »Ich glaube, seine Frau ist reich. Familienunternehmen oder so, er hat mal so was angedeutet. Er scheint keinen richtigen Job zu haben oder jedenfalls keinen, wo er ständig anwesend sein muss. Es war zumindest immer einfach, sich mit ihm zu treffen, wenn wir was besprechen mussten, auch tagsüber. Ganz lässiger, entspannter Typ, sehr adrett auf so eine altmodische Weise. Hätte ich nicht gedacht, dass der so stressen würde, wenn es ans Zahlen geht.«

Kurz vor dem Elbtunnel entdeckte Morten, dass in sechzehn Minuten auf irgendeinem TV-Sender ›Goldfinger‹ begann.

»Den willst du jetzt noch gucken?«, sagte Yeliz. »Den hast du doch schon mindestens zehn Mal gesehen.«

»Na und?«, sagte Morten.

Sie las, bis ihr die Augen zufielen, und konnte dann trotzdem nicht einschlafen. Als sie ganz kurz davor war, kam Morten ins Schlafzimmer und machte die Nachttischlampe an. Er schlüpfte unter die Decke, beugte sich über sie, betrachtete ihr Gesicht und massierte mit dem Daumen sanft ihre zusammengezogene Stirn, gleich oberhalb der Nasenwurzel. Dann pustete er auf ihre Zornesfalten wie auf eine harmlose Verwundung, gab ihr einen Kuss, sagte »Schlaf gut« und machte das Licht aus.

Sie war wieder hellwach.

Ihre ganze Familie (inklusive Morten) behauptete, sie habe die Falten von ihrer Mutter geerbt, aber Yeliz fragte sich immer, ob es nicht eher der Zorn war, den die Mutter an sie weitergegeben hatte und der sich Jahr für Jahr tiefer in ihr Gesicht prägte. Sie fand, dass das ein bedeutsamer Unterschied war. Warum sie das fand, hatte sie neulich Morten zu erklären versucht. Aber Morten hatte nur gemeint, dass er sie auch mit Falten lieben würde, so als wäre das eine Antwort auf die Frage, mit der sie sich herumschlug. Dann hatte er, genau wie jetzt, seine Leselampe ausgemacht und war sofort eingeschlafen, während sie neben ihm gelegen und ihn, ohne ihn zu sehen, auf eine milde, von Müdigkeit gedämpfte Weise ein bisschen blöd gefunden hatte.

Für seine Unfähigkeit zu verstehen, was sie beschäftigte. Für seine Fähigkeit, in unter einer Minute aus der Wirklichkeit in die Bewusstlosigkeit zu entwischen.

Sie beneidete ihn um beides.

Mit Sahne schluckt sich Angst besser runter

Drei Wochen waren vergangen seit jenem Montag, an dem der Eklat mit dem Riesenarschloch und der Patientin Nummer fünf ihr den Start in die Osterwoche versaut hatte. In den ersten Tagen danach war Tille jeden Morgen von einem neuen Albtraum geweckt worden, immer gegen fünf Uhr früh.

Am Dienstagmorgen hatte sie geträumt, sie hätte doch eine Doktorarbeit geschrieben, aber als sie zur Disputation erschien, hatte sie nicht nur den Laptop, sondern auch ihr Promotionsthema vergessen. Am Mittwochmorgen war sie zu einem Empfang beim Bundespräsidenten eingeladen. Im Schloss nahm sie irgendeine falsche Tür und befand sich plötzlich alleine mit Frank-Walter Steinmeier im Schlosspark, wo ein Picknick vorbereitet war. Er bot ihr Austern an, die sie sich nicht traute abzulehnen, obwohl sie sich vor Austern ekelte. Sie wachte auf, bevor sie sich auf die präsidiale Picknickdecke übergeben musste. Am Donnerstagmorgen schloss sie, bevor sie in den Sommerurlaub fuhr, versehentlich eine Patientin im Behandlungszimmer ein. Dort verhungerte die Frau, wie Tille dem Ehemann am ersten Arbeitstag nach ihrem Urlaub beichten musste.

Am Gründonnerstagabend hatte sie zu Almut und Yeliz gesagt: »Anders als ich ist mein Unterbewusstsein gerade sehr kreativ. Mal sehen, was es sich morgen ausdenkt.«

Am Karfreitag wurde sie statt von einem Traum von ihrem Wecker geweckt, den sie vergessen hatte auszustellen. Sie war fast ein bisschen enttäuscht gewesen.

In der Woche nach Ostern dachte sie kaum noch an das Riesenarschloch, und als der Mai begann, hatte sie ihn schon so gut wie vergessen. Nur noch ab und zu blitzte er unvermittelt (mitten in einer Untersuchung, während sie beim Pinkeln auf die Klotür starrte, auf der Rolltreppe hinunter zur S-Bahn) als sehr unangenehme, aber hoffentlich bald ganz verblasste Erinnerung in ihrem Bewusstsein auf.

Als Tille am ersten, lausig kalten Mai-Montag morgens in die Praxis kam, ging sie längst davon aus, nie wieder von ihm zu hören. Sie hatte gerade die erste Patientin ins Sprechzimmer gebeten, als das Telefon klingelte. Der Empfang, Frau Rosengarten. Frau Rosengarten hatte ihren ersten Arbeitstag nach den Flitterwochen und hieß jetzt Frau Mackens.

»Frau Seyboldt, Mackens hier –«

»Mackens?«, sagte Tille.

»Mackens, ja. Also, früher Rosengarten.«

»Ah, Frau Rosengarten, entschuldigen Sie – Frau Mackens. Was gibt's?«

»Schon gut. Hier ist ein Mann in der Leitung, der will Sie sofort sprechen. Ich habe gesagt, dass Sie gerade einen Patienten haben, aber er hat gesagt, es ist dringend.«

Tille hatte zu gute Laune, um nach dem Namen des Anrufers zu fragen. Bestimmt irgendein Wichtigtuer, der fand, alles, was seine eigenen Bedürfnisse betraf, habe allerhöchste Priorität, Praxis-Kürzel TAF (Typ Audi-Fahrer). Das waren diese schneidigen Kerle, die es angeblich immer eilig hatten, weil angeblich immer wer auf sie wartete, weil angeblich keiner ohne sie konnte.

»Okay, Frau Rosengarten, stellen Sie durch.«

»Guten Morgen, Frau Seyboldt?«

»Ja, bitte?« Tille fiel der Name zur Stimme nicht gleich ein, aber sie wusste sofort, wem sie gehörte.

»Vennemahn hier, Frederik Vennemahn. Schön, dass Sie ein bisschen Zeit für mich haben. Frau Seyboldt, wie Ihnen sicher klar ist, haben Sie Ihre Schweigepflicht zu meinem Nachteil verletzt, als Sie neulich meine Diagnose vor einer Wildfremden durch Ihre ganze Praxis gebrüllt haben. Aber bevor ich meinem Anwalt das Go gebe, sich offiziell einzuschalten, biete ich Ihnen noch mal ein Gespräch unter vier Augen an. Vielleicht lässt sich die Sache ja auch so klären, am besten gleich heute Mittag?«

Das Bistro, in das Vennemahn sie bestellt hatte, war um dreizehn Uhr dreißig wieder leer genug, um eine große Auswahl an Plätzen zu bieten. Tille war als Erste da, sie entschied sich für einen Tisch ganz hinten. Etwas weiter entfernt saßen zwei junge Frauen vor Tassen und leeren Tellern, die eine stillte ein Baby, die andere schuckelte einen Kinderwagen, sie unterhielten sich ernst, anders als die drei Mädchen drei Tische weiter, die in ihre Homemade-Lemonade-Gläser hineingickelten. Schräg rechts vor dem großen Fenster las ein glatzköpfiger Mann Zeitung und vergaß darüber seine Suppe. Links, auf einer gepolsterten Bank, saßen schweigend Schulter an Schulter ein alter Mann und eine alte Frau, die sich gemeinsam die Welt anschauten auf eine Art und Weise, die verriet, dass sie darin sehr viel Übung hatten. Die Frau lächelte Tille aufmunternd zu, als ihre Blicke sich trafen. Vermutlich war sie so alt, dass sie selbst in den Gesichtern Fremder lesen konnte, was sie am dringendsten brauchten.

»Was kann ich Ihnen bringen?«

»Danke, nichts«, sagte Tille.

Der junge Mann mit der schwarzen Kellnerschürze runzelte die Stirn, da fiel ihr wieder ein, dass man sich nicht in ein Café setzte, um nichts zu bestellen. Als Wiedergutmachung orderte sie mehr, als sie wollte. Zehn Minuten später schob eine aus dem Ärmel eines Manschettenhemdes ragende Männerhand mit Ehering einen Briefumschlag über den Tisch. Die Hand kam nicht weit, weil vor Tille ein Kaffee, ein Glas, eine Flasche Wasser und ein Teller mit Erdbeerkuchen standen, darauf ein gigantischer Sahneberg.

Auf Vennemahns Seite wurde ein Espresso gestellt.

»Wie schön, dass Ihnen unser Konflikt nicht die Genussfreude verdirbt.« Er zeigte auf den Brief. »Hier, unser Forderungsschreiben. Mein Anwalt hat es schon mal vorbereitet. Damit Sie wissen, worum es geht.«

Tille las.

Ihr war klar, dass Vennemahn sie dabei beobachtete. Während sie das Schreiben las, las er in ihrem Gesicht, und was er darin zu lesen wünschte, war: Anspannung, Unsicherheit, Angst. Sie musste sich ablenken, damit sie sich nicht verriet.

Tille säbelte mit der Kuchengabel ein sehr großes Stück vom knallroten, unter schneeweißer Sahne beerdigten Erdbeerkuchen, balancierte es in ihren Mund und kaute. »Die haben hier wirklich sehr guten Kuchen«, sagte sie und schob ein zweites Stück hinterher. Dann las und aß sie weiter und staunte zwischendurch, wozu das menschliche Gehirn, dieses größte Wunder von allen, im Ernstfall fähig war. Ihr Gehirn zum Beispiel konnte eine gegen sie gerichtete Klageschrift lesen und dabei die ganze Zeit *Scheiße, Scheiße, Scheiße* denken, gleichzeitig unterdrückte es die in ihrem Magen aufsteigende Übelkeit, ließ ihren Mund Erdbeerkuchen mit Schlagsahne essen und staunte währenddessen auch noch über die eigene Leistungsfähigkeit.

Sie habe mit dem Verstoß gegen ihre ärztliche Schweigepflicht das Selbstbestimmungsrecht seines Mandanten ganz erheblich verletzt, schrieb Vennemahns Anwalt. Dies sei umso mehr von Gewicht, als sie sehr sensible Behandlungsinhalte über seinen Mandaten offenbart habe, dem diese Angelegenheit im höchsten Maße unangenehm sei. Der Anwalt kündigte eine Anzeige bei der Landesärztekammer wegen Verstoßes gegen das Berufsrecht an und forderte ein Schmerzensgeld, achttausend Euro, zahlbar binnen einer Woche: »Im Falle des fruchtlosen Fristablaufs werden wir ohne weitere Korrespondenz den Klageweg beschreiten.«

»Tja«, sagte Tille mit noch halb vollem Mund. »Und was genau wollen Sie jetzt von mir?«

»Als Erstes will ich, dass Sie sich bei mir entschuldigen«, sagte das Riesenarschloch.

»Kein Problem«, sagte Tille und aß weiter Kuchen. »Aber nur, wenn Sie sich bei Frau Okafor entschuldigen. Und was noch?«

»Ich will, dass Sie mich weiter behandeln, wenn ich Sie brauche, und zwar brauche ich als Allererstes mal Ketamin. Können Sie mir das verschreiben? Oder besorgen?«

»Sie wollen mich erpressen?«

»Ich biete Ihnen einen Deal an. Aber damit die Bedingungen klar sind, natürlich entschuldige ich mich nicht. Wofür auch? Ich will, dass Sie diese dreiste Lügnerin entlassen, ansonsten sage ich meinem Anwalt, er soll die Klage einreichen.«

»Hat Ihnen niemand beigebracht, dass man nicht immer alles bekommt, was man will?«, fragte Tille.

Sie aß das letzte Stückchen Kuchen, trank das Wasser aus, legte Geld auf den Tisch und ging.

Sie kam bis zur nächsten Straßenecke. Dort bog sie in die abzweigende Kopfsteinpflasterstraße ein und ging immer schneller, bis sie fast rannte. Ihr Ziel war die Mülltonnenzeile, die vor einem der Hauseingänge stand. Kaum hatte sie die dahinter liegende Rasenfläche erreicht, musste sie sich auch schon übergeben. Zum Glück hatte sie Taschentücher dabei. Sie säuberte ihr Äußeres, aber um den ekelhaften Erdbeergeschmack aus ihrem Mund zu bekommen, würde sie sich am Kiosk vorne ein Wasser kaufen müssen. Als sie sich umdrehte, stand Vennemahn vor ihr auf dem Gehweg und lächelte, mitleidig.

»Hat Ihnen Ihre Mutter nicht beigebracht, dass zu viel Zucker und Fett ungesund sind?«

»Fick dich«, sagte Tille.

Der nächste Tag, der Dienstag, war noch kälter und grauer als der Montag, es nieselte immer mal wieder zwischendurch. Das Wetter passte zu Tilles Stimmung, die sich nach gestern nur langsam aufhellte. Umso schlimmer, dass in ihrer Praxis nach Ende der Sprechstunde um siebzehn Uhr plötzlich alles rosarot aussah. Die sonst weißen Wände und Türen, der grauweiße Praxistresen, das helle Laminat, die leeren Stühle im Wartezimmer, alles war rosarot gefärbt, auch die Gesichter ihrer Mitarbeiterinnen, die wie Tille allesamt diese schrecklichen pinken Billo-Brillen in Herzform trugen, die Frau Kemper zur Feier des Tages mitgebracht hatte.

Frau Kemper, Frau Tespe und Frau Okafor hatten für Frau Mackens, geborene Rosengarten, ein kleines Praxis-Hochzeitsfest organisiert. Auch die Kolleginnen aus der neurologischen Praxis von gegenüber, mit denen sie manchmal die Mittagspause verbrachten, hatten sie eingeladen. Jemand hatte einen Aktivlautsprecher auf den Tresen gestellt, Marianne Rosenberg sang »Er gehört zu mir«.

»Nein, danke«, hatte Tille protestiert, als Frau Kemper ihr die Brille geben wollte, aber Frau Kemper hatte sich nicht abwimmeln lassen.

»Ach, kommen Sie, eine Hochzeit feiert man nur einmal, hoffentlich, und gleich stoßen wir an!« Sie hatte Tille die Brille auf die Nase und ein Sektglas in die Hand gedrückt und war wieder zur Frischvermählten getanzt, die mit Frau Tespe, Frau Okafor und einer Neuro-MFA zusammenstand. Bevor sie anstoßen konnten, mussten sie noch schnell zusammen »Ist es wahre Liebe, uhuuhuuu, die nie mehr vergeht, uhuuhuu?« grölen. Nur Frau Tespe sang nicht mit.

Als es so weit war, hob auch Tille das Sektglas und rief: »Viel Glück!« Dann riss sie sich die Brille vom Gesicht, tauschte den Sekt gegen ein Bier und versuchte gar nicht erst, so auszusehen, als ob sie gute Laune hätte oder sich dafür interessierte, wie hell das Rosé der Brautjungfernkleider gewesen war und wie viel es kostete, einen Oldtimerbus mit Fahrer zu mieten. Stattdessen stand sie wieder mal etwas abseits neben einem Tresen und sah den anderen beim Fröhlichsein zu. Auf dem Praxistresen standen Platten mit Schnittchen, Wasser- und Mumm-Flaschen und Schüsselchen mit Rohkostschnitzen und Chips. Dazwischen lagen Herzchenservietten und Herzchenkonfetti.

Frau Mackens war Anfang dreißig, Mutter einer achtjährigen Tochter und hatte ihren Freund geheiratet, mit dem sie seit fünf Jahren zusammen war. Die beiden hatten vier Jahre auf die Hochzeit gespart. Nach dem Fest hatten sie das Kind bei Oma und Opa verstaut und waren auf die Malediven geflogen, wo Herr Mackens am zweiten Tag in einen Stachelrochen getreten war. Er durfte den Rest des Urlaubs nicht mehr ins Wasser, während Frau Mackens den Rest des Urlaubs nicht mehr ins Wasser wollte, jedenfalls nicht ins Meer zu den Stachelrochen. Das Paar hatte die Flitterwochen am Pool verbracht und sich gesonnt. Es gab eine Praxis-WhatsApp-Gruppe, die Frau Kemper eingerichtet und »Die Uris« getauft hatte. In diese Gruppe hatte Frau Mackens täglich ein Bikini-Selfie geschickt, um die Kolleginnen auf dem Laufenden zu halten über den Stand ihrer körpereigenen Melaninproduktion. Zwischenzeitlich hatte Tille sich gesorgt, ob Frau Mackens es lebend an ihren Arbeitsplatz zurückschaffen oder ob sie achttausend Kilometer entfernt von zu Hause verglühen würde. Aber ihre Angestellte war zurückgekommen und offenbar sehr zufrieden mit dem Endergebnis.

»Ify, ich bin ja fast noch brauner als du.« Frau Mackens hielt ihren Unterarm neben den der Auszubildenden. »Du hast das echt so gut, dass das bei dir nie weggeht!«

Sie zückte ihr Handy und zeigte den anderen Hochzeitsfotos. Die sonnige Frau Kemper geriet schier außer sich vor Begeisterung.

»Oh, mein GOTT! NADINE! Wo hast du DAS denn gefunden? So was MUSS ich auch haben, wenn ich mal heirate!« Soweit Tille (durch Frau Tespe) informiert war, hatte sie sich vor ein paar Wochen von ihrem Freund getrennt. »Das ist ja SO bezaubernd! WAHNSINN!«

Tille nahm sich ein Käseschnittchen und rief: »Frau Mackens, warum haben Sie eigentlich den Namen Ihres Mannes angenommen? Rosengarten ist doch eigentlich viel schöner.«

Frau Mackens tat, als hätte sie nichts gehört.

Frau Tespe zog die Stirn kraus und schüttelte missbilligend den grauen Pagenkopf. Als die Erstkraft unter Tilles Mitarbeiterinnen hielt sie es nicht nur für ihr Recht, sondern für ihre Pflicht, sie wissen zu lassen, wenn sie nicht einverstanden war mit ihr. Allerdings kritisierte Frau Tespe sie nie vor Zeugen, das hätte ihrem Verständnis von Loyalität widersprochen. Normalerweise wartete sie mindestens einen Tag, manchmal länger, bis sich ein Augenblick ergab, der es ihr erlaubte, der Chefin unter vier Augen und mit Bedacht gewählten Worten die Leviten zu lesen. Oft konnte sich Tille kaum noch an den Anlass erinnern.

»Nun sagen Sie schon, Frau Tespe, was habe ich jetzt schon wieder falsch gemacht?«

Die Praxistür ging auf.

Dr. Blaszczykowski kam mit einem riesigen, wunderschönen Blumenstrauß im Arm herein, den er an Frau Mackens übergab, aber erst nachdem er ihre Rechte ergriffen, übertrieben galant einen Handkuss darauf gehaucht und ihren Ehering bewundert hatte. Der Handkuss ließ Frau Mackens kichern, Frau Kemper schmelzen und Frau Tespe schmallippig lächeln und wie in Zeitlupe mit den Augen klimpern, sodass sie aussah wie eine gestrandete Meeresschildkröte. Ein Ausdruck äußersten Wohlwollens, wie Tille wusste.

»Ist er nicht unwiderstehlich, unser Doktor Blaszczykowski?«, flüsterte eine der Neurologie-MFAs Tille zu, während sie sich Sekt nachschenkte. »Sind Sie auch so verliebt in ihn wie wir alle?«

»Nein.«

»Warum nicht?«, kicherte die MFA.

»Ich habe einen extrem seltenen Gen-Defekt«, sagte Tille. »Ich kann mich nicht verlieben.«

Kaum hatte die MFA sich verkrümelt, stellte sich Dr. Blaszczykowski zu ihr. »Ich rette so gerne Frauen, zur Not auch vor sich selbst, und Sie sehen aus, als bräuchten Sie ein bisschen Aufheiterung. Darf ich?«

Er nahm sich auch ein Bier und wollte noch einmal mit ihr anstoßen. Schwunglos ließ sie ihre Flasche gegen seine klacken.

»Sie stehen wohl nicht so auf Heiraten?«, fragte er.

»Vor allem stehe ich nicht gerne nach Feierabend mit rosarot bebrillten Leuten auf Hochzeitspartys an meinem Arbeitsplatz herum. Erst recht nicht, wenn ich gerade einen Riesenstress habe. Sind Sie etwa freiwillig hier?«

»Ich bin gerne höflich.« Dr. Blaszczykowski ließ diese Antwort einen Tick zu lang einsam im Raum herumstehen, dadurch bekam sie etwas Oberlehrerhaftes, fand Tille. »Ich fand, dass wenigstens einer von uns Ärzten kommen sollte, und die anderen hatten beide schon abgesagt. Frau Schmidt-Dallke muss zum Elternabend, und dem Kollegen Kaselka ist plötzlich eingefallen, dass seine Frau Karten fürs Thalia-Theater besorgt hat für heute Abend.«

»Neidisch?«

»Ja. Ich hab's noch nicht ein einziges Mal ins Theater geschafft, seit ich hier angefangen habe. Auch nicht ins Konzert oder in eine Ausstellung. Gehen Sie gerne ins Theater?«

»Manchmal.« Tille konnte sich nicht mehr daran erinnern, wann sie das letzte Mal im Theater gewesen war und welches Stück sie gesehen hatte. Hoffentlich fragte er sie nicht danach.

»Und was stresst Sie so?«, fragte er.

»Dieser Vennemahn will mich verklagen.«

»Ich dachte, Sie haben nichts mehr von ihm gehört?«

»Ja, aber gestern dann leider doch noch. Er hat angerufen und wollte sich treffen.«

»Warum?«

»Ich hätte da gar nicht hingehen sollen.« Tille nahm einen Schluck Bier, schüttelte den Kopf (auch über sich selbst) und erzählte ausführlich, was vorgefallen war. Nur die Sache mit dem Erdbeerkuchen ließ sie aus.

»Oh, das tut mir leid«, sagte Dr. Blaszczykowski. »Tja, die Eiskalten verklagen einen immer am schnellsten, für die ist das keine aufregende Sache, nur ein lästiger Punkt mehr auf ihrer To-do-Liste.«

»Ich glaube, ich wäre auch gerne eiskalt«, sagte Tille.

»Sind Sie doch. Sie haben ihn eiskalt rausgeschmissen.«

»Das war einfach, Sie haben ihn ja für mich rausgeführt«, sagte Tille. »Ich schulde Ihnen noch ein richtiges Dankeschön. Gibt es etwas, das Sie besonders gerne mögen?«

»Ja, Theater«, sagte Dr. Blaszczykowski. »Aber es ist bald Sommerpause. Fürs Erste würde es mir reichen, wenn Sie mir Ihr Du schenken. Ich heiße Adam.«

Als Tille endlich von der Feier nach Hause kam, war sie total erschöpft, aber nicht mehr ganz so düster gestimmt, weil leicht beschwipst. Das war gut, denn sonst hätte sie sich aufgeregt über die alte Haustür, die schon wieder nicht richtig ins Schloss gefallen war, obwohl sie angeblich frisch repariert war. Tille musste die Tür nur aufdrücken, und das war vermutlich der Grund, warum Hetti sie nicht schnell genug bemerkte, um sich rechtzeitig von dem Jungen zu lösen, mit dem sie im Hausflur knutschte.

Die jungen Leute standen ganz hinten unter der Treppe, dort, wo kaum Tageslicht hinkam. Hetti stand mit dem Rücken zum Flur, der Junge lehnte an der Wand, sein Gesicht in ihren Händen, seine Hände auf ihren Hüften, ihr Mund auf seinem Mund. Er war größer als sie, hatte dünne Arme und Beine, dunkle, wellige Haare und eine Jacke an, die genauso einen Teddyfellkragen hatte wie die, die Tille ständig zu Hause irgendwo auflas und an die Garderobe hängte.

Hetti löste sich von dem Jungen und drehte sich um.

Es war nicht Jan.

Natürlich nicht, dachte Tille.

Trotzdem spürte sie einen Stich.

Es war ein anderer, älterer Junge. Hetti zog ihn an der Hand ein bisschen in Richtung Licht und zuppelte an ihrem dunkelgrauen Shirt herum.

»Hallo. Ich habe eben kurz Mama besucht.«

»Da hat sie sich bestimmt gefreut.«

Hetti löste lieber das Haargummi aus ihrem Pferdeschwanz und band ihn neu, statt den Jungen vorzustellen. Er stand neben ihr und studierte das Treppengeländer. Das T-Shirt unter seiner Jacke war schwarz, in Weiß stand irgendwas mit »Hate Fascism« drauf, er trug einen Ohrring.

»Wir wollten noch in den Park«, sagte Hetti, als müsste sie Tille irgendwas erklären. »Na ja. Tschüss. Vielleicht sehen wir uns übermorgen? Ich glaube, ich komme auch mal wieder zu eurem Essen.«

Als Tille den ersten Treppenabsatz erreicht hatte, hörte sie jemanden hinter sich die Stufen hochrennen.

»Warte mal!« Es war Hetti. »Tille, also – das klingt jetzt irgendwie doof, weil ihr ja Freundinnen seid.« Hetti lief rot an, das sah sehr niedlich aus. »Aber kannst du Mama vielleicht trotzdem nichts sagen? Also, dass du uns zusammen gesehen hast und dann auch noch so? Die fragt mich sonst so nervig aus. Und ich glaube, Yannis ist auch nicht gerade ihr Typ.«

Da könntest du recht haben, dachte Tille.

Ihre Pubertät hatte daraus bestanden, ihren Eltern zu verheimlichen, dass sie eine ganz normale Jugendliche war, die ganz normale jugendliche Sachen tat. Und schon oft hatte sie sich gewünscht, es gäbe nicht nur in Jans virtuellem, sondern auch in seinem echten Leben Dinge, die sie nicht wissen durfte. (So wie es aussah, würde sie darauf weiter warten müssen.)

»Nein, klar, ich sag nichts«, versprach Tille. »Los, geh schon und amüsier dich.«

Der arme Jan, dachte Tille, als sie die Wohnungstür aufschloss, ob er es schon weiß? Egal, Hetti musste es ihm selbst sagen. Hoffentlich hatte er sich nicht schon zu viel Hoffnung gemacht.

Die Jeansjacke mit dem Teddyfell lag im Flur auf dem Fußboden, auf den weißen Adidas (Schuhgröße vierundvierzig) mit den wie immer unaufgeknoteten Schnürsenkeln. Tille hängte die Jacke auf und stellte die Turnschuhe weg. In der Küche lag ein aufgerissener Pizzakarton, daneben die zerrissene Plastikfolie, in die die Pizza eingeschweißt gewesen war. Das benutzte Backblech stand auf dem Herd, ein nur halb ausgetrunkenes Weizenbierglas mit Apfelschorle daneben. Die Kuchenplatte, die Jan immer nahm, wenn er sich eine Tiefkühlpizza machte, und der käseverklebte Pizzaroller lagen in der Spüle.

Ich kann ihm nicht immer alles durchgehen lassen, nur weil ich zu fertig bin, mich mit ihm anzulegen, dachte Tille.

Sie ging zu Jan ins Zimmer und hob den Kopfhörer über seinem rechten Ohr an. »Hey, ich bin's, deine dich liebende Mutter. Du hast dir eine Pizza gemacht? Sehr gut! Könntest du jetzt bitte auch noch den Tatort reinigen? Anders gesagt: Räum verdammt noch mal die Küche auf, wenn du dir was zu essen gemacht hast.« Sie war auf seinen Widerstand vorbereitet, aber er murmelte nur: »Ja, gleich.«

Er schoss. Blut spritzte. Etwas brach zusammen.

Jan jubelte, stand auf und ging in die Küche, aber als Tille aus dem Bad kam, war er schon wieder verschwunden. Das Backblech stand immer noch auf dem Herd, aber ohne Backpapier, das war zusammen mit dem Pizzakarton und der Folie in den Restmüll gestopft worden. Das Glas stand nun auch in der Spüle, auf der Kuchenplatte mit dem Pizzaroller, und Tille war plötzlich so müde, dass sie sich kaum noch auf den Beinen halten konnte.

Zwei Tage später kam Hetti tatsächlich zum Essen.

Tille rechnete damit, dass irgendwas anders wäre zwischen Hetti und Jan, aber es war alles genauso wie immer. Die zwei Jugendlichen saßen nebeneinander, Hetti lachte viel und aß wenig, Jan redete wenig, grinste manchmal und aß sehr viel. Es gab Pasta mit Fenchel und Salsiccia sowie Bittersalate mit Datteln, gerösteten Pinienkernen und Orangendressing. Zum Nachtisch hatte Almut, die heute ein wenig stiller wirkte als sonst, ihr Erdbeer-Tiramisu gemacht.

»Oh, ich hätte es vorher sagen sollen, aber ich kriege leider erst mal keine Erdbeeren mehr runter«, sagte Tille. Sie erzählte von dem Treffen mit Vennemahn und bekam stattdessen ein Schokoladeneis. Jan aß auch noch Tilles Portion Tiramisu auf und sagte dann zu Hetti: »Wollen wir mal rüber?«

Tille schaute ihnen hinterher und dachte: Es muss alles ganz anders sein, als ich denke.

»Ich wüsste ja zu gerne, was die beiden immer so machen

zusammen.« Almut stellte einen Teller mit Wasabinüssen auf den Tisch und dreckiges Geschirr in den Geschirrspüler. »Hetti sagt immer nur: ›Wieso? Was sollen wir denn machen? Wir unterhalten uns.‹ Aber habt ihr gesehen, wie sie ihn angeguckt hat, als er ›Wollen wir mal rüber?‹ gesagt hat?«

»Du bist fast so schlimm wie meine Mutter«, sagte Yeliz. »Die interessiert sich auch immer am allermeisten für die Sachen, die sie am allerwenigsten angehen.«

»So sind wir Mütter eben. Wir haben für so was eine Antenne. Hetti ist irgendwie anders in letzter Zeit, ich spüre das.« Almut setzte sich. »Tille, du fragst dich das doch auch, was da ist zwischen den beiden, oder?«

»Ja, aber ich habe wirklich keine Ahnung.«

Hoffentlich tut Hetti ihm nicht weh, dachte Tille, aber dann wurde sie abgelenkt von Almut, die die Hände vor sich auf dem Tisch gefaltet hatte und ein so ernstes Gesicht machte, dass Yeliz sie erschrocken anschaute.

»So«, sagte Almut, »jetzt muss ich euch endlich erzählen, warum ich so deprimiert bin. Ich hatte vorgestern auch ein ganz schlimmes Erlebnis, und zwar mit einem Mann.«

Der bittere Nachgeschmack von Verachtung

Almut legte das Gemüsemesser zur Seite und holte die Kissen vom Balkon, damit sie nicht feucht wurden. Es regnete schon wieder. (Der Mai hielt weiterhin nicht, was er versprach, in keiner Hinsicht.) Früher, als sie ihr Leben noch für unendlich gehalten hatte, hatte sie sich von schlechtem Wetter selten die Stimmung verderben lassen. Jetzt, wo sie in dem Bewusstsein existierte, dass sich die Frühlinge und Sommer, die sie laut Statistik noch erleben würde, an sechs oder sieben Händen abzählen ließen, konnten zwei Wochen enttäuschendes Wetter sie außerordentlich deprimieren.

An diesem zweiten Donnerstag nach dem Vorfall mit Fred fühlte sie sich so niedergeschlagen, kraftlos und weinerlich, dass sie morgens zum ersten Mal darüber nachgedacht hatte, das Essen abzusagen. Sie hatte sich dagegen entschieden, weil der Donnerstag ein Ritual und es nun mal das Wesen von Ritualen war, dass sie unabhängig von Lust und Laune stattfanden. Wenn man sich nicht auf sie verlassen konnte, gaben sie keinen Halt mehr und verloren ihren Sinn.

Sogar die Marmelblümchen auf dem Balkon wirkten traurig.

Almut sah auf die Uhr. Schon halb acht. Nur noch eine halbe Stunde, dann stünden Tille, Jan und Yeliz vor der Tür. Sie musste sich beeilen. Sie schnippelte die Radieschen weiter und dachte an ihre Mutter. Daran, wie oft sie ihr diese berühmte Architektin, bei der sie in jungen Jahren gearbeitet hatte, als Vorbild angepriesen hatte: »Mrs Rhys-Mockridge hat mir gezeigt, eine Frau kann alles schaffen, auch das Unwahrscheinliche.

Du musst dich nur anstrengen, Almut. Das allerdings musst du.«

Ihre Mutter hatte sich angestrengt.

Renate Kaltenbach war eine für ihre Generation außergewöhnliche Frau. Anfang der Fünfzigerjahre war sie nach der Mittleren Reife nach London gegangen, wo sie erst als Au-pair gearbeitet, nebenbei Tippen und Stenografieren gelernt und dann eine Anstellung als Aushilfssekretärin im Büro einer berühmten Architektin gefunden hatte. In dem großen Architekturbüro war sie nur eine kleine, mit niederen Aufgaben betraute Schreibkraft gewesen, die von ihrer Chefin konsequent übersehen wurde. Während der drei Jahre, die sie dort beschäftigt war, äußerte die berühmte Architektin nur einen einzigen an sie persönlich gerichteten Satz, den Almuts Mutter noch mehr als sechzig Jahre später immer wieder gerne wortwörtlich zitierte: »Rrrineydi, would you be so good and save that poor plant over there from withering?« Dennoch war die Architektin zu ihrem Idol geworden.

Mit zwanzig nach Deutschland zurückgekehrt hatte sich Renate Kaltenbach als Übersetzerin für bautechnische Texte selbstständig gemacht und damit ein ganzes Berufsleben lang gut verdient. Sie hatte immer sehr viel gearbeitet, obwohl sie (recht spät) einen noch besser verdienenden Ehemann gefunden hatte und Mutter wurde. Almuts generöser, genügsamer Vater betrachtete die Berufstätigkeit seiner deutlich jüngeren Ehefrau als eine Art zeitintensives, exzentrisches Hobby, das er klaglos duldete, solange er morgens ein frisches Hemd vorfand und abends eine warme Mahlzeit. Wenn Almut irgendwas wollte von ihrer Mutter, wurde sie so gut wie jedes Mal vertröstet. Entweder hatte ihre Mutter noch Arbeit zu erledigen. Oder sie musste sich ausruhen von der vielen Arbeit, die sie schon erledigt hatte. Sie hatte immer den Eindruck erweckt, als habe sie deshalb mehr Mitleid mit sich selbst als mit ihrer

Tochter. »Darling, ich wünschte auch, ich hätte mehr Zeit für dich, aber das ist nun mal der Preis, den wir Frauen für unsere Unabhängigkeit zahlen müssen.«

Almut schnitt die restlichen Radieschen in Scheiben und gab sie in den Salat. Dann holte sie das Schraubglas aus dem Schrank, in dem sie Salatsoßen zuzubereiten pflegte, und gab zwei Teelöffel körnigen Senf, Knoblauch und etwas Agavendicksaft hinein.

Ihre Mutter hatte immer so getan, als sei ihre Berufstätigkeit ein heroisches Opfer im Kampf um die Gleichberechtigung der Geschlechter, aber als Almut älter geworden war, hatte sie durchschaut, dass das nicht stimmte. Im Gegenteil. Ihre Mutter liebte ihren Beruf und das Geld, das sie damit verdiente. Es machte sie glücklich, morgens im schicken Kostüm ins Büro zu fahren, weil es sie entsetzlich langweilte zu kochen, den Haushalt in Ordnung zu halten und Diktate zu üben.

Renate Kaltenbach erwartete von ihrer Tochter, dass sie in der Schule alleine zurechtkam (und dabei Bestleistungen erbrachte). Den Haushalt überließ sie Elisabeth, einer Spätaussiedlerin, die ein Deutsch sprach, das seltsam altmodisch klang, wie aus einem dieser graupelig knisternden Schwarz-Weiß-Filme, die abends im Dritten liefen. Elisabeth kam zweimal in der Woche und half Almut manchmal bei Mathe, statt Wäsche zu legen und Wasserhähne zu polieren. Nur das Kochen übernahm die Mutter selbst, und zwar ohne jede Hingabe. Almuts Elternhaus war eines der ersten gewesen, in dem es eine große Tiefkühltruhe gab, im Keller stapelten sich Konserven. Almut, das Schlüsselkind, hatte erst in der Grundschule begriffen, dass es Suppen und Soßen gab, die nicht aus der Tüte oder einer Dose kamen.

Sie schüttelte das Schraubglas mit dem Dressing noch einmal durch und stellte es zur Salatschüssel auf den gedeckten

Küchentisch. Almut hatte schon als Schülerin beschlossen, eine bessere Mutter sein zu wollen, eine mit frischem Gemüse, mehr Zeit und größerer Nähe zu ihren Kindern. Seit der Trennung war sie sich nicht mehr sicher, ob ihr das wirklich so gut gelungen war.

Um zehn vor acht klingelte es.

Yeliz kam mal wieder direkt aus der Agentur. Fünf Minuten später erschienen Tille und Jan. Obwohl das Essen noch nicht fertig war, breitete Tille die Serviette auf ihrem Schoß aus. Es war nicht das erste Mal, dass sie das tat. Bisher hatte Almut das Erwartungsvolle, das darin lag, als Ausdruck von Vorfreude gedeutet und genossen.

Heute ärgerte es sie.

»Tille, tut mir leid, dass du warten musst, aber der Auflauf braucht noch eine Viertelstunde.«

»Das ist ziemlich schlimm«, sagte Tille und klaute einen Möhrenschnitz aus der Schüssel. »Leckere Salatsoße. Geht es dir besser als letzte Woche?«

»Sieht man doch«, sagte Yeliz.

»Später«, sagte Almut.

»Später« war der für alle verständliche Code für: Lasst uns nach dem Essen darüber reden, wenn Jan weg ist und wir drei alleine sind. Hetti war die ganze Woche nicht da, obwohl schon wieder Ferien waren, Frühjahrsferien. Statt die schulfreie Zeit bei Almut zu verbringen (oder mit ihr zu verreisen), war Hetti lieber mit einer Freundin und deren Eltern nach Amrum gefahren. Gestern hatte eine Ansichtskarte im Briefkasten gelegen mit dem kürzesten Gruß, den Henriette ihr jemals auf einer Postkarte geschickt hatte: ein gemaltes Herz und darunter »Küsschen, deine Hetti«.

Almut mühte sich, während des Essens besonders nett zu sein zu Jan, weil es ihr leidtat, dass sie sein Verschwinden kaum erwarten konnte. Dann war er endlich weg, und sie begann sofort zu reden.

»Ich weiß auch nicht, mir geht dieses schreckliche Treffen mit diesem Fred immer noch total nach. Außerdem habe ich Angst, dass ich für immer alleine bleibe.«

»Du hast doch uns«, sagte Tille.

»Ach, Tille.« Mehr fiel Almut nicht ein dazu. Sie war dankbar, dass Yeliz ihr beisprang.

»Tille, nun hör schon auf. Es gibt auch noch ein paar Frauen, die Männer mögen. Außerdem tust du doch nur so.«

Yeliz, die neben Almut saß, legte den Arm um sie und zog sie an sich. Almut konnte sich gerade noch zusammenreißen, bevor ihr die Tränen in die Augen stiegen. Sie war schließlich nicht bei Frau Sommer, sondern in ihrer Küche und die Gastgeberin.

»Du bist eine wunderschöne, kluge, wahnsinnig liebenswürdige Frau«, sagte Yeliz. »Es wird schon noch einer kommen, der dich verdient. Vergiss diesen Wichser.«

»Formell und inhaltlich absolut korrektes Schimpfwort!«, lobte Tille. »Ich weiß, das ist hart für dich, Almut, aber bitte sprich Yeliz nach: Der Typ ist ein Wichser.«

»Der Typ ist ein W–« Es war albern, wie sehr es ihr selbst jetzt gegen den Strich ging, solche Wörter zu benutzen. »Darf ich auch Würstchen sagen? Oder Widerling?«

»Nein, das wirkt nicht«, sagte Tille.

»Meinetwegen schon«, befand Yeliz. »Waschlappen, Weichei, Wurm. Warmduscher. Wicht. Wurstfresse.«

»Wollidiot?«, schlug Tille vor. »Und am besten hältst du dich zukünftig fern von Männern, die mit Fred anfangen. Dieser Irre, der mich fertigmachen will, heißt so ähnlich. Frederik. Und so ein Typ hat dann auch noch Kinder, drei Töchter, glaube ich. Die armen Mädchen.«

»Frederik. Und weiter?«, fragte Yeliz.

»Was macht der beruflich?«, sagte Almut. Fred hatte auch drei Kinder erwähnt.

»Stopp, keine weiteren Fragen, ich sag sowieso nichts mehr. Ich habe schon eine Klage wegen Verletzung der Schweigepflicht am Hals, das reicht mir«, sagte Tille.

»Als ob wir dich verpetzen würden«, sagte Yeliz.

»Fred ist Kaufmann, hat er jedenfalls behauptet«, sagte Almut. »Aber die können einem ja alles erzählen, die Männer, die man über das Internet kennenlernt.«

Ihr wurde flau im Magen, sobald sie seinen Namen auch nur dachte. Er hatte sie gedemütigt, aber was sie am meisten verstörte, war, dass sie nicht verstand, warum. Wie konnte ein Mensch so grundlos gemein sein?

Sie riss sich los vom Anblick der aufblühenden Pfingstrosen, die sie vor dem Essen vom Tisch auf die Fensterbank gestellt hatte.

Yeliz redete offenbar mit ihr.

»... aber auch echt nicht, warum du nicht einfach mal Gunther anrufst. Verstehst du das, Tille? Über den kann ich dir auch alles erzählen, was du wissen willst. Einrichtungsgeschmack, Lieblingsessen, Blutdruckwerte, Ex-Freundinnen, Rechtschreibkenntnisse. Er lässt dich jedes Mal grüßen, wenn er mitbekommt, dass ich zu dir gehe. Ich schicke dir jetzt mal seinen Kontakt.«

»Ich ruf den doch nicht einfach an«, sagte Almut.

»Wieso denn nicht?«

»Und mich lässt er nicht grüßen?«, fragte Tille.

»Nö. Aber ich sag ja auch immer nur, ich gehe zu Almut, und nicht, ich gehe zu Almut und da sitzt auch Tille rum. Vielleicht deshalb?«

»Oder er hat gemerkt, dass ich keine Männer mag. Oder nur ganz ausnahmsweise«, sagte Tille.

»Vielleicht auch das«, nickte Yeliz. »Die haben halt alle Angst vor dir, zu Recht.«

»Nur mein Kollege von gegenüber nicht, der Neurologe. Der hat leider gar keine Angst vor mir. Ich muss ihn jetzt Adam nennen. Der würde sich sogar trauen, mit mir ins Theater zu gehen, hat er gesagt.«

»Ein echter Held anscheinend«, sagte Yeliz.

»Wie sieht er aus?«, fragte Almut.

Sosehr es sie danach verlangt hatte, ihr Herz auszuschütten, so froh war sie darüber, dass Tille jetzt erzählte. Man soll sich ja auch nicht immer so verbeißen in seinen Kummer, dachte Almut, man soll immer auch das Positive sehen.

Aber sobald Tille und Yeliz (das Positive) gegangen waren, merkte sie, dass nicht sie sich in den Kummer verbissen hatte, sondern umgekehrt. Es war der Kummer, der nicht aufhörte, an ihr zu nagen. Wie konnte sie sich als erwachsene Frau von so was nur derart aus der Bahn werfen lassen?

In der Nacht wachte Almut drei Mal auf, jedes Mal schweißüberströmt. Am Morgen fühlte sie sich wie gerädert. Sie taumelte ins Bad und war schockiert. Als junge Frau hatte sie verquollen ausgesehen nach einer schlechten (durchfeierten) Nacht, als nicht mehr junge Frau verknittert. Für den jetzigen Zustand ihres Gesichts gab es nur eine treffende Beschreibung: Verwüstung.

Bis fünfzig wird man älter. Danach wird man alt.

Sie wünschte, sie hätte diesen Satz nicht irgendwo gehört oder gelesen. Er war in ihrem Gedächtnis hängen geblieben wie ein Herpesvirus im Blut. Zwischendurch vergaß sie ihn, aber immer dann, wenn sie sowieso schwächelte, tauchte er auf und tat weh. Egal, was Yeliz behauptete: Wie könnte sich jemals ein Mann (ein anderer Mann als Bernhard, der Witwer mit den krümeligen Filzpantoffeln) in so ein Gesicht verlieben? Sie überlegte, ob sie Sandra anrufen und sich doch mal die Nummer ihrer Hautärztin geben lassen sollte.

Almut kannte Sandra, seit Hetti und Sandras Tochter Larissa zusammen in dieselbe Grundschulklasse gegangen waren, seit zehn Jahren also. Schon fast genauso lange schwärmte Sandra von dieser Ärztin und ihrer Kompetenz in Sachen ästhetische Dermatologie. Aber vermutlich, dachte Almut, habe ich schon viel zu lange gewartet damit. Sie hätte wie Sandra früher damit anfangen sollen. Mit Schönheit war es wie mit empfindlichen Lebensmitteln. Man musste sie frühzeitig konservieren. Wenn das Verderben erst mal begonnen hatte, war es längst zu spät.

Sie duschte und schminkte sich, danach ging es ihr besser. Sie kaufte erst fürs Wochenende ein, dann fuhr sie mit dem Rad ins Pflegeheim und las vor, so wie sie es seit über einem halben Jahr jeden Freitag um halb elf tat.

Anfangs hatte sie gedacht, dass ihr ein anderer Wochentag lieber gewesen wäre. Einer, der nicht ausgerechnet zwischen dem Donnerstagabendessen und dem Freitagnachmittag lag – dem schönsten Nachmittag der Woche, zumindest wenn Hetti zu ihr kam und bemuttert werden wollte. Dann hatte sie gemerkt, dass es ihr gefiel, wenigstens an diesen eineinhalb Tagen fast so etwas wie total verplant zu sein. Es fühlte sich gut an, normal.

Heute hatte sie zur Vorlesestunde ein paar russische Märchen mitgebracht, aber die Alten wollten keine Märchen »vom Russen« hören, sie wollten Grimm'sche Märchen. Nur Frau Marquardt schlug gerührt die Hände vor dem Mund zusammen, als Almut ›Die schöne Wassilissa‹ zu lesen begann, und erzählte mit milchig-wässrigen Augen von dem Kriegsgefangenen, der auf dem Hof ihrer Eltern gearbeitet und ihr abends hinter der Scheune heimlich Geschichten erzählt hatte.

Nach der Vorlesestunde schaute Almut in der Buchhandlung vorbei. Sie brauchte ein Geschenk für Yeliz, die nächste Woche Geburtstag hatte. Sie wurde von einer älteren Dame beraten, die kein Buch nicht zu kennen schien.

»Sind Sie neu hier?«, fragte Almut an der Kasse. »Ich glaube, ich habe Sie noch nie gesehen, aber das kann natürlich auch an mir liegen.«

»Nein, nein, Sie haben recht«, sagte die Dame, »ich bin noch nicht lange hier und auch nur einen Tag in der Woche. Als Geschenk verpacken?«

»Nein, danke.« Almut packte Geschenke immer selbst ein, alles andere fand sie stillos (lieblos).

»Ich bin seit Ende letzten Jahres in Rente, aber mir war schnell ein bisschen langweilig, da habe ich hier im Laden gefragt, ob sie jemanden zur Unterstützung brauchen könnten.« Die Dame schob das Buch in eine Papiertüte. »Kann ich noch was für Sie tun?«

Das würde ich mir auch zutrauen, dachte Almut. Vielleicht.

Als sie wieder zu Hause war, setzte sie sich mit ihrem iPad aufs Sofa und tippte etwas ganz anderes in das Google-Suchfeld, als sie vorgehabt hatte.

Es war wie ein Zwang.

»Online Partnersuche Fred Erfahrungen«.

Die Suchmaschine spuckte eine Liste von Testberichten zu allen möglichen Partnerbörsen im Internet aus. Almut überlegte.

»Online Partnersuche Fred Sex ungeschützt«.

Sie scrollte sich durch vier Seiten Suchergebnisse.

»Online Date Fred ohne Kondom aggressiv Hamburg«.

Ein letzter, dritter Versuch. Dann würde sie »Buchhandlung Hamburg Aushilfe« googeln.

Diesmal ein Treffer, gleich auf der ersten Seite.

Zwischen dem Link zu einer »How I Met Your Mother«-Fanseite, zu einer Informationsschrift der Aktion Jugendschutz zum Thema Sexualpädagogik und zu einer Pornoseite blieb sie an einer Vorschau mit der Überschrift »Online-Dating mit 50plus – Nichts für schwache Nerven« hängen:

»Er hieß **Fred** … bin ich **ohne** zu zögern mit ins Hotel … Aber er weigerte sich, ein **Kondom** zu benutzen … schließlich fast **aggressiv** … Ich hatte damals wenig Erfahrung mit **Online Dating** … *Es fehlt:* ~~Hamburg~~«.

Der Artikel war auf einer Seite für weibliche Singles über fünfzig erschienen. Die Autorin, die anonym bleiben wollte und den Text unter dem Namen Sylvia K. veröffentlicht hatte, schilderte, wie sie sich im Netz offensiv auf die Suche nach Männern gemacht hatte – nach Lust und Liebe oder auch nach Lust ohne Liebe. Sie war resolut, neugierig, offen für alles und verfügte über einen robusten Humor. Als Motto ihres Tinder-Profils hatte sie gewählt: »Suche Mitspieler für Sommer oder Leben«.

Neben einigen positiven Erfahrungen (kurzweilige Abende, heiße Nächte, bereichernde Gespräche, ein rauschend frivoles Fest auf dem Familiensitz eines Landadeligen, eine kurze Affäre, aus der keine Liebesbeziehung, aber eine gute Freundschaft wurde) hatte Sylvia K. viele schlechte Erfahrungen gemacht, die sie in ihrem Erlebnisbericht beschrieb – auch als Warnung an andere Frauen, sich so unbedarft wie sie selbst »auf den Markt der amourösen Möglichkeiten zu werfen«. Zu den schlechtesten hatte Fred gehört, ein etwas jüngerer, blendend aussehender Geschäftsmann, der sich beruflich regelmäßig in der norddeutschen Hafenstadt aufhielt, in der Sylvia K. wohnte.

Sie hatte ihn am Anfang ihres Feldzugs auf Tinder kennengelernt und sich spontan in ein teures Fischrestaurant einladen lassen, wo sie einen flirrend romantischen Abend mit ihm verbrachte, ohne dass mehr passierte. Zwei Wochen später wiederholten sie das Ganze. Diesmal begleitete sie ihn nach dem Essen in das Businesshotel, in dem er immer wohnte. Hinter verschlossener Superior-Doppelzimmer-Tür hatte sich Fred als Mogelpackung mit abstoßendem Inhalt entpuppt. Als Sylvia K. es ablehnte, ungeschützt mit ihm zu schlafen, reagierte er erst verächtlich und forderte sie dann auf, es ihm als Gegenleistung für die Essenseinladungen mit dem Mund zu machen. Sylvia K. – zu impulsiv, um sich die Zeit zu nehmen, eingeschüchtert zu sein – leerte ihr fast volles Champagnerglas in seinen Schritt, raffte ihre Kleidung zusammen und türmte (stürmte) aus dem Zimmer, um sich (»wie in einer schlechten Kinokomödie«) auf dem Hotelflur anzuziehen und einen aus dem Fahrstuhl tretenden, vor Verlegenheit schockstarren Mittezwanzig-Jährigen zu fragen, ob er seine Mami verloren oder noch nie eine nackte Frau gesehen habe.

Nach diesem Vorfall beschloss Sylvia K., Fred die Meinung zu sagen. Doch er hatte ihr Match aufgelöst, sie konnte ihm keine Nachricht mehr schicken. Nummern hatten sie nicht getauscht. Sie schrieb ihm einen Brief, den sie am nächsten Morgen im Hotel abgeben wollte, aber die Empfangsmitarbeiterin sagte, es hätte kein Gast namens Fred bei ihnen übernachtet. Nur ein Herr mit ähnlichem Vornamen, aber der sei schon abgereist.

»Mitte vierzig, dunkle Haare, Brille?« Die Mitarbeiterin lächelte sphinxhaft: »Nicht ausgeschlossen.« – »Wenn er das nächste Mal kommt, könnten Sie ihm den Brief dann geben? Er ist ja Stammgast bei Ihnen.« – »Oh, ist er das?«, hatte die Empfangsdame gesagt.

Almut befüllte den Wäschetrockner mit gewaschener Wäsche. Sie räumte den Geschirrspüler aus. Sie schickte Hetti eine Nachricht: »Hettilein, ich wünsche euch einen schönen letzten Abend und eine gute Fahrt. Wann bist du ungefähr da morgen? Hast du einen Essenswunsch? Kuss, Mama«.

Sie stellte die Pfingstrosen in frisches Wasser.

Sie packte schon mal das Buch für Yeliz ein.

Sie suchte dafür ein glänzendes nachtblaues Papier mit

rot-grün-gelb-orangen, orientalisch anmutenden Ornamenten heraus und band eine breite orangefarbene Stoffschleife darum. Die Schleifen waren das Wichtigste beim Geschenkeeinpacken. Am Papier konnte man notfalls sparen, aber das Schleifenband musste edel wirken, sonst machte das ganze Geschenk nichts her. Sie legte das eingewickelte Buch zu den ebenfalls schon eingepackten französischen Espressogläsern, die sie letzte Woche besorgt hatte. Tille und sie würden die Sachen zusammen schenken, am Donnerstag würde Tille noch die Blumen besorgen.

Sie wusste nichts, was es noch zu tun gäbe.

Sie holte das iPad aus dem Wohnzimmer.

Sie setzte sich an den Küchentisch, klickte das Impressum auf der Seite an, auf der Sylvia K.'s Artikel erschienen war, und schrieb eine Mail an die Adresse, die dort angegeben war. Sie brauchte lange dafür – bis sie ganz sicher war, dass sie es nicht bereuen würde, sie abgeschickt zu haben. Als sie endlich fertig war damit, war es halb sechs, spät genug für ein Glas Weißwein.

Nein, lieber eine Weißweinschorle.

Sie versendete die Mail mit der Bitte, sie vertraulich zu behandeln und an die Autorin des Artikels »Online-Dating mit 50plus – Nichts für schwache Nerven« weiterzuleiten.

Sie holte den Grauburgunder aus dem Kühlschrank.

Sie sah, dass Hetti geantwortet hatte, eine Sprachnachricht: »Hallo Mami, Laras Eltern haben die Fähre um zwölf gebucht, die kommt so um halb zwei in Dagebüll an, dann sind wir ungefähr um fünf da, aber ich habe mir überlegt, ich lasse mich morgen gleich zu Hause, also bei Papa absetzen und schlafe da, weil das lohnt sich ja gar nicht mehr so richtig, dann noch zu dir zu kommen, weil Montag ist ja wieder Schule, und dafür muss ich auch noch ein paar Sachen raussuchen, das wird sonst echt stressig. Wir sehen uns dann nächsten Freitag. Ist doch okay, oder? Küsschen!« Ein Küsschen-Geräusch. »Ach ja, kannst du mal gucken, ob du meine HVV-Karte findest? Ich glaube, die muss irgendwo in der Küche oder im Flur oder in meinem Zimmer liegen, auf dem Schreibtisch oder so. Also hoffe ich. Danke, Mami!«

Almut goss sich ein großes Glas Grauburgunder ein und trank es aus.

Die Fahrkarte war weder in der Küche noch im Flur. Sie ging in Hettis Zimmer. Auf dem Schreibtisch lag die Fahrkarte nicht, auf dem Nachttisch auch nicht, auch nicht auf der Fensterbank oder in der Schreibtischschublade. Sie öffnete den zerschlissenen Rucksack, der neben dem Schreibtisch auf dem Boden lag, und fand darin ihren lang vermissten schwarzen Schal, zwei Tampons, ein Antifa-Flugblatt, die Monatskarte und ein Plastiktütchen, prall gefüllt mit getrocknetem graugrünem Zeug.

Almut öffnete das Tütchen und roch daran.

Hungern nach Erfolg und Zugehörigkeit

An manchen Tagen kam es Yeliz so vor, als würde sie ihr Leben damit verbringen, gigantische Massen von Wörtern zu produzieren und gegen die massenhaften Wortproduktionen anderer Menschen zu tauschen. In Gesprächen, in Meetings, am Telefon, per Mail, Messenger oder WhatsApp.

Heute war so ein Tag.

Beim Frühstück wollte Morten unbedingt wissen, wohin sie gerne in den Skiurlaub fahren würde. Dabei hasste sie es, beim Frühstück reden zu müssen. Außerdem: Wer hatte denn Lust, im Frühling über den nächsten Winterurlaub nachzudenken? Yeliz jedenfalls nicht, der letzte Winter war ja noch nicht mal richtig vorbei. Draußen war es immer noch viel zu kalt für Mitte Mai (für Yeliz' Geschmack).

Aber Morten hatte Lust, große sogar.

»Ich will einfach schon mal nach Hotels suchen, und wenn ich was Schönes finde, reserviere ich. Kann man ja auch wieder stornieren. Also, sag mal, wieder nach Österreich oder mal was anderes? Südtirol? Die Schweiz ist so teuer.«

»Och, Morten.« Yeliz ließ den Löffel ins Müsli sinken. »Ich habe gestern vierzehn Stunden am Stück geredet, erst den ganzen Tag in der Agentur, dann abends bei Almut. Und gleich muss ich wieder mit x Leuten reden. Darf ich bitte zehn Minuten in Ruhe mein Müsli essen und nichts sagen müssen? Der Skiurlaub hat doch nun echt noch Zeit. Wenigstens bis heute Abend, okay?«

»Heute Abend bist du wieder zu erschöpft.«

»Heute Abend wollten wir ins Kino.«

»Stimmt!« Morten, freudig, sofort bereit, vom Skiurlaub abzulassen. »Um acht im Abaton, oder?«

»Bestellst du?«

»Mache ich. Aber ich weiß nicht, ob ich es schaffe, die Karten rechtzeitig abzuholen. Ich habe um halb sieben noch einen Termin.«

»Dann kümmere ich mich.«

Fünf Minuten nachdem sie in der Agentur angekommen war und ihren Computer hochgefahren hatte, platzte eine aufgelöste Nike ins Büro, um zu erklären, warum der Spruch ihres neuen Teamkollegen in der Besprechung gestern schon wieder sexistisch gewesen sei und dass er, wenn er so weitermache, die Probezeit nicht überstehen dürfe. Yeliz besänftigte Nike und versprach ihr, mit Matthis zu reden. Danach musste sie ein offizielles Mitarbeitergespräch führen. Danach ein Telefonat mit einem Kunden. Danach eine Strategiebesprechung. Danach ein Lunchdate. An den Schreibtisch zurückgekehrt fand sie eine Mail von Morten mit elf Links zu elf romantischen Skihotels: »Vielleicht hast du ja doch Lust, sie dir anzuschauen? Bis nachher, knus Morten.« Nach der fünften Homepage beschloss Yeliz, sich für das erste Hotel zu entscheiden, von dem sie nicht aufgefordert wurde, die Seele baumeln zu lassen.

Wenn Morten seinen Papierkram genauso gründlich erledigen würde wie seine Urlaubsplanungen, dann sähe sein Büro nicht immer so aus, als hätte jemand einen Anschlag auf ihn verübt, dachte Yeliz. Den Nächsten, der was von mir will, schmeiß ich einfach raus.

Dann tauchte sie in die Arbeit ab.

(Fisch im Wasser.)

Es klopfte ganz leise und langsam.

Da wusste sie, dass es mal wieder spät geworden war.

Ihre Kolleginnen und Kollegen klopften zügig (dynamisch) und fest (selbstbewusst). Gunther haute immer zweimal gegen die Tür, mit der flachen Hand (lässig). Gerrit kam meistens einfach ohne anzuklopfen rein. Manchmal, besonders wenn er sie um etwas Unangenehmes bitten wollte, fiel ihm kurz hinter der Tür ein, dass das unhöflich war. Dann klopfte er mit ausgestrecktem Arm nachträglich gegen den Türrahmen. So schüchtern wie jetzt klopfte nur die Putzfrau.

Freitags kam sie früher als sonst.

Freitags gingen die meisten spätestens um halb sieben.

Die Tür wurde vorsichtig geöffnet, die Putzfrau schob den Kopf durch den Türspalt. »Oh. Schuldigung. Schpater.« Dann wurde der Kopf zurückgezogen. Die Tür ging zu, und Yeliz war wieder allein mit dem Spot für die Bio-Babynahrung, den sie eben das x-te Mal angeschaut hatte, seit er fertig geworden war. Der Spot war super geworden, auch wenn Konstantin ihn als »Breibubikitsch« bezeichnete. Er würde wie wild gelikt, geteilt und verlinkt werden in den Mütter-Facebook-Gruppen, Baby-Onlineforen, auf Familienseiten, von Mama-Insta-Influencerinnen und Elternblogs.

Da war Yeliz sich sicher.

»Um im Netz Erfolg zu haben, brauchst du kein BWL-Studium.« Das hatte ihr vor vielen Jahren ein Social-Media-Guru eingetrichtert. »Du musst WWL-Experte sein, Experte für Wut, Weinen, Lachen. Wie man die Leute dazu kriegt, das musst du wissen.«

Der Babybrei-Spot würde die Leute zum Weinen bringen. Dazu, mit feuchten Augen oder wenigstens einem süßen Stich im Herzen vor dem Bildschirm zu sitzen und für einen Moment daran zu glauben, dass das Leben mit Baby eine pastinakenbreiversüßte Dauerromanze sei. Die jungen Väter würden ihn lieben und auch die jungen Mütter, auf die es ankam, weil sie es waren, die entschieden, was ihre Babys zu essen bekamen. Dass sie fast nicht vorkamen im Spot, wäre ihnen egal, denn die jungen Väter in der Werbung waren moderne Väter, wie die jungen, modernen Mütter sie sich für sich selbst und ihre Kinder erträumten. Träume waren die Hauptsache, wenn man etwas verkaufen wollte, nicht die Wirklichkeit.

Die Zielgruppe des Produkts waren urbane Eltern mit überdurchschnittlichem Familieneinkommen, hohem Selbstanspruch, ausgeprägtem ökologischem und sozialem Gewissen und fortschrittlichem Rollenverständnis. Von Anfang an war klar gewesen, dass Väter in der Kampagne eine zentrale Rolle spielen sollten, und ein bisschen divers musste sie auch sein. Konstantin hatte auf Lachen setzen und den stressigen Alltag ganz verschiedener, natürlich allesamt gleichberechtigter Elternpaare in comedyhaften Szenen darstellen wollen. Am Ende hatten sie festgestellt, dass Humor und Gleichberechtigung einander beim Thema Elternschaft ausschlossen.

Mann mit Babykotzfleck auf dem Anzug: putzig. Frau mit Babykotzfleck auf dem Kostüm: unprofessionell. Gehetzter Mann, der nach chaotischem Einkauf mit Säugling zwar die Breigläser im Auto verstaut, aber vor lauter Eile die auf dem Parkplatz stehende Babyschale vergisst: Schussel. Frau, der das Gleiche passiert: Rabenmutter. Ausgehungerter Vater, der seinem Kind den letzten Brei wegisst und beim Versuch, ersatzweise etwas Vergleichbares zuzubereiten, die Küche in ein Schlachtfeld verwandelt: Schenkelklopfen. Ausgehungerte Mutter, die ihrem Kind den letzten Brei klaut und nicht weiß, wie man Gemüse püriert: schlicht undenkbar.

Die Mutterrolle, das war Yeliz immer klarer geworden, ließ keinen nennenswerten Spielraum für Scherze zu, während die Vaterrolle sich mühelos in Richtung »bisschen tollpatschig, aber sehr herzig« ausbauen ließ. Als sie Konstantins Idee und wie man sie umsetzen könnte, bereits endlos durchgekaut hatten, hatte sie aus dem Fenster des Konferenzraumes auf den Fluss gestarrt und an Morten gedacht. Daran, wie geschickt und geduldig er war. Viel geschickter und geduldiger als sie. Sie hatte sich zum tausendsten Mal gefragt, was für ein Vater er wohl geworden wäre. Ein robuster, ein zärtlicher, ein eher lässiger oder eher besorgter?

Auf jeden Fall ein wunderbarer.

Als Konstantin Luft geholt hatte, um das dritte Mal zu begründen, warum seine Grundidee aber doch total top war, hatte Yeliz die Hände zum Time-out-Zeichen geformt.

»Schluss, das führt zu nichts.« Sie war ihm ins Wort gefallen, nachdem er so tat, als hätte er sie nicht bemerkt. »Die Mütter als ewige Heilige, die Väter als ewige Trottel, das ist nicht up to date, das ist bestenfalls zweitausendzehn. Das können wir besser. Wir machen die fütternden Männer, basta.«

Yeliz guckte auf die Uhr. Spätestens Viertel nach musste sie los. Sie klickte den Play-Pfeil ein weiteres Mal.

Musik: von (noch) unbekanntem isländischem Singersongwriter zur Gitarre gesungenes Liebeslied namens »We can't get any closer, baby«.

Inhalt: Baby (entzückend) wird von Frauenarm (zart) gehalten und von Babyhalterin (zärtlich) auf Kopf geküsst, ohne dass man ihr Gesicht erkennt. Frauenarme übergeben Baby an Männerarme (stark). Schnitt. Frauenfüße schlüpfen in Ausgehschuhe, Frauenhand greift nach Handtasche, zieht Haustür hinter sich zu. Schnitt. Mann (blond) mit Baby auf dem Arm geht in (schicke, aber nicht zu cleane) Küche und wärmt Brei auf. Schnitt. Mann sitzt mit Baby in (schickem, aber nicht zu cleanem) Wohnzimmer und füttert es (unfallfrei). Schnitt. Glas leer (Baby satt). Mann und Baby lächeln einander an (verliebt). Schnitt. Zeitlupe: tanzende Frauenbeine in Ausgehschuhen. Schnitt. Mann im Sessel küsst Baby (zärtlich) auf den Kopf, Baby schläft (goldig). Schnitt. Mann greift nach Handy und tippt: »Alles gut hier, ge-

nieß den Abend.« Schnitt. Anderer Mann (braunhaarig) sitzt woanders mit anderem schlafenden Baby im Arm auf Küchenstuhl und tippt. Schnitt. Weiterer Mann (PoC) sitzt mit weiterem Baby im Arm auf Sofa und tippt. Schnitt, Split Screen: Diverse Männer (und eine Frau) sitzen mit diversen schlafenden Babys im Arm auf diversen Sesseln, Sofas, Stühlen, Betten, Sitzkissen, Teppichen und tippen. Einblendung Produktname, Logo und Claim: SO GEHT LIEBE.

So geht Liebe.

Als sie den Spot das allererste Mal gesehen hatte, hatte Yeliz zu ihrer eigenen Überraschung einen Rührungskloß im Hals gehabt. Hätte sie etwas sagen müssen, hätte ihre Stimme nicht so fest geklungen wie sonst. Zum Glück war sie allein gewesen. Gleich danach hatte Konstantin den Spot mit ihr zusammen anschauen wollen, aber sie hatte ihn abgewimmelt. Er durfte erst später in ihr Büro kommen, als sie den Spot oft genug ohne ihn gesehen hatte, um sicher sein zu können, dass er ihr nichts anmerken würde. Konstantin hatte sich die ganze Zeit selbst in die linke Hand geboxt und dann, als der Spot zu Ende war, Yeliz (zu hart) in ihren Oberarm.

»Congrats!« Er boxte ein letztes Mal, diesmal in die Luft. »Ich weiß es, ich weiß es, wir liegen mal wieder richtig! Die jungen Mütter stehen total auf so was. Die sind ja alle so hormongesteuert, die heulen bei jedem Kleinscheiß los. Meine Schwester neulich, die fängt auf einmal an zu weinen, nur weil meine Mutter erzählt, dass die Kätzchen von der Nachbarskatze gestorben sind. Ist zwar Breibubikitsch, unser Clip, aber sehr, sehr geiler Kitsch. Das wird ein Hit!«

Sicherheitshalber hatte sie nur genickt.

Hätte sie eine feste Stimme gehabt, hätte sie Konstantin geantwortet, dass er falschlag. Der Clip gehörte ihr, ihr ganz allein.

Okay, dachte Yeliz, jetzt aber ab ins Kino.

Sie fuhr den Laptop herunter, schaltete den Bildschirm aus

und suchte ihre Sachen zusammen. Als das Schreibtischtelefon klingelte, war sie entschlossen, nicht ranzugehen. Dann warf sie doch einen Blick aufs Display. Der einzige Mensch, dessen Festnetznummer mit 5566 begann, war Almut. Almut rief sie nie an bei der Arbeit.

»Yeliz? Ich wollte gerade auflegen. Ich dachte, du bist bestimmt schon weg. Es ist ja schon so spät.«

»Genau. Ich wollte auch gerade gehen.«

»Oh, dann will ich dich nicht aufhalten. Soll ich mich lieber morgen noch mal melden?« (Almut immer und ihre Überhöflichkeit.)

»Nee, nun sag schon.«

Almut hatte in Hettis Rucksack etwas gefunden, was ihr Sorgen bereitete. Ob sie Yeliz schnell ein Foto davon schicken dürfe?

»Almut, machst du Witze?«, lachte Yeliz. Sie zeichnete mit ihrem Lieblingsbleistiftstummel eine Sonnenblume auf die Schreibtischunterlage, ohne die sie nicht leben (arbeiten) konnte, obwohl Schreibtischunterlagen fast so out of time wirkten wie Diktiergeräte. »Du weißt echt nicht, wie Gras aussieht? Ist ja süß.«

»Doch, aber ich war nicht ganz sicher.«

Yeliz konnte sich nicht entscheiden, ob sie es kränkend oder schmeichelhaft finden sollte, dass Almut sie zu ihrer persönlichen Drogenbeauftragten ernannt hatte. Sie hatte ihr gegenüber nie etwas erwähnt, das Anlass gegeben hätte, sie in dieser Hinsicht für besonders kompetent zu halten. Offenbar genügte es, eine kinderlose, in der Werbung arbeitende Frau mit kurzen Haaren, nichtdeutschem Namen und Motorradführerschein zu sein, die über einer Szenebar wohnte und ein paar gemeinsame Bekannte mit Smudo hatte, damit Almut einem unterstellte, dass man sich mit illegalen Substanzen auskannte. Und zwar völlig zu Recht.

»Ja, klar ist das Gras.« Eine Glockenblume.

»Oh nein. Oh mein Gott.« Almut klang nicht nach Pubertätsproblemen mit dem vierten Kind, sondern nach Apokalypse mit vier Reitern.

»Wie viel Gramm denn?« Noch zwei Glockenblumen.

»Warte, ich hole mal die Küchenwaage.«

Ein ganzes Blumenbeet.

»Achtzehn Gramm.«

»Alle Achtung.« Striche neben dem Blumenbeet, der Beginn einer Wiese.

»Was mache ich denn jetzt nur, Yeliz?«

»Das kann ich dir ganz genau sagen.« Ein Baum.

»Was denn?«

»Als Erstes hörst du auf, dich so aufzuregen. Hetti ist ein feines Mädchen, die wird schon nicht in der Gosse landen, nur weil sie was ausprobiert, was alle irgendwann ausprobiert haben. Also alle außer dir.« Ein Gartenhäuschen. »Zweitens musst du sie jetzt mal richtig hart falten, also nicht so muttimäßig Oh-Gott-ich-mache-mir-solche-Sorgen, sondern ihr ganz schnörkellos ins Hirn hämmern, wie gefährlich Kiffen ist, wenn man so jung ist wie sie, weil da das Gehirn noch nicht ausgereift ist. Kiffen macht dumm.« Yeliz legte den Bleistift weg. »Und zum Schluss machst du ihr klar, dass sie sich mit so viel Gras echt nicht erwischen lassen darf.«

Die Aussicht, statt Abitur eine Strafanzeige im Lebenslauf stehen zu haben, reichte bei blonden Pferdeschwanzmädchen mit netten Eltern normalerweise aus, um Drogenkarrieren zu verhindern. Das war eines der wenigen Dinge, die Yeliz während ihrer kurzen Zeit auf dem Gymnasium gelernt hatte. »Und dann sagst du ihr, wenn ihr auch nur den leisesten Verdacht habt, dass sie weiter kifft, kriegt sie Ausgehverbot, und ihr schleift sie zur Drogenberatung.«

So musste man es machen.

So hatten es die Eltern von Cornelia und Bettina gemacht, als sie von Alexanders Eltern auf einer der Partys, auf denen Yeliz nie gewesen war, beim Kiffen erwischt worden waren. »Und? Was haben deine Eltern gesagt?« Es hatte am Montag kein anderes Pausenthema gegeben.

»Gut. Danke, Yeliz, das ist ganz lieb von dir, dass du mich so unterstützt. Ich bin wirklich ein bisschen naiv, was all diese Dinge angeht. Gibt es noch was, was ich wissen muss?«

»Ja. Eins noch. Warte mal kurz.«

Es hatte erneut leise und langsam an der Tür geklopft. Wieder ging die Tür auf, wieder war es die Putzfrau. »Schuldigung. Jetzt?«

Yeliz signalisierte ihr, dass sie gleich wirklich gehen würde. Die Tür ging zu. Ihre Mutter hatte jedes Mal geflucht, wenn sie verspätet von der Arbeit kam, weil die Ärzte und Anwälte, deren Praxen und Kanzleien sie putzte, sich nicht von ihren Schreibtischen trennen konnten. Gut, dass sie das nicht mitbekommt, wie ich hier immer noch sitze, dachte Yeliz, sie würde mich auf der Stelle umbringen.

»Almut, bist du noch dran? Eins noch. Du wirfst das nicht weg, ja? – Nein, auf keinen Fall! – Das ist viel zu schade zum Wegschmeißen. Du versteckst das Zeug, und dann probierst du das auch mal, das wünsche ich mir von dir zum Geburtstag –«

Doch, das konnten sie machen.

Und wie sie das machen konnten.

Sie legten auf. Yeliz' Magen knurrte.

Bevor ihre Mutter zum Putzen gegangen war, hatte sie immer das Abendessen für die Familie zubereitet. Sie selbst hatte meistens erst mitten in der Nacht gegessen, da hatte ihr Vater längst geschlafen. Als sie älter war, hatte Yeliz sich oft zu ihr gesetzt und ihr beim Resteessen zugeschaut. Anders als den ganzen restlichen Tag hatte Hayriye Bademli dabei kaum gesprochen. Yeliz hatte das sehr gemocht, diese leise, erschöpfte Zweisamkeit mit ihrer Mutter. Sie guckte auf die Uhr.

Oh nein, dachte sie. Wieso war es plötzlich so spät?

Morten ging nicht ans Telefon.

Sie kam gleichzeitig mit ihm beim Kino an, fünf Minuten vor Vorstellungsbeginn. Der Film war ausverkauft. Ihre reservierten Kinokarten waren weg, vergeben an pünktlichere Kinogänger.

»Mein Fehler, sorry«, sagte Yeliz. »Ich habe noch versucht, dich zu erreichen.«

Morten stupste mit der Schuhspitze gegen einen der Metallpfähle, die den Fußweg vor dem Kino vor Falschparkern schützten. Die alten Oxford-Schuhe aus braunem Leder zog er immer an, wenn er besonders seriös wirken musste. Oder wenn er ihr eine Freude machen wollte. Zu Jeans mochte sie sie sehr an ihm, die Schuhe. Sie sahen aus, als hätte er sie frisch geputzt.

»Ich habe noch gar nichts gegessen«, sagte Yeliz. »Wollen wir zum Christengrill?«

»Okay.«

Der Christengrill war ein nur zweihundert Meter entfernter Imbiss, bei dem es eine der fünf besten Currywürste der Stadt gab und ein hinter dem Tresen hängendes »Jesus liebt dich!«-Schild. Morten liebte Currywurst. Yeliz aß meistens Pommes mit gebratenen Zwiebeln und dazu den hausgemachten Gurkensalat. Sie bestellten, nahmen sich Getränke aus dem Kühlschrank und warteten an einem der zu Stehtischen umgebauten Fässer auf ihr Essen. Morten rückte die Bierdeckel im Bierdeckelständer gerade, Yeliz versuchte es mit einem Witz.

»Wenigstens Jesus liebt mich noch.«

»Nicht nur das.« Morten guckte mürrisch. »Er ist sogar für deine Sünden gestorben. Glück gehabt.«

Er hatte sich unerwarteterweise für Pommes mit Schaschlik

entschieden. Mit jedem Bissen kehrte ein bisschen mehr Entspannung in sein Gesicht zurück. Als er sich mit der billigen Papierserviette die Soßenreste vom Mund putzte, wirkte er wieder fast freundlich.

»Und jetzt?«, fragte er. »Noch was trinken gehen?«

Yeliz lehnte sich an ihn. »Morten, es tut mir wirklich leid. Ich wollte gerade los, da hat Almut angerufen, ein Notfall, sie war total verzweifelt.«

»Ich möchte auch mal ein Notfall sein. Aber erst mal will ich meinen Kummer in einem Moscow Mule ertränken. Wollen wir zu Phil?«

Sie gingen zu Fuß in die Bar, in die Yeliz Almut und Tille gelotst hatte nach dem Salsa, an einem Abend im letzten Dezember, als der Zufall sie miteinander bekannt gemacht hatte. Yeliz und Morten liefen beide gerne durch die Stadt, besonders nachts, früher hatten sie das oft getan: ohne Ziel loslaufen, immer dorthin, wo es ihnen am besten gefiel; wenn sie sich nicht einig waren, durfte jeder abwechselnd entscheiden. Manchmal waren sie ganze Abende gelaufen, ohne zu wissen, wo genau sie gerade waren. Sie hatten auch nicht gefragt, wenn sie sich unterwegs etwas zu trinken oder essen gekauft hatten an Tankstellen, Kiosken oder in irgendwelchen Kneipen. Erst wenn sie zu müde zum Weiterlaufen gewesen waren, hatten sie aufs Handy geguckt und waren oft überrascht gewesen, bis wohin sie es geschafft hatten, einmal sogar bis Moorburg.

»Wir müssen mal wieder einfach drauflosgehen«, sagte Yeliz.

»Ja, das müssten wir«, sagte Morten. »Morgen Abend?«

»Mal sehen. Ich glaube, es soll wieder regnen.«

Morgen Abend war sie vage verabredet mit einer ehemaligen Kollegin, die in die größte Agentur der Stadt gewechselt war und nicht nur immer alles wusste, was für die Branche von Belang war, sondern auch, was davon wer unter keinen Umständen erfahren durfte.

Jedes Mal, wenn Yeliz die schiefe Klingel am Eingang zur Bar drückte, befürchtete sie, dass niemand öffnen würde, so durch und durch unbelebt sah das Ladenlokal mit seinen zeitungsverklebten Fenstern von außen aus. Aber auch diesmal ging die Tür auf. Phil trug mittlerweile einen Knebelbart.

»Hey Babe!« Er nickte ihr zu. Offenbar war sie zu lange nicht mehr hier gewesen, um noch Anspruch auf eine Begrüßung mit Bussi zu haben.

»Mach mir irgendwas, ich will mich überraschen lassen von dir.« Es war lächerlich, aber sie wollte gerne, dass Phil sie mochte. »Und einen Moscow Mule, bitte.«

Sie bekam einen mintgrünen Drink mit einer knallroten Cocktailkirsche in einer gefrosteten Schale, dessen Namen und Zutaten sie in dem Augenblick vergaß, in dem Phil sie ihr aufzählte. Die Cocktailkirsche steckte sie sich sofort in den Mund. Es lief Tom Waits.

»Was war denn das eigentlich für ein Termin in Wellingsbüttel, auf dem du eben noch warst?«, fragte Yeliz.

»Ein Vororttermin. In dem Haus mit dem Spielzimmer und der Bibliothek.« Morten sah nicht hoch von seinem Handy, auf dem er irgendwas nachguckte.

»Hat der Typ jetzt endlich gezahlt?« Sie sah, dass er lieber über etwas anderes gesprochen hätte.

»Nein, immer noch nicht. Letzte Woche war er noch mit allem total zufrieden, und heute behauptet er plötzlich, es gäbe noch lauter Mängel, seine Liste ist endlos, und mindestens die Hälfte davon ist total unberechtigt und unverschämt. Bevor ich die nicht alle behoben habe, will er nicht zahlen, nicht mal einen Teil der Rechnung. Tja.«

»Nun leg doch mal das Handy weg.« Kribbelige Ungeduld dehnte sich in Yeliz aus, vom Magen aus in alle Richtungen.

Gleich würde sie in Wut umschlagen und ihre Stirn in Falten legen. Ihr Knie fing schon an zu wippen. »Du hast wirklich noch nichts bekommen? Gar nichts? Ich dachte, bei so großen Aufträgen vereinbart man Abschlagszahlungen?«

Morten sah sie an, als müsste er sich dazu zwingen.

»Ja, Yeliz, stimmt. Das macht man, wenn man so clever, weitsichtig und geschäftstüchtig ist wie du. Aber du weißt ja, leider bin ich nur ein netter, zuverlässiger und guter Tischler.«

Ich sollte auf den Kunden wütend sein statt auf ihn, dachte Yeliz. Sie versuchte, ihr Knie ruhig zu halten und mitfühlend zu gucken. Sie stellte sich vor, was sie dem Typen alles an den Kopf werfen würde, wenn er ihr über den Weg liefe.

»Wie heißt der eigentlich, der Idiot?«

»Wieso interessiert dich das?«, fragte Morten, aber noch bevor ihr ein stichhaltiger Grund einfiel, redete er weiter: »Vennemahn. Mit a-ha. Frederik Vennemahn. Willst du ihn morgen anrufen und zur Sau machen, oder was?«

Er lachte.

Yeliz wusste nicht, warum.

Mittags was Leichtes, abends ein Hammer

Das von Vennemahns Anwalt vorbereitete Forderungsschreiben war Tille fünf Tage nach ihrem Treffen mit ihm zugestellt worden. Adam hatte ihr eine Anwältin für Medizinrecht empfohlen, Frau Kovač, die zu einem außergerichtlichen Vergleich riet.

»Mit dem Anwaltshonorar kostet mich der Ausraster wahrscheinlich mindestens fünftausend«, sagte Tille.

»Puh, ein sehr teurer Spaß«, sagte Adam.

Sie saßen an einem der kleinen, bunten Tische vor der Salatbar, in der Tille sich mittags manchmal was zu essen holte, immer dann, wenn ihr Körper (ihr Selbstbild) ausnahmsweise nach Vitaminen schmachtete. Heute waren immerhin fast siebzehn Grad, es war sonnig und nur zwischenzeitlich leicht bewölkt. Sie pickten in dem Grünzeug auf ihren Tellern herum. Tille hatte irgendwas mit Rucola, Melone und roh geraspeltem Rotkohl, Adam etwas, das nach Frikadelle mit Erbsen, Möhren und Kartoffeln aussah, aber klein geschnippelt und kalt.

»Schmeckt das?«, fragte Tille.

»Geht so«, sagte Adam. »Ich esse lieber warm.«

»Wieso geht man in eine Salatbar, wenn man lieber warm isst?« Tille fand es immer noch ungewohnt, ihn zu duzen.

»Weil ich lieber kalt, aber dafür zu zweit esse als warm und allein, und für warm und zu zweit war es nun mal schon zu spät. Du hattest dich ja schon für Salat entschieden.«

Schon wieder eine von Adams verworrenen Erklärungen, die sich als Liebenswürdigkeiten entpuppten, sobald Tille sie aufgedröselt hatte. Er hatte sie vor zehn Minuten im Vorbeigehen am Tresen der Salatbar stehen sehen, war reingekommen und hatte gefragt, ob es in Ordnung sei, wenn er sich ihr anschließen würde.

»Ich gehe heute Abend noch mal essen, deshalb jetzt was Leichtes«, erklärte Tille. Heute war Donnerstag, aber sie trafen sich nachher ausnahmsweise nicht bei Almut, sondern in Yeliz' Lieblingsrestaurant. Yeliz hatte gestern Geburtstag gehabt und wollte sie einladen.

»Frau Kovač kennt Vennemahns Anwalt«, kam Tille auf Vennemahn zurück. »Sie sagt, der sei ganz okay, aber er hat wohl durchblicken lassen, dass Vennemahn ein echter Querulant ist. Mal sehen, vielleicht wird's am Ende sogar noch mehr als fünftausend.«

»Stolz und Anstand haben eben ihren Preis«, sagte Adam und schob seinen noch halb vollen Teller von sich weg. »Ich finde, es lohnt sich nicht, ihn zu bereuen. Am besten hakst du die Sache einfach ab.«

»Hm«, brummte Tille.

»Kaffee?«

»Hmhm.«

Adam tat zwei Löffel Zucker in seinen Cappuccino, viel mehr, als sie ihm zugetraut hatte. Er war schlank, fast hager und kam bei fast jedem Wetter mit dem Rad zur Arbeit. Tille überlegte, ob die Nüchternheit, mit der er sich weigerte, sie in ihrem Widerwillen gegen die Welt und ihre Zumutungen zu bestärken, eine besonders perfide Überlegenheitsattitüde war. Aber wie er da so mit der Tasse in beiden Händen in der Sonne saß, wohlwollend die vorbeigehenden Passanten betrachtete und den Hund am Nachbartisch hinter dem Rücken seines Frauchens mit Frikadellenkrümeln fütterte, kam ihr der Verdacht, es könnte viel einfacher sein. Vielleicht war er nun mal so. So ausgeglichen und gelassen.

»Ich muss gleich noch zum Blumenladen«, sagte Tille. Sie brauchte einen Strauß für Yeliz.

»Oh, ich auch«, sagte Adam.

Er kaufte einen viel kleineren Strauß als sie. Im Treppenhaus vor ihren Praxen wickelte er ihn aus und hielt ihn ihr hin.

»Hier. Schönes ist gut für die Nerven.«

»Wenn der Nervenarzt das sagt, muss ich wohl auf ihn hören.« In dem Moment, als Tille das sagte, war sie sich sicher, dass sie diesen Satz annähernd wortwörtlich vor nicht allzu langer Zeit schon mal zu jemandem gesagt hatte. Sie wusste nicht mehr, zu wem und in welchem Zusammenhang, nur dass es nicht Adam gewesen war. Trotzdem war es ihr peinlich, dass sie in bestimmten Situationen offenbar immer dieselben faden Scherze machte – fast so wie ihr Vater.

Adam zog die Augenbrauen hoch. »Soll ich die Blumen lieber Frau Schmidt-Dallke geben?«

Tille, halt!, dachte Tille.

Sie kannte sich inzwischen. Wenn jemand sie in Verlegenheit brachte, reagierte sie oft zu flapsig, was sie dann noch verlegener machte, sodass sie noch flapsiger wurde. Viele hielten sie deshalb für ein Großmaul. Irgendwann in ihren Dreißigern hatte sie gelernt, diesen Teufelskreis zu durchbrechen, indem sie kurz innehielt, um ihr auf Autopilot geschaltetes Sprachzentrum neu zu starten und sich dann, im bewusst gesteuerten Modus, zu besonders großer Ernsthaftigkeit zu überwinden. »Nein, natürlich nicht«, sagte sie. »Danke, ich freue mich sehr.«

Adam strahlte.

Den großen Strauß für Yeliz stellte Tille im Vorraum des Personal-WCs eingewickelt in einen kleinen Putzeimer mit Wasser. Dann ging sie in den Aufenthaltsraum, um nach einer passenden kleinen Vase zu suchen. Sie hatte eine solche Vase vorher noch nie in der Praxis gesehen, aber das hieß nicht, dass es sie nicht irgendwo gab. Frau Tespe war berühmt dafür, ihrer aller Arbeitsplatz mit Sachen auszustatten, die man eigentlich nie, aber dann plötzlich doch mal brauchte. Zu diesen Sachen gehörten zum Beispiel eine Trillerpfeife, ein Zestenschneider, ein Akkuladegerät, Gartenhandschuhe und gleich mehrere Thermobecher, »einfach für den Fall des Falles«, wie Frau Tespe sagte. Vielleicht versteckte sie ja auch irgendwo eine kleine Vase, für die sie zu Hause keine Verwendung mehr gehabt hatte. Im Personalraum saß Frau Kemper mit der Mopo, einer Käsestulle und mal wieder unfassbar guter Laune.

»Oh, wer hat Ihnen denn so wunderschöne Blumen geschenkt?«

»Die habe ich mir selbst gekauft.« Nicht auszudenken, was passieren würde, wenn Frau Kemper erfuhr, von wem sie den Strauß hatte.

»So ist es richtig, Frau Seyboldt, ganz genau so. Wer anderen Gutes tun will, muss auch gut zu sich selbst sein.«

»Ich gebe mir Mühe«, sagte Tille.

Sie nahm das erstbeste Gefäß aus dem Schrank, das als Vasenersatz taugte, ein altes Glas, füllte es mit Leitungswasser und ging schnell in ihr Sprechzimmer, wo sie den Strauß auf ihren Schreibtisch stellte und ihr Handy checkte. Jan hatte eine WhatsApp geschickt.

»Wir haben Deutsch zurück …« Enttäuschter Smiley.

»Trau dich! Was hast du?«, schrieb Tille.

Sie löschte ihre Antwort und tippte eine neue: »Mist, das tut mir leid. Nicht verzweifeln. Vllt doch mal Nachhilfe? Wir reden morgen, ok? Komme spät heute, denk dran: Yeliz feiert Geb. Im TK liegt Pizza.«

Sie waren zu dritt verabredet, ohne die Kinder. Tille hatte vor, nach der Arbeit gleich ins Restaurant zu fahren. Oder musste sie vorher zu Jan, ihn trösten? Sie entschied sich dagegen. Es wäre ein Riesenumweg, und das hier war kein Notfall, nur eine von vielen verhauenen Klassenarbeiten in letzter Zeit. Ein schlechtes Gewissen hatte sie trotzdem.

Unter Jans Profilbild tauchte »schreibt …« auf.

WhatsApp, die ewige Nabelschnur, dachte Tille.

Sie sah ihren Sohn vor sich, wie er auf einem Küchenstuhl herumlümmelte, vor sich die Salatschüssel gefüllt mit Smacks und Milch, im Nacken die Kapuze eines viel zu großen Hoodies, braune Locken in der Stirn, die Unterlippe wie immer, wenn er ins Handy vertieft war, leicht vorgeschoben, mit beiden Daumen wie im Zeitraffer tippend. Er schickte ein Foto, dazu zwei Sätze: »Bin gar nicht verzweifelt. Nur ein bisschen genervt, weil keine glatte 3.« Gut gelaunter Smiley.

Auf dem Foto sah man auf einem linierten Blatt mit Rand Frau Böthes unverwechselbare, so winzige wie akkurate Handschrift, wie immer in roter Tinte: »20,5/40 Pkte. = 3-« Darunter: »Geht doch!«

Für den Rest des Nachmittags brachte Tille nichts mehr aus der Ruhe. Nicht Frau Kemper, die heute zwar besonders fidel, aber auch besonders begriffsstutzig war. Nicht die schlechte Bewertung, die jemand über ihre Praxis verfasst und gleich auf drei Ärzte-Bewertungsportalen eingestellt hatte (»Inkompetente Ärztin, unverschämte Mitarbeiterinnen«). Nicht die Ehefrau, die ihren Ehemann begleitete, der Potenzprobleme hatte. Er war einundfünfzig, sie deutlich jünger. Auf Tilles Eingangsfrage, ob er sich nicht vielleicht zuerst mal allein mit ihr unterhalten wollte, antwortete seine Frau:

»Wir haben keine Geheimnisse voreinander.«

Der Mann protestierte nicht.

»Und seit wann haben Sie dieses Problem?«, fragte Tille.

»Seit vier, fünf Monaten«, sagte die Ehefrau. »Fünfzehn Jahre hatten wir ein fantastisches Liebesleben und dann das, wie aus heiterem Himmel. Nichts geht mehr.«

»Herr Martens, Sie bekommen gar keine Erektion mehr?«

»Doch«, sagte die Ehefrau, »aber er hält nicht durch.«

»Frau Martens«, mahnte Tille. »Ich weiß, das Problem betrifft auch Sie, aber es gibt dafür verschiedene mögliche Ursachen, und um herauszufinden, was die Ursache bei Ihrem Mann sein könnte, würde ich gerne erst mal in Ruhe mit ihm reden, okay? Herr Martens, wie sieht es mit Ihrer Libido aus? Haben Sie genauso oft und viel Lust wie früher oder hat sich da auch was verändert?«

»An der Lust liegt es nicht«, beschied Frau Martens.

Herr Martens, breitgesichtig, breitschultrig, breitbeinig, warf seiner drallen Frau einen Blick zu, den Tille nicht deuten konnte. Irgendwas zwischen resigniert und belustigt.

»Na ja, Tanja, es ist ganz schön was los in der Firma in letzter Zeit.« Dann, an Tille gewandt: »Und man wird ja auch nicht jünger. Und man ist natürlich auch nicht mehr ganz so ... verrückt nacheinander wie so ganz am Anfang. Aber man liebt sich normalerweise natürlich trotzdem noch, ja, ja.«

»Ich liebe dich auch, aber darum geht es doch jetzt gar nicht«, rügte Frau Martens.

»Was ist, wenn Sie sich selbst befriedigen? Klappt das?«, fragte Tille.

»Genau, klappt das noch?«, fragte Frau Martens.

»Ja, das klappt noch ganz gut«, sagte Herr Martens.

»Das spricht dafür, dass körperlich alles in Ordnung ist bei Ihnen«, sagte Tille. »Wenn Sie beim Geschlechtsverkehr Probleme haben, hat das also wahrscheinlich seelische Ursachen.«

»Mein Mann hat doch keine psychischen Probleme!«, rief Frau Martens. So ging es weiter, bis Tille Herrn (Frau) Martens davon überzeugt hatte, es mit einem Potenzmittel zu versuchen. Potenzmittel waren ein oft guter Trick, um die verunsicherte männliche Seele zu überlisten. Merkte der Mann, dass er doch noch oder wieder konnte, wurde seine Versagensangst weniger, nach und nach entspannte er sich immer mehr, sein angegriffenes Selbstvertrauen erholte sich, und häufig ging es dann irgendwann auch wieder ohne.

Als es nichts mehr zu besprechen gab, erhob Herr Martens sich vom Besucherstuhl und stupste seine Frau an, die wirkte, als wolle sie mindestens bis zum Ende der Sprechstunde in Tilles Sprechzimmer sitzen bleiben und mit ihr über ihren Mann reden. »Komm schon, Dickerchen«, sagte Herr Martens. »Ab in die Apotheke.«

Als Tille im Restaurant ankam, waren Yeliz und Almut schon da.

»Jan hat eine Drei minus in Deutsch geschrieben, ich bin voll in Feierlaune!« Das war das Erste, was sie sagte, noch bevor sie Yeliz umarmte und ihr die Blumen gab. »Von Almut und mir.«

»Oh, der ist ja total schön, danke, ihr zwei«, sagte Yeliz. »Feierlaune ist gut! Gleich kommt der Crémant.«

»Siehst du, Jan kann eben doch, man muss ihn nur dazu bringen, zu wollen«, orakelte Almut. Sie zog zwei Päckchen aus ihrer Tasche, die aussahen, als wollte sie damit die nächste Geschenkeinpackweltmeisterschaft gewinnen, und legte sie vor Yeliz auf den Tisch.

»Jetzt mal nicht zu früh freuen«, sagte Tille. »Es ging in der Arbeit um die Frage, ob Ego-Shooter grundsätzlich ab sechzehn freigegeben werden sollen oder so ähnlich. Für das Thema übt er ja quasi schon seit Jahren mit mir, mündlich, mehrmals pro Woche.«

Almut guckte, wie sie immer guckte, wenn sie fand, dass Tille zu unmütterlich (kritisch) über ihren Sohn sprach. »Das ist auch von uns beiden«, sagte sie zu Yeliz und zeigte auf die Vorzeigepäckchen.

Yeliz hatte einen Tisch am Fenster reserviert.

Tille überlegte lange, was sie essen sollte, und bestellte dann Matjes-Tatar und Wiener Schnitzel. Sie bereute ihre Wahl kurz und heftig, als sie erst Almuts Entenleberparfait und beim Hauptgang Yeliz' Schwertfischfilet sah, lag aber dafür beim

Nachtisch (Dreierlei von der Schokolade) genau richtig. Als der Kellner die leeren Dessertteller abräumte, war noch Crémant in der Flasche, von der sie nicht hätte sagen können, ob es noch die zweite oder etwa schon die dritte war.

Yeliz teilte ihn auf.

Almut schob ihr ihr Glas hin und schaute auf die Straße vor dem Lokal. Sie zog das Glas ruckartig zurück, während Yeliz ihr noch eingoss, sodass ein Schwung Crémant auf der Tischdecke landete und sie großflächig verdunkelte. Yeliz fluchte leise, Tille tupfte mit ihrer Stoffserviette auf dem Fleck herum. Almut guckte weiter aus dem Fenster, als ginge sie das alles nichts an.

»Almut?«, sagte Yeliz.

»Ich glaube, das ist er«, sagte Almut.

»Wer?«, fragte Yeliz.

»Fred. Der Widerling.« Almut war wie hypnotisiert. »Da, links. Ja, das ist er. Der Mann mit der dunklen Brille und dem Fliegerblouson und mit der blonden Frau, die vor dem Möbelgeschäft stehen. Er telefoniert gerade.«

Tille erkannte ihn sofort – den Mann, der in ihrem Praxissystem als RAL (Riesenarschloch) geführt wurde. Frederik Vennemahn machte beim Telefonieren eine wild entschlossene Miene und fuchtelte unaufhörlich mit der freien Hand herum, so als sei die ganze Umgebung sein Publikum, vor dem er einen Mann spielte, der sich von niemandem etwas bieten ließ. Seine Frau sah genauso aus, wie Tille sie sich vorgestellt hatte. Eine exquisit gekleidete, immer noch auffallend schöne, aber verdrossen dreinschauende Mittvierzigerin, die besitzergreifend nah neben ihrem Mann stand. Offensichtlich, um das Telefonat verfolgen zu können, das er führte, ohne sie eines einzigen Blickes zu würdigen. Als er sich beim Telefonieren einen halben Meter zur Seite bewegte, bewegte sie sich mit. Tille überlegte, was passieren würde, wenn sie hingehen und sich der Frau vorstellen würde. (»Guten Tag, ich bin, äh … ich war die Urologin Ihres Mannes. Hat er Ihnen ausgerichtet, dass Sie sich auf HIV und Syphilis testen lassen müssen?«)

»Was? Das ist der fiese Fred? Mann, der sieht aber echt Bombe aus«, sagte Yeliz. »Kein Wunder, dass du auf den reingefallen bist.«

»Der heißt gar nicht Fred«, sagte Tille. »Er heißt Frederik. Das ist der Typ, der siebentausend Euro von mir fordert wegen Verletzung der Schweigepflicht.«

»Aber das kann doch nicht sein«, stellte Almut fest.

»Nein«, bestätigte Tille, »das kann eigentlich echt nicht sein. Aber offensichtlich ist es trotzdem so. Es ist nicht zu fassen.«

»Wie heißt der? Sag noch mal«, verlangte Yeliz.

»Er heißt also gar nicht Fred?«, fragte Almut

»Nee, also nicht offiziell. Frederik heißt er«, wiederholte Tille. »Frederik Vennemahn.«

»Woher weißt du das?«, fragte Almut.

»Hörst du mir denn nicht zu? Weil das so auf seiner Krankenkassenkarte steht«, sagte Tille. »Und in dem Brief von seinem Anwalt, und zumindest der wird es ja wohl wissen.«

Irgendwo hinten in der Restaurantküche zerbrach Geschirr.

»Frederik Vennemahn?«, sagte Yeliz so langsam, als müsste sie erst ausprobieren, wie dieser Name im Mund lag, bevor sie ihn weiter benutzen konnte. »Frederik Vennemahn, mit langem a. Ich kenne diesen Namen. Ich weiß, ihr denkt jetzt, ich will euch verarschen, aber ich verarsche euch kein bisschen, ausnahmsweise. Ich meine das ganz ernst. So heißt auch einer von Mortens Kunden. Der, der ihm ganz viel Geld schuldet.«

Sie starrten zu dritt aus dem Fenster, Frederik Vennemahn und seiner blonden Frau hinterher, die jetzt Richtung Bahnhof gingen.

»Das ist ja der totale Hammer«, sagte Yeliz, die noch aus

dem Fenster starrte, als die Vennemahns längst verschwunden waren. »Was machen wir denn jetzt?«

»Was sollen wir schon machen?«, fragte Tille.

»Können wir zu mir gehen und da weitertrinken, bitte?«, fragte Almut. »Ich habe totales Herzklopfen, merke ich gerade, ich kann hier nicht mehr entspannt sitzen.« Sie sah blass aus. »Ich habe auch noch Chips zu Hause.«

Almut hatte Sweet Chili Kessel-Chips. Sie war einfach die Beste.

»Hast du etwa immer noch Hunger?«, fragte Yeliz.

»Nein, natürlich nicht. Ich bin pappsatt«, sagte Tille und nahm sich noch eine Handvoll.

»Ah, deine Chipssucht«, stellte Yeliz fest, und dann sagte sie noch mal, was sie schon mindestens drei Mal gesagt hatte seit der gemeinsamen Vennemahn-Sichtung: »Frederik Vennemahn, der Mega-Bösewicht, aber wir haben ihn durchschaut, weil uns der Zufall gnädig war. Das ist echt so der Hammer! Das glaubt uns keiner.«

»Das macht gar nichts, dass uns das keiner glaubt, denn das darf auch keiner wissen. Ihr dürft auf keinen Fall irgendwem erzählen, was ich euch über ihn erzählt habe und dass ich euch seinen Namen verraten habe«, sagte Tille.

Almut leerte den Rest der Tüte in die Schüssel und schob sie in ihre Richtung. »Stimmt, du hast ja jetzt doch richtig die Schweigepflicht verletzt, oder?«, fragte sie.

»Ja, habe ich«, sagte Tille. »Habe ich noch irgendeine Schwäche, auf der ihr schon immer mal rumreiten wolltet?«

»Der nette Neurologe?«

»Quatsch.« (Dass Almut immer an so was denken musste.)

Tille hatte nicht überlegt, bevor sie Vennemahns vollen Namen ausgesprochen hatte. Er war ihr vor lauter Überraschung rausgerutscht. Als er erst mal draußen gewesen war, hatte sie gedacht: Egal, jetzt ist es eh zu spät. Aber nun fühlte sie sich unwohl deshalb. Mal wieder tauchte ein alter Verdacht in ihr auf. Im Grunde genommen taugte sie nicht für diesen Beruf, sie spielte ihn nur.

»Also, ihr haltet den Mund, versprochen?«

»Natürlich«, versprach Almut.

»Schade«, bedauerte Yeliz. »Ich finde, sein Gesicht samt Namen sollte in der ganzen Stadt plakatiert werden: Halten Sie sich fern von diesem Mann!«

»Ich bin gespannt, ob diese Sylvia mir noch antwortet«, sagte Almut. »Vielleicht war ihr Fred ja auch meiner.«

»Welche Sylvia?«, fragte Yeliz.

»Die Sylvia, der ich geschrieben habe, weil sie einen Artikel darüber geschrieben hat, dass sie fast genauso was erlebt hat wie ich, und zwar auch mit einem Fred. Bestimmt ist er das.«

»Vielleicht behandelt er ja auch Männer so«, sagte Tille.

»Wie deine farbige Sprechstundenhilfe?«, fragte Almut.

»Nein, wie dich und Sylvia.«

»Schwarz«, sagte Yeliz. »Man sagt: schwarze Sprechstundenhilfe.«

»Sprechstundenhilfe sagt man auch nicht mehr«, sagte Tille. »Es heißt Medizinische Fachangestellte.«

»Mein Gott, und ihr behauptet immer, dass ich so pingelig bin.« Almut machte ihr pikiertes Gesicht. »Also, deine schwarze Arzthelferin, Tille, hat die sich denn erholt von dem Schreck?«

»Ja, glaub schon.«

»Und er ist Kunsthändler, hat er dir gesagt?«

»Fotokunst.«

Tille googelte. Seine Seite hieß fotovaszination.com, ein Onlineshop für »Internationale Fotokunst F. Vennemahn«. Die billigsten Werke (Miniaturen in unbegrenzter Auflage) gab es für hundertfünfzig Euro. Die teuersten (limitierte, signierte Editionen in Großformaten) kosteten mehrere Tausend.

»Kaufmann war also nicht ganz gelogen«, sagte Almut. Sie

trank einen Schluck Weißwein und seufzte. Tille fischte in der Schüssel nach besonders stark gewürzten, krossen Chips, die mochte sie am allerliebsten. Es entstand eine Pause, in der man nur das Krachen zwischen Tilles Zähnen hörte, bis Yeliz »So!« rief und in die Hände klatschte.

»Das hier ist meine Geburtstagsparty, und ich beschließe, wir haben jetzt genug geredet über diesen Vennemahn. Wir werden jetzt kiffen, Ladys. Almut, wo ist das Gras?«

»Aber nicht in der Küche, bitte«, sagte Almut.

»Was ist denn mit dir los?«, fragte Tille.

»Nichts«, sagte Yeliz. »Ich habe nur keine Lust, mir ausgerechnet von diesem Typen den Abend verderben zu lassen. Ich will jetzt Spaß haben, und das solltet ihr auch wollen. Scheiß auf den Kerl, und scheiß auf morgen. Einen Freitag kriegt man immer irgendwie rum.«

»Dich meine ich doch gar nicht«, sagte Tille. »Almut, neulich hast du dir noch Wahnsinnssorgen um Hetti gemacht, und jetzt willst du auf einmal selbst kiffen?«

»Nicht auf einmal. Ich habe nachgedacht«, behauptete Almut. »Ich muss ja morgen mit Hetti über die ganze Sache reden, und es ist doch gut, wenn ich dann aus eigener Erfahrung weiß, worum es geht. Außerdem – ich will das auch mal endlich ausprobieren. Ich soll neue Erfahrungen machen, sagt ja auch Frau Sommer.«

»Wenn Frau Sommer das sagt –« Tille brach den Satz schnell genug ab, um sich vormachen zu können, er sei ungesagt geblieben. Sie vermutete, dass Almuts Entschluss keineswegs das Ergebnis eines Denkprozesses war, sondern eher damit zu tun hatte, dass ihr Denkvermögen aufgrund von Crémant und Weißwein erheblich eingeschränkt war. Wie Almut wohl war, wenn sie bekifft war?

»Na, dann«, sagte Tille.

Almut ging das Gras holen.

Tille und Yeliz stellten drei Küchenstühle auf den Balkon und zündeten die Kerze an, die in einem Windlicht auf dem Balkontisch stand. Es war kühl, fast kalt. Sie zogen ihre Jacken an. Almut brachte eine Strickjacke, ein Pashmina, zwei Wolldecken und eine gelbe Metalldose mit Plastikdeckel mit. Die Dose war bedruckt mit einem nostalgisch anmutenden goldenen Dekor und einem roten Schriftzug. Der Aschenbecher stand längst auf dem Balkontischchen. Yeliz öffnete die Dose, holte das Tütchen heraus und schnüffelte am Inhalt. Sie zog eine Visitenkarte aus ihrem Portemonnaie, riss ein rechteckiges Stückchen heraus und formte es zu einem Pappröhrchen. Blättchen hatte sie auch.

Tille inhalierte zweimal tief.

Yeliz nahm drei Züge.

Almut zog vorsichtig, erst kurz und flach, dann länger und tiefer, bis sie husten musste.

»Sicher, dass Jan nicht mehr rüberkommt?«, fragte Yeliz.

»Todsicher.« Tille nickte. »Wenn er noch nicht schläft, sitzt er vor seinem Scheißcomputer, und wenn er vor seinem Scheißcomputer sitzt, bewegt der sich freiwillig nicht vom Fleck. Der kippt höchstens noch zur Seite, aufs Bett.«

»Du könntest ihm einen Blasenkatheter als Belohnung für die Drei schenken.« Yeliz reichte den Joint an Almut weiter.

»Drei minus«, korrigierte Tille.

Almut kicherte, zog und hustete noch einmal.

Zeit verrann.

»Merkt ihr schon was?«, fragte Tille.

»Ich weiß nicht«, sagte Almut. »Was muss ich denn merken?«

»Das merkst du dann schon«, sagte Yeliz.

Zeit verrann.

In einer Altbauwohnung schräg rechts gegenüber ging Licht an. Es floss aus einer Pendelleuchte aus Chrom über einen ovalen weißen Tulpentisch. Ein Mann, der etwas Neongelbes anhatte, das aussah wie ein Kimono, setzte sich an den Tisch. Er klappte den Laptop auf, der dort stand, und rieb sich das Kinn. Kurz darauf klappte er den Laptop wieder zu, nahm ihn und ging. Das Licht erlosch. Das war traurig, denn der grellgelbe, einsam sein Kinn reibende Mann am schneeweißen Tisch unter dem goldenen Lichtfall der silbernen Lampe war mit Abstand das Schönste, das Tille seit Langem gesehen hatte.

Schönes ist gut für die Nerven.

Kurz sah Tille Adam in einem geblümten Kimono vor sich, aber aus Adam wurde Nils, und an den zu denken hatte sie nun wirklich keinen Grund (und keinerlei Lust). Wie immer, wenn sie auf andere Gedanken kommen wollte, zündete sie sich eine nächste Zigarette an. Sie betrachtete die zwei Frauen, die mit ihr auf dem Balkon saßen. Yeliz' Stirnfalten waren kaum zu sehen, und Almuts Haut schimmerte samtig im aus Nacht und Küchenlicht gemischten Halbdunkel. Tille konnte sich genau vorstellen, wie sie als junge Frauen ausgesehen hatten. Und wie sie als alte Frauen aussehen würden. Sie hob ihre Bierflasche.

»Auf euch! Mein spätes Glück!«

Yeliz lächelte breit.

Almut lächelte sanft.

Zeit verrann.

»Wer sagt das?«

»Ich sage das.«

»Was hast du denn gesagt?«

Noch mehr Zeit verrann.

Es war Yeliz, die mit ihrer tiefen, immer leicht heiseren Stimme die Stille durchbrach. »Wenn ihr Superheldinnen wäret und Vennemahn der Bösewicht, den ihr bekämpfen müsst, welche Superkraft hättet ihr dann am liebsten?«

»Wände hochlaufen können oder sich unsichtbar machen oder Stahlträger verbiegen, so was?«, fragte Tille.

»Nein, nicht so ein Null-Acht-Fünfzehn-Supermacker-Kram. Eine richtig abgefahrene Spezial-Superheldinnen-Superkraft. So was wie: Ich kann meine Brüste so doll aufpumpen, dass ich abhebe und fliegen kann, und beim Fliegen kann ich ätzende Milch aus meinen Brustwarzen spritzen lassen.«

»Ich weiß nicht.« Tille wusste selbst nicht, ob das ihr Urteil über den Flugbusen war oder ihre Antwort auf Yeliz' Frage. Sie hielt die Zigarette über das Balkongeländer und tippte darauf. Asche taumelte in die Nacht. Sie schaute ihr hinterher und überlegte, ob sie fror oder nicht.

»Warum sollte ich mir auch wünschen, unsichtbar werden zu können?«, sagte Almut. »Das bin ich doch schon.«

»Almut«, flehte Tille. »Wir haben gerade Spaß.«

»Na gut«, sagte Almut, »ich wünsche mir, ich könnte per Gedanken Wehen auslösen bei Männern.«

Yeliz lachte so laut, dass irgendwer irgendwo »Ruhe!« rief. Tille dachte nach. Almut zog sich den Pashmina enger um den Oberkörper. »Ich glaube, es ist ganz schön kalt inzwischen. Wollen wir nicht lieber mal reingehen?«

»Ich möchte Oberbefehlshaberin einer Spezialeinheit aus geklonten Frau Kempers sein«, fiel Tille plötzlich ein. »Vennemahns Bösartigkeit wird einfach abprallen an ihrer rasend guten Superlaune. Ich befehle den Frau Kempers, Vennemahn einzukesseln, und dann ätzt du ihm die schicken Klamotten vom Leib, Yeliz. Und sobald der schottische Tweed nur noch in Fetzen an ihm runterhängt, löst Almut Presswehen bei ihm aus, und die Frau Kempers werden um ihn rumstehen und ihn quietschvergnügt anfeuern, bis er weinen muss, und davon machen wir dann ein Video und schicken es seiner Frau. Was haltet ihr davon?«

»Ich bin dabei«, sagte Yeliz.

»Aber was ist denn so schlimm an guter Laune?«, fragte Almut.

Erst Schnittchen, dann Wissen macht »Oh!«

Luft, frische Luft.

Das war Almuts erster Gedanke, als sie aufwachte am Morgen nach dem ersten Joint ihres Lebens. Sie zog den Bademantel über, ging aufs Klo und dann in die Küche. Sie riss die Balkontür auf, setzte einen Kaffee auf, dann trat sie hinaus. Es war viel lauer als in den letzten Tagen, die Luft war schon nicht mehr ganz frisch. Sie traf nicht kalt und kratzig auf die Haut, wie sie erwartet hatte, sondern wie ein gründlich ausgewrungener Waschlappen. Wenn es nicht gerade zu kalt ist, ist es zu warm, bedauerte Almut. Im Wetterbericht hatten sie die Prognose gewagt, dass der nahende Juni womöglich mit hochsommerlichen Temperaturen beginnen könnte.

Die drei Küchenstühle standen noch draußen.

Sie hatten den gestrigen Abend im Wohnzimmer beendet, Almut und Tille auf dem Sofa liegend, Yeliz im Sessel versunken. Almut wusste nicht mehr, wann genau die anderen gegangen waren, irgendwann gegen zwei. Auf dem Boden des Balkons stand der volle Aschenbecher, daneben lag eine geöffnete Packung Schokohaferkekse. Auf dem Tisch: zwei halb volle Wasserflaschen und die Flasche Weißwein, die sie gestern geleert hatten. Sonst räumte Almut immer picobello auf, bevor sie ins Bett ging. Egal wie spät es war, egal wie viel sie getrunken hatte.

Gestern war alles anders gewesen.

Offenbar hatte sie sogar vergessen, die Kerze auszumachen. Sie war zu einer wächsernen Ruine verfallen und hatte eine Schnake und zwei Fliegen mit in den Tod gerissen.

Hinter ihr in der Küche blubberte der Espresso in der Herdkanne. Sie goss die Milch aus dem Aufschäumer in ein Glas und füllte es mit Espresso auf.

Sie hätte bei ihrem Umzug in die Wohnung letzten Sommer gerne die Espressomaschine mitgenommen, auch weil Christoph sie, wenn überhaupt, bestimmt nur am Wochenende benutzte. Oder wenn Gäste da waren, um vor ihnen den Kaffee-Connaisseur zu spielen. Falls er überhaupt noch jemanden zu sich nach Hause einlud, jetzt, wo es dort keine Hausherrin mehr gab, die ihm die Vorbereitungen abnahm.

Aber die Siebträger-Maschine von Bezzera (Espresso Emozione, seit 1901. Made in Italy) war zweiunddreißig Zentimeter breit und fünfundvierzig Zentimeter tief. Viel zu groß für die Küche in ihrer Wohnung, die zwar auch nicht gerade klein war, aber eben doch viel kleiner als jener kieselgraue Bulthaup-Palast im zu großen Haus, den Christoph bestimmt nur noch betrat, um sich was zu trinken aus dem Kühlschrank (mit Eiswürfelspender) zu holen oder ein Fertiggericht in den obsidianschwarzen Miele-Backofen mit pyrolytischer Selbstreinigung (sehr praktisch) und kabellosem Bratenthermometer (nur zweimal benutzt) zu schieben.

Almut stellte sich mit dem Kaffee ans Balkongeländer und versuchte, sich mit der Welt dahinter anzufreunden. Die Morgensonne ließ die Fassaden der gegenüberliegenden Altbauhäuser leuchten. Das lesbische Paar aus der Achtundsiebzig ging mit seinem mürrischen Rauhaardackel Elton spazieren. (Wie immer, wenn sie die beiden Frauen mit ihrem Hund sah, hatte sie ihre Mutter vor Augen, wie sie vor vielen Jahren über einem aufgegabelten Stück Kuchen geseufzt hatte: »Ja, jetzt auch noch die Anne Will.«) Unten auf dem Gehweg standen Frau Lörs und Mia aus der Wohnung über ihr. Das Mädchen hatte eine Latzhose aus blau-weiß gestreiftem Jeansstoff an. Es saß in seinem Buggy und guckte Richtung Himmel, während Frau Lörs irgendwas im Kindergartenrucksack suchte.

Genauso eine Hose hatte Franzi auch gehabt.

Mia strahlte, als sie Almut entdeckte. Ihr lang ausgestreckter kurzer Arm winkte so begeistert zu ihr hoch, dass die ganze Mia samt Buggy hin und her wackelte, bis Frau Lörs sich zu ihr beugte und sie anfuhr. Es war nicht zu verstehen, was die Nachbarin schimpfte, aber es musste eine wirkungsvolle Drohung sein, denn danach saß das kleine Mädchen in der Karre, als hätte es jemand ausgeknipst. Neulich hatte Almut zu Frau Lörs gesagt, sie könne Mia gerne mal vorbeibringen, wenn sie kinderfrei bräuchte. Frau Lörs hatte sich überschwänglich bedankt für ihre Hilfsbereitschaft und keinen Gebrauch davon gemacht. Ich muss ihr noch mal sagen, dass ich es ernst meine, dachte Almut.

Dass sie immer noch winkte, merkte sie daran, dass es sie lächerlicherweise anstrengte. Sie scannte ihren Körper, so wie sie es öfter mal tat, seit es unter den Gleichaltrigen um sie herum nicht mehr selbstverständlich war, gesund zu sein. Sie fühlte sich leidend, ohne sich krank zu fühlen oder Schmerzen zu haben. Sie zog sich an und ging nach draußen, um lustlos die Zutaten für Hettis derzeitiges Lieblingsessen einzukaufen. Hähnchenbrustfilet (Demeter) mit Gemüse, Thaibasilikum und Cashewnüssen in einer süßen Sojasoße mit Basmatireis. Ihr erstes Wiedersehen nach Hettis Amrum-Urlaub musste gefeiert werden, auch wenn danach ein ernstes Mutter-Tochter-Gespräch anstand.

Hetti stand wie immer freitags um kurz vor halb drei vor der Tür, sehr hungrig. Sie warf ihre Tasche in die Ecke und küsste Almut auf die Wange: »Was gibt's?« Als sie fertig waren mit Essen, wollte sie in ihr Zimmer. Almut bat sie, noch kurz sitzen zu bleiben, sie habe etwas zu besprechen mit ihr. Hettis erste Reaktion war es, sie anzuschreien.

»Dein Ernst, Mama? Was fällt dir ein, einfach in meinen

Sachen herumzuschnüffeln? Hast du schon mal was von Privatsphäre gehört?«

Almut blieb ruhig.

Ruhig zu bleiben hatte Yeliz gestern Nacht mit ihr geübt. Als der Höhepunkt des Rausches vorbei gewesen war, waren sie ins Wohnzimmer umgezogen. Dort war Yeliz eingefallen, dass Almut angeblich auch deshalb mitgekifft hatte, um auf das Gespräch mit Hetti vorbereitet zu sein. Zu Schulungszwecken hatte sie ihr ein Rollenspiel verordnet. Yeliz hatte Hetti gespielt (perfekt), Almut hatte Almut in cool gespielt (anfangs nicht so gut, dann besser), und Tille hatte vor Lachen fast aufs Sofa gemacht, wie sie behauptet (und Almut ihr für eine Schrecksekunde tatsächlich geglaubt) hatte. Offenbar hatte das Rollenspiel etwas gebracht, denn Hetti sah zügig ein, dass ihr Vorwurf, Almut habe ihr hinterherspioniert, selbst mit viel bösem Willen unhaltbar war.

Hetti wechselte die Taktik und brach in Tränen aus.

Ja, zugegeben, sie hatte schon mal einen Zug genommen, aber erst zweimal und nur, weil das alle machten. Irgendein Freund von der Freundin einer Freundin von einem Freund hatte das Zeug in ihren Rucksack getan, ohne sie zu fragen, weil er keine Jacke an und auch sonst nichts mitgehabt hatte, wo er die Tüte hätte hinstecken können. Er hatte es dort vergessen, das hatte sie aber erst erfahren, als sie schon unterwegs auf Amrum gewesen war. Nein, sie würde Almut niemals anlügen. Ja, natürlich wolle sie das Abi schaffen. Sie würde nie wieder, versprochen. Klar, Almut könne das kontrollieren.

»Ernsthaft, Mama, ich schwöre!«

Nach nur zwei Minuten fiel Hetti ein, dass sie noch ein anderes (womöglich größeres) Problem hatte als eine aufgebrachte Mutter.

»Mama? Und denk jetzt bloß nicht, dass mich das interessiert. Okay?« Sie putzte sich umständlich die Nase. »Ich muss das nur wissen, weil ich diesem Leon irgendwas schreiben muss, der nervt mich schon so krass die ganze Zeit. Aber was hast du denn eigentlich gemacht mit der Tüte?«

»Ich habe sie in den Biomüll entsorgt«, behauptete Almut. »Also, die Drogen. Die Tüte natürlich in den gelben Müll.«

Ich lüge meine eigene Tochter an, erschauerte sie vor sich selbst, das ist schlimm, aber ich kann ihr unmöglich die Wahrheit sagen, die Wahrheit ist noch viel schlimmer.

Nach dem Telefonat mit Yeliz hatte Almut die Burro-Soresina-Dose (Souvenir aus einem Italienurlaub) in der Nachttischschublade versteckt, ganz hinten. Um die Dose herum hatte sie die Ohropax, die Taschentücher und die Fußcreme gelegt und vor diese Dinge den Trennungsratgeber, den Eva ihr geschenkt hatte: ›Lang, aber längst keine Liebe mehr: Wie aus späten Trennungen frisches Glück wächst‹. Neben dem Buch lag auf dem dazugehörigen Satinbeutel der Womanizer, den sie auf Tilles Empfehlung hin bestellt hatte. Wenn Hetti, was Almut für unwahrscheinlich hielt, die Schublade zufällig doch mal aufmachen sollte, würde sie sie beim Anblick dieser Gegenstände sofort wieder schließen.

Die ganze Woche lang war sie sich verderbt, aber auch verwegen vorgekommen, wenn sie an die Dose und ihren Inhalt dachte, und der Abend gestern war so lustig gewesen, dass sie zum Abschied »Das machen wir aber noch mal!« gesagt hatte. Heute Morgen allerdings fühlte sie sich elend, nicht nur körperlich. Als sie nun auch noch sah, dass sie Hetti mit der Lüge, sie hätte das Gras weggeschmissen, fast noch einmal zum Weinen brachte, siegten ihre Skrupel. Almut erkannte: Sie hatte sich versündigt. An ihrer Tochter, an ihrer Mutterrolle, an ihrer Gesundheit, an ihren Prinzipien.

Am Betäubungsmittelgesetz.

Ihr wurde ein bisschen schwummerig vor Schuld und Scham.

»Schätzchen, ich leg mich mal kurz hin. Was hast du denn noch so vor?«

»Eigentlich wollte ich zu Jan rüber, aber ich glaube, ich bleibe heute lieber mal zu Hause. Vielleicht können wir ›This Is Us‹ gucken? Leg dich ruhig hin, Mami, ich räume hier auf.«

Sechzehnjährige, Friedenspfeife statt Joint rauchend.

Als Hetti fragte, ob sie nicht Schnittchen vor dem Fernseher essen wollten, wurde Almut von Mutterliebe geflutet. Genauso gut hätte sie darum bitten können, wieder zehn statt sechzehn sein zu dürfen. Sie drückte ihre Tochter an sich und küsste sie. »So machen wir es, meine Süße. Ich habe dich lieb.«

Vor dem Fernseher zu essen war immer streng verboten gewesen im Hause von der Karst. Erst für Hetti, die Kleinste, hatte Almut eine Ausnahme gemacht. In der Vierten hatte sie dienstags so lange Hockeytraining, dass sie erst um Viertel nach sieben nach Hause kam. Dann durfte sie ›Wissen macht Ah!‹ schauen und dabei ihr vorbereitetes Abendbrot essen – in kleine Rechtecke zerteilte Brotscheiben, mit Gouda belegt, mit Frischkäse oder Leberwurst bestrichen, dazu Tomatenviertel, Paprikastreifen und Cornichons. Während des Essens durfte Hetti nicht auf, sondern musste vor dem Sofa sitzen. Oft setzte Almut sich zu ihr auf den Boden, wo ihr verschwitztes, aber immer noch gut riechendes, erschöpftes Kind sich kauend an sie geschmiegt und ihr ab und zu und ohne den Blick von Shary und Ralph zu wenden, ein Stückchen Brot oder ein angebissenes Gürkchen in den Mund geschoben hatte. Kindliche Liebesbeweise, die Almut Häppchen für Häppchen mit einem Kopfkuss und einem warmen Ziehen in der Brust beantwortete.

Schnittchen vor dem Fernseher hieß, den Mutter-Tochter-Pakt zu erneuern, und obwohl Hetti längst alt genug war, um sie auf dem Sofa essen zu dürfen, bestand sie darauf, wie früher davorzusitzen. Sie guckten zwei Folgen ›This Is Us‹ und aßen dabei Oliven, Weintrauben, Räucherlachs, Kürbis-Ingwer-Aufstrich und Ziegenkäse mit Feigensenf auf Tessiner Landbrot. Während sie den Rückblick vor der dritten Folge vorspulte, sagte Hetti: »Weißt du eigentlich schon, dass Gabriele bei Papa einziehen will?«

»Oh«, sagte Almut. »Nein, das wusste ich nicht.«

Du willst, dass sie bei dir einzieht, damit dir endlich wieder jemand deine Hemden in die Reinigung bringt, du Feigling, dachte sie. Christoph hätte es ihr gefälligst selbst sagen müssen, statt das seiner Tochter zu überlassen.

Die nächste Folge ›This Is Us‹ begann.

Almut tat, als verfolge sie das außergewöhnliche Schicksal der scheinbar so heilen Familie Pearson. In Wahrheit dachte sie über das so alltägliche Schicksal der zerbrochenen Familie von der Karst nach und darüber, dass es mit Gabis Einzug in das zu große Haus unumkehrbar besiegelt wäre.

Sie schlief noch schlechter ein, als sie morgens in den Tag gefunden hatte, und dachte dabei an Fred, der in Wirklichkeit Frederik hieß, und an die Frau, die sich Sylvia K. nannte und vielleicht verstehen konnte, warum Fred sie in Gedanken verfolgte, weil sie Ähnliches erlebt hatte.

Womöglich, wahrscheinlich, bestimmt mit demselben Mann.

Es war genau eine Woche her, dass sie Sylvias Erfahrungsbericht im Internet gelesen und ihr gemailt hatte. Am übernächsten Tag hatte sich eine Steffi für Almuts Rückmeldung bedankt und zugesagt, die Mail an die Autorin weiterzuleiten. Aber die hatte sich noch nicht gemeldet.

Je länger Almut nicht einschlafen konnte, desto sicherer war sie, dass das auch nicht mehr passieren würde.

Am Samstagabend guckte Almut ›This Is Us‹ alleine weiter.

Am Montag um vier kam Jan zur Nachhilfe. Sie feierten die Drei minus mit Schokokuchen.

Am Dienstagnachmittag war sie mit Sandra verabredet, das erste Mal seit Ewigkeiten. Zuerst gingen sie in die Kunsthalle, wo es eine Sonderausstellung mit dänischer Malerei gab. Vor den Bildern stehend, die hauptsächlich sehr flache, melancholische Landschaften unter bewölkten, hohen Himmeln zeigten, verstand Almut nicht, warum Sandra unbedingt hierher gewollt hatte. Nur der letzte Ausstellungsraum zeigte die in verschiedenen Grautönen protestantisch karg eingerichteten Zimmer eines Landhauses, manchmal mit Frauen in langen, schwarzen Kleidern darin. Bis auf eine waren alle Frauen gesichtslos, nämlich von hinten gemalt, beim Lesen, beim Aus-dem-Fenster-Schauen, beim Handarbeiten. Immer sah man von ihnen nur einen braunen Haarknoten und darunter einen zarten, blassen Nacken.

Ob es immer dieselbe Frau war, eingesperrt?

»Vilhelm Hammershøi, faszinierend. Dies Reduzierte – der Frieden, der in dieser Schlichtheit liegt«, fand Sandra. Die Anhänger an ihrem goldenen Bettelarmband klimperten, als sie sich die langen Haare aus dem schönen Gesicht strich. Auf dem Weg ins Café Paris fragte sie, wie es Almut ginge.

»Ganz gut.«

»Ja? Das freut mich. Du siehst auch blendend aus.«

»Findest du? Neulich habe ich überlegt, ob ich nicht doch auch mal zu deiner Hautärztin gehen soll.«

»Aber das sag ich dir doch schon seit Jahren, dass du das tun sollst. Alle machen das, das ist völlig normal inzwischen. Oder sehe ich etwa aus wie ein Zombie?«

Sandras selbstbewusstes Lachen, perlweiß.

Sie sah aus wie höchstens Mitte vierzig, obwohl sie inzwischen weit über fünfzig war. Larissa und Hetti waren nach der gemeinsamen Grundschulzeit auf verschiedene weiterführende Schulen gewechselt und hatten sich aus den Augen verloren, anders als ihre Mütter. Sandra und Almut waren einander im Stadtteil ständig über den Weg gelaufen, beim Einkaufen, beim Hausarzt, im Fitnessstudio. Ab und zu hatten sie sich zum Laufen oder fürs Kino verabredet, und im Sommer hatten sie Pärchen-Grillabende veranstaltet, bei denen dann und wann auch Esther und Stefan dabei waren, die im Haus neben Sandra und Robert wohnten.

Auf den Grillabenden wetteiferten die Männer darum, wer von ihnen seinen Gästen die besten Spareribs servierte, wobei Christophs Beitrag zur Zubereitung der von der Karst'schen Spareribs immer nur darin bestand, mit Robert (und Stefan) auf der Terrasse zu stehen, Bier zu trinken, über die Vor- und Nachteile der Drei-Zwei-Eins- gegenüber der Fünf-Null-Eins-Methode zu reden und nebenbei auf die richtige Garzeit und die richtige Gartemperatur zu achten. Das allerdings war bei einem Fünfhundert-Euro-Gasgrill keine große Kunst.

Die Einkäufe und die Marinade hatte immer Almut gemacht.

(Die Beilagen sowieso.)

»Und wie habt ihr die Ferien verbracht? Warst du mit Hetti weg?«, fragte Sandra.

»Nein, Hetti war mit Anna und Annas Eltern auf Amrum. Die haben da doch ein Ferienhaus.«

»Stimmt, das hat Christoph uns ja neulich schon erzählt.« Sandra stockte nur kurz und sprach dann schnell weiter. Offensichtlich hoffte sie darauf, dass Almut ihren letzten Satz nicht bemerken würde, wenn sie ihn unter lauter anderen Sätzen begrub. »Ja, ja, Annas Eltern, ich weiß, Amrum, ich war da ja noch nie, immer nur auf Sylt, aber da soll es ja auch sehr schön sein, ein bisschen ruhiger. Mensch, die werden allmählich wirklich flügge, unsere Kleinen.«

»Ihr habt Christoph gesehen?«

»Ja, vorletzten Samstag.« Sandra war anzusehen, dass sie Zeit brauchte zu überlegen, was und wohl vor allem wie sie es Almut sagen sollte. »Robert wollte unbedingt angrillen, bei dem Wetter. Endlich mal über zwanzig Grad, da war er natürlich nicht mehr zu halten. Und dann hat er morgens zufällig Christoph getroffen, beim Schlachter. Na, den Rest kannst du dir denken.«

Richtig, den Rest konnte Almut sich denken.

»Und? Wie war Gabriele so?«

Sandra seufzte wie jemand, der einsah, dass es kein Entrinnen gab. »Sie war ... natürlich ist sie nicht du. Aber sie ist trotzdem ganz nett. Ist ja aber auch eigentlich egal, wie wir sie finden. Sie ist Christophs neue Partnerin, also laden wir sie mit ein. Ihr seid ja jetzt auch schon zwei Jahre getrennt, oder?«

»Ja«, sagte Almut.

»Und das Leben muss ja weitergehen«, sagte Sandra.

»Ja«, sagte Almut.

»Und du grillst doch auch gar nicht so gerne.«

»Stimmt«, sagte Almut.

»Aber falls es dich tröstet, deine Spareribs sind viel besser als ihre.«

»Ach so«, sagte Almut. »Ihr habt auch schon mal alle zusammen bei Christoph gegrillt? Wann denn das? Letzten Sommer, oder wie?«

»Ja, klar«, sagte Sandra.

»Ja.«

Zehn Sekunden sprachen sie gar nicht, dann zwei Stunden lang über vieles und nichts.

Nur von Fred (Frederik Vennemahn) erzählte Almut nicht.

Auch nicht von den anderen, weniger schmerzhaften, aber in Summe fast genauso schambesetzten Männerpleiten, die ihr widerfahren waren. Dabei hatte Sandra ausdrücklich nachgefragt, als sie keine Lust mehr gehabt hatte, über Christoph und Gabriele zu reden.

»Aber sag mal, was macht denn die Liebe so bei dir?«

»Ach, ich will erst mal meine neue Freiheit genießen.«

Was sollte sie auch sagen zu einer, die behauptete, eine Freundin zu sein, aber mit Christoph und ihrer Nachfolgerin schon kurz nach ihrem Wegzug auf seiner (früher auch ihrer) Terrasse saß und an von Gabriele marinierten Rippchen nagte und dann auch noch heimlich, hinter ihrem Rücken, weil sie ihr angeblich nicht wehtun wollte.

Sandras Bettelarmband klimperte wieder, als sie ihr die Hand auf die Schulter legte und die Luft neben ihren Wangen küsste. »Meine Liebe! Lass es dir weiter gut gehen. Und sag, dass ich dich geschickt habe, wenn du bei Frau Doktor Santios anrufst, dann kriegst du schneller einen Termin.«

»Mache ich, danke. Dann bis bald mal.«

Almut fuhr nach Hause und klingelte bei Tille.

Niemand öffnete, nicht einmal Jan.

Sie setzte sich in die Küche, schenkte sich Weißwein ein, aber nur ein halbes Glas, schrieb die Einkaufsliste für morgen Abend, öffnete die Post und checkte ihre E-Mails.

Hettis Klassenlehrerin bat darum, das Geld für die Klassenreise bis spätestens Pfingsten zu überweisen; Almut leitete die Mail an Christoph weiter. PayPal informierte sie darüber, dass sie von Henriette von der Karst eine Zahlung in Höhe von elf Euro und neununddreißig Cent erhalten hatte. (Hetti hatte sich mal wieder irgendwas über Almuts Amazon Prime Account bestellt.) Die Deutsche Bahn lud sie ein, eine Sommerreise mit der Deutschen Bahn zu buchen.

Eine Mail im Ordner »Unbekannt« hätte sie fast übersehen.

Sie war verschickt worden von der Adresse lautundlustig@gmx.de, der Betreff lautete »Du bist nicht allein!«, und im ersten Augenblick dachte Almut, es wäre wieder irgendeine dieser Werbemails für Single-Kreuzfahrten und Fastenwanderurlaube, die sie in letzter Zeit gehäuft bekam.

Aber es war keine Werbung.

»Liebe Almut,

bitte entschuldige, dass ich dir erst heute auf deine Mail antworte. Ich war auf einer Schweigewoche in einem Kloster, wo wir mit niemandem reden sollten außer mit Gott, wobei ich mich die meiste Zeit nur mit mir selbst unterhalten habe, das war spannender. Jedenfalls mussten wir am Anfang unsere Handys abgeben, und die strenge Schwester Beatrix hat sie tatsächlich erst ganz am Ende wieder rausgerückt. Deshalb habe ich deine Mail erst mit Verspätung bekommen, und dann brauchte ich noch ein paar Tage, um wieder laut und lustig zu werden.

Es tut mir umso mehr leid, dass du so lange auf meine Antwort warten musstest, weil ich aus deinen Worten herauslese, dass dich die Sache mit diesem Fred sehr beschäftigt. Das verstehe ich. Allerdings glaube ich, dass wir den Freds dieser Welt nicht die Macht geben sollten, uns zu verletzen. Wenn du magst, können wir uns gerne mal darüber unterhalten. Ruf mich an, Nummer siehe Signatur. Oder wir treffen uns. Ich bin Mitte Juni wieder mal in Hamburg, vielleicht hast du ja Zeit für einen Kaffee?

Liebe Grüße, Sigrun

PS: Vielleicht tröstet es dich schon mal ein bisschen, dass du (zusammen mit mir) nicht die Einzige bist, der so was passiert ist? Seit mein Artikel online ist, haben mir mehrere Frauen geschrieben, die ganz ähnliche Erfahrungen gemacht haben. Sogar verblüffend ähnliche Erfahrungen. Erzähle ich dir dann.«

Almut las die Mail drei Mal, bevor sie zurückschrieb.

Dann googelte sie »Buchhandlung Hamburg Aushilfe«.

In einer Essensschlange das Unerwartete finden

Der Babybrei-Spot ging wie geplant Anfang Juni unter dem Hashtag #sogehtliebe online, am Dienstag vor Pfingsten. Die allererste Resonanz war verheißungsvoll. Fünftausend Views und eine sehr gute Engagement-Rate, vor allem dank der Kooperation mit den fünf Makro-Influencerinnen. Am zweiten Tag setzte sich dieser positive Trend fort, dann flaute die Aufmerksamkeit der Online-Community ab. Statt sich zu einem Begeisterungssturm zu steigern, folgte ein sich gleichmäßig abschwächendes Interesse, bis die Klicks am Pfingstwochenende nur noch tröpfelten.

Pfingstsonntag fuhren Morten und Yeliz zu ihrer Familie, um Bayram nachzufeiern. Yeliz checkte mehrmals in der Stunde, wie der Clip lief, und bekam jedes Mal schlechtere Laune, bis Morten sie anraunzte, sie solle jetzt mal endlich das Handy weglegen. Ab da schaute sie nur noch auf dem Klo nach. Sie musste so oft aufs Klo, dass ihre Mutter sie irgendwann fragte, ob mit ihrer Blase alles in Ordnung sei.

»Tja«, sagte Konstantin am Dienstagmorgen, »das habe ich ja von Anfang an befürchtet, dass das kein Hit-Potenzial hat.«

Sie beschlossen, noch mal zehntausend Euro in sponsored Posts zu stecken. Aber auch diese Investition führte nur kurz zu einem leichten Anstieg der Klicks und verpuffte schließlich völlig. Mit ihr verpuffte auch die Mischung aus Anspannung, Vorfreude, Größenfantasien und Versagensangst, die jeden neuen Kampagnenstart begleitete. Zurück blieb die mit Enttäuschung gefüllte Leere, die sich jedes Mal in Yeliz ausbreitete, sobald ihr klar wurde, dass sich ein erhoffter Erfolg nicht einstellen würde. Das beste Gegenmittel gegen diese Leere, das hatte Yeliz zum Glück schon zu Beginn ihrer Karriere herausgefunden, waren möglichst profane Erledigungen. Wer ganz alltägliche Sachen erledigte, hatte ein Leben jenseits der Arbeit. Und: der hatte wenigstens dieses Leben im Griff.

Früher hatte Yeliz in solchen Situationen ihre Steuererklärung oder die WG-Küche sauber gemacht. Aber Morten und sie hatten inzwischen eine Steuerberaterin, und seit ein paar Jahren hatten sie auch noch Rebecca, die vier Stunden pro Woche bei ihnen aufräumte, saugte, wischte, scheuerte und polierte. Wenn Yeliz' Kolleginnen über die Frauen redeten, die ihre Toiletten schrubbten und den Müll rausbrachten, während sie in der Agentur vor ihren Computern oder an Konferenztischen saßen, sprachen sie immer von ihren Haushaltshilfen. Nur Yeliz sagte noch Putzfrau, denn das war es, was diese Frauen taten. Sie putzten. Das wollte sie nicht ehrenrührig finden. Mit dieser Arbeit hatte ihre Mutter Geld verdient, und das war nicht selbstverständlich gewesen unter den türkischen Müttern.

Darauf war Yeliz immer stolz gewesen.

Die Haushaltshilfen der Kolleginnen arbeiteten alle schwarz, nur Yeliz' Putzfrau war offiziell angemeldet, mit Versicherung und bezahltem Urlaub. Trotzdem hatte sie Morten schwören lassen, Rebecca vor ihrer Familie niemals zu erwähnen. Ihre Mutter würde ihre Stirn in Falten legen und die Nase rümpfen, wenn sie erfuhr, dass ihre Tochter es einer Fremden überließ, ihre Wohnung in Ordnung zu halten. Das hatte eine tüchtige Frau selbst zu schaffen. Das hatte Hayriye Bademli schließlich auch geschafft. Trotz Berufstätigkeit und vier Kindern.

Rebecca kam immer donnerstags und hatte vorgestern sogar noch gebügelt, sodass es am Samstagmorgen für Yeliz nichts zu erledigen gab, außer: Der Jahresvorrat an Kerzen und Servietten musste aufgestockt werden.

»Fahre gleich zu Ikea. Muss sich lohnen, die Heldinnenreise. Soll ich euch was mitbringen?«, tippte sie in die Donnerstags-WhatsApp-Gruppe.

Almut brauchte auch Kerzen.

Tille drei Aufladekabel.

»Wünscht mir Glück!«, tippte Yeliz.

Sie hatte gehofft, dass Ikea bei so herrlichem Wetter leerer wäre als sonst, aber es war genauso voll wie an jedem anderen Samstag. Sogar noch etwas voller, so kam es ihr vor. Vielleicht machten die Menschen ja heutzutage gar keine Ausflüge ins Grüne mehr an einem sonnigen Frühsommer-Wochenende.

Wir ja auch nicht, dachte Yeliz, warum eigentlich nicht?

Vielleicht perfektionierten die Leute lieber ihr Zuhause, seit man darin nicht mehr nur wohnen durfte, sondern leben musste. Fünfzehn Jahre alt war dieser Slogan, einer der bekanntesten in der Geschichte der Werbung. Immer wenn Yeliz zu Ikea fuhr, wurmte es sie kurz, dass sie zwar viele sehr erfolgreiche, aber keinen annähernd legendären Claim erfunden hatte. Heute wurmte es sie noch ein bisschen mehr. Nach dem Misserfolg mit dem Babybrei-Spot schwächelte ihr Job-Ego.

Die erste freie Parklücke auf dem riesigen Parkplatz lag in maximal möglicher Entfernung zum Ziel. Der Weg vom Auto zum Möbelhaus war so lang, dass sie am liebsten gleich wieder umgekehrt wäre. Aber nun war sie extra hergefahren, und Tille und Almut rechneten mit ihr, also musste sie da wohl jetzt durch – durch diesen scheußlichen gelb-blauen Eingang, zusammen mit den sehr vielen anderen Menschen, die ebenfalls etwas erledigen wollten. Die Herde trabte am Bällebad und den Schließfächern vorbei die zweiunddreißig Treppenstufen hoch. Von dort zogen die meisten anderen weiter in die Möbelausstellung, Yeliz aber scherte nach links aus und nahm die Abkürzung zur Treppe, über die man zurück ins Erdgeschoss gelangte, zu den Servietten und Kerzen und dem anderen Kleinkram. Die Abkürzung führte vorbei am Eingang zum Restaurant, in dem Morten und sie sich vor fast genau zehn Jahren kennengelernt hatten, in der Schlange vor der Essensausgabe.

Yeliz blieb stehen und hielt Ausschau nach jener Frau, in deren Augen sie ein Liebespaar gewesen waren, noch bevor sie das erste Wort miteinander gewechselt hatten. Dabei war klar, dass sie sie auch diesmal nicht entdecken würde hinter der Essensausgabe. (Sie hatte die Frau in all den vielen Jahren nie wieder gesehen. Warum sollte sie auf einmal heute auftauchen?)

Ein paar Meter weiter schubste ein vielleicht siebenjähriges Mädchen seinen etwas älteren Bruder, der mit aufeinandergepressten Lippen ein Tablett trug, auf dem drei mit Cola randvolle Gläser standen. Gläser kippten, Cola floss. Der Junge brüllte »Mama! Mama!« und trat mit dem gefluteten Tablett in der Hand nach seiner Schwester, bis auch noch zwei Gläser auf dem Boden landeten und zerbrachen. Bruder und Schwester fingen beide an zu weinen. Eine Frau kam angerannt, die aussah, als würde sie gleich etwas Schlimmes tun. Aber sie riss sich zusammen. Sie nahm ihrem Sohn das Tablett aus der Hand und begann, Scherben aufzusammeln. Sie hatte dabei den gleichen angestrengten Mund wie eben noch der Junge. Der Junge und das Mädchen standen daneben und schluchzten fast synchron – übertrieben laut und theatralisch, so kam es Yeliz vor.

An jenem Vormittag vor fast genau zehn Jahren war es hier viel leerer und leiser gewesen, dachte Yeliz. Zum Glück, sonst wäre ich bestimmt weitergegangen und hätte mir woanders was zum Mittagessen geholt.

Kurz nach dem Auszug aus ihrer letzten WG in ihre erste eigene Wohnung hatte sie sich jenen Tag freigenommen, um Badezimmermöbel, Geschirr und diverse Küchenutensilien für das Loft zu kaufen, das ihre Mutter zum Weinen gebracht hatte.

Sie wusste nicht mehr, warum sie ausgerechnet einen Mittwoch gewählt hatte, einen ganz normalen Schultag, an dem kaum Kinder und keine Väter im Restaurant gesessen hatten.

Morten war sicher, vor und hinter ihnen in der kurzen Schlange vor der Köttbullar-Ausgabe hätten mehrere alte Männer gestanden, von denen klar gewesen sei, dass sie zu Hause niemanden (mehr) hatten, der (die) ihnen ein Mittagessen machte. In Yeliz' Erinnerung hatte die Schlange vor allem aus Hausfrauen in den Wechseljahren bestanden, die ihre Vormittage damit verbrachten, noch mehr Grünpflanzen und Sofakissen zu kaufen. Woran sie sich beide genau erinnerten, waren drei junge Mütter, deren Gespräch man entnehmen konnte, dass sie schon den ganzen Vormittag im Restaurant verbracht hatten. Offenbar hatten sie erst ihre Kleinkinder im Småland abgegeben und sich bei Kaffee satt in Ruhe in Rage geredet über ihre Partner, die sich gar nicht, viel zu wenig oder nur, wenn man es ihnen sagte, um Kind und Haushalt kümmerten. Am Mittag dann waren die Kinder vom vielen Spielen hungrig und quengelig und die Mütter vom vielen Klagen verbittert und missmutig.

Die einzig Vergnügten in der Schlange waren Morten und Yeliz gewesen.

Vielleicht deshalb, vielleicht auch, weil sie beide Mitte dreißig waren und aussahen, als hätten sie ihre Kleidung in denselben Urban-Streetwear-Läden gekauft, hielt die Frau hinterm Tresen sie für ein Paar. Sie hatte einen praktischen grauen Bürstenhaarschnitt, ein lila Brillengestell und die Neigung, sich in fremde Angelegenheiten einzumischen.

»Ja? Bitte?« Die Tresenfrau guckte streng und benutzte den leeren Teller in ihrer Hand als Metronom, mit dem sie das Tempo vorgab, in dem man bei ihr Essen zu bestellen hatte (Allegro).

»Einmal Pommes mit Erbsen, bitte«, sagte Yeliz.

»Sonst nichts? Keine Köttbullar?«

»Nein, danke. Die sind doch mit Schweinefleisch, oder?«

»Sie sagen es«, erwiderte die Tresenfrau. Sie nahm den Mann ins Visier, der neben Yeliz stand, und erhöhte das Tellertempo auf Presto. »Und der Herr?«

»Für mich Köttbullar, bitte, also Pommes mit Köttbullar, eine kleine Portion.«

»Klein? Für so einen großen Mann?«, fragte die Tresenfrau Yeliz und schaute missbilligend durch das lila Brillengestell.

»Ja, ich möchte eine kleine Portion und – halt, Entschuldigung – ohne Soße, bitte. Danke.«

Yeliz überlegte, was für einen Akzent er hatte. Holland oder irgendwas Skandinavisches. Als sie zu ihm guckte, guckte er weg. Er war tatsächlich groß und hatte blonde Haare, von denen nicht klar war, ob sie aus Absicht oder Nachlässigkeit so aussahen, als wäre er nach einer stürmischen Schiffsfahrt von Bord und direkt zu Ikea gegangen.

»Hier, einmal Pommes mit Erbsen ohne Schwein. Und hier, einmal eine kleine Köttbullar ohne Soße für die Herrschaften.« Die Tresenfrau knallte die Teller auf die Essensausgabe. »Gleich beide so krüsch macht die Liebe aber ganz schön kompliziert, was?«

»Was bedeutet krüsch?«, fragte der Blonde.

Er guckte Yeliz an, sie guckte ihn an.

»Dass man sehr wählerisch ist beim Essen«, sagte sie.

Die Farbe seiner Augen war ungewöhnlich. Ein helles, fast silbriges Grau, umgeben von dunklen, dichten Wimpern und Lachfältchen.

»Na, Hauptsache, es schmeckt wenigstens«, sagte die Tresenfrau. »Dann man einen guten Appetit, und dahinten findet sich bestimmt noch ein Nachtisch, den Sie beide mögen, und wenn er Ihnen zu groß ist, junger Mann, dann teilen Sie ihn einfach mit ihrer hübschen Begleitung.«

»Danke für Ihre sehr guten Ratschläge«, sagte der Blonde.

»Da nich für.«

Überraschenderweise lachte die Tresenfrau plötzlich laut. Der Blonde lachte auch, und da musste auch Yeliz lachen.

»Ich wäre eventuell bereit, erst mal einen Tisch mit dem Herrn zu teilen«, sagte sie. »Das ist ja auch schon was.«

Als er nach dem Essen aufstand, um zwei Kaffee und zwei Stück Mandeltorte zu holen, wusste Yeliz, dass Morten Morten hieß, dass seine Eltern Dänen waren, er aber in Hamburg geboren worden war, elf Monate nach ihr. Als er elf war, war seine Familie nach Dänemark gegangen, wo er die Schule fertig und eine Ausbildung zum Tischler gemacht hatte. Vor fünf Jahren war er in seine Geburtsstadt zurückgekehrt und hatte sich hier selbstständig gemacht.

So hatte es vor fast einem Jahrzehnt angefangen zwischen ihnen.

Jemand streifte Yeliz und murmelte »Verzeihung«. Sie ging weiter, die Treppe hinunter, holte einen Wagen aus dem Einkaufswagenspender, steuerte schnurstracks das Serviettenregal an, dann verließ sie die Geschirr- und Küchenabteilung.

Sie schob den Wagen so schnell wie möglich, ohne nach links und rechts zu den Jalousien, Vorhängen, Kissen, Wolldecken und Bettwaren zu schauen. Nur bei der Bettwäsche wurde sie schwach, sah sich um und nahm prompt zwei preisreduzierte Sets rosa geblümte Bettwäsche mit, für ihre Nichten, die alles liebten, was rosa oder geblümt war und am allermeisten alles rosa Geblümte. Nach dem Badezimmerzubehör und den Aufbewahrungssachen kam auch schon die Lampen- und Elektroabteilung, wo sie die Aufladekabel für Tille einpackte. Gleich danach die Kerzenabteilung. Es gab keine grünen Tafelkerzen, sie nahm die lilafarbenen und hoffte, dass Almut die auch mögen würde. Von den Kerzen aus fräste sie sich weiter Richtung SB-Halle. Sie wich diskutierenden Studentenpärchen und mit

Brätern, Fußmatten, Klobürsten und Wickelkindern beladenen Einkaufswagen aus und verkniff es sich, ihren eigenen Wagen in die Waden einer fünfköpfigen Familie zu rammen, die sich mitten im Teppich-Hauptgang um einen Ikea-Katalog versammelt hatte.

Vor der Kasse musste sie ziemlich lange warten, aber hinter der Kasse sparte sie Zeit, weil sie diesmal keine Tiefkühl-Köttbullar für Morten kaufte. Montag in einer Woche feierten sie ihr Zehnjähriges, dann würde er selbst Köttbullar machen, für sie beide. Das tat er immer an ihrem Kennenlerntag – nach einem Rezept seiner schwedischen Großmutter, aber extra für sie aus gemischtem Rinder- und Lammhack. Yeliz brauchte für ihre Erledigungen knapp fünfzig Minuten. Dann war sie wieder draußen.

Morten und sie hatten damals Stunden bei Ikea verbracht.

Sie hatten ewig im Restaurant gesessen und waren danach zusammen durch die Markthalle gelaufen. Sie hatte ihn bei der Auswahl eines Duschvorhanges beraten. Er hatte ihr den Spiegelschrank ausgeredet, den sie eigentlich hatte kaufen wollen, und versprochen, ihr etwas Schöneres zu bauen. Es war schon kurz nach vier gewesen, als sie auf dem Parkplatz gestanden und sich verabschiedet hatten.

»Tak for i dag!«, hatte Morten gesagt.

»Was heißt das?«

»Danke für den Tag.«

Als sie sich fünf Abende später vor dem Kino trafen, sagte er zur Begrüßung: »Tak for sidst!« (Danke fürs letzte Mal.)

»Bedanken sich alle Dänen ständig für alles? Oder bist du ein besonders seltsamer Däne?«

»Das machen alle Dänen so«, behauptete Morten.

Sie sahen ›Inglourious Basterds‹, und Yeliz stellte fest, dass Brad Pitt ein bisschen aussah wie Morten. Als sie sich vor der winzigen Bar am Pferdemarkt küssten, hatte Yeliz zu viel Gin

Tonic getrunken. »Tak for aften! Danke für den Abend«, verabschiedete er sich.

Am Wochenende danach hatte sie das erste Mal mit ihm geschlafen, da war sie stocknüchtern gewesen. »Tak for Süperseks«, hatte sie am nächsten Morgen gesagt.

Sie sagte es immer noch.

Manchmal.

Das letzte Mal war ziemlich lange her. Sie hatten in den vergangenen Monaten selten miteinander Sex gehabt, seltener jedenfalls als früher. Zu selten, fand Morten. Sie gab ihm recht, aber es beunruhigte sie nicht.

Es gab halt so Phasen.

Sie war sich sicher, ihn noch zu begehren, sie hatte häufig Lust auf ihn. Sie brauchte ihn sich nur vorzustellen, seinen Körper, seinen Geruch, die Geräusche, die er machte. Das Problem war, dass die Lust vor allem tagsüber auftauchte, im Büro oder im Auto, wenn sie Grund hatte, sich Morten vorzustellen, weil er nicht bei ihr war. Abends machte sie sich rar, die Lust, jedenfalls unter der Woche. Wenn sie von der Arbeit nach Hause kam, war sie oft noch gestresst. Sobald sie einigermaßen runtergekommen war, meldete sich der Hunger. Und sobald sie satt war, wurde sie müde. Eigentlich schliefen sie nur noch samstags oder sonntags miteinander.

Wenn überhaupt.

Auf dem Weg zurück nach Hause nahm Yeliz sich vor, sich dieses Wochenende ganz auf ihre Beziehung zu konzentrieren und frühestens Montag im Büro wieder nachzuschauen, wie viele Views der Babybrei-Spot inzwischen hatte. Es war sowieso unwahrscheinlich, dass da noch groß was passierte. Solche Videos verbreiteten sich entweder schnell, sobald sie online waren, oder gar nicht, weil die Algorithmen sie als uninteressant einstuften, wenn sie nicht sofort viele Reaktionen provozierten. Außerdem hatte Morten recht, sie musste auch mal abschalten.

Am Abend waren Morten und sie eingeladen zu einer Party, für die alle Gäste einen Büfettbeitrag beisteuern sollten. Sie wollten vegetarische Dolma mitbringen. Morten hatte die Zutaten besorgt, er packte die Einkaufstaschen gerade aus, als Yeliz nach Hause kam. Sie umschlang ihn von hinten und legte ihr Kinn auf seiner Schulter ab.

»Hast du auch die richtigen Paprika gekauft?«

»Natürlich, ich bin ja nicht lebensmüde.« Morten winkte mit einer grünen Paprika. »Was anderes würde ich mich niemals trauen. War voll?«

»Ja, furchtbar, aber egal. Wollen wir die Dolma jetzt gleich machen?«

Morten öffnete die Schoten und befreite sie von Kernen und Fasern. Yeliz schälte den Knoblauch und die Zwiebeln und hackte Petersilie und Tomaten. Die Sonne schien in die Küche, es roch nach Paprika, Olivenöl und Kumin. Morten hatte Musik angemacht und summte leise mit. Es tat gut, hier mit ihm zu sitzen und den Alltag zu teilen. Es war gut, dass sie ihn hatte. Es war so gut, dass plötzlich alles gut war. Es war das, was sich alle wünschten, die es nicht hatten. (Alle außer Tille, angeblich.)

»Was hältst du davon, wenn wir noch schnell ein paar Tage wegfahren, bevor die Sommerferien anfangen? Ans Meer?«, schlug Yeliz vor.

Morten reagierte unerwartet unbegeistert. »Glaub nicht, dass man da so kurzfristig noch was Nettes bekommt.«

»Dann halt nichts Nettes, sondern was Umwerfendes. In den richtig teuren Hotels ist doch immer noch irgendwo irgendwas frei. Meerblick und Massage und Fünf-Gänge-Menüs mit Jakobsmuscheln, herrlich.« Yeliz konnte sich plötzlich nichts Schöneres vorstellen.

»Weiß nicht. Ich brauche so einen Luxus eigentlich nicht.«

»Das ist die Definition von Luxus, dass man ihn nicht

braucht. Deine handgetischlerten, individuell entworfenen Dänendesignmöbel braucht auch keiner, aber die Leute kaufen sie trotzdem. Zum Glück. Sonst gäbe es ja nur noch Ikea. Was ist los?«

»Nichts. Was soll los sein?«

Er war so komisch.

»Du bist so komisch.«

»Nein. Ich find's einfach Quatsch, so viel Geld auszugeben, nur weil dir auf einmal einfällt, dass du Urlaub brauchst. Mit ein bisschen Planung geht das doch auch billiger.«

»Es liegt am Geld? Sag das doch einfach. Warum sagst du das nicht einfach?«

»Na gut, Yeliz, es liegt am Geld.« Wenn er auf diese Weise Yeliz sagte, fand er sie doof, aber so war das eben, wenn man so lange zusammen war. Man fand sich manchmal gegenseitig doof. Kein Grund, sich einschüchtern zu lassen.

»Hat dieser Vennemahn immer noch nicht gezahlt?«

»Nein.«

»Bist du in den Miesen? Ich hab dir doch gesagt, ich kann dir was überweisen.«

»Ich weiß. Ich sag dir schon, wenn ich Geld brauche, aber noch geht's. Es reicht nur gerade nicht für ein Luxushotel.«

»Dann bezahle ich. Ich lade dich ein. Ich schenk's dir, zu unserem Zehnjährigen!« Wieso war sie nicht gleich darauf gekommen?

»Nein, Yeliz, ich mag das nicht.«

»Was magst du nicht?«

»Können wir nicht einfach gucken, ob wir was Einfacheres finden, und sonst machen wir es uns halt hier schön?«

»Na gut.« Es hatte keinen Zweck, ihn überreden zu wollen. Er war wild entschlossen, sich nicht überreden zu lassen. Und sie war wild entschlossen, ihn wissen zu lassen, dass sie das scheiße fand: »Aber weißt du, was nervt? Von mir willst du dich nicht einladen lassen, weil das unter deiner Würde ist, aber wenn es um deinen Job geht, vergisst du deine Würde in null Komma nix. Da lässt du dich von diesem Vollidioten über den Tisch ziehen wie so ein kleiner Schuljunge.«

»Ich habe mich nicht über den Tisch ziehen lassen.«

»Doch. Der Typ ist ein Schwein. Der weiß genau, was er tut, das ist doch sonnenklar.« Yeliz wünschte, sie könnte erzählen, was sie noch alles wusste über Vennemahn. Dass das nicht ging, machte sie noch fuchsiger, als sie sowieso schon war. »Aber du hast ihm vertraut wie irgend so einem Uralt-Kumpel. Mach's doch das nächste Mal einfach umgekehrt, ja? Vertraue mir und misstraue deinen Kunden. Dann muss ich es nämlich nicht ausbaden, dass du, keine Ahnung, zu cool und kreativ oder einfach nur zu gutgläubig bist, um dich um so öden Kram wie Geld zu kümmern und um einen Werkvertrag.«

»Du hast echt null Ahnung, Yeliz, aber egal, Hauptsache, du hast was, worüber du dich aufregen kannst.«

Sie regte sich doch gar nicht auf.

Sie war ganz sachlich.

Sie sprach nur aus, wie es nun mal war.

»Gib mir mal den Reis«, befahl sie ihm, um zu beweisen, wie wenig aufgeregt sie war und wie fokussiert auf die Sache, die es zu tun gab (Dolma). Sie füllte den Reis in die Paprikaschoten und schwieg, während das Selbstgespräch in ihrem Kopf immer lauter wurde, sodass kein anderer Gedanke mehr durchdringen konnte. Von wegen Morten machte sich nichts aus Luxus. Sein unbeschwerter Umgang mit Geld war der größte Luxus überhaupt. Das konnte sich nur leisten, wer nicht wusste, wie es war, zu wenig Geld zu haben.

Aptal, kafayı yemiş. Üff ya!

Sogar in Gedanken fluchte es sich besser auf Türkisch als auf Deutsch. Deutsch war die Sprache, die sie in der Schule gesprochen, in der sie Klausuren und Bewerbungen geschrieben hatte und in Konferenzen diskutierte, die Sprache der Bücher, der Arbeit und Behörden, die Sprache des Kopfes. Türkisch war die Sprache, in der sie gelernt hatte zu lieben, zu wüten, zu verzeihen und zu verzweifeln, ihre Muttersprache.

Eine halbe Stunde lang gingen sie einander aus dem Weg. Morten stellte den Geschirrspüler an, machte irgendwas am Computer, dann ging er nach unten, um sein Fahrrad zu putzen. Yeliz stopfte eine Waschmaschine, las Nachrichten auf dem Handy, schrieb ihren Eltern einen Gruß und guckte nach, wie es dem Babybrei-Spot ging. (Keine Besserung. Wenn das so weiterging, war er bald tot.) Erst danach fiel ihr ein, dass sie nicht mehr nach dem Spot hatte schauen wollen. Es war einfach passiert, reflexhaft, wie ferngesteuert. Schon seltsam, fast unheimlich, dieser Automatismus.

Nachdem sie sich wieder beruhigt hatte, ging sie mit Tee und Datteln runter in den Hinterhof. Sie stellte das Tablett auf den Mülltonnen ab und sah Morten ein paar Augenblicke zu, wie er die Zwischenräume zwischen den Fahrradspeichen blank wischte. Dann reichte sie ihm ein Teeglas und hielt ihm die Datteln hin. Er nahm sich eine, ein gutes Zeichen.

»Was machst du denn heute noch so?«, fragte Yeliz.

Natürlich wusste sie, was Morten heute noch machen würde. Er würde nachher mit ihr zu Jörgs Party gehen. Ihre Frage war gar keine Frage, sondern ein Angebot in einer jener für den Rest der Welt unverständlichen Geheimsprachen, die Menschen zu einer Gemeinschaft zusammenschweißten. (Kleinstmögliche Gemeinschaft: das Paar.) Der Satz leitete eine nur ihnen beiden vertraute Versöhnungszeremonie ein. Morten verstand und gab die richtige Antwort.

»Ich bin zu einer Party eingeladen. Willst du mit?«

»Total gerne«, sagte Yeliz. Mit das Beste an ihm war, wie wenig nachtragend er war. »Und wollen wir gleich noch Eis essen fahren mit dem Rad?«

»Aber bitte kein veganes Luxus-Eis. Was ganz Normales.«

Sie fuhren nach Planten un Blomen, wo sie im Japanischen Garten saßen und ihre Spaghetti-Eis-Becher leer kratzten. Yeliz streckte sich auf der Parkbank aus und legte ihren Kopf in Mortens Schoß. Er spielte an ihrem Ohr herum und amüsierte sich zum tausendsten Mal, seit sie hintereinander in der Köttbullarschlange gestanden hatten, darüber, wie weich es war. Sie sagte, was sie ihm die ganze Zeit hatte sagen wollen, weil sie das Gefühl hatte, es noch mal sagen zu müssen.

»Morten, wenn du Geld brauchst, sagst du's mir, okay?«

»Nee, Baby, das tu ich ganz sicher nicht nach dem, was du mir heute Morgen an den Kopf geworfen hast.«

Ihr war nicht klar, ob er das ein bisschen lustig oder total ernst meinte, aber sie hatte keine Lust, nachzufragen. Es war alles so friedlich gerade.

Die Party abends war nett. Alle schwärmten von ihren Dolma und dem selbst gebackenen Fladenbrot, das sie auch noch mitgebracht hatten, und am Ende wurde sogar getanzt.

Sonntag schliefen sie aus, hatten kurz Sex (endlich mal wieder) und frühstückten danach lange, lecker und gemütlich. Nachmittags ging Yeliz laufen. Während sie lief, fiel ihr auf, dass sie es geschafft hatte, seit gestern nicht mehr nach dem Babybrei-Spot zu gucken. Dieser Erfolg beflügelte sie so, dass sie die Strecke so schnell lief wie lange nicht mehr.

Als sie zurückkam, hörte sie Morten reden.

»Super, das ist toll, danke. Ja, nächstes Wochenende reicht dicke, mach dir bloß keinen Stress.« Als sie ins Wohnzimmer kam, wo er auf dem Sofa saß und telefonierte, lächelte er und schickte ihr einen Luftkuss. »Gut, Jorge, ich muss jetzt Schluss machen. Tusind tak. Ich melde mich bei dir, ja? Und liebe Grüße an Marie, auch von Yeliz. Viel Spaß noch, macht es euch schön.«

»Hat sie endlich ihre Pärchen-Quality-Time bekommen?« Yeliz setzte sich neben ihn, verschwitzt und immer noch ein bisschen außer Atem. Sie trank die Wasserflasche, die sie aus der Küche mitgebracht hatte, in einem Zug leer.

»Und wie. Sie sind gerade eine Woche auf Malle. Guck mal, ich habe was total Nettes entdeckt, auf dem Darß.«

Morten schob die Kontoauszüge und die bedruckten Blätter, die auf dem Sofatisch lagen, zu einem Haufen zusammen und drehte ihn um. Dann klappte er den Laptop auf und zeigte ihr, was er gefunden hatte. Etwas nicht so Teures, trotzdem Schönes. (Zum Seelebaumelnlassen.)

Die Verführungskraft von Feinbrot mit Schmelzkäse

Der zweite Todestag ihrer Mutter lag drei Tage zurück. Weil Tille am Donnerstag hatte arbeiten müssen, besuchten sie sie erst heute, am Sonntagnachmittag. Ihr Vater stand mit hängenden Armen rechts neben ihr und betrachtete schweigend das Grab. Links stand Jan, die Hände vor dem Körper übereinandergelegt, feierlich und verlegen.

Auf dem Friedhof kam ihr ihre Mutter noch toter vor als sonst, denn dort stand dunkel in einen hellgrauen Stein gemeißelt: »Elisabeth Seyboldt, geb. Mensendieck, 3.3.1943–13.6.2017«. Das war eine Inschrift, die keinerlei Spielraum ließ für spirituell aufgeladene Interpretationen, fand Tille. Sie vor Augen zu haben hieß, sich der Tatsache beugen zu müssen, dass das Leben ihrer Mutter nicht nur einen Anfang gehabt hatte, sondern auch ein Ende.

Sie war weg, es gab sie nicht mehr.

Elisabeth Seyboldt war plötzlich gestorben, an einem herrlichen Tag im vorletzten Frühsommer, als niemand mit dem Tod gerechnet hatte. Nach dem Beerdigungskaffee hatte Tille ihren Vater nach Hause gefahren. Sie hatte ein Bier und zwei Gläser geholt und sich zu ihm in die Essecke gesetzt, unter das schlichte Holzkreuz. Erst in diesem Moment war es ihr aufgegangen: »Jetzt sagt keiner mehr Ottilie zu mir.«

»Mutti hat darauf bestanden, dich so zu nennen«, hatte ihr Vater gesagt. »Sie hat gedacht, es würde unsere Eltern versöhnen, mit dir und mit uns, wenn wir dich nach deinen Großeltern nennen.« Friedrich Seyboldt drehte sein Bierglas erst im Uhrzeigersinn, dann in die andere Richtung. Die Worte, die er brauchte, um die Geschichte ihrer Zeugung zu erzählen, fand er im groben Webmuster der blassgelben Tischdecke, die seine Frau am Morgen ihres Todes auf dem Esstisch ausgebreitet hatte.

Tille hörte sie zum ersten Mal.

Als die Geschichte aus dem Mund ihres trauernden Vaters zur Welt gekommen war, war sie knapp und ernst gewesen. Im Laufe der Zeit und je öfter Tille sie selbst erzählt hatte, war sie immer länger und lustiger geworden, voller Details, von denen sie nicht mehr wusste, ob sie von ihr frei erfunden oder ob sie Ausschmückungen waren von etwas, das ihr Vater zumindest angedeutet hatte. Die Geschichte, die Tille auch Almut und später Yeliz erzählt hatte, ging so:

Als Friedrich Seyboldt und Elisabeth Mensendieck einander auf einer Herbstwanderfreizeit für ledige Christen im Sauerland begegnet waren, hatten sich beide schon fast damit abgefunden, dass Gott ein eheloses Leben für sie vorherbestimmt hatte. Er war dreiunddreißig und Buchhalter bei den Von Bodelschwinghschen Anstalten. Sie war siebenundzwanzig und Kinderkrankenschwester im Kinderhospital Osnabrück. Elisabeth verlor ihr Herz an Friedrich, als sie am zweiten Wandertag ihren Proviant im Freizeitheim vergaß und er ihr sein Tütenfeinbrot mit Schmelzkäse schenkte. Er verlor sein Herz an sie, als er bei der Abendandacht während der wie immer weltumspannenden Fürbitte in die Runde blinzelte und bemerkte, dass sie ihn ansah. Den Rest der Woche benötigten beide ihre volle Konzentration, um einander nicht unaufhörlich anzustarren. Das klappte am besten, wenn sie nebeneinander wanderten und sich über ihre Lieblingsbibelstellen unterhielten. Nach der Rückfahrt, als sie sich vor dem Reisebus die Hände reichten, traute sich Friedrich, nach Elisabeths Telefonnummer zu fragen.

Abgesehen von ein paar lächerlich gesitteten Tändeleien während ihrer Jugendgruppenjahre hatten sie so wenig Erfahrung mit der Liebe (keinerlei), dass sie sich ihr, als sie wie ein lang herbeigesehnter, vielfach angekündigter, aber niemals aufgetauchter Besuch doch noch in ihr Leben platzte, völlig kopflos hingaben. Kaum hatte Elisabeth das erste Mal Friedrichs Junggesellenwohnung betreten, fielen sie in stillem Einvernehmen übereinander her. Danach flehte jeder für sich allein, aber fast ebenso leidenschaftlich um Vergebung und um die Kraft, dem Satan und seinen Versuchungen beim nächsten Treffen widerstehen zu können.

Gott erhörte ihre Gebete nicht.

Weil es Sünde war, was sie wieder und wieder miteinander taten, war es ihnen unmöglich, über Verhütung auch nur nachzudenken, geschweige denn zu sprechen. Zu verhüten hätte bedeutet, dass sie vorsätzlich sündigten. Warum hätte Gott ihnen das jemals vergeben sollen?

Ende November blieb Elisabeths Regel aus.

Friedrich teilte Mutter und Vater mit, er wolle ihnen seine Verlobte und deren Eltern vorstellen. Ein Adventskaffeetrinken im Seyboldt'schen Wohnzimmer wurde arrangiert, und sowohl in einem Pastorat im Süden Bielefelds als auch in einem Dorf bei Detmold wurde der Herr gepriesen, der den beiden Kindern in seiner unendlichen Güte sehr verspätet, aber womöglich noch nicht zu spät einen geeigneten (frommen) Ehepartner geschenkt hatte. Die Begeisterung fand ein jähes Ende, als sich Friedrich, nachdem er fünf Vanillekipferl auf einmal genommen und sie auf dem Kuchenteller zu etwas Blumenartigem angeordnet hatte, gestand: »Wir müssen euch noch etwas sagen.«

Elisabeths Mutter murmelte: »Ein Kind der Sünde!« Ihr Vater blickte düster. Friedrichs Mutter schluchzte in ein Stofftaschentuch, während Pfarrer Seyboldt, ihr Ehemann, stimmgewaltig aus den Sprüchen Salomos zitierte: »Wer die Lehre bewahrt, ist ein verständiger Sohn. Wer aber der Schlemmer Geselle ist, macht seinem Vater Schande!« Doch alles irdisch-elterliche Jammern und Klagen half nichts. Friedrich hatte Elisabeth vernascht, sie hatte sich vernaschen lassen, und Gott hatte es gefallen, aus ihrer beider Schwäche ein neues Leben entstehen zu lassen.

Das Paar wurde eilig von Tilles Großvater in kleinem Kreise getraut, nachdem es noch eiliger standesamtlich geheiratet hatte. In die Trauringe ließen Elisabeth und Friedrich das Datum ihres Kennenlernens eingravieren und erklärten es zu ihrem offiziellen Hochzeitstag, vor sich selbst und vor dem Kind, das sieben Monate später zur Welt kam.

Wäre sie ein Junge, hätte sie Traugott Hermann geheißen. Weil sie ein Mädchen war, wurde sie auf den Namen Ottilie Friedhilde getauft.

Freundliche Wolken schoben sich voreinander, die Sonne zierte sich, ein kleiner Wind streifte schüchtern durch die jungen Blätter an den Bäumen und Büschen ringsum. Der Flieder neben dem Grab ihrer Mutter hatte dieses Jahr das erste Mal Blüten getragen, aber Tille hatte den Anblick verpasst, sie waren schon zu braunen Gerippen verblüht.

Sie starrte auf den Grabstein und dachte daran, wie Almut gelacht hatte über die Geschichte. Und sie dachte an Yeliz, die nur mitfühlend gelächelt hatte, als sie sie hörte, damals an ihrem ersten gemeinsamen Abend, in der Bar nach der Salsa-Party. Yeliz war einer der wenigen Menschen, die verstanden, dass es auch eine traurige Geschichte war. Die Geschichte war auch der Grund, warum Jan Jan hieß und nicht Lovis, Kurt, Brandon oder Josef, wie die anderen Jungs in Jans Klasse. Jan war der beliebteste Vorname im Jahr vor seiner Geburt gewesen, genau deshalb hatte Tille ihn ausgesucht. Weil es nur ein Name war, ein Allerweltsname. Keine von den Eltern aufgehalste Bürde, für die er sich verspotten lassen und schämen müsste, so wie sie selbst es erlebt hatte.

Bis zur Einschulung war ihr nicht aufgefallen, wie peinlich es war, Ottilie (Friedhilde) zu heißen. Sie war nicht in den Kindergarten gegangen. Im Kindergarten, so hatte ihre Mutter erklärt, waren nur Kinder, mit denen man Mitleid haben musste, weil die Väter so wenig verdienten, dass auch die Ehefrauen arbeiten mussten. Oder, noch schlimmer, weil die Mütter geschieden, verwitwet oder Emanzen und darum Rabenmütter waren.

Die Seyboldts lebten in einem in der Nachkriegszeit aus rotem Backstein errichteten Wohnblock. Ihre beste Freundin war Martina, die unter ihr wohnte. Außer Martina gab es innerhalb ihres Vorschulradius noch unzählige andere Kinder, mit denen sie draußen spielte, sobald es trocken war, und es gab die Jungen und Mädchen in der Gemeinde, mit denen sie in den Kindergottesdienst ging. Keines dieser Kinder hatte sich je an ihrem Namen gestört, vielleicht weil er für sie so vertraut war wie für Tille selbst. Doch dann kam sie in die Schule.

Nach der Einschulungsfeier führte die Lehrerin ihre neue Klasse aus der Aula in den Klassenraum, vorbei an Glasvitrinen, in denen die höheren Stufen ihre selbst getöpferten Aschenbecher und Ton-Igel mit Stacheln aus Zahnstochern ausstellten. Über die Hälfte ihrer Mitschülerinnen und Mitschüler hatte Tille noch nie gesehen. In der Klasse las die Lehrerin noch mal die Namen aller vor und wies ihnen ihre Plätze zu. Bei »Ottilie Seyboldt« fingen einige der fremden Kinder an, erst zu tuscheln, dann laut zu gackern.

So ging es Monate, bis Gunnar ihr auf dem Schulhof hinterherrief: »Ottilie, besorgst du mir ein Otto-Autogramm?« Bald darauf klebte ein Blatt Papier auf ihrem Pult mit einem Elefanten mit gewelltem Rüssel, zu großen Augen und zu kleinen Ohren drauf. Martina erklärte ihr, wer Otto war und was er mit dem Elefanten zu tun hatte. Martina wusste solche Sachen, anders als Ottilie, bei der es zu Hause keinen Fernseher gab und im Radio immer nur der Evangeliums-Rundfunk lief oder auf dem Plattenspieler Musik, die mit Gott zu tun hatte, Bach oder Manfred Siebald. Otto war berühmt, weil er die Leute zum Lachen brachte, und dazu, dass er so komisch war, passte anscheinend auch sein Name.

»Sag mal ehrlich.« Ottilie suchte in der Naschtüte, die sie sich für vierzig Pfennig beim Bäcker gekauft hatte, nach dem sauren Schnuller. »Findest du meinen Namen auch so komisch?« Martina biss das abgerollte Ende einer Lakritzschnecke ab und schaute sie nicht an. »Meine Uroma hat so geheißen, hat Mama gesagt. Aber das wusste ich ganz lange nicht, weil sie alle immer nur Tilly genannt haben.«

Dass man sich anders nennen lassen konnte, als man hieß, war noch eine Erkenntnis, die sie Martina zu verdanken hatte. Tilly klang aber zu sehr nach dem dummen Willi. Die ganze Klasse hatte ›Biene Maja‹ geguckt, Ottilie nur ab und zu, heimlich, bei Birgit oder Tanja. Unten bei Martina war zu auffällig. »Wenn du meine beste Freundin bist, musst du mir einen Gefallen tun«, sagte Tille. Martina guckte besorgt unter ihrem linealgerade geschnittenen Pony: »Was denn?«

»Sag ab morgen nur noch Tille zu mir. In der Schule. Immer. Auch wenn wir nachmittags spielen. Und bei dir und mir zu Hause. Und wenn dich jemand fragt, wie ich heiße, sagst du auch: Tille.«

Sie hatte gestaunt, wie schnell die anderen ihren richtigen Namen vergessen hatten. Selbst die, die ihn jahrelang benutzt hatten, auch die Klassenlehrerin. Es war ein bisschen so, als hätten alle nur darauf gewartet, sie endlich nicht mehr Ottilie nennen zu müssen. Sogar ihr Vater hatte irgendwann nur noch Tille gesagt. Nur ihre Mutter hatte sie weiter Ottilie genannt.

Bis zuletzt.

Ihr Vater hatte inzwischen die Augen geschlossen und die Hände gefaltet, seine Lippen bewegten sich kaum sichtbar und lautlos. Ihn störte es nicht, vor ihr zu beten; früher, als sie ein Kind war, hatten sie täglich zusammen gebetet. Aber seit sie beim Beten nur noch Zuschauerin war, schon sehr lange also, fühlte sie sich immer überflüssig, wenn er mit Gott sprach. Sie streichelte Jan über die Wange und war ihm dankbar, dass er nicht zuckte. »Komm«, flüsterte sie ihm ins Ohr. »Wir gehen schon mal zum Auto.«

Der Friedhof tarnte sich als prächtiger, weitläufiger Park, aber Tille hatte keine Lust, noch spazieren zu gehen, wie sie es sonst manchmal taten bei schönem Wetter. Jan krabbelte auf die Rückbank und spielte auf dem Handy. Tille setzte sich hinters Steuer, ließ das Fenster runter und überlegte, was ihr Vater dort wohl noch tat, am Grab ihrer Mutter. Vielleicht redete er auch mit ihr? Über ihre gemeinsamen Geheimnisse? Sie beobachtete ein Rotkehlchen und erschrak fast, als sie von hinten angesprochen wurde.

»Vermisst du Oma eigentlich manchmal?«

»Ja. Manchmal. Ich weiß nicht. Ich glaube, ich bin die meiste Zeit damit beschäftigt, ihr nicht böse zu sein, dass sie so plötzlich gestorben ist.«

»Was meinst du damit?«

»So ohne Vorwarnung. Sie ist auf einmal verschwunden. Und hat all die Antworten mitgenommen auf die Fragen, die ich ihr gerne noch stellen würde.«

»Was für Fragen denn?«

Jahrelang hatte Jan nicht mehr mit ihr geredet. Warum fing er ausgerechnet in diesem Augenblick damit an?

»Fragen nach ganz früher und so.«

Jans Aufmerksamkeit kehrte zum Handy zurück. Tille überlegte, wann sie ihren Vater das letzte Mal ohne die beige Allwetterjacke gesehen hatte, die er nur auszog, wenn sein Außenthermometer unter null oder über fünfundzwanzig Grad anzeigte. Nachdem er ihr nach der Beerdigung, unter dem Holzkreuz sitzend, die Geschichte ihrer Namensgebung erzählt hatte, hatte sie gefragt:

»Und warum hast du mir das nicht viel früher gesagt?«

»Deine Mutter war dagegen.«

»Aber warum? Sie muss doch was dazu gesagt haben.«

»Nein. Sie wollte das so, und ich habe das respektiert.«

Für ihren Vater war das eine Erklärung gewesen, für Tille nur ein weiteres unlösbares Rätsel aus dem Leben ihrer Eltern, die ihr wegen ihrer unerschütterlichen Überzeugungen immer fremder geworden waren, je älter sie geworden war. Der Glaube ihrer Eltern war wie eine dieser Glasscheiben in den Besucherräumen amerikanischer Gefängnisse, die die Inhaftierten von ihren Angehörigen trennte. Man konnte sich durch das Glas hindurch ansehen und miteinander reden, weinen und lachen. In Kinofilmen legten sie die Handflächen auf der Scheibe aufeinander und imitierten auf diese Weise Nähe. Aber sich wirklich berühren, einander Wärme spenden, festhalten oder auch wehtun, das konnte man nicht.

Der einzige Streit, den ihre Eltern jemals in Tilles Gegenwart ausgefochten hatten, hatte sich daran entzündet, dass ihre Mutter die alte Winterjacke ihres Vaters an die Heilsarmee gespendet hatte, ohne sein Einverständnis einzuholen. Stets opferbereit und sehr bescheiden hatte Elisabeth Seyboldt nie nur Kleingeld in die Kollekte gegeben, sondern immer auch einen Schein. Dabei waren ihre Eltern wahrlich nicht reich gewesen. Was Tille jedoch am meisten gequält hatte, war die duldsame

Güte ihrer Mutter gewesen. Egal wie lange sie ausgegangen war und wie oft sie den Gottesdienst verschlafen hatte, nie hatte ihre Mutter die Stimme erhoben. Selbst als Tille aufgehört hatte, die Tischgebete mitzusprechen, und immer öfter woanders übernachtet hatte, hatte sie sich nur dann und wann den Hinweis erlaubt: »Es ist deine Seele, gib acht auf sie.« Wie viel leichter wäre ihre Jugend gewesen, wie viel unbeschwerter ihr Gewissen, wenn sie gewusst hätte, dass ihre Mutter nicht immer eine Heilige gewesen war.

»Wann kommt Opa mal endlich?« Die übellaunige Männerstimme passte nicht zu Jans kleinkindhaft mürrischem Jungengesicht in Tilles Rückspiegel.

»Jetzt«, antwortete Tille.

Dass ihr Vater sein Zwiegespräch mit wem auch immer beendet hatte, erkannte sie daran, dass er dem Grabstein andeutungsweise auf die rechte, abgerundete Ecke klopfte wie auf eine Schulter. Dieses angedeutete Schulterklopfen war das einzige körperliche Ausdrucksmittel für Verbundenheit, über das er verfügte. Als sie noch ein Kind gewesen war, hatte er ihr oft Küsse gegeben. Gutenmorgen-, Gutenacht-, Willkommens- und Abschiedsküsse. Als ihre Brüste zu wachsen begonnen hatten, hatte er damit aufgehört und nur noch ihre Schultern beklopft, und sie hatte diese Veränderung hingenommen als eine unter tausend unbegreiflichen Veränderungen, die in dieser Zeit stattfanden.

Ihr Vater, Jan und sie fuhren in die Konditorei, in der es die beste Nuss-Marzipan-Torte der Gegend gab, Jans Lieblingskuchen. Es war schon spät.

»Es ist kein Nuss-Marzipan mehr da«, maulte Jan.

Kein Nuss-Marzipan mehr da, war der Super-GAU. Es bedeutete, dass Jan mit dem leeren Gesichtsausdruck eines Menschen, der soeben jeden Lebenssinns beraubt worden war, vor einer Apfelschorle hocken und stumm leidend verfolgen würde, wie Tille ein Stück Mohnstreusel aß und sein Großvater Schwarzwälder Kirschtorte.

Das war das Allerbeschwerlichste am Muttersein, dachte Tille, tausend Mal beschwerlicher als der ganze praktische Kram, den man ständig im Kopf behalten und erledigen musste. Dass die eigene Stimmung vollkommen abhängig war von der Stimmung des Kindes, ihr ausgeliefert, von der Sekunde seiner Geburt an bis in alle Ewigkeit. War das Kind unglücklich, war man es auch. Man konnte so tun als ob und tat es auch oft, um dem Kind oder sich selbst Stärke zu beweisen, aber wenn man ehrlich war, musste man zugeben: Es war unmöglich, den köstlichen Mohnstreusel zu genießen, den es in diesem Café gab, wenn der Sohn miese Laune hatte.

Aber Jan überraschte Tille schon wieder: »Dann nehme ich was anderes.«

Tille hatte nicht damit gerechnet, dass der Moment, in dem ihr halbwüchsiger Sohn erstmals auf eine Apfeltarte zeigte, sie fast so froh machen würde wie der, als er zum ersten Mal zwei Schritte alleine gelaufen war.

»Setz dich doch schon mal zu Opa.« Als sie vom Klo zurückkam, erkundigte ihr Vater sich gerade danach, wie es bei Jan in der Schule lief.

»Ganz gut.«

»Und diese Deutschlehrerin, die du nicht magst?«

»Habe ich immer noch.« Jan trank die Apfelschorle in einem Zug weg. »Kann ich noch eine?«

Ihr Vater sah sich nach der Bedienung um. Als sie Kind war, hätte er es ihr niemals erlaubt, zwei Getränke nacheinander zu bestellen. Niemals hätte er sich gemerkt, welche Lehrerinnen sie mochte und welche nicht.

»Immer noch? Das ist ja ärgerlich.«

»Aber ich weiß jetzt, wie die drauf ist. Man muss wissen, was die Lehrer hören wollen.« Jan grinste, Kuchenpampe quoll zwischen seinen Zähnen hervor. »Und dass man ein bisschen weiß, was in den Texten steht, die drankommen, ist auch nicht so schlecht, habe ich jetzt auch mal gemerkt.«

»Erst schlucken, dann reden«, sagte Tille zu Jan. Und zu ihrem Vater: »Jan hatte eine Drei minus in der letzten Deutscharbeit.«

»Ich schaffe sogar eine Vier plus im Zeugnis, wir haben letzte Woche die Noten bekommen.«

»Eine Vier plus?«, fragte Tille.

»Siehst du, wenn man sich anstrengt, schafft man auch was«, sagte ihr Vater.

»Safe. Wir haben sogar Rechtschreibung geübt.«

»Wer ist wir?«, fragte Tille.

»Eine anständige Orthografie ist das A und O«, sagte ihr Vater.

»Almut und ich.«

»Almut?«

»Ja, die gibt mir Nachhilfe.«

»Ist das eure neue Nachbarin?«, fragte Tilles Vater.

»Die wohnt da schon seit fast einem Jahr«, sagte Jan.

»Nachhilfe? Seit wann denn das?«, fragte Tille.

»Schon länger.«

»Was heißt länger?«

»Das ist ja nett von der Dame. Sie grüßt auch immer so freundlich«, sagte Tilles Vater.

Als sie das Café verließen, behauptete ihr Vater, mit Bus und Bahn nach Hause fahren zu können, protestierte aber nicht, als Tille darauf bestand, ihn zu fahren. Sie hielt vor dem Wohnblock, in dem sie aufgewachsen war, stellte den Motor aus und sah ihrem Vater dabei zu, wie er seinen Haustürschlüssel in den Taschen der Allwetterjacke suchte. Er hatte sich angewöhnt, sich vor jedem Abschied zu vergewissern, dass er die Schlüssel dabeihatte, ohne die er nicht mehr in die Wohnung kam, seit er dort alleine wohnte. Als er sie gefunden hatte, sagte er Tschüss und klopfte zweimal auf Tilles Knie. Jan, der ihm aus dem Wagen half, klopfte er auf die Schulter. Dann ging er, den Schlüssel in der Hand, Richtung Haustür, den von Liguster gesäumten Waschbetonplattenweg hinunter, auf dem Tille sich als Kind mindestens zehnmal die Knie aufgeschlagen hatte.

Sie sah ihm nach und dachte, dass die Liebe bis zum Tod ein kostbares Geschenk und andererseits eine unermesslich teure Sache war. Ganz am Ende musste einer von beiden sie mit einer Sorte Einsamkeit bezahlen, die sie ungleich furchteinflößender fand als das ihr vertraute Alleinsein. Tille machte Radio Hamburg an.

Ihr war nach Popmusik zumute, egal nach welcher.

»Wollen wir uns Burger holen?«, fragte sie.

»Im Ernst? Geil.« Jan saß jetzt auf dem Beifahrersitz.

»Wir müssen doch deine Vier plus feiern.«

Außerdem gab es zu Hause nichts, woraus sie etwas hätte kochen können. Fürs Frühstück und eine schnelle Nudelsoße war gestern noch genug da gewesen, deshalb hatte sie den Gedanken ans Sonntagabendessen beiseitegeschoben. Am Samstag über den Sonntag nachzudenken hätte bedeutet, einkaufen gehen zu müssen, aber sie war lieber auf dem Balkon sitzen geblieben, hatte weitergelesen und so getan, als gäbe es kein Morgen. Eine Sünde, wenn man eine Mutter war. Almut wäre das nie passiert, dachte Tille, während sie vor dem Hamburger-Restaurant auf zwei Chuck Norris Burger mit Süßkartoffelpommes und Trüffelmayo wartete. Almut hatte immer einen Plan. Almut war immer geduldig und hilfsbereit. Eigentlich war Almut auch eine Heilige.

Nach dem Essen klingelte Tille bei ihr.

»Komm rein!« Almut lächelte. »Möchtest du was trinken? Wie war es mit deinem Papa auf dem Friedhof?«

»Ganz okay. Aber ich bin ziemlich müde jetzt. Ich wollte nur kurz Danke sagen. Für die Vier plus.«

»Jan hat mir gestern geschrieben. Toll.«

»Also, danke für deine Hilfe.« Tille wäre wohler gewesen, wenn sie hätte anfügen können: Das wäre doch nicht nötig gewesen.

»Du musst dich nicht bedanken, das weißt du doch. Ich mache das doch gerne.« Almut kam der Frage zuvor, von der Tille nicht sicher war, ob sie sie überhaupt stellen sollte. »Ich habe die ganze Zeit überlegt, ob wir es dir nicht besser sagen sollen, aber Jan wollte dich unbedingt überraschen.«

»Das ist euch gelungen. Na, ich gehe mal wieder rüber.«

Er hätte nicht gewollt, dass sie sich Hoffnungen macht und dann umso enttäuschter ist, hatte Jan gesagt. (»Du hast doch schon genug Stress, bei der Arbeit und mit mir.«)

»Bist du mir böse?«, fragte Almut.

»Quatsch. Ich komme mir nur irgendwie –«

Wie hätte sie Almut böse sein können, nur weil sie Jans Vertrauen nicht enttäuscht hatte? Sie verriet ihr ja auch nicht, dass Hetti einen Freund hatte. Allerdings konnte man das eine nicht mit dem anderen vergleichen.

»Ach, egal. Es ist super, dass du Jan geholfen hast. Und ihr wollt auch nach den Ferien weitermachen, sagt er? Großartig, wirklich, danke.«

»Du bist doch auch für mich da, Tille.« Almut nahm sie in den Arm. »Du hörst dir meine ganzen elenden Männergeschichten an. Ich treffe mich übrigens Dienstag mit Sigrun. Mit der, die den Artikel übers Online-Dating geschrieben hat. Weißt du?«

Natürlich wusste Tille.

Seit diese Sigrun Almut geantwortet hatte, redete Almut ständig von ihr. Wie sehr sie sich darauf freute, Sigrun kennenzulernen. Wie gespannt sie war, was Sigrun ihr alles erzählen würde. Wie wichtig es für sie war, sich mit Sigrun auszutauschen. Dass Sigrun bestimmt nachvollziehen konnte, wie es ihr ging, weil sie eine ähnliche Erfahrung gemacht hatte wie sie. Almut hatte zu viel Zeit, sich über die Männer den Kopf zu zerbrechen, bestimmt ginge es ihr besser, wenn sie sich endlich mal einen richtigen Job suchen würde. Dann hätte sie es auch nicht nötig, ihr zu beweisen, dass sie die bessere –. Hör auf, unterbrach Tille sich, das ist ungerecht.

Als Tille Montagfrüh bei der Arbeit ankam, versuchte Adam Blaszczykowski gerade, sein Fahrrad an einen Laternenpfahl anzuschließen. Er stand mit dem Rücken zu ihr und kämpfte mit dem Schloss, das nicht so wollte wie er.

Er stieß einen verzweifelten Urlaut aus. »So ein Dreck!«

»Guten Morgen. Soll ich mal versuchen?«

Er drehte sich um. »Oh, hallo. Ja, gerne. Das Ding macht mich rasend. Ich muss mir unbedingt ein neues kaufen.«

Sie brauchte ziemlich lange, um das Schloss zu schließen, aber sie schaffte es. Sie betraten zusammen das Geschäftsgebäude, in dem sich ihre Praxen befanden.

»Sag mal, wo der Himmel dich mir geschickt hat«, sagte er, als sie vor dem Fahrstuhl standen. »Hast du zufällig Lust, heute Abend mitzukommen in die Elphi? Ich habe zwei Karten, Tymon wollte eigentlich mit, aber er kann doch nicht, hat er vorhin geschrieben.«

»Oh, das ist ja nett, dass du mich fragst«, sagte Tille.

Sie wollte schon immer mal in die Elbphilharmonie.

Sie wusste nicht, ob sie mit Adam hinwollte.

Sie konnte das nicht hier und jetzt entscheiden, so auf die Schnelle, vor dem Fahrstuhl stehend, kurz vor Beginn der Sprechstunde, unter Druck gesetzt von einem Flackern in Adams Augen, das verriet, wie super er seine Idee fand. Vielleicht war es ja wirklich eine gute Idee, aber um das herauszufinden, brauchte sie Bedenkzeit.

»Klar kannst du mir gleich Bescheid geben!«, sagte Adam. »Das Konzert fängt um neun an. Schick mir einfach eine Nachricht, wenn du in deinen Kalender geguckt hast.«

Frau Tespe war schon seit sieben in der Praxis, um alles hochzufahren, anzuschalten und vorzubereiten, was um Punkt acht einsatzbereit und griffbereit sein musste. Im Wartezimmer saßen schon die ersten zwei Patienten, im Labor standen schon die ersten zwei Urinproben, obwohl die Sprechstunde erst in zehn Minuten begann. Im Personalraum wartete der schon fertige Kaffee auf dem Tisch.

»Komme gleich!«, rief Frau Tespe, die hinter dem Tresen saß und das Fach für die Rezeptformulare auffüllte.

Tille schenkte sich schon mal ein.

»Entschuldigung«, sagte Frau Tespe zwei Minuten später, obwohl es weit und breit nichts gab, wofür sie sich hätte entschuldigen müssen. »Heute steht eigentlich nichts Besonderes an, nur – ich glaube, vielleicht sollten Sie das hier mal im Auge behalten. Wir haben schon wieder zwei sehr schlechte Bewertungen bekommen.«

Sie gab Tille das Praxis-iPad.

Unter der Überschrift »Für mich nicht die richtige Ärztin« beschwerte sich ein User (»gesetzlich versichert«) aus der Altersgruppe »über 50«, er habe sich bei Frau Seyboldt mit seinem urologischen Problem nicht gut aufgehoben gefühlt. Die Ärztin habe Fragen gestellt, die er als unsensibel empfunden habe, und ihm zu einer Behandlung geraten, die seiner Meinung nach auf fachliche Unfähigkeit schließen lasse. Tille musste an Jan denken, als sie die Gesamtnote der Bewertung sah, eine glatte Fünf. Sie überlegte, ob Herr Martens dahinterstecken könnte, der lustlose Ehemann des geschwätzigen Dickerchens, aber Herr Martens war nicht der Typ, der solche Bewertungen schrieb, er war zu gutmütig und phlegmatisch.

Ein zweiter User, ebenfalls über fünfzig, aber privat versichert, hatte ihr eine Vier-Komma-fünf gegeben: »Frustrierte Ärztin, gestresstes Personal!« Sie habe sich viel zu wenig Zeit genommen und nicht richtig zugehört, und auch das Personal sei ungeduldig und unfreundlich mit ihm umgegangen, obwohl er Privatpatient sei. Ob Frau Seyboldt wenigstens auf medizinischem Gebiet kompetent sei, könne er nicht beurteilen. Sie habe in menschlicher Hinsicht derart versagt, dass eine weitere Behandlung bei ihr für ihn nicht infrage komme, er habe einen einfühlsameren Arzt gefunden.

Die Bewertungen waren Ende letzter Woche an zwei aufeinander folgenden Tagen erschienen, fast textgleich auf drei verschiedenen Arztbewertungsportalen und wie üblich anonym. Sonst schrieb höchstens alle paar Monate jemand was, es war auch schon mal ein ganzes Jahr vergangen, ohne dass Tille bewertet worden war.

»Ach, da guckt doch sowieso niemand rein.« Sie gab Frau Tespe das iPad zurück. Sie war nicht bereit, sich zu ärgern. Sie hatte sich genug geärgert, mit Ärgern musste jetzt mal Schluss sein. Freitag hatte Frau Kovač angerufen und mitgeteilt, sie habe sich endlich mit Vennemahns Anwalt geeinigt. Sechstausend Euro war sehr viel Geld, aber ein Gerichtsverfahren würde sie noch viel mehr kosten, nämlich ihren letzten Nerv, also hatte sie eingewilligt.

Frau Tespe nippte am Kaffee, tippte auf dem iPad herum, murmelte »Oha« und sah wieder auf und zu Tille, mit so angestrengt hochgezogenen Augenbrauen, als wollte sie mit den Brauen auch die Augen heben, und zwar über den oberen Rand ihrer Lesebrille hinweg. So guckte Frau Tespe, wenn sie schlechte Nachrichten zu verkünden hatte.

»Die Bewertungen sind auch auf Google erschienen.«

»Verdammt.« Google war ein anderes Kaliber. Bei Google schaute jeder rein, der zum Arzt ging. Um herauszufinden, wann Sprechstunde war, wie die Telefonnummer lautete, wo die Praxis lag oder wie man dorthin kam. Jedes Mal, wenn jemand ihren Namen suchte, würden ihm ihre Bewertungen ins Auge fallen. Jetzt, nachdem zwei Ein-Sterne-Rezensionen hinzugefügt worden waren von einem M. K. und einem Fridolin, hatte sie nicht mehr vier von fünf Sternen, sondern nur noch drei Komma sieben. Aus ihrem Vorsatz, sich nicht zu ärgern, würde nichts werden. Diese Bewertungen ärgerten sie und nicht nur das. Sie flößten ihr Unbehagen ein, fast so was wie Angst, denn sie waren erfunden, da war sie sich auf einmal sicher. So systematisch ging nur vor, wer ihr schaden wollte.

Ihr Handy klingelte, eine Nachricht von Adam. »Hast du geguckt, ob du Zeit hast?«

Sie hatte noch nicht geguckt.

»Kann leider nicht«, antwortete Tille und schickte schnell eine zweite Nachricht hinterher: »Sorry!«

Brausepulvergefühle

Sie wachte kurz vor Sonnenaufgang auf, der Wecker stand auf vier Uhr zweiundvierzig. Dass Mutter Natur sie ausgerechnet in jener Lebensphase zur Herrgottsfrühaufsteherin erziehen wollte, in der sie zum ersten Mal seit zwanzig Jahren keine Schulbrote mehr schmieren musste, nahm Almut ihr übel.

Schlecht gelaunt versuchte sie, wieder einzuschlafen.

Wenn es erst mal dämmerte, gelang ihr das nie.

Es wäre das Beste gewesen, aufzustehen, aber ihr fiel nicht ein, was sie nach dem Aufstehen tun sollte. Früher hätte sie vielleicht ein Bananenbrot gebacken oder einen anderen schnellen Kuchen. Offiziell, um Hetti und Christoph etwas davon mitzugeben. In Wahrheit, um Hetti rufen zu hören: »Wonach riecht es hier? Oh, Mamili, du bist die Allerallerbeste!« Oder sie hätte gebügelt und Nachrichten gehört. Aber bügeln musste sie nur noch ihre eigenen Sachen, und das hatte sie schon am Wochenende getan. Nicht mal Zeitung konnte sie lesen, die kam immer erst um halb sieben.

Also blieb sie liegen.

Der Kleiderschrank, die Kommode, der Stuhl und der gerahmte Nachdruck eines Paris-Posters aus den Fünfzigern schälten sich langsam aus der immer weniger werdenden Nacht. Auch das Gedächtnis und mit ihm Gedanken und Gefühle tauchten wieder auf an die Oberfläche ihres Bewusstseins. Als Erstes die, die ihr am wenigsten gefielen. Sinnlosigkeit. Verlorenheit. Plötzlich Genugtuung darüber, wie gut es ihr gelungen war, für Jan da zu sein. Besser als seiner Mutter. Almut lag da und grübelte über Tilles kurzen (kurz angebundenen) Besuch gestern Abend. Vielleicht war es doch zumindest ein kleiner Verrat gewesen, dem Jungen heimlich Nachhilfe zu geben. Ihre Motive waren jedenfalls nicht ganz so eindeutig, wie sie gestern noch geglaubt hatte, sondern so verschwommen wie das Zwielicht in ihrem Schlafzimmer. Mit zunehmender Helligkeit aber wurde auch ihr Blick auf sich selbst freundlicher, und um halb sechs war sie wieder überzeugt davon, dass Tille eigentlich keinen Grund hatte, sauer zu sein, im Gegenteil. Falls Tille sauer war, war das albern und unerwachsen. Man konnte nun mal nicht alles haben, einen anspruchsvollen Beruf, finanzielle Unabhängigkeit und immer ausreichend Zeit für alle, die zu einem gehörten. Man musste froh und dankbar sein, wenn andere einem was abgaben von dem, wovon man zu wenig hatte.

Almut hatte schließlich auch nicht alles.

Sie war sogar weiter entfernt davon denn je, alles zu haben, was sie gerne gehabt hätte. Sie hatte keinen Grund mehr, morgens um halb sechs aufzustehen, denn sie hatte niemanden, mit dem sie ihren Alltag teilte oder wenigstens die Zahnpasta, keinen Mann mehr und nur noch eine halbe Tochter. Aber sie machte keinem Vorwürfe deshalb. (Na gut, außer Christoph.) Sie versank nicht in Resignation und Selbstmitleid, sie arbeitete an sich, sie schaute nach vorne. Sie sprang über ihren Schatten und wagte Neues.

Morgen würde sie sich mit Sigrun treffen.

Als Almut das einfiel, hatte sie auf einmal Lust, aufzustehen.

Obwohl Almut überpünktlich aus dem Haus gegangen war, kam sie wegen einer Baustelle und eines verpassten Busses fast eine Viertelstunde zu spät. Sie hasste es, zu spät zu kommen. Die Zeit nicht einholen zu können, ihrem Verstreichen wehrlos ausgeliefert zu sein, löste Verzweiflung in ihr aus, ein körperliches Unwohlsein bis hin zu dem Bedürfnis zu weinen.

Um sich zu entlasten, schickte sie von unterwegs eine Nachricht, aber Sigrun reagierte nicht. Während der Bus durch den Feierabendverkehr auf der einspurig verengten Fahrbahn schlich, steigerte Almut sich in die Vorstellung hinein, Sigrun könnte gekränkt und schon wieder gegangen sein. Umso erleichterter war sie, dass sie noch vor dem Café saß, in dem sie verabredet waren, als Almut dort endlich ankam. Sie erkannte sie sofort. Nur so konnte die Frau aussehen, die Sachen machte wie Sylvia K. und so darüber schrieb.

Wie eine Mischung aus Fruchtbarkeits- und Donnergöttin.

Sigrun saß unter der Markise an der Längsseite eines Vierertisches. Sie hatte den einen Stuhl zur Seite gerückt und den Stuhl, auf dem sie saß, in die Mitte. Sie brauchte Platz, oder vielmehr, sie verbrauchte ihn. Nicht nur mit der Fülle ihres Leibes, aus dem ein stolzer Bauch und ein noch stolzerer Busen herausragten wie drei Gipfel aus einem Bergmassiv, sondern mit ihrer ganzen Erscheinung. Nichts an ihr war klein, bedürftig und verdruckst. Alles war groß, majestätisch und unbescheiden. Die dicke rote Lockenmähne, die markante Nase, die fleischigen Finger mit den langen, knallroten Fingernägeln. Als Almut nur noch wenige Schritte entfernt war, winkte Sigrun ihr ausladend zu.

»Da guckst du, was? Ja, ich bin's, Sigrun!«

Almut fühlte sich ertappt. Ihrem Schlankheitsideal zum Trotz empfand sie Neid auf diese Frau, die sich offensichtlich alles nahm, was sie wollte.

Raum. Männer. Zucker.

Almut reichte ihr die Hand. »Hallo, Sigrun. Tut mir so leid, dass ich so spät bin, aber –«

»Quatsch.« Mehr hatte Sigrun dazu nicht zu sagen.

Sie hatte erstaunlich weiche Hände und einen hammerharten Händedruck. Almut setzte sich und las die Getränkekarte. Sie liebäugelte mit einer Maracujaschorle und nahm dann doch das Gleiche wie Sigrun.

»Ich trinke eigentlich immer Campari O«, sagte Sigrun. »Das passt so gut zu meinen Haaren.«

»Hast du eigentlich auch Kinder?« Das fragte Almut immer, wenn sie nicht wusste, was sie sonst fragen sollte.

»Drei Kinder von vier Männern, aber alle erwachsen. Gott sei Dank! Beim Ältesten weiß ich nicht genau, wer der Vater ist, ist aber auch egal, beides gleich große Trottel. Mit dem Vater meiner Kleinen hatte ich meine längste Beziehung, zwölf Jahre, ein feiner Kerl, wir verstehen uns noch sehr gut. Du dich nicht so mit deinem Ex?«

»Nein. Ich ertrage ihn nicht. Er ist einfach wieder glücklich, und ich bin es nicht.«

»Ja, ja, das Übliche«, sagte Sigrun. »Aber du weißt ja, dass es dich nicht glücklicher machen würde, wenn er unglücklich wäre, oder höchstens nur ganz kurz?«

»Schon«, sagte Almut, obwohl sie nicht überzeugt war, dass Sigrun recht hatte.

Sigrun schob den Campari Orange beiseite, um Platz zu machen für ihren Busen, und beugte sich zu Almut vor. »Dein eigenes Glück ist das einzige, auf das du Einfluss hast.«

Sie schob sich noch weiter über den Tisch. So weit, dass Almut meinte, das Kitzeln einzelner Haare in ihrem Gesicht zu spüren. Es roch nach Zitrusfrüchten und Vanille.

»Und wenn du überhaupt eine klitzekleine Chance hast, einen Mann unglücklich zu machen, der dich unglücklich gemacht hat, dann ist es die hier: Werde ohne ihn glücklich, egal wie. Am besten fängst du sofort damit an.«

Sigrun lehnte sich wieder zurück, zentrierte das Glas neu vor ihrem Oberkörper und zog an dem pinken Plastikhalm, der darin steckte. »Aber erst musst du noch mal ganz genau erzählen, was du mit deinem Fred erlebt hast, ja? Ich liebe Geschichten, in denen sich selbstverliebte geile Hechte zum Affen machen!«

Almut zuckte innerlich zusammen. Sie hatte sich von Sigrun Mitgefühl erhofft, aber was die anbot, klang eher nach Arschtritt. Andererseits machte Sigruns Neuinterpretation der Ereignisse sie neugierig. Wie sagte ihre Therapeutin immer? Wenn man etwas Belastendes nicht (mehr) ändern konnte, blieb einem immer noch die Möglichkeit, seinen Blick darauf zu verändern.

»Tja, dann erzähle ich mal. Am besten ganz von vorne?«

Sigrun hörte aufmerksam zu. Sie nickte anteilnehmend oder riss erstaunt, amüsiert oder empört die Augen auf, zwischendurch nuckelte sie am Trinkhalm. Erst als Almut den Höhepunkt der Geschichte erreichte, unterbrach Sigrun sie. Sie schob den Unterkiefer vor und die Hand unter den Tisch, wo sie mit verdrehten Augen Melkbewegungen imitierte und stöhnte. »Uh! Uuh! Uuuh!« Dann presste sie mit Pornostimme hervor: »Siehst du, was ich für ein super Typ bin? Ich habe einen wirklich großen, tollen Schwanz! So toll, dass ich dir jetzt vorführen muss, wie spitzenmäßig er funktioniert! Ich weiß, du würdest ihn auch gerne mal streicheln, aber das erlaube ich dir nicht, weil du eine böse alte Frau bist.«

Der Mann am Nachbartisch bemühte sich, nicht allzu auffällig zu ihnen hinzusehen, vergeblich. Almut konzentrierte sich mit ganzer Kraft darauf, im Erdboden zu versinken, leider klappte auch das nicht. Sigrun quetschte ein »Ahahahhh!« hervor, schob ihr Glas wieder zur Seite und ließ ihren Oberkörper auf den Tisch plumpsen, wo er für ein paar Sekunden regungslos liegen blieb. Als sie sich wieder aufrichtete, schenkte sie dem Mann ein hinreißend mitreißendes Lächeln.

Er versteinerte.

»Entschuldigen Sie«, sagte Sigrun. »Ich wollte Sie nicht belästigen, aber meine Freundin braucht Aufmunterung. Da dachte ich, ich spiele ihr mal die lustige Szene aus ›Harry und Sally‹ nach. Ach Gott, es ist so lange her, dass ich den Film das letzte Mal gesehen habe, mindestens zwanzig Jahre! Sie gucken so kritisch. Die Szene ging irgendwie anders, oder?«

Der arme Mann, dachte Almut.

»Ganz anders«, sagte der arme Mann.

»Wie denn?«, fragte Sigrun, aber er hatte der Bedienung schon ein Zeichen gegeben.

Es dauerte keine zwei Minuten, dann war er fertig mit Bezahlen. Almut und Sigrun verfolgten jede seiner Bewegungen. Wie er das Portemonnaie aus der Hosentasche zog. Wie er »stimmt so« sagte und gleichzeitig aufsprang. Wie er an Almuts und Sigruns Tisch vorbei die Straße hinunterlief, so schnell wie möglich und so lässig wie nötig, um nicht würdelos zu wirken. Wie er nach zwanzig Metern merkte, dass er seinen Pulli hatte liegen lassen. Wie er umkehren musste, Sigrun »danke« murmelnd den Pullover aus der Hand nahm und ein zweites Mal forteilte, diesmal ohne jeden Anspruch auf Lässigkeit. Almut und Sigrun schauten sich an. Aus Sigruns breitem Mund kam ein kurzes, glucksendes Lachen.

»Der arme Mann«, gluckste sie.

Almut hatte gerade den letzten Schluck Campari Orange im Mund und schaffte es nur knapp, ihn nicht auf den Tisch zu spucken. Stattdessen verschluckte sie sich furchtbar. Als sie sich wieder beruhigt und sich die Tränen aus dem Gesicht gewischt hatte, fragte Sigrun:

»Und wie ging's dann weiter?«

»Ich habe ihn neulich gesehen, und eine Freundin, die dabei war, kannte ihn aus beruflichen Gründen, Riesenzufall. Fred ist gar nicht sein richtiger Name, er heißt Frederik. Sie hat auch Ärger mit ihm, er hat sie verklagt, aber mehr darf ich nicht erzählen, sie ist Ärztin, es ist alles ganz vertraulich. Ich denke schon die ganze Zeit, dem muss man doch mal irgendwie –«

»– so richtig in die Eier treten?«

»Ja, also im übertragenen Sinne«, sagte Almut.

»Es gibt aber leider nur einen Weg, wie man solchen Menschen wehtun kann, wenn überhaupt, und das ist, sie zu beschämen«, sagte Sigrun. »Alles andere perlt an ihnen ab wie Wasser an Teflon. Also, Contenance bewahren. Geht's dir denn inzwischen besser?«

Als sie hier angekommen war, hatte Almut ausführlich erzählen wollen, wie gedemütigt sie sich immer noch fühlte, aber nach Sigruns Intermezzo passte dieser Schluss nicht mehr. Außerdem gelang es ihr nach dem ersten Drittel des zweiten Campari Orange schon viel besser als noch vor einer Stunde, glücklich zu sein, was auch damit zu tun haben konnte, dass sie nichts zum Mittag gegessen hatte. Das Glück fühlte sich an, als habe ihr jemand Brausepulver in die Schläfen injiziert, ein luftiges Kribbeln, das sich in Kopf und Brustkorb ausbreitete. Sie hatte ihren Kummer nicht vergessen, es gab ihn noch, aber er war ganz licht, fast durchsichtig geworden und schwebte in ihr auf und ab wie in einer Schneekugel.

»Wir sind also an denselben Mann geraten«, sagte Sigrun.

»Meinst du?« Almut hatte nur halb zugehört.

»Klar, hundertprozentig. Das ist ein und derselbe Kerl, der immer die gleiche Masche abzieht. Hast du ein Foto?«

Almut googelte und gab Sigrun ihr Handy.

»Ja, das ist er.«

»Mit Nachnamen heißt er Vennemahn. Frederik Vennemahn.«

»Den Link muss ich den anderen Frauen schicken, du weißt doch, die sich auch bei mir gemeldet haben?«

Almut nickte.

»Alle kamen aus Norddeutschland, alle waren um die fünfzig, alle wollten nicht ohne, alle sind dafür von ihm fertiggemacht worden. Und ich meine, alle Typen hießen irgendwas mit F, das ist mir aufgefallen. Fritz und Franz oder Frieder oder so was, muss ich noch mal nachschauen. Es gibt ja solche

Typen, die grasen unter verschiedenen Identitäten die Online-Plattformen nach Gelegenheiten für ihre speziellen Vorlieben ab wie Schafe den Deich. Ich habe gerade keine Lust mehr auf so was, ich habe alle meine Profile gelöscht.«

»Wie viele hattest du denn?«

»Einige. Tinder. Parship. Bumble. Lovescout. Finya. Elite. First Affair. Ich habe alles ausprobiert, ich wollte eigentlich einen Ratgeber schreiben, aber – ich mag nicht mehr, ich lerne Menschen doch lieber auf altmodische Art und Weise kennen, direkt, mit Angucken und Anfassen und Reden und Riechen. Gleich treffe ich mich mit einem uralten Schulfreund, der mit achtzehn in mich verliebt war. Den habe ich auf Facebook ausgegraben. Mal sehen, wie das wird. Und ich überlege, ob ich nicht mal einen Tantra-Kurs machen soll. Komm doch mit.«

»Nein, das ist nichts für mich.«

Almut hatte vor Jahren einen Erfahrungsbericht über ein Tantra-Seminar verschlungen, der in einer Frauenzeitung erschienen war, geschrieben von einer Ulrike Thomassen. Sie wusste den Namen noch genau, weil sie im Netz danach gesucht, aber keine Journalistin dieses Namens gefunden hatte. Bestimmt war auch das ein Pseudonym gewesen. Sobald sie sich vorstellte, auf dem Boden eines Gruppenraums hocken und (vor Zeugen) einen splitternackten fremden Mann sinnlich massieren zu müssen, verkrampften sich alle sechshundertsechsundfünfzig Muskeln ihres Körpers auf einmal.

»Okay, okay.« Sigrun hob beschwichtigend die Hände. »Es muss ja kein Tantra sein, es gibt ja auch sehr schöne Kanu- und Kochkurse, da kann man auch nette Männer kennenlernen. Oder du machst mal wieder ein ganz altmodisches telefonisches ›Hallo, hast du Lust, mal mit mir auszugehen?‹-Date.«

»Würde ich ja gerne, aber mich ruft keiner an.«

»Dann musst du das wohl tun«, sagte Sigrun. »Du wirst ja wohl irgendeinen Mann kennen, den du anrufen kannst.«

Auf der Rückfahrt scrollte Almut durch das Adressbuch ihres Handys. Als sie beim Buchstaben F ankam, fiel ihr ein, dass sie dringend Termine machen musste bei ihrer Friseurin, Schneiden und Farbe, und bei ihrer Gynäkologin, Krebsvorsorge.

Franziska Reimers

Frauenärztin Dr. Vieth

Friseur Haircom

Gabi Schlampe

Gundi Werner

Gunther Kollege Yeliz

Gabis (Gabrieles) Nummer hatte Christoph ihr irgendwann mal aufgedrängt, Almut wusste nicht mehr, aus welchem Anlass. Genauso wenig konnte sie sich daran erinnern, warum sie sich das hatte gefallen lassen. Sie löschte sie.

Gunthers Nummer hatte sie von Yeliz.

Yeliz hatte ihr neulich seinen Kontakt geschickt, an diesem Donnerstag Mitte Mai, kurz nach dem Date-Desaster mit Fred, als sie ihr vorgeschlagen hatte, Gunther mal anzurufen. Obwohl Almut den Vorschlag abwegig gefunden hatte (»Ich ruf den doch nicht einfach an! Der ist doch auch viel zu jung für mich«), hatte sie Gunthers Kontakt gespeichert. Womöglich weil sie ein Faible hatte für Listen und es mochte, wie ihr Telefon neue Kontakte einsortierte ins bestehende Ordnungssystem. Vielleicht auch, weil man nie wissen konnte, ob man es sich nicht doch noch mal anders überlegte.

Almut sah im Bus umher.

Sie sah einen dünnen jungen Mann mit langen, offenen Haaren und Jutebeutel. Einen vor Müdigkeit grauen Büroarbeiter mit Aktentasche. Einen Lederweste tragenden Rentner mit einem schnaufenden Mops auf dem Schoß. Einen Bodybuilder, dem ein Spinnentattoo aus dem T-Shirt den Hals hochkroch. Einen Geschäftsmann mit In-Ear-Kopfhörern, der einer unsichtbaren Person erklärte, man müsse die Erfolgsgeschichte jetzt maximal proaktiv fortschreiben, um die angepeilte Benchmark zu erreichen, sonst verliere man seine Credibility. Sie atmete einmal tief ein und aus und tippte auf Gunthers Nummer.

»Almut? Das ist ja eine schöne Überraschung!«

Er sagte sofort Ja.

»Also bis Samstag. Und vergiss nicht, was zu essen vorher.«

Als sie auflegte, war das Brausepulvergefühl wieder da. Diesmal breitete es sich bis in ihren Magen aus.

Der offene Salsa-Abend in der Salsa Dance Academy war gut besucht. Die Stimmung war ausgelassen. Gunther war ein fantastischer Tänzer. Nach drei Stunden zog Almut die Schuhe aus. Sie verschmolzen gemeinsam mit der Musik. Sie lachten und schwitzten zusammen und gerieten miteinander außer Atem und zwischendurch fast ein bisschen in Ekstase. Es war leider nicht zu übersehen, dass Gunther jünger war als sie, auch wenn man im Halbdunkel vielleicht nicht auf den ersten Blick erkannte, dass es über sieben Jahre waren, die zwischen ihnen lagen. Aber sobald sie tanzte, vergaß Almut, sich darüber Gedanken zu machen. Sie war damit beschäftigt, sich dem Rhythmus, ihrem Körpergefühl und seiner Führung hinzugeben.

»Du bist eine großartige Salsa-Schülerin«, sagte er.

»Du bist ein großartiger Lehrer.«

Sie hoffte, dass sie im schummrigen Licht genauso vorteilhaft aussah wie er.

Die fröhliche Ernsthaftigkeit, mit der Gunther die ihm zugedachte Rolle ausfüllte, verlieh dem Abend die Bedeutung eines sehr ernst zu nehmenden Spiels. In den besten Augenblicken hatte sie beim Tanzen das Gefühl, es ginge gerade um alles, um den Sieg über Vergangenheit und Vergänglichkeit.

Dann war das Spiel vorbei.

Um kurz nach eins lösten sie ihre Jacken beim Garderobenjungen aus und traten aus dem lauten, stickigen Drinnen nach draußen, ins kühle, frische Leise. Die Salsa Academy lag in einem Hintergebäude. Neben dem Eingang zur Tanzschule hing ein Schild, auf dem die Gäste gebeten wurden, nach zweiundzwanzig Uhr keine Gespräche mehr im Hinterhof zu führen, »aus Rücksicht auf unsere netten Nachbar*innen«.

Gunther trank aus der Wasserflasche, die er eben noch gekauft hatte.

»Was für ein toller Abend. Ich war nicht mehr beim Salsa, seit ich damals zusammengeklappt bin. Wie lange ist das jetzt her?« Seine Stimme war eine von denen, die nicht flüstern konnten, tief, warm und durchdringend.

»Das war Anfang Dezember, also über ein halbes Jahr.«

Auf seiner Stirn klebte eine feine, schweißfeuchte Haarsträhne. Almut versuchte, sich auszumalen, was passieren würde, wenn sie sie ihm aus der Stirn streichen würde. Es gelang ihr nicht, darum ließ sie es lieber bleiben.

»Komm«, sagte sie, »wir gehen nach vorne, bevor wir hier jemanden stören.«

Sie durchquerten den Hinterhof und gingen durch die Tordurchfahrt vor zur Straße.

»Soll ich dir ein Taxi bestellen?«, fragte Gunther.

»Gerne.«

Er telefonierte, legte auf und gähnte. »Kommt gleich.«

Aus dem Hinterhof kam ganz leise Salsa-Musik, die zu einer Lärmwelle anschwoll, aber gleich wieder verebbte, eine Tür fiel zu. Dafür hörte man nun die Stimmen von zwei Frauen. Die eine kicherte immer wieder laut, dann zischte die andere: »Pssst!« Almut lauschte und bedauerte es, dass sie immer so darauf bedacht war, nicht unangenehm aufzufallen. Sie hätte mit Gunther nicht hierher zur Straße gehen sollen, sie wäre auch lieber mit ihm in dem hübschen Hinterhof stehen geblieben. Noch lieber hätte sie sich mit ihm auf die blaue Holzbank gesetzt, die neben einem Oleander an der einen Wand des Hofes stand. Dort zu sitzen hätte bedeutet, dass der Abend noch nicht ganz zu Ende war, aber diese Möglichkeit hatte sie verpasst.

Ein unangenehm weit fortgeschrittener Junggesellenabschied walzte den Fußweg hinunter auf sie zu. Gunther umfasste Almuts Ellbogen und lotste sie mit sanftem Druck in die Toreinfahrt.

»Wieso wusstest du eigentlich, dass ich es bin? Als ich dich angerufen habe?« Erst war sie zu aufgeregt gewesen, um ihn danach zu fragen, dann zu atemlos.

»Weil Yeliz mir mal deine Nummer gegeben hat.«

Er gähnte schon wieder. Ein Taxi näherte sich.

»Das machen wir noch mal, oder?«, fragte Almut.

»Unbedingt.«

Das Taxi hielt an. Er küsste sie zum Abschied auf beide Wangen und öffnete ihr die Hintertür wie ein Chauffeur. Bevor sie einstieg, blieb sie noch mal kurz stehen und lächelte ihm über die Tür hinweg zu.

»Tschüss«, sagte sie.

»Das war wirklich sehr, sehr schön.« Er lächelte zurück, streckte die Hand nach ihr aus und strich ihr langsam die Strähne hinters Ohr, die ihr auf die Wange gefallen war. Die Zeit stand still, die Welt versank. Es gab nur noch sie und ihn. Mit leicht geöffneten Lippen schaute sie ihm so tief in die Seele, dass ihre geheimen Sehnsüchte einander erkannten. Er beugte sich langsam über den Rand der Autotür zu ihr. Selbst der Taxifahrer begriff die Magie dieses Augenblicks und schwieg. So hätte es sein können, wenn ich nicht so furchtbar verklemmt wäre, dachte Almut, als das Taxi die Max-Brauer-Allee entlangfuhr.

Aber so war es nicht gewesen.

Seine Berührung hatte sie derart aus der Fassung gebracht, dass sie wie eine Vierzehnjährige gekichert und »Oh, danke, wie nett!« gesagt und sich hektisch ins Auto gezwängt hatte. (Sigrun hätte einen Lachkrampf bekommen, wenn sie sie beobachtet hätte.) Gunther hatte die Autotür zugeworfen und gewunken. Das Taxi war losgefahren, und sie hatte zurückgewunken.

Almut reichte dem Taxifahrer einen Fünfzig-Euro-Schein nach vorne. »Zwanzig, bitte.«

»Ich habe aber keinen Zehner, nur Kleingeld.«

Während der Fahrer die passenden Münzen zusammensuchte, sah sie aus dem Fenster zu ihrer Wohnung hoch. In der Küche brannte Licht. Typisch Hetti. Würde sie es jemals lernen, alle Lampen auszuschalten, bevor sie ins Bett ging?

Almuts Füße schmerzten, als sie die Treppe hochstieg. Noch im Flur zog sie die Schuhe aus, stellte sie in den Schuhschrank und guckte sich im Spiegel an, mit leicht geöffneten Lippen. Wie alt war sie gewesen, als sie entdeckt hatte, dass es die Jungs um den Verstand brachte, wenn sie diesen Mund machte? Fünfzehn, sechzehn, siebzehn? Ab welchem Alter funktionierte das nicht mehr? Sie ging in die Küche, um sich ein Glas Wasser zu holen und das Licht auszumachen. In der Küche saß Hetti und trank einen Tee, vor ihr lag ihr Handy auf dem Tisch.

»Hetti«, sagte Almut.

»Mamili«, sagte Hetti.

Sie sah aus wie immer und wirkte trotzdem verändert, gleichzeitig kindlicher und reifer als am frühen Abend, als sie zu Vicky losgezogen war. Kindlicher, weil ihre Augen so verräterisch strahlten, wie sie es immer getan hatten, wenn sie etwas Schönes, Aufregendes erlebt hatte. Reifer, weil ihr Mund sich in Selbstbeherrschung übte und so tat, als gäbe es nichts zu erzählen.

Ihr kleines Mädchen, eine junge Frau mit Geheimnissen.

»Willst du auch einen Tee?«, fragte Hetti.

Almut küsste sie aufs Haar, das weder nach Bier und Rauch roch, sondern nach etwas ganz Neuem, Fremdem.

»Bleib sitzen, ich mach ihn mir selbst.«

Hetti musterte Almuts neuen silber-blauen Rock und ihr Oberteil, das enge schwarze mit dem tiefen Ausschnitt, das sie lange nicht getragen hatte.

»Warst du mit Tille aus?«

»Nein, ich war tanzen.«

»Mit wem?«

»Gunther.«

»So, so.«

»Ein Kollege von Yeliz.«

»War gut?«

»Du bist ganz schön neugierig.«

»Von wem ich das wohl habe.«

»Und wie war dein Abend?«

»Auch sehr, sehr schön.«

Almut zog den Teebeutel an seinem Faden durchs heiße Wasser, ungeduldig, so als würde der Tee dadurch schneller ziehen. Das aufregende Schöne in Hettis Augen strahlte jetzt so hell, dass sie am liebsten »Nun erzähl schon!« gerufen hätte. Sie nippte stattdessen am noch viel zu dünnen, viel zu heißen Tee und verbrühte sich den Mund. »Au, wie dumm.«

Hetti holte ein Glas Leitungswasser und setzte sich wieder. »Mamili, ich war gar nicht mit Vicky unterwegs.« Sie klang ernst. »Ich war bei Yannis.«

Also doch. »Bei Jan? Ist das neuerdings sein Spitzname?«

»Nein, nicht Jan. Yannis, mit Ypsilon.«

Almut betrachtete Hetti, die am Anhänger ihrer Kette herumspielte, und staunte (nicht zum ersten Mal) fast ehrfürchtig darüber, wie viel Macht eine Mutter hatte. Es wäre ganz einfach, die Stirn zu runzeln und mit leicht unterkühlter Stimme »Yannis, ist das dein Freund? Wie lange triffst du den denn schon heimlich?« zu fragen. Und schon läge ein Schleier aus Kummer über Hettis Glück. Wenn sie dagegen warm lächeln und feststellen würde »Du bist verliebt?«, würde Hetti sofort wieder anfangen zu leuchten, wahrscheinlich sogar heller als vorher.

Almut lächelte.

Kaltes Essen, klammes Herz

Der Tag Ende Juni, an dem sie hintereinander in der Köttbullar-Schlange gestanden hatten, war ein Mittwoch gewesen. Der zehnte Jahrestag ihres Kennenlernens war ein Montag. Yeliz wollte gerade losgehen zur Arbeit, als Morten aus dem Bad kam. Er war frisch rasiert, hatte nasse Haare und das Handtuch um die Hüften gewickelt. Über dem Handtuch wölbte sich die Andeutung eines Bierbauches, der war ihr vorher noch nie aufgefallen.

Aber er sieht immer noch appetitlich aus, dachte Yeliz, und dann, dass das ein schlimmer Satz war, weil er bedeutete, dass es irgendwann mal anders sein und Morten ihr nicht mehr appetitlich (also unappetitlich) vorkommen könnte. Ob er sie auch so nüchtern prüfend anguckte und so Unaussprechliches dachte, wenn sie (fast) nackt vor ihm stand?

Klar, sagte ihr Verstand.

Nein, sagte ihr Gefühl.

Es behauptete, für solche Oberflächlichkeiten sei Morten (anders als sie selbst) nicht anfällig, dafür liebte er sie viel zu loyal. Weil sie das gerne glauben wollte, hörte sie lieber auf ihr Gefühl. Morten nahm ihr Gesicht in beide Hände und küsste sie auf die Nase.

»Bis nachher. Ich freue mich auf heute Abend.«

Als Yeliz um zehn nach acht ihr Büro aufschloss, fiel ihr auf, dass der Zeitschriftenstapel auf ihrem Schreibtisch höher war als die Wasserflasche, die danebenstand. Der Stapel musste weg, sofort. Mit so einem Stapel auf dem Schreibtisch konnte sie nicht in die neue Arbeitswoche starten, auf zu einem neuen, nächsten Ziel, nachdem sie das letzte verfehlt hatte. (Es nagte immer noch an ihr.) Sie holte sich einen großen, schwarzen Kaffee, setzte ihre Lesebrille auf und begann, die Zeitschriften durchzuschauen.

Ganz oben lag das ›Spiegel‹-Heft, das Konstantin ihr letzte Woche gegeben hatte. Das Cover zeigte ein monströses, knallrotes, von Scheinwerfern in Szene gesetztes Auto mit dem Kennzeichen CO-2, die Titelzeile lautete: »Unser Beitrag zum Klimaschutz. Verteufelt, aber begehrt: Das SUV – das Symbol für die deutsche Doppelmoral«. Konstantin hatte gedacht, die Geschichte würde sie interessieren, besonders weil die Autofuzzis darin nicht gut wegkamen. Aber das Cover hatte nur schwachen Ekel in ihr ausgelöst. Sie hatte die Geschichte immer noch nicht gelesen.

Schon ein Jahr war vergangen, seit sie mit ihrer Schampuspanzer-Präsentation gescheitert war und Gerrit darum gebeten hatte, die Autofuzzis abgeben und einen anderen Kunden betreuen zu können. Sie hatte erwartet (gehofft), dass die Verantwortlichen es zumindest höflichkeitshalber bedauern würden, dass Frau Bademli nicht länger ihre Ansprechpartnerin bei Kelke & Kraus sein konnte, angeblich aus agenturinternen, organisatorischen Gründen. Aber der zuständige Fuzzi hatte sich laut Gerrit nur zu einem mickerigen »Schade« durchringen können, um es durch ein »Aber« gleich noch weiter zu entwerten: »Aber vielleicht ist es ja gar nicht so schlecht, wenn mal jemand anderes, jemand mit einem ganz frischen, vielleicht ja auch mal mit einem jüngeren Blick auf unsere Marke schaut.«

Die Verantwortung für den frischen Blick auf die verknöcherten Autofuzzis hatte Gerrit dem jungen Carl übertragen. Wenn man Gerrit glaubte, war der neunundzwanzigjährige Carl seine größte Entdeckung seit Jahren, ein Riesentalent, ein zukünftiger Branchenstar. Wenn man Yeliz fragte, war Carl ein selbstgefälliger, großmäuliger Laberhannes, der nur eine einzige herausragende Begabung besaß, nämlich die, mittelmäßige Einfälle als superbe Geistesblitze zu verkaufen. Zum Geheimnis seines (wie Yeliz fand) völlig ungerechtfertigten Erfolges gehörten ein Knebelbart, eine John-Lennon-Brille und ein karierter Porkpie, der mit seinem kugelrunden, kurz rasierten Schädel verwachsen war. Sobald er ausnahmsweise mal anderen statt immer nur sich selbst zuhören musste, fläzte er sich mit dem Gesichtsausdruck eines angeödeten Achtklässlers auf seinen Stuhl, und je älter und spießiger die Kunden waren, desto mehr bewunderten sie ihn dafür. Was sie bei ihr für einen Affront gehalten hätten, hielten sie bei Carl für die Attitüde eines unkonventionellen Kreativgenies.

Sie warf den ›Spiegel‹ in den Papierkorb und alle anderen Zeitungen und Zeitschriften hinterher, bis auf ein Living-Magazin, das mit einer Reportage über neue skandinavische Wohntrends für sich warb. Vielleicht würde Morten sich darüber freuen. Wo sie gerade dabei war, mistete sie auch noch ihren Ablagekorb aus. Sie verstaute herumliegende Stifte, Post-its und das Brillenputztuch in der Schublade und riss die oberste Seite ihrer Schreibtischunterlage ab, die dicht an dicht mit Bleistift vollgekritzelt war, mit Notizen, Bildchen und geometrischen Mustern. Schneeweiß kam das nächste, unbeschriebene Blatt zum Vorschein.

»So«, sagte sie und öffnete Outlook.

Neuerdings redete sie ab und zu mit sich selbst.

Seit sie Freitag Feierabend gemacht hatte, hatte sie siebenundvierzig neue Mails bekommen. Die neueste stammte von Konstantin und war drei Minuten alt, Betreff: »Crazy shit!« Sie solle schnell gucken, falls sie es nicht schon gesehen hätte, schrieb Konstantin: Der Babybrei-Spot war seit dem gestrigen Sonntagabend fast zehntausend Mal aufgerufen worden.

Yeliz guckte. Es stimmte.

Ihr wurde ein bisschen schwummerig.

»Und jede Minute kommen Hunderte neue Aufrufe dazu. Verrückt, echt.« Konstantin stand in der Tür zu ihrem Büro.

»Hast du schon eine Ahnung, was der Grund ist, jetzt so plötzlich, wo das Ding schon total versackt war?«

»Jo, habe ich. Jenny Schönbrunn.«

Das Schreibtischtelefon klingelte. Es war die nette Nadja, Gerrits Sekretärin (Assistenz der Geschäftsführung), die konnte warten. Yeliz ging nicht ran. Konstantin stand nun vor ihrem Schreibtisch. Er ballte die Fäuste, schnitt dazu eine Siegergrimasse, wie es Torschützen nach einem Treffer taten, und kreischte.

»Yeah! Jenny Schönbrunn hat es gestern Abend geteilt, und jetzt geht es viral! Jenny, I love you! Das ist so unfucking fassbar geil!«

»Das ist super, aber könntest du dich vielleicht ein bisschen erwachsener freuen?«, fragte Yeliz. Konstantin war inzwischen auch schon über vierzig, aber seit Carl die Autofuzzis ergattert hatte, schien er ein inoffizielles Jugendlichkeitsduell mit ihm auszufechten. Er imitierte immer öfter seine Art zu reden und trug sogar manchmal die gleichen komischen engen Hochwasserkarottenhosen, obwohl er viel zu kurze, dicke Beine dafür hatte.

»Yeliz?«

Die nette Nadja stand in der Tür und schwenkte mit der Miene einer Schiffbrüchigen ein gelbes Zettelchen. Normalerweise rief sie an oder schickte Mails. Nur wenn es ganz dringend war, brachte sie handgeschriebene Klebezettel vorbei und pappte sie einem an den Bildschirm. Bevor Nadja sagen konnte, was sie wollte, kam auch noch Gerrit an. Um ins Büro zu gelangen, schob er seine Sekretärin wie eine Falttür beiseite und stellte sich genau zwischen sie und Yeliz.

»Mensch, Baby-Kröger hat mich gerade schon angerufen, er ist extremst zufrieden.« (Baby-Kröger war der Babybreiboss.)

»Glückwunsch! Darauf stoßen wir nachher an, okay? Nadja, schau doch mal, ob wir noch genug Stoff haben, und wenn nicht, besorg mal schnell ordentlich Nachschub und stell's kalt, ja? Und ein bisschen was zu knabbern.«

Gerrit drehte sich nicht mal richtig um, während er Anweisungen erteilte. Es sah aus, als würde er mit seiner Schulter reden.

»Okay«, sagte die nette Nadja.

»Aber denk dran, nichts mit Sesam oder Erdnüssen.«

»Okay«, sagte Nadja und machte Platz für Gerrit, der jetzt wieder rauswollte aus Yeliz' Büro. Den gelben Zettel hielt sie immer noch in der Hand.

»Nadja, sorry. Was ist denn?«, fragte Yeliz.

»Und Nadja?«, brüllte Gerrit vom Flur aus. »Wenn Chips, dann auch welche ohne Palmöl. Für Lenni, sonst macht die uns wieder die Hölle heiß!«

Lenni war eine wasserstoffblond gefärbte Juniortexterin, von der nicht nur Yeliz vermutete, dass Gerrit seit der letzten Restart!-Party eine Affäre mit ihr hatte.

»Schon gut«, sagte die nette Nadja zu Yeliz. »Hat sich schon erledigt. Herr Kröger wollte unbedingt dich oder Gerrit sprechen, aber jetzt hat er ja Gerrit schon erreicht. Möchtest du auch irgendwas ganz Bestimmtes zum Knabbern?«

»Ach, Nadja«, sagte Yeliz. »Nein. Aber danke.«

Dann war auch Nadja wieder weg.

»Diese Jenny Schönbrunn, sag mal, wer ist denn das noch mal?«, fragte Yeliz.

»Die kennst du nicht?«, quietschte Konstantin. »Fuck, Yeliz, du musst echt aufpassen, dass du nicht alt wirst!«

Jenny Schönbrunn, erzählte er, war eine vierundzwanzigjährige Schauspielerin, die seit ihrem siebzehnten Lebensjahr in irgendeiner Daily Soap mitspielte, von der Yeliz gehört, die sie aber noch nie gesehen hatte.

Jennys Rolle und Jennys Leben waren laut Konstantin quasi deckungsgleich. Jenny hieß auch in der Serie Jenny und war vor den Augen ihrer Zuschauerinnen (und Zuschauer) erwachsen und zum Star geworden. Mit zwanzig hatte sie sich in ihren Schauspielkollegen Robin verliebt, der auch in der Serie Robin hieß und ihren neuen Freund spielte. Sowohl im Drehbuch als auch im echten Leben waren Jenny und Robin irgendwann zusammengezogen, und schließlich hatte es zwei Hochzeiten gegeben. Die eine Hochzeit war gefilmt und an einem Freitagabend vor gut zwei Komma sieben Millionen Zuschauerinnen (und rund zweihundertfünfzigtausend Zuschauern) ausgestrahlt worden. Zu der anderen Hochzeit waren neben den Familien des Schauspielerpaares nur knapp hundert ihrer engsten Freunde eingeladen worden.

»Du kannst die Geschichte ruhig ein bisschen straffen«, sagte Yeliz zu Konstantin, aber der war zu elektrisiert, um sich kurz fassen zu können.

Ein Jahr nach den zwei Hochzeiten, erzählte Konstantin, lehnte es die TV-Jenny bei einem Candle-Light-Dinner ab, mit Alkohol auf die Liebe anzustoßen, und eröffnete ihrem TV-Robin, sie erwarte ein Kind. Unter der Anleitung der ›Bild‹ rätselte das halbe Land zwei Wochen lang, ob das wohl auch für die echte Jenny gelte. Dann enthüllte Jenny zu einem Foto ihres gepiercten Bauchnabels auf Instragram:

»Ja! Mein Babybauch ist echt!!! Folgt mir, dann könnt ihr ihn wachsen sehen!!« Konstantin las den Post vor und malte die vielen Ausrufezeichen mit dem Zeigefinger in die Luft. »Und ab da ist die Jenny dann auf Insta followermäßig so richtig fett durchgestartet.«

Die Schwangerschaft verlief nur in Wirklichkeit völlig problemlos. Im Fernsehen gab es aus Gründen der Spannungskurve den vorübergehenden Verdacht, das Ungeborene könnte an einer Spina bifida leiden, an einem offenen Rücken, was zum Zerwürfnis mit Jennys TV-Schwiegermutter führte, die eine Abtreibung verlangte, sollte sich die Diagnose bestätigen. Die TV-Jenny durfte unter Tränen schwören, sie werde ihren Sohn auch dann über alles lieben, wenn er nie würde Fußball spielen können, woraufhin ihr TV-Ehemann sagen musste: »Wir sind beide Kämpfer, also wird unser Kind auch ein Kämpfer sein.«

»Kämpfer wie wir!«, rief Konstantin und wollte Yeliz abklatschen. Sie verschränkte die Arme, er quasselte einfach weiter: »Jennys und Robins TV-Sohn war dann natürlich doch kerngesund, als er geboren wurde.«

Er hieß Nick und wurde von ihrem echten Sohn gespielt, der Jim hieß. Auf dieser Namensungleichheit hatten die Eltern gegen alle Seriengewohnheiten bestanden, wie sie auf Instagram erklärten: »Wir wollen die Persönlichkeit von unserem Sohn respektieren, der einmalig ist und das für uns auch immer bleiben soll.« Jim hatte fünf Wochen nach der Geburt seinen ersten, drei Sekunden langen TV-Auftritt als Nick und wurde (zum Entzücken sehr vieler Zuschauerinnen) ab da immer mal wieder durchs Bild getragen, geschoben oder geschuckelt. Einmal hatte Jenny ihn sogar gestillt, auf der weitläufigen Sofalandschaft ihres TV-Wohnzimmers. Die ›Bild‹ veröffentlichte (zum Entzücken sehr vieler Leser) einen Screenshot der Szene, daneben ein uraltes Nacktfoto des Serienstars und fragte: »Jennys Babybusen: Wie sehr hat er gelitten?« Die Netzfeministinnen waren entsetzt, aber Jenny reagierte gelassen. Sie zeigte sich auf Instagram mit frisch, aber dezent aufgespritzten Lippen auf einem insta-regelkonformen (nippel-bedeckten) Ansonsten-oben-ohne-Foto und teilte mit: »Mami sein macht uns Frauen erst so richtig heiß und sexy!!!« Die Netzfeministinnen waren sich nicht einig, wie sie sich dazu positionieren sollten, und gaben sicherheitshalber dem Patriarchat die Schuld, damit lag man (frau) im Zweifel immer richtig.

Inzwischen war Jim fast sieben Monate alt und bekam seit kurzem Brei statt Brust zum Abendessen. Die Entwicklung ihres Kindes und ihres Familienlebens dokumentierte Jenny annähernd lückenlos auf ihren drei Social-Media-Profilen (Instagram, Facebook, TikTok), und so hatte sie ihrer sechsstelligen digitalen Fangemeinde am gestrigen Sonntagabend mitgeteilt, sie würde gleich zum allerersten Mal nach seiner Geburt was trinken gehen mit zwei Freundinnen, während Robin gleich zum allerersten Mal ganz alleine seinen Sohn füttern und ins Bett bringen würde: »Sooo aufregend!!!« Aber hey, ihr Lieben, schrieb Jenny, sie würde feste vertrauen, dass das alles schon gut geht, besonders weil sie vorhin zufällig ein echt total sweetes Video entdeckt hätte, das sie jetzt hier schnell noch verlinken würde als Mutmach-Message für alle anderen Mamis, die auch gerade lernen müssten, ihr Baby loszulassen, und für alle anderen Papis, die auch gerade lernen müssten, ohne die Mamis zurechtzukommen, weil: »Moms wanna have fun, too!!!«

»Und dann hat Jenny unser Breibubikitsch-Video auf Facebook geteilt, um achtzehn Uhr dreiunddreißig.« Konstantin saß inzwischen auf einem der Stühle in Yeliz' Büro. Er schlug sich mit beiden Händen auf beide Oberschenkel. »Strike! Läuft bei uns!«

Als wäre diese Aktion nicht schon mehr Booster, als irgendwer in der Agentur sich jemals hätte erträumen können, hatte Jenny um kurz nach sieben nachgelegt und auf Instagram unter dem Hashtag #sogehtliebe fast den gleichen Text wie auf Facebook und dazu ein etwas unscharfes, gerade deshalb absolut authentisch wirkendes, unverschämt niedliches Selfie gepostet, das Robin von sich und seinem Sohn gemacht und ihr geschickt hatte. Beide mit einer zum Riesenlätzchen geknoteten Baumwollwindel um den Hals, beide mit sehr viel Brei im Gesicht, beide lachend.

»Aman allahim!« Yeliz schlug sich die Hand vor den Mund, und auch Jennys Insta-Followerinnen waren hingerissen von ihrem #sogehtliebe-Foto, und zwar so sehr, dass sie unter diesem Hashtag nun scharenweise eigene Männer beim Babyfüttern posteten. »Genial«, flüsterte sie. (Warum war sie darauf nicht selbst gekommen?)

Als Konstantin gegangen war, lehnte sie sich auf ihrem Schreibtischstuhl zurück und schaute auf den Fluss, der, befahren von rot-weißen und grün-schwarzen Barkassen und einem dieser kitschigen Mississippi-Dampfer, unter einem makellos blauen Himmel glitzerte. Das Oberdeck des Dampfers war dunkel von Menschen, die heute nicht arbeiten mussten und deshalb in der Sonne sitzen und eine Hafenrundfahrt machen konnten. Um keinen Preis der Welt hätte Yeliz mit ihnen getauscht.

Sie schloss die Augen und kostete den Moment aus.

Sie dachte daran, wie sie ihre Eltern verloren hatte, als sie wie jeden Sommer ihre Großeltern besucht hatten und an einem Tag zum Einkaufen nach Balıkesir gefahren waren. Sie war noch klein gewesen, fünf oder auch sechs, jedenfalls war sie noch nicht zur Schule gegangen. Im Basar war sie vor dem Geschäft eines Tuchhändlers stehen geblieben und hatte von einem Kleid aus einem der betörend schön bestickten Stoffe geträumt, die dort auslagen. Plötzlich waren ihre Eltern, Aslan und der Kinderwagen, in dem Funda saß, weg gewesen. Sie lief durch den Basar und suchte sie, mit zusammengebissenen Zähnen und zurückgehaltenen Tränen, denn sie fürchtete sich davor, dass jemand Fremdes sie ansprechen könnte, wenn man ihr ansah, dass sie ein verlorenes Kind war. Es war entsetzlich heiß, und sie war durstig, aber ihre Familie blieb verschwunden. Der Durst und die Angst wurden immer größer und quälender, bis sie sicher war, für immer alleine bleiben und sterben zu müssen. Plötzlich war das Kopftuch ihrer Mutter vor ihr aufgetaucht. Yeliz hatte »Anne!« geschrien und sich zwischen großen, unangenehm riechenden Körpern hindurch zu ihr vorgeschlängelt und mit den Fingerspitzen ihren Ärmel zu fassen bekommen. Da hatte ihre Mutter sich zu ihr umgedreht und das Gesicht einer völlig fremden, viel älteren Frau gehabt, zu der ein noch viel älterer, schnauzbärtiger Mann gehörte, der nicht Yeliz' Vater war. Der alte Mann hatte Yeliz in die Wange gekniffen, so wie es ihr Opa und seine Freunde auch andauernd taten, aber der durfte das, denn er war ihr Opa. Dann hatte er sich zu ihr hinuntergebeugt in der Absicht, sie hochzuheben, und Yeliz war erstarrt vor Angst. Gerade noch rechtzeitig, im allerletzten Augenblick, bevor der alte Mann sie entführen konnte, rief eine vertraute Stimme laut ihren Namen, und eine Hand griff nach ihrer Hand und plötzlich tauchte das richtige Gesicht über ihr auf. Das Gesicht ihrer Mutter. Ihre Mutter hatte sie an sich gedrückt und geschimpft, ihr Vater hatte ihr eine kleine eiskalte Flasche Maden Suyu gekauft, und nie wieder seither hatte Yeliz ein so köstliches Mineralwasser getrunken. Sie erinnerte sich noch genau daran, wie es ihr eisig, ein bisschen bitter und so stark sprudelnd, dass es wehtat, in den Mund geflossen war und ihren staubtrockenen Rachen erlöst hatte, und da hatte sie endlich weinen können.

So ähnlich, dachte Yeliz, fühlte es sich an, plötzlich doch zu gewinnen, nachdem man sich schon mit einer weiteren Niederlage abgefunden hatte.

Um halb sechs trommelte sie ihr Team zusammen, geschlossen gingen sie zu Gerrit rüber in sein Chefbüro. Der Crémant, den Nadja besorgt hatte, war noch nicht kalt genug, deshalb hatte sie auch noch Eiswürfel organisiert. Statt sesam-, erdnuss- und palmölfreiem Knabberzeug gab es, warum auch immer, Tramezzini mit Thunfisch, Roter Bete oder Ricotta und Melone. Während sie laut jubelnd anstießen, knackte das Video die

Zwanzigtausender-Marke, woraufhin der Jubel zu einem Siegesgeheul wurde. Ein, zwei, drei, immer mehr Kollegen aus den anderen Teams schauten nacheinander neugierig ins Büro und bekamen ebenfalls ein Glas in die Hand gedrückt. Nach und nach füllte sich der Raum, bis sie fast so eng standen wie auf einer guten Party. Irgendwer machte Musik an. Bis dahin geheime Alkoholvorräte tauchten auf. Die Tramezzini waren bald alle, Pizza wurde bestellt. Gunther kam auf Yeliz zu, in der Hand eine Flasche Taittinger.

»Habe ich noch gefunden, ist sogar kalt.« Er öffnete sie und schenkte ein. »Volle Gönnung! Aber jetzt nicht größenwahnsinnig werden, denk dran: Ohne die geile Jenny keine geile Yeliz!«

»Aber ohne die geile Yeliz nützt auch die geilste Jenny nichts.« Yeliz versuchte, selbstironisch zu klingen, und lachte vorsorglich ein bisschen, als das nicht so richtig klappte. Sie stießen an.

»Ich war Samstag mit Almut aus«, sagte Gunther.

»Mit Almut? Meiner Almut?«

»Ja, mit deiner Almut.«

»Ist ja ein Ding. Wie kam's?«

»Sie hat mich angerufen und gefragt, ob ich Lust habe, mit ihr Salsa tanzen zu gehen.«

»Sieh an. Sie hat uns gar nichts davon gesagt. Und?«

»Was und?«

Nike quetschte sich an ihnen vorbei Richtung Pizza.

»Wie war's? Kann sie so gut küssen, wie sie aussieht?«

»Yeliz.«

Das war alles, was Gunther dazu sagte, er sah dabei weder verlegen, verärgert noch verknallt aus. Yeliz überlegte, wie sie ihn aus der Reserve locken konnte, aber da näherte sich Carl, offenbar magisch angezogen von der noch halb vollen Champagnerflasche, die Gunther neben sich auf der Fensterbank abgestellt hatte. Schon aus zwei Meter Entfernung streckte er ihnen sein Glas entgegen. Er trug eine Bundfaltenhose mit Hosenträgern, und der Porkpie saß schief auf seinem Kopf. Er sah aus wie eine laufende Vogelscheuche.

»Ich will auch was von dem richtig guten Zeug!«

»Nö«, sagte Yeliz.

»Hä? Wie jetzt?«

Carl zog beleidigt ab. Gunther sagte noch einmal »Yeliz!«, dann griff er nach der Champagnerflasche und hielt sie ihr fragend hin. Sie lehnte ab, weil sie noch fahren musste, trank den Champagner, der noch in ihrem Glas war, und danach nur noch Wasser und Cola Light. Sie war fast wieder nüchtern, als sie eine Stunde später alleine im Auto saß.

Berauscht war sie trotzdem.

»Ich bin wirklich gut«, sagte sie laut. »Nein, ich bin besser als gut. Ich bin richtig, richtig, richtig gut. Ich bin die Beste!« Den letzten Satz schrie sie fast, weil es so einen Riesenspaß machte, sich ihn schreien zu hören.

Nach acht einen Parkplatz zu finden in ihrem Wohnviertel war schwer. Jedes Mal, wenn sie mal wieder lange suchen musste, nahm sie sich vor, häufiger mit dem Rad zu fahren, und tat es dann doch nicht. Aber heute war ihr Glückstag. Gleich beim ersten Durchfahren ihrer Straße stieg jemand direkt vor ihr in sein Auto und fuhr weg. Bevor sie ausstieg, checkte sie noch einmal, wie oft das Video inzwischen aufgerufen worden war und wie viele und was für neue Reaktionen und Fotos es auf Instagram gab.

Sehr, sehr viele.

Sie konnte sich nur einen groben Überblick verschaffen. Die allermeisten Posts stammten von Frauen, die ihre Partner fotografiert hatten. Es gab aber auch viele Väterselfies und sogar den babysittenden großen Bruder einer Singlemutter, einen fütternden Opa und, ganz neu, die daheim gebliebene Hälfte eines schwulen Elternpaares. Dieser Inspiration würden viele folgen, wenn das Foto es schaffte, in der queeren Blase bemerkt zu werden.

Es lief alles genau in die richtige Richtung.

Es war der Wahnsinn. »Vaybe!«, sagte Yeliz laut.

Sie freute sich darauf, Morten gleich davon erzählen zu können. Erst seine Mitfreude würde aus dem Wahnsinn etwas Wirkliches machen. Etwas, das beständiger war als ein Erfolgsrausch, der allzu schnell wieder verfliegen würde, nämlich ein Teil ihrer gemeinsamen Geschichte, ein Teil ihres Glücks.

Aber wo war Morten?

Die Wohnungstür war zweimal abgeschlossen. Nichts als Stille wartete auf sie und ein für eine Person gedeckter Küchentisch. Ein Teller, eine Gabel, ein Messer, eine Serviette, ein Wasserglas, ein Weinglas. Ein kleiner Rosenstrauß. Die graue Schüssel, die sie in Kopenhagen gekauft hatten, mit dunkelbraun gerösteten Hackbällchen darin.

Ein Briefumschlag mit ihrem Namen darauf.

Das blaue Schälchen mit den dunkelroten Preiselbeeren stand neben dem Herd auf der Arbeitsplatte, auf dem Herd standen der Stiel- und der mittelgroße Kochtopf. Yeliz brauchte die Deckel nicht zu heben, um zu wissen, was darin war. Im Stieltopf war die Soße, im größeren Kochtopf das Kartoffelpüree. Beim Kochen war Morten ein fast zwanghaftes Gewohnheitstier. Niemals würde er die Soße in einem der zweihenkeligen Kochtöpfe zubereiten. Immer löschte er den Bratensatz in der Pfanne ab und goss ihn dann in den Stieltopf um, und wenn der dreckig im Geschirrspüler stand, holte er ihn heraus und wusch ihn ab.

Heute war ihr zehnter Jahrestag.

Yeliz steckte sich eines der Hackbällchen in den Mund und wischte die Finger an der Serviette ab. Sie räumte Teller und Besteck weg, füllte Soße und Püree in Plastikdosen um, stellte sie in den Kühlschrank und schenkte sich Rotwein ein. Sie setzte sich. Schade, dass Morten die Lasche des Briefumschlages nicht geklebt, sondern nur in den Umschlag gesteckt hatte. Wäre der Umschlag zugeklebt gewesen, hätte sie noch einmal aufstehen und die Schere oder ein scharfes Messer holen können, um ihn aufzuschlitzen. So aber gab es keinen Vorwand, um das Lesen des Briefes weiter hinauszuzögern.

Drei Stunden später tastete Yeliz zum fünften Mal innerhalb von fünfundfünfzig Minuten nach dem iPhone, das neben ihr auf dem leeren Kopfkissen lag. Sie hätte ihr Leben darauf verwettet, dass Morten es nicht einen Tag aushalten würde, sich nicht zu vertragen. Kurz vor Mitternacht bekam sie endlich eine Nachricht, aber sie war von Aslan, irgendein dämliches Cartoon. Es dauerte bis drei Uhr morgens, bis sie einsah, dass sie in dieser Nacht nichts mehr hören oder lesen würde von ihm. Sie stand wieder auf, holte sich ein Glas Wasser und las den Brief noch einmal.

»Liebe Yeliz, ich bin mir ziemlich sicher, dass ich dich noch liebe, aber ich bin mir gar nicht sicher, ob du mich noch liebst. Ich bin mir noch nicht mal mehr sicher, ob es nicht genau umgekehrt ist. Ich möchte allein sein. Ich muss mir über einiges klar werden und brauche Zeit für mich. Lass mich bitte. Ich bin kein Problem, das du lösen musst. Morten«

Sie streifte durch die Wohnung, um herauszufinden, was er in die graue Reisetasche gepackt hatte, die fehlte. Seinen Laptop hatte er natürlich mitgenommen, Unterhosen, die meisten T-Shirts, ein paar Strümpfe, zwei oder drei Jeans, zwei oder drei Pullis, den Rasierer, die grüne Harrington, Sportsachen. Die Jogginghose, oder lag die in der dreckigen Wäsche? Zwei Bücher, die auf dem kleinen Couchtisch gelegen hatten. Die riesigen Birkenstock waren auch nicht mehr da. Die Turnschuhe hatte er angehabt, als er gegangen war. Oder umgekehrt.

Yeliz konnte sich denken, wo er war. In seinem rummeligen Werkstattbüro stand eine alte Sofaliege, auf der er manchmal schlief, wenn er (ausnahmsweise) zu viel zu tun und bis spät in die Nacht an irgendwas gearbeitet hatte, das dringend fertig werden musste. Eine Doppelkochplatte und ein winziges Bad mit ranziger Dusche, Zahnbürste und Deo gab es auch. Mehr brauchte Morten nicht, das wusste sie. Was sie nicht gewusst hatte, war, dass er sie womöglich auch nicht (mehr) brauchte.

Am Dienstag blieb sie zu Hause. Sie rief Konstantin an und sagte, sie würde heute Überstunden abbummeln. Er solle Nadja bitten, das Dienstagsmeeting auf Donnerstag zu verschieben und sie bei den anderen Terminen zu vertreten.

»Ansonsten bin ich heute nicht mehr erreichbar.«

»Aber –«, war das Letzte, was sie hörte, bevor sie auflegte. Egal. Nach gestern würde sich keiner trauen, ihr deshalb ans Bein zu pinkeln. Immerhin machte sie nicht blau, obwohl sie kurz darüber nachgedacht hatte. Aber sie hatte sich noch nie krankgemeldet, ohne richtig krank zu sein, nicht mal, als sie nach den Befruchtungsversuchen doch wieder ihre Tage bekommen hatte. Beide Male hatte sie weitergearbeitet, als wäre nichts. Als wäre das Blut, das aus ihr herausgelaufen war, nur Blut wie jedes andere, der Beginn eines neuen Zyklus, nicht das niederschmetternde Ende einer letzten Hoffnung.

Weitermachen, das beste Mittel gegen Ohnmacht.

Am nächsten Tag ging sie wieder in die Agentur. Kaum saß sie am Schreibtisch, schlenderte Annabell mit einem gigantischen Pappbecher Milchkaffee in ihr Büro und berichtete endlos von ihrem Sonntagsausflug nach Sankt Peter-Ording, das sie die ganze Zeit SPO abkürzte. Abgesehen davon, dass es ihr scheißegal war, wie Annabell den letzten Sonntag verbracht hatte, machte ihre Art zu reden Yeliz fast wahnsinnig. Annabell kannte kein Lauter und Leiser, keine Tempowechsel, weder Höhen noch Tiefen und vor allem: keine Pausen. Annabells

Stimme war ein Verstoß gegen das Folterverbot, hatte Gunther mal gesagt.

»Was aber echt nervt ist dass Es Pe Oh inzwischen total überfüllt ist vor allem am Wochenende da sind da voll viele Familien mit ihren Kids und hängen da rum das ist viel besser sich so wie du mal mitten in der Woche spontan freizunehmen was hast du denn gemacht bei diesem gigantischen Wetter das war ja echt so irre heiß warst du am Meer?«

»Ich war nirgendwo.« Yeliz schaute nicht auf von dem Handout, das sie gerade gelesen hatte. Sie fürchtete, Annabell könnte sonst den Hass in ihren Augen sehen. »Ich hab einfach mal zu Hause rumgehangen.«

Die ausführliche Antwort hätte gelautet: Ich habe gestern bis acht geschlafen, nachdem ich erst nach vier eingeschlafen bin, und bis zwölf habe ich so getan als ob. Dann habe ich kalt geduscht und die Vorhänge im Wohnzimmer zugezogen und nackt Netflix geguckt und die zwei Becher Ben and Jerry aufgegessen, die im Tiefkühlfach lagen. Abends bin ich mal kurz raus. Eigentlich brauchte ich frische Luft und Bewegung, ich habe aber nur Zigaretten, Bier und Pommes geholt. Als ich wieder zu Hause war, war es nicht mal sieben. Ich habe die kalten, labberigen Pommes gegessen und mich danach gesehnt, dass Morten sagt, dass sie mit dänischer Remoulade besser schmecken. Ich habe das Bier getrunken und mich danach gesehnt, dass Morten mit mir anstößt. Ich habe eine Zigarette geraucht und dann noch eine und mich danach gesehnt, dass Morten mich dafür zur Sau macht. Den Rest des Abends habe ich damit verbracht, alle zwei Minuten nachzugucken, ob er mir endlich geschrieben hat. Hat er aber immer noch nicht.

»Das ist doch auch mal schön«, sagte Annabell und schleppte ihren Eimer Kaffee wieder aus dem Büro raus.

Auch am Donnerstag redete Yeliz bei der Arbeit mit niemandem über Morten. Nicht mal Gunther weihte sie ein. In der

Agentur waren alle Wände aus Glas, es gab dort keinen Raum für private Probleme. Erst recht nicht, wenn man Chefin war. Wer heulen musste, tat das (besser) auf dem Klo.

Nach der Arbeit fuhr sie wie jeden Donnerstag zu Almut.

Sie war hungrig und freute sich darauf, heute nicht alleine essen zu müssen, aber erst als sie vor Almuts Wohnungstür stand, wurde ihr klar, wie dringend nötig sie diesen Abend mit Tille und Almut hatte. Sie fühlte sich wie jemand, der Fieber hat und sich endlich in ein weiches Bett fallen lassen darf, nachdem er sich viel zu lange zusammenreißen musste.

Frauenscheiß-Konserven

Morgen begannen die Sommerferien, und das bedeutete: Ab morgen würde Jan wieder wochenlang von morgens (mittags) bis abends alleine zu Hause vor dem Computer sitzen. Seit ihre Mutter gestorben und Jan zu alt für den Hort war und Tille ihn an den meisten schulfreien Tagen sich selbst überlassen musste, überkam sie am letzten Schultag vor den großen Ferien immer eine sehr große schlechte Laune. So auch an diesem sonnigen Mittwochmorgen Ende Juni. (Die Sommerferien fingen früh an dieses Jahr.) Auf dem Weg von der S-Bahn-Haltestelle zur Praxis, das Ziel schon in Sichtweite, kam aus der Gegenrichtung ein Radfahrer. Kurz dachte sie, es sei Adam Blaszczykowski, der sie von Weitem gesehen hatte und ihr nun entgegenfuhr.

Zum Glück war er es nicht.

Vor über einer Woche hatte sie ihm für die Elbphilharmonie abgesagt, recht kurz und bündig, wie sie sich eingestehen musste, und ohne noch einmal ein paar nette Worte hinterherzuschicken. Danach hatte sie nichts mehr von ihm gehört. Hoffentlich ist er nicht beleidigt, dachte Tille, ich muss mich echt dringend mal bei ihm melden. Aber sie musste so vieles dringend tun, zum Beispiel bei Frau Kovač nachhaken wegen der gefakten Bewertungen. Tille hatte der Anwältin vorgestern endlich eine Mail geschrieben und gefragt, ob man gegen so was vorgehen könnte, aber die hatte sich noch nicht gemeldet. Jetzt klingelte auch noch ihr Handy. Ihr Vater. Er wollte ihr nachmittags irgendwas zu Hause vorbeibringen.

»Ja, kannst du machen«, sagte Tille. »Aber ruf Jan vorher an, ob er da ist. Damit du nicht umsonst kommst.«

Jan war über Monate heimlich zu Almut gegangen, wer

weiß, wo er sich sonst noch so rumtrieb, ohne dass sie es mitbekam. Kaum hatte sie das Handy wieder verstaut, merkte Tille, dass sie nicht hätte sagen können, was ihr Vater für sie abgeben wollte. Irgendeinen Elektronikkram, sie hatte nicht richtig zugehört. Sie schrieb Jan im Gehen eine Nachricht, er solle seinem Großvater Bescheid sagen, falls er nicht zu Hause sei. Als sie die Eingangstür zum Ärztehaus erreichte, hatte sie keine Lust, das Tippen zu unterbrechen, also klingelte sie. Die Eingangstür summte, sie drückte sie mit dem Oberarm auf, tippte auf Senden und sah die nur fast geschlossene Fahrstuhltür. Sie rannte und drückte den Schalter. Die Tür ging wieder auf und gab den Blick frei in die Fahrstuhlkabine.

»Oh, hallo«, sagte sie.

»Hallo«, sagte Adam.

Die Tür ging wieder zu. Der lahmarschigste Fahrstuhl der Welt setzte sich schwerfällig in Bewegung. Er hielt an. Die Tür ging auf. Niemand stieg ein. Niemand stieg aus. Die Tür stand offen.

»Und wie war das Konzert?«, fragte Tille.

»Toll.«

Die Tür ging wieder zu.

»Es tut mir sehr leid, dass ich nicht konnte«, sagte Tille. »Hast du noch jemanden gefunden, der Zeit hatte?«

»Ja.«

Der Fahrstuhl hielt wieder.

»Vielleicht schaffe ich es ja ein anderes Mal.«

»Schauen wir mal. Tschüss, einen schönen Tag dir!«

Ich bin echt so blöd, dachte Tille. Und dass sie es, wo sie schon versäumt hatte, sich rechtzeitig bei Adam zu melden, wenigstens nicht vergessen (verdrängen) durfte, noch mal richtig mit Almut zu reden wegen der heimlichen Nachhilfe, die ihr immer noch im Magen lag. Nicht gerade zentnerschwer, aber doch unangenehm. Bestimmt wäre es besser, darüber in

Ruhe zu sprechen, bevor etwas Unausgesprochenes daraus wurde.

Letzten Donnerstag jedenfalls war es ihr so vorgekommen, als wären Almut und sie nicht ganz so unbeschwert miteinander umgegangen wie sonst. Almut war zuvorkommend wie immer gewesen, aber gedämpfter. Sie hatte nur sehr sparsam von ihrem Treffen mit dieser Sigrun berichtet, die ganz sympathisch zu sein schien, aber ein ziemlich komischer Vogel. Ein komplett anderer Typ jedenfalls als Almut, hatte Tille herausgehört. Vielleicht war das Treffen enttäuschend gewesen, und Almut mochte das nicht zugeben, weil sie sich so viel (zu viel) davon erwartet und vorher so wahnsinnig viel (viel zu viel) davon geredet hatte? Oder hatte sie bemerkt, dass Tille von dem Thema genervt war? Auf ihre Frage, ob sie Samstag Zeit habe, hatte Almut auch nur ausweichend geantwortet. Nein, sie wäre schon verabredet, klar, sie würde berichten, so, wer will noch einen Nachschlag? Anscheinend hatte Almut sich berappelt und wieder angefangen, irgendwelche frei laufenden Männer zu treffen, man verlor ja allmählich den Überblick, aber wenn es ein erfolgreicher Abend gewesen wäre, hätte Tille bestimmt längst davon gehört.

Und was machte eigentlich Yeliz?

Der hatte sie Montag zum Zehnjährigen mit Morten gratuliert, aber die hatte sich mit keinem Wort zurückgemeldet. Seltsam. Vielleicht sollte sie bei der auch mal nachfragen, ob alles in Ordnung war.

Sollte, hätte, müsste.

Aber jetzt musste sie erst mal dringend: arbeiten.

Nach der Arbeit musste sie dringend: einkaufen. Sich bei ihrem Vater für die Funksteckdosen mit Fernbedienung bedanken, die für sie in der Küche lagen, weil sie neulich behauptet hatte, es praktisch zu finden, dass er die Stehlampe vom Sofa aus an- und ausschalten konnte. Pfanne und Herd schrubben und den Geschirrspüler anstellen. Jan überreden, den Müll runterzubringen. Überweisungen machen. Ungefähr tausend Socken sortieren und schrankfertig rollen. Jan Gute Nacht sagen und dass er nicht mehr so lange am Computer sitzen sollte. Wenigstens ein paar Seiten in der neuen Ausgabe von ›Der Urologe‹ lesen, schließlich war sie Urologin.

Schlafen.

Sie ging eine Straße entlang und entdeckte einen Kinderwagen, der mitten auf der Fahrbahn stand. Sie eilte hin und schob ihn auf den Gehweg. Im Wagen lag ein Baby und lächelte. Sie lächelte zurück und wartete darauf, dass jemand angerannt kam, um das Baby zu herzen und ihr für seine Rettung zu danken. Niemand kam. Sie fragte Passanten, ob sie wüssten, zu wem das Kind gehörte. Niemand wusste es. Auf einmal hatte sie es sehr eilig. Sie musste furchtbar dringend irgendwohin. Sie wusste nicht, worum es ging, nur dass es sehr wichtig war, überlebenswichtig, und dass sie das Baby unmöglich mitnehmen konnte. Am Ende entschied sie sich, den Kinderwagen stehen zu lassen. Die Eltern würden bestimmt gleich auftauchen, bis dahin würde sich schon irgendwer kümmern. Sie ging weiter ohne den Kinderwagen, da schrie jemand: Hey, halt, Sie können doch nicht einfach Ihr Baby stehen lassen! Sie sagte: Das ist nicht mein Baby. Niemand glaubte ihr. Immer mehr Menschen kamen und schrien: Natürlich ist das Ihr Kind, wir haben doch gesehen, wie Sie den Wagen geschoben haben! Was sind Sie denn für eine Mutter, die ihr Kind stehen lässt? Jemand rief die Polizei. Die Beamten drohten, sie zu verhaften, wenn sie das Baby nicht mitnahm. Auf einmal war sie sich nicht mehr sicher, ob es nicht vielleicht doch ihr Baby war, wo doch alle das sagten. Außerdem hatte sie Angst vor den Leuten. Sie sah keinen anderen Ausweg, als den Kinderwagen mitzunehmen. Während sie ihn schob, wurde sie immer verzweifelter. Wenn sie das Baby jetzt mitnahm, würde sie es nie wieder loswerden. Sie wollte das Baby nicht. Es war nicht ihres. Sie hatte keine Zeit dafür. Ein Gefühl der Ausweglosigkeit überwältigte sie; es war, als würde sie auf spiegelglattem Grund unaufhaltsam in einen Abgrund rutschen.

Tille wachte auf. Ihr Herz klopfte.

Sie hatte den Kinderwagentraum früher oft geträumt, in den letzten Jahren nur noch selten. Manchmal war es auch ein Hund, von dem alle behaupteten, es sei ihrer, obwohl sie nie einen Hund gehabt hatte. Ihre Panik war immer die gleiche. Sie ging ins Bad und kühlte ihr Gesicht mit Wasser. Viertel vor sechs, es lohnte sich nicht mehr, sich noch mal hinzulegen. Bevor sie aus dem Haus ging, legte sie Jan einen Zettel hin, auf dem stand, dass sie schon bei der Arbeit war: »Kuss, Mama«. An der Haustür kehrte sie noch mal um.

Jan hatte aus unbekannten Gründen das Fenster geschlossen, das Zimmer roch ein bisschen nach Schafstall; Tille stellte es auf Kipp. Er schlief auf der Seite, mit dem Gesicht zur Wand. Die Decke hatte er zwischen die Beine geklemmt, sie bedeckte seinen weißen Rücken nur dürftig. Der Kopf mit dem dichten dunklen, etwas fettigen Haar lag auf Robbi, der Plüschrobbe, die Nils anlässlich von Jans zweitem Geburtstag bei Amazon bestellt und als Geschenk hatte versenden lassen. Als kleiner Junge hatte Jan Robbi überall mit hingenommen, irgendwann hatte er angefangen, sie nur noch als Kissen zu benutzen. Robbi war mal pummelig und flauschig gewesen, inzwischen war das Fell verfilzt und die Füllung plattgelegen, sodass sie aussah wie eine Flunder. Tagsüber verstaute Jan sie im Bettkasten, aus dem sie am Abend auferstand wie Dracula aus seinem Sarg. Robbi, das untote Wesen aus dem Zwischenreich zwischen Kindheit und Jugend. Jans Handy lag angeschlossen ans Aufladekabel neben dem Bett auf dem Fußboden. Tille prüfte, ob es auf Empfang stand; sie würde ihn von der Praxis aus anrufen und ans Aufstehen erinnern. Sie versuchte, ihm die Decke weiter über den Rücken zu ziehen. Er grummelte im Schlaf. Sie schloss die Tür ganz sacht hinter sich, obwohl kein Krach der Welt ihn vorzeitig wecken würde.

Wie in jedem Sommer schien der erste Ferientag die Stimmung in der Stadt schlagartig verändert zu haben. Die Straßen waren leerer als sonst, die U- und S-Bahnen auch, und die meisten Leute, die (wie Tille) weiter morgens um halb acht zur Arbeit fahren mussten, wirkten (anders als Tille) so gelassen und heiter, als wären sie bereits in Ferienlaune.

Frau Kemper, die heute Frühdienst hatte, war längst da, hatte aber noch keinen Kaffee aufgesetzt. Das übernahm Tille. Danach erstellte sie eine To-do-Liste, auf der ganz oben die Punkte »Frau Kovač« und »Yeliz« standen und ganz unten »Almut« und »Adam« und dazwischen eine Menge anderer Muss- und Müsste-Kram. Als die Liste fertig war, schrieb sie eine weitere Mail an Frau Kovač und eine WhatsApp an Yeliz: »Sehen wir uns heute Abend?« Sie strich die ersten beiden Punkte durch und fühlte sich, als hätte sie etwas Wichtiges geschafft.

Yeliz antwortete schnell: »Ja.« Sie war bestimmt mal wieder in irgendein Projekt versunken.

Weil Donnerstag war, holte Tille sich mittags nur ein Käsebrötchen. Sie hatte den Mund sehr voll, als Frau Kovač anrief. Sie ging trotzdem ran und versuchte, noch schnell herunterzuschlucken, aber der Bissen in ihrem Mund war zu groß und zu klebrig.

»Scheybo.«

Mehr kriegte sie nicht raus, aber das fiel nicht weiter auf, denn wie alle Anwälte kam Frau Kovač gerne gleich zur Sache. Gegen negative Bewertungen auf Arztportalen vorzugehen, sagte die Anwältin, sei schwierig, sofern der Eintrag den Eindruck vermeide, die fachliche Kompetenz des Arztes objektiv beurteilen zu wollen, sondern als subjektiver Patienteneindruck formuliert worden sei – so wie es bei den von Tille beanstandeten Texten der Fall wäre, in denen die Verfasser hinreichend betonten, dass Frau Seyboldt und ihr Praxispersonal ihrem persönlichen Erleben beziehungsweise Empfinden nach unsensibel, unfreundlich und unfähig gewirkt hätten.

»Ah.« Tille hatte nicht viel verstanden außer: »Sie können also nichts dagegen tun?«

»Es sei denn, eine Bewertung beruht auf falschen Tatsachen, zum Beispiel wenn sie erfunden wurde von jemandem, der nie bei Ihnen war, oder von einem Patienten, der Ihnen schaden möchte.«

»Dann kann man den Patienten bei der Plattform melden?«

»Nein. Selbst wenn Sie beweisen könnten, dass einer ihrer Patienten eine solche unzulässige Bewertung anonym veröffentlicht hat, dürften Sie seinen Namen keinem Dritten offenbaren. Damit würden Sie Ihre ärztliche Schweigepflicht verletzen, und laut gängiger Rechtsgüterabwägung wiegt der Schutz der Patientenrechte schwerer als Ihr Recht auf eine wahrhaftige Bewertung.«

»Ach so«, sagte Tille.

»Was ich tun kann, ist, Löschungsanträge bei den Plattformbetreibern zu stellen. Die sind da kooperativer als früher. Normalerweise schicken sie dem Verfasser der beanstandeten Bewertung dann eine Bitte um Stellungnahme an die dort bekannte E-Mail-Adresse. Wenn der nicht reagiert oder seine Bewertung nicht glaubwürdig begründen kann, löschen die Arzt-Bewertungsportale den Eintrag. Meistens.«

»Okay, dann machen Sie das doch bitte, auch bei Google.«

»Vergessen Sie's.« Für ihre Verhältnisse klang Frau Kovač geradezu aufgewühlt. »Bewertungen bei Google löschen zu wollen, ist so gut wie aussichtslos. Sie können Google Deutschland so viele Löschungsanträge schicken, wie Sie wollen, da passiert gar nichts, weil die wissen, dass Ihnen am Ende nichts übrig bleibt, als den Mutterkonzern in Mountain View, Kalifornien, zu verklagen, und das kann sich kein normaler Mensch leisten, so eine Klage in den USA.«

Nach dem Telefonat googelte Tille ihren Namen.

Sie hatte drei neue Bewertungen, einmal fünf Sterne, zweimal ein Stern. Sie wurde plötzlich so müde, als würde sie gleich ohnmächtig werden. Ihre Laune hellte sich erst am Spätnachmittag dank des Ingwer-Patienten wieder auf. Der Patient war Mitte dreißig. Tille hatte auf Finanzbeamter getippt, aber er war Zahntechniker.

»Ich habe ein Stückchen Ingwer in der Harnröhre.« Er verzog keine Miene.

»Aha.« (Ich sage heute ständig Aha, dachte Tille.) »Und wie ist das passiert?«

»Was ist das für eine seltsame Frage?« Zum ersten Mal, seit der Mann ihr Sprechzimmer betreten hatte, regte sich der Hauch einer Emotion in seinem Gesicht. Unmut. »Ich habe ihn mir eingeführt.«

»Aber – warum?«

»Ich habe gelesen, dass Ingwer antiseptisch wirkt.«

»Ah«, sagte Tille.

Der Fall war das Absonderlichste, das sie seit Wochen in der Praxis erlebt hatte. Eine Spitzenanekdote, die sie gleich in Almuts Küche zum Besten geben würde. Das Publikum wäre begeistert.

Das Essen stand schon auf dem Tisch, als sie ankam. »Es gibt ein veganes Blumenkohl-Curry«, sagte Almut, »mit roten Linsen und ganz viel Ingwer.« Dazu gab es frischen Koriander und Basmatireis und die Spitzengeschichte, die Tille wegen des Currys für noch unterhaltsamer hielt als sowieso schon.

Die anderen waren anderer Meinung.

Hetti verzog angewidert den Mund. Jan sah geradezu erschüttert aus: »Mama, ey, nee, echt nicht.« Almut ließ stumm seufzend den Löffel ins Curry fallen. Yeliz vertiefte ihre Stirnfalten von mäßig auf mies gelaunt: »Du hättest wenigstens bis zum Nachtisch warten können.«

»Es gibt Johannisbeerquark mit Baiser«, sagte Almut.

»Ihr hört so was doch sonst immer so gerne«, sagte Tille.

»Ich nicht«, sagte Jan.

»Ich auch nicht so«, sagte Hetti.

»Doch nicht beim Essen«, sagte Yeliz.

Tille überwand sich, nicht gekränkt zu sein.

»Schon gut, ich hab verstanden. Aber Yeliz, du guckst schon die ganze Zeit so böse, was ist los?«

»Später«, sagte Yeliz und rieb auf ihren zwei Stirnfalten herum, als wären sie nur aufgemalt.

»Möchtest du eine Aspirin?«, fragte Almut.

»Oder lieber Botox?«, fragte Tille.

»Wieso hast du Botox?«, fragte Yeliz.

»Hilft manchmal bei Blasenschwäche.«

»Das kann man auch schlucken?«, fragte Almut.

»Nein, das wird gespritzt, in den Blasenmuskel.« (War ja klar, wenn's um Botox ging, wollte Almut wieder alles ganz genau wissen.)

»Und in die Stirn spritzen kannst du auch?«

»Nö«, sagte Tille, »aber kann ja nicht so schwer sein. Da gibt's bestimmt irgendein Video-Tutorial auf YouTube.«

»Haha«, sagte Yeliz.

»Schade«, sagte Almut.

»Wozu brauchst du denn Botox? Du hast doch höchstens Gesäßfalten, wenn überhaupt«, sagte Tille.

»Ich glaube, ich mag gar kein Baiser.« Jan war schon dabei, vom Tisch abzurücken. »Willst du noch, Hetti?«

Hetti schüttelte den Kopf.

»Wie war eigentlich der erste Ferientag?«, fragte Tille.

Jan zuckte mit den Achseln.

»Gut«, sagte Hetti.

»Hetti und Jan hatten sich doch heute schon für nachmittags verabredet«, sagte Almut.

»Ah!« Wieso hatte ihr niemand was davon gesagt? Diese Info hätte ihr den ersten Sommerferienarbeitstag sehr erleichtert.

Jan war schon fast aus der Küche, als er merkte, dass Hetti ihr Geschirr in den Spüler räumte. Er kam zurück und tat es ihr nach. Dann folgte er Hetti, auf seine schlurfig schlackerige Weise. Es war schön, dass er donnerstags immer dabei war. Trotzdem fühlte Tille sich jedes Mal ein bisschen befreit, wenn er verschwand. Es war ähnlich wie früher im Studium, wenn sie sonntagmittags ihre Eltern besucht hatte. Vorher hatte sie sich darauf gefreut. Nach dem Essen war sie immer heilfroh gewesen, wieder gehen zu können. Liebe schien etwas zu sein, das sie theoretisch besser beherrschte als praktisch. (Was taten Hetti und Jan da nur immer zusammen?)

»Jan hat aber auch einen ganz schönen Sprung gemacht«, sagte Almut.

»Findest du?«, fragte Tille. »Ich habe eher das Gefühl, dass der nie fertig wird. Jan ist so was wie der Berliner Flughafen unter den Pubertierenden, glaube ich.«

»Ach was, die werden alle irgendwann groß, und zwar immer viel zu schnell, denn dann erzählen sie einem plötzlich gar nichts mehr, das ist dann auch traurig.«

»Weiß nicht«, sagte Tille. »Jan erzählt mir schon so wenig, weniger geht gar nicht. Das kann nur besser werden.«

»Ja, meine Jungs waren auch so, die reden immer noch nicht viel. Aber Hetti hat mir bis vor Kurzem noch alles erzählt, also, alles Wichtige, habe ich jedenfalls bis Samstag gedacht. Da hat sie mir gesagt, dass sie schon ganz lange einen Freund hat, schon fast ein Vierteljahr.«

Jetzt war das also auch raus, endlich.

Tille war erleichterter, als sie erwartet hatte.

»Und weißt du auch, warum sie dir das nicht früher erzählt hat?«, fragte Yeliz.

»Ja.« Almut zögerte wie jemand, der nicht sicher ist, ob er dabei ist, das Richtige zu tun. »Sie hat Angst, ihn mir vorzustellen. Sie denkt, dass ich ihn nicht mag und dass ich dann enttäuscht bin von ihr. So ein Unsinn.«

»Kenn ich«, sagte Yeliz. »Die Arme.«

»Die Arme?« Almut sah ungehalten aus. »Hetti hat gesagt: Mama, ich weiß doch, wie wichtig wir dir sind, Franzi, die Zwillinge und ich, wir sind ja so was wie dein Beruf. Wenn bei uns was anders läuft, als du dir vorstellst, ist das so, als würden bei Papa die Zahlen nicht stimmen. Das hat mich ehrlich gesagt ziemlich –«

»Aber eigentlich hat sie ja nicht ganz unrecht.«

Tille merkte sofort, dass dieser Satz ein Fehler war, aber der Pfeil flog schon, er war nicht mehr aufzuhalten.

»Ach ja?« Almut, sichtbar getroffen. »Du findest auch, dass ich eine langweilige, bedauernswerte Hausfrau bin, die keinen anderen Lebensinhalt hat als ihre Kinder?«

»Ich bitte dich, nein.« Wie konnte sie es weniger kränkend formulieren? »Ich meine doch nur, dass es für Frauen wie dich, die sich erst mal ganz auf die Familie konzentriert haben, dass es für die vielleicht besonders schwierig ist –«

»Du meinst, es war ganz schön dumm von mir, mich auf die Liebe zu verlassen und dafür zu sorgen, dass es meinen Kindern möglichst gut geht? Ich hätte lieber klug sein und irgendwas Interessantes aus meinem Leben machen sollen? So klug wie du?«

»Almut, du weißt genau, ich habe mir das nicht ausgesucht.«

»Und habe ich es mir vielleicht ausgesucht, mir noch mal ein ganz neues Leben aufbauen und mich mit irgendwelchen fremden Männern treffen zu müssen, die mich begutachten wie einen Gebrauchtwagen?« Almut war auf ungewohnt beharrliche Weise außer sich, Tille wurde mulmig.

»Nein, aber andererseits warst du es ja, die sich getrennt hat, und dich zwingt ja niemand –«

»Nichts davon habe ich mir ausgesucht!« Almuts Stimme begann zu vibrieren. »Ich versuche nur, das Beste zu machen aus einer Situation, die ich mir nie so ausgesucht hätte. Mir blieb doch gar nichts anderes übrig, als mich zu trennen. Aber ich will gar nicht allein sein, ich bin nicht wie du.«

»Wie bin ich denn?«

»Du brauchst niemanden, jedenfalls tust du immer so. Du machst dein eigenes Ding, deine Praxis zum Beispiel, und machst dir keine großen Gedanken, was das für andere bedeutet, also für Jan vor allem.«

»Ich habe ja auch keinen Mann, der mir ein Haus kauft.« Tille bekam Lust, böse Sachen zu sagen. Sie wusste, sie hätte den Streit beilegen oder wenigstens beenden sollen, aber sie hatte keine Übung darin. Sonst war es immer Almut, die einlenkte.

»Du könntest ja auch irgendwo angestellt arbeiten, in Teilzeit«, sagte Almut, »das würde doch auch reichen.«

»Musst du gerade sagen«, sagte Tille.

»Findest du jetzt auch noch, dass ich gierig bin, nur weil ich genauso gut leben will wie du? Das ist ja wohl das Mindeste, nach all den Jahren mit Christoph. Ich habe vier Kinder großgezogen für ihn, vier! Fünfundzwanzig Jahre war ich für ihn sein Kindermädchen, seine Köchin, seine Privatsekretärin, sein Reisebüro und seine Gesellschaftsdame –«

»Bitte keine Ungenauigkeiten im Lebenslauf«, sagte Yeliz. »Du warst seine Escort Lady.«

Almut war offenbar nicht mehr fähig, doofe Witze doof zu finden, sie überhörte sie einfach. »Das war unsere Arbeitsteilung, auf die hat Christoph sich genauso eingelassen wie ich. Aber du findest, ich hätte das hier alles nicht verdient?« Mit der ausladenden Geste einer Herrscherin, die ihr Reich präsentiert, zeigte sie auf ihre Einbauküche.

»Das sag ich doch gar nicht«, sagte Tille.

»Aber du meinst es. Das merke ich doch, dass ihr denkt, ich hätte mal lieber was Ordentliches machen sollen.«

»Ich denke nur daran, dass es noch Johannisbeerquark gibt«, sagte Yeliz. »Johannisbeerquark ist was sehr Ordentliches, finde ich.«

»Hör auf, Yeliz«, sagte Tille.

»Nein, mach ruhig weiter«, sagte Almut. Sie knallte die Schüssel mit dem Quark auf den Tisch. »Willst du auch noch Kaffee? Und danach ein bisschen Schokolade? Zartbitter oder lieber Mandelkrokant? Und wie wär's mit einem Averna?«

»Schon gut, Entschuldigung, ich hab's nicht böse gemeint«, sagte Yeliz.

»Stimmt, alles gut. Sagt einfach, was ihr möchtet, ich bekoche euch gerne, wirklich. Ich höre euch auch gerne zu, wenn ihr über eure Arbeit oder über Probleme redet. Ich mag das, mir macht es Freude, für andere da zu sein.«

Wieder stand Almut auf, diesmal, um den Kaffee zu kochen, zu dem Ja zu sagen weder Tille noch Yeliz sich getraut hatten. Während sie mit der Espressokanne klapperte, keimte in Tille die Hoffnung, sie habe sich beruhigt. Aber Almut stellte die Dose mit dem Espressopulver plötzlich wieder ab.

»Aber wisst ihr, was ich nicht mag? Dass ihr mich dafür verachtet. Ihr haltet euch für modern und emanzipiert und mich für altmodisch und verblödet, dabei habt ihr ja wohl auch was davon, dass ich für all die Sachen Zeit habe, für die ihr zu gestresst seid. Tille, du kannst ja mal Jan fragen, wie gerne er hier nachmittags nach der Nachhilfe bei mir sitzt und Kuchen isst und redet.«

Auch dieser Pfeil traf, diesmal Tille, und er tat so weh, dass sie der Versuchung nachgab, Schmerz mit Schmerz zu vergelten. »Und du kannst Hetti ja mal fragen, wie lange ich schon weiß, dass sie einen Freund hat.«

»Du hast es vor mir gewusst?«

»Schon seit Wochen. Aber ich habe versprochen, dir nichts zu sagen. Ist doch gut, dann sind wir ja jetzt quitt. Jedenfalls ist man nicht automatisch die bessere Mutter, nur weil man ständig Zeit hat, Kuchen zu backen.«

Almut sagte nichts.

Tille wusste auch nicht, was sie noch sagen sollte.

Eine gute Gelegenheit für Yeliz, etwas zu sagen.

»Gute Mütter, schlechte Mütter, wollt ihr dieses uralte, stinkende Fass jetzt auch noch aufmachen? Ich schlage vor, ihr beruhigt euch mal wieder und dann –«

»Wir beruhigen uns doch gerade«, sagte Almut.

»Halt doch bitte, bitte endlich einfach mal den Mund, Yeliz. Besonders wenn du keine Ahnung hast«, sagte Tille.

»Wovon habe ich keine Ahnung? Von diesem typischen Frauenscheiß?«

»Genau. Davon, was es bedeutet, ein Kind zu haben.«

»Wie nett, dass du mir das so zartfühlend unter die Nase reibst.«

Almuts Küchenuhr tickte sehr laut.

»Wobei«, sagte Yeliz, »wenn man dich so anguckt, kann man natürlich auch zu dem Schluss kommen, dass es echt besser ist, kein Kind zu haben. Du bist so oft so genervt von Jan, dabei müsstest du eigentlich dankbar sein, dass du wenigstens ihn hast. Ich meine, ich habe vielleicht nicht mal mehr einen Mann, Morten ist gestern ausgezogen.«

»Oh nein, wieso das denn? Ach, das tut mir aber leid. Wieso hast du das denn nicht gleich erzählt?« Almut stand immer noch, jetzt angelehnt an die Küchenarbeitsplatte. Yeliz berichtete mit knappen Worten, was passiert war. Almut verschränkte die Arme und musterte sie mit diesem mütterlich besorgten Blick, in den harmoniebedürftige Frauen (wie sie) ihren Tadel hüllten, damit er nach gutem Ratschlag aussah.

»Aber wie kann es denn auch passieren, dass du so einen wichtigen Tag vergisst? Ich denke ja schon länger, dass du vielleicht ein bisschen kürzertreten solltest. Das tut dir nicht gut, dass du so viel arbeitest, und deiner Beziehung auch nicht, wie man sieht. Das war bei Christoph und mir auch so, bis wir nur noch nebeneinanderher gelebt haben. Man muss sich schon auch um den anderen bemühen.«

»Ich danke herzlich für die kostenlose Beziehungsberatung von so kompetenter Seite«, höhnte Yeliz kühl. »Aber wer weiß, vielleicht hättest du dir einfach auch mal was suchen sollen, was dich richtig ausfüllt, statt immer nur darauf zu warten, dass dein Mann Zeit für dich hat.«

»Nun mach aber mal halblang.« Tille war dankbar für die Gelegenheit, Almut verteidigen zu können. »Hausfrau sein heißt doch nicht, dass man sich für nichts interessiert. Und außerdem ist das noch was ziemlich Normales in unserer Generation, also jedenfalls im Westen, und bei euch türkischen Familien ja wohl auch. Du stehst doch auch die ganze Zeit in der Küche rum, wenn du deine Familie besuchst, hast du selbst erzählt.«

»Ich bin aber freiwillig zu Hause geblieben, aus Überzeugung.« Almut machte ein Gesicht, das Tille noch nie an ihr gesehen hatte – verschlossen, fast hart. »Der Kinder wegen, nicht wegen der Tradition, niemand hat mich dazu gezwungen.«

»Klar, du hast dich genauso überzeugt von deinem Mann aushalten lassen, wie mein Vater sich aus Überzeugung in der Fabrik kaputt geschuftet hat. Erzähl dir ruhig weiter das Märchen vom freien Willen, wenn's dir hilft, aber erwarte nicht, dass ich es dir glaube. Und es stimmt übrigens gar nicht, dass die Türkinnen alle Hausfrauen sind, das ist wieder so ein typisches Vorurteil.« Yeliz klang jetzt nicht mehr kühl, sondern eisig. »Meine Mutter, die hat immer gearbeitet, da hat Tilles Mutter noch den ganzen Tag gebetet und Schlüpfer gebügelt, aber Putzen gehen zählt für euch ja nicht, da rümpft ihr nur eure biodeutschen Akademikernasen.«

»Wie kommst du denn jetzt darauf?«, fragte Almut. »Außerdem bin ich gar keine Akademikerin, ich habe mein Studium gar nicht beendet.«

»So ein Unsinn«, blaffte Tille.

»Doch«, beharrte Yeliz. »Bei Frauen wie meiner Mutter seht ihr immer nur, dass sie ein Kopftuch trägt und nicht gut Deutsch kann, dabei ist sie eine total taffe Frau. Ihr Leben war tausend Mal härter als eures.«

»Kann ja sein«, sagte Tille.

»Nein, ist so«, sagte Yeliz.

»Ich komme gerade nicht mehr mit«, sagte Almut.

»Aber du willst jetzt trotzdem nicht ernsthaft behaupten, dass alle, die keinen Migrationshintergrund haben, automatisch ein leichtes, lustiges Leben haben, oder?«, fragte Tille.

»Mann, ihr seid beide so –«, sagte Yeliz.

»Aber du doch auch –«, sagte Almut.

»Mir wird das hier langsam zu –«, sagte Tille.

»Ich glaube auch, es ist besser, wenn ihr jetzt geht! Beide! Sofort!« Almut riss Tille und Yeliz die Gläser weg und kippte sie in die Spüle aus.

Ohne sich zu verabschieden, schloss sie die Tür hinter ihnen. Es ging alles so schnell, dass sie plötzlich im dunklen Treppenhaus standen. Tille tastete nach dem Flurlichtschalter.

»Tja, tschüss.« Yeliz zuckte mit den Achseln.

»Tschüss.«

Während Tille die Wohnungstür aufschloss, dachte sie, dass es für sie alle besser gewesen wäre, wenn sie einfach immer weiter über Botox geredet hätten. Im Flur schmetterte sie das Schlüsselbund mit aller Kraft Richtung Küchentür.

Sie traf, es krachte. Ein Stück Lack platzte ab.

Jans Zimmertür wurde geöffnet. »Mama? Alles okay?«

»Absolut, alles bestens.«

»Gehst du gleich wieder rüber?«

»Eher nicht.«

»Ist was passiert?«, fragte Hetti.

»Nein. Wieso?«

Hetti und Jan standen Schulter an Schulter nebeneinander, Hetti mit unordentlichem Pferdeschwanz und in die Seite gestemmten Händen, Jan in Jogginghose mit einem Stift in der Hand, mit dem er sich nervös gegen den Oberschenkel schlug. Die beiden sahen aus wie ein alarmiertes Elternpaar.

»Verdammt, was macht ihr da eigentlich immer?«, fragte Tille.

»Wie, was machen wir?«, sagte Jan.

»Womit ihr die Zeit verbringt, wenn ihr da die halbe Nacht bei dir im Zimmer hockt? Meditiert ihr oder schreibt ihr politische Essays oder seid ihr dabei, eine Sekte zu gründen? Nach Sex oder Drogen oder anderen normalen Sachen, die man in eurem Alter so macht, seht ihr jedenfalls nicht aus.«

»Ma-ma!«, sagte Jan.

Hetti lachte. »Ach, komm, deine Mama ist voll okay. Wir können ihr das locker sagen, es ist doch gar nichts richtig Schlimmes.«

Nichts richtig Schlimmes klingt leider nach immer noch schlimm genug, dachte Tille.

»Jetzt hast du ja eh schon entschieden«, sagte Jan.

»Also –«, sagte Hetti.

»Stopp!« Tille musste etwas klarstellen, bevor Hetti weiterredete. »Egal, was es ist, ich verspreche auf gar keinen Fall, es niemandem zu erzählen.«

Aus Aprikosen und Schmerz etwas Schönes machen

Am Samstag und Sonntag sollte es sehr heiß werden, über dreißig Grad, aber der Freitag begnügte sich noch damit, ein normal schöner Frühsommertag zu sein. Almut zog das weiße Kleid an und fuhr zum Markt. Beim Müslimann kaufte sie Honig-Mandel-Granola für Ludwig, bei Bonbon-Pingel die Salmiak-Brocken für Johann. Den Drachentee für Franzi gab es beim Kräuterstand, wo sie auch Kaffir-Limettenblätter fand. (Koriandersamen hatte sie noch.) Beim Gemüsehändler kaufte sie allerlei Obst und Gemüse fürs Wochenende, außerdem Schalotten, Ingwer, zwei Chilischoten und zwei Kilo Aprikosen für ihr berühmtes Aprikosen-Chutney.

Für sich selbst kaufte sie Löwenmäulchen.

Auf dem Weg zurück zum Rad kam sie an einem Stand mit Knupperkirschen vorbei, die ersten des Jahres. Obwohl ihre Fahrradtaschen schon sehr voll waren, kaufte sie auch davon drei Pfund. Sie würde die Kirschen nachher mitnehmen ins Heim, zum Vorlesen. Über die Erdbeeren neulich hatten sich die alten Leute auch sehr gefreut.

Zu Hause machte sie das Küchenradio an und schaltete von NDR Info auf NDR 2. Sie wollte keine Nachrichten hören. Sie wollte nichts hören über Trump, die Odyssee der Sea-Watch auf dem Mittelmeer, den Lügde-Prozess oder den heißesten Juni aller Zeiten. Sie wollte Geplapper und leichte Musik.

Sie setzte sich vor die offene Balkontür an den Küchentisch, entkernte Aprikosen, schnitt sie klein und freute sich darauf, die Päckchen für Franzi und die Jungs zu packen mit den Kleinigkeiten, die sie gerade besorgt hatte, und mit je zwei Gläsern

Chutney. Jedem Päckchen würde sie einen Briefumschlag beilegen mit einem handgeschriebenen Gruß auf einer Ansichtskarte von Hamburg und zwanzig Euro darin, obwohl Franzi und Johann längst Geld verdienten. Der Schein im Umschlag war eine Gewohnheit, die entstanden war, nachdem Franzi zum Studieren weggezogen war. Diese Gewohnheit mochte Almut nicht aufgeben. Eine Mutter steckte ihren Kindern Dinge zu, egal, ob die Kinder sie brauchten oder nicht, denn in den Dingen wiederum steckte Liebe, und davon konnten Kinder niemals genug bekommen.

Almut knackte vier Aprikosenkerne. Sie zerstieß sie im Mörser und überlegte, was sie Johann noch ins Päckchen legen könnte, damit sich das Porto nach Übersee lohnte. Boxershorts und Gummibärchen. Wenn sie an die Kinder dachte, wurde ihr sofort warm ums Herz, aber in die Wärme schossen immer wieder kalte Spitzen, genauso wie vorhin zwischen den bunten Marktständen etwas Schwarzes gelauert und sich gerade eben etwas Bitteres unter die Süße der Aprikosen gemischt hatte.

Der Streit gestern Abend hatte sie verletzt.

Wie schlimm, wusste sie nicht.

Sie guckte die Verletzungen, die Tilles und Yeliz' Worte ihr zugefügt hatten, nicht genauer an. Sie fürchtete sich davor, dass es so ähnlich sein könnte wie bei diesem langhaarigen Fußballspieler, dem der Oberschenkel vom Stollenschuh seines Gegenspielers aufgeschlitzt worden war. Almut hatte die Szene als Teenager im Fernsehen gesehen und niemals wieder vergessen – auf dem Grundig, den ihre Mutter gekauft hatte, um die Hochzeit von Lady Di und Prinz Charles in Farbe sehen zu können, gegen den Willen ihres Vaters, der es verschwenderisch fand, einen neuen Fernseher zu kaufen, solange das alte Schwarz-Weiß-Gerät noch funktionierte.

Der langhaarige Fußballer hatte nach dem Foul reflexhaft

dahin geblickt, woher der Schmerz kam, und entdeckt, dass die Haut seines Oberschenkels auf fast ganzer Länge aufgerissen war. Die Wunde klaffte so tief und weit auseinander, dass der Muskel offen lag. In dem Moment, in dem er das sah, hatte er angefangen zu schreien, und Almut hatte mitgeschrien und sich das Sofakissen aus braunem Cord vor das Gesicht gedrückt, das nach den Zigarren ihres Vaters roch. Selbst dreißig Jahre später brauchte sie an diese Bilder nur zu denken, schon schüttelte es sie. Sie dachte jedes Mal an sie, wenn ihr etwas (jemand) wehgetan hatte. Und daran, was die Bilder sie gelehrt hatten: Manchmal war es besser, erst mal nicht genau hinzuschauen, weil sonst aus einem erträglichen Schmerz womöglich etwas Unerträgliches wurde.

Almut gab die Aprikosen mit den restlichen Zutaten in den ganz großen Topf, stellte den Herd an, holte die Schraubgläser aus dem Schrank und spülte sie mit kochendem Wasser aus.

Um kurz nach zwölf schraubte sie das letzte, mit heißer Chutney-Masse befüllte Glas zu. Sie drehte sich um, um es kopfüber zu den anderen vollen Gläsern auf den Küchentisch zu stellen, und schrak zusammen.

Beinahe hätte sie das Glas fallen lassen.

»Gott, Hetti, willst du mich umbringen? Wieso schleichst du dich hier einfach so rein?«

»Weil ich hier wohne? Soll ich dich das nächste Mal anrufen, bevor ich in die Küche komme?«

»Nein, Liebes, schon gut. Willst du einen Kaffee? Ich habe dich gar nicht gehört, deshalb.«

Almut hatte den ganzen Vormittag nicht ein einziges Mal daran gedacht, dass Hetti im graugrünen Zimmer am Ende des Flurs auf ihrem Boxspringbett (Ikea) lag und schlief. So wenig selbstverständlich war es mittlerweile, dass ihre Tochter zu ihrem Alltag gehörte, dass sie sie vergessen hatte. Hetti saß jetzt verschlafen am Tisch, nur mit einem taillenkurzen Oversize-T-Shirt und einem winzigen Slip bekleidet und hinter den ungekämmten langen Haaren in ihr Handy vertieft.

Almut wäre lieber weiter alleine gewesen.

Der Milchkaffee, wie Hetti ihn mochte, bestand fast nur aus geschäumter Milch mit sehr wenig Espresso. Als Almut ihn ihr hinstellte, legte Hetti das Handy hin, reckte sich ausgiebig und geräuschvoll und legte den Finger in die Wunde.

»Was war denn gestern eigentlich los? Tille ist so früh nach Hause gekommen und war so komisch. Hattet ihr Stress?«

Nicht hingucken.

»Wir waren alle sehr müde gestern Abend. Ich muss gleich los, ins Heim«, sagte Almut. »Heute lese ich Sommergedichte vor, da gibt es wunderschöne. ›Vormittag am Strand‹, kennst du das, von Christian Morgenstern?«

Hetti gähnte ein Nein, ohne Hand vor dem Mund.

»›Es war ein solcher Vormittag, wo man die Fische singen hörte. Kein Lüftchen lief, kein Stimmchen störte, kein Wellchen wölbte sich zum Schlag‹«, rezitierte Almut.

Sie hatte das Gedicht auswendig gelernt, nachdem sie es bei der Suche nach Vorlesestoff gefunden hatte. Ihr war aufgefallen, dass sie von den wenigen Gedichten, die sie im Laufe ihrer Schulzeit hatte lernen müssen, bestenfalls noch die ersten Verse konnte, dabei fand sie es erstrebenswert, zumindest ein paar Gedichte auswendig zu können – je älter sie wurde, umso mehr. Warum, hätte sie nicht sagen können. Nur dass sie die alten Menschen bewunderte, die noch ganze Gedichtbände im Kopf zu haben schienen, selbst wenn sie alles andere vergaßen und vergessen hatten. Woran würde sie sich erinnern, wenn sie vergesslich geworden war?

»›Nur sie, die Fische, brachen leis der weit und breiten Stille Siegel und sangen –‹«

»Mami. Ich habe Ferien.«

Almut wischte die klebrigen Chutney-Gläser sauber. Acht

davon stellte sie auf ein Tablett, sechs für die Kinder, jeweils eins für Tille und Yeliz. Zwei Gläser nahm sie gleich wieder weg und stellte sie zu denen, die sie für sich behalten wollte. Sie wusch die Kirschen, zweigte zwei Handvoll in ein Schälchen ab und setzte sich damit zu Hetti.

»Und was hast du heute noch so vor? Essen wir heute Abend zusammen?«

»Gerne.« Hetti steckte sich eine Kirsche in den Mund, lehnte sich auf dem Stuhl zurück, schnellte nach vorne und spuckte den Kirschkern vom Stuhl aus in Richtung offene Balkontür. Er landete vor der Tür auf den Fliesen.

»Hetti, was soll der Unsinn?«, fragte Almut.

»Kann Yannis vielleicht mitessen?«, fragte Hetti.

»Yannis?«

»Kann Yannis nachher kommen und bei uns essen?«

»Gehst du heute nicht zu Jan rüber?«

»Nein, da war ich ja gestern schon fast den ganzen Tag. Ich bin mit Yannis verabredet.«

»Du willst, dass ich ihn kennenlerne?«

»Du willst das doch unbedingt, oder?«

»Möchtest du das denn auch?«

»Vielleicht ist es ganz gut, wenn wir's hinter uns haben? Was gibt es denn?«

»Lachsnudeln?«

»Geht auch was Veganes?«

»Ist er Veganer?«

»Findest du das doof?«

Alles hat seine Zeit, dachte Almut.

Als die Kinder klein waren, war das die Zeit der Ausrufezeichen gewesen. Wenn sie erwachsen waren, begann die Zeit der Punkte. Die Zeit dazwischen war die schwierigste Zeit, die Zeit der Fragezeichen. Sie stand auf und hob den Kirschkern auf.

»Ich mache noch mal ein Curry, mit Kokosmilch, Gemüse und Tofu.«

»Gut«, sagte Hetti. »Darf Yannis dich duzen?«

»Wie kommst du darauf, dass ich gesiezt werden will?«

»Weiß nicht? Weil du manchmal so was Spießiges hast?«

»Bin ich so schlimm?«

»Manchmal schon«, wiederholte Hetti. »Ich gehe jetzt mal duschen, okay?«

Die Senioren freuten sich sehr über die Kirschen.

Fast entbrannte ein Streit um die gerechte Verteilung, als Frau Marquardt sich mehr Früchte nahm, als auf die Untertassen passten, die Almut beim Pflegepersonal besorgt hatte. Sie lupfte mit der Linken den Saum ihrer Tunikabluse und schaufelte mit der Rechten Kirschen in den improvisierten Beutel vor ihrem Bauch. Frau von Sesswitz verfolgte das ungehörige Benehmen mit geschürzten Lippen und am Siegelring drehend, bevor sie mit der Geste einer übereifrigen Schülerin Protest anmeldete. »Frau Marquardt, so geht das nicht!« – »Doch, so geht das«, rief Frau Marquardt. »So habe ich das immer gemacht, wenn ich Kirschen stibitzt habe.« Almut musste eingreifen. Mit sanfter Stimme versuchte sie, die alte Dame davon zu überzeugen, zum Kirschentransport lieber eines der Tellerchen zu benutzen. »Ihre Bluse wird auch ganz dreckig. Gucken Sie mal, da haben Sie schon einen Fleck.« – »Egal, ich muss das ja nicht mehr selbst waschen, das machen die hier alles«, sagte Frau Marquardt. Aber irgendwann saßen endlich alle, und Almut konnte mit dem Vorlesen beginnen. Frau Marquardt schlief nach einer Weile ein. Das Morgenstern-Gedicht, das Almut als letztes vorlas, wurde von ihrem leisen Schnarchen untermalt, aber als sie sie am Ende vorsichtig weckte, lächelte sie.

Auf dem Nachhauseweg vom Heim besorgte Almut Thaibasilikum und Tofu für das vegane Curry. Beim Kochen überlegte sie, wie sie Yannis begrüßen und was sie ihn fragen sollte. Bei den ersten Lieben, die Franzi und die Zwillinge zu Hause angeschleppt hatten, hatte sie sich vorher kaum Gedanken gemacht. Manche der Jungen und Mädchen hatte sie schon gekannt, bevor sich eines ihrer Kinder in ihn oder es verliebt hatte, aber selbst die, die ihr vorgestellt werden mussten, waren ihr nie fremd gewesen. Sie wohnten fast alle im selben Stadtteil oder gingen auf dasselbe (oder ein benachbartes) Gymnasium wie Franzi, Ludwig und Johann, oder sie spielten ebenfalls Tennis oder Hockey, oft im selben Verein. Die Väter arbeiteten viel, in dunklen Anzügen oder weißen Kitteln, die Mütter arbeiteten (meist) wie Almut gar nicht oder Teilzeit in schlecht bezahlten, aber erfüllenden Berufen. Wer keinen Garten hatte, hatte einen Balkon, einmal im Jahr lief man Ski oder flog in die Sonne oder beides. Der Gesprächsstoff war immer der gleiche und ging gerade deshalb nie aus.

Manche dieser jungen Leute, die mal länger, mal kürzer wie Familienmitglieder ein und aus gegangen waren im zu großen Haus, hatte sie sehr gerne gemocht. Bei Max, Franzis erstem Freund, war sie richtig traurig (böse) gewesen, als sie ihn wegen Henri hatte sitzen lassen. Andere hatte sie weniger gerne gehabt, aber keine dieser Beziehungen hatte sie ernst genug genommen, um sie ernsthaft zu missbilligen. Gleich aber würde sie den Jungen kennenlernen, von dem ihre Tochter offiziell fürchtete, sie würde ihn nicht mögen. Das nahm diesem Kennenlernen jede Leichtigkeit. Erschwerend kam dazu, dass der Junge gar kein Junge mehr war, sondern ein junger Mann.

Was, um Gottes willen, wollte ein Zwanzigjähriger von ihrer sechzehnjährigen Tochter? »Na, was wohl?«, hätte Yeliz geantwortet, und Tille würde vermutlich so was vorschlagen wie: »Frag ihn doch einfach, vielleicht sagt er's dir ja.«

Nicht hingucken.

Nach dem Kochen zog Almut sich um.

Sie wählte Jeans und die ärmellose hellgraue Bluse, weil sie darin leger, aber nicht zu jugendlich aussah. Aus Gründen der Ungezwungenheit und Diskretion überließ sie es Hetti, ihrem Freund die Tür zu öffnen, als er klingelte. Sie trat den beiden auch nicht aus der Küche entgegen, sondern zupfte weiter Thaibasilikum, so als hätte sie nicht mitbekommen, dass der Besuch da war. Sie zupfte barfuß und ohne Schürze, die hatte sie schnell abgenommen. Mutter mit Schuhen in Schürze war bestimmt der Inbegriff von Spießertum.

»Ah, hallo!«, sagte Almut.

Sie legte einen Hauch Überraschung in ihre Stimme, als Hetti und Yannis in der Küchentür auftauchten, um klarzumachen, dass sie keinesfalls ungeduldig darauf gewartet hatte, den Freund ihrer Tochter zu Gesicht zu bekommen. Nein, sie war gerade so sehr ins Basilikumzupfen vertieft gewesen, dass sein Kommen zur Nebensache geworden war.

»Hi«, sagte Yannis.

Er hatte braune Augen, dunkle, wellige Haare, eine große Nase und ganz entfernt Ähnlichkeit mit Jan, aber männlicher, trotz seiner vollen Lippen. Er sah gut aus. Noch viel besser, fand Almut, hätte er ausgesehen ohne den Ohrstecker, und sein ausgewaschenes, ehemals schwarzes T-Shirt ließ ihn etwas ungepflegt wirken. Sie wischte die Hände am Geschirrtuch ab.

»Herzlich willkommen, Yannis. Schön, dass du da bist.«

Er schüttelte ihre Hand, ohne etwas zu erwidern. Auf der Innenseite seines Unterarms war ein Tattoo. Kein Bild, sondern drei fein gestochene Textzeilen in einer nichtlateinischen Schrift. Auf die Schnelle konnte Almut nicht erkennen, in welcher. Yannis guckte sich um, schob die Unterlippe vor und nickte anerkennend.

»Schick.«

»Oh, danke«, sagte Almut. »Meine alte Küche, die in unserem Haus, also da, wo ich gewohnt habe, als ich noch mit Hettis Vater zusammen–«

»Mami –« Hetti bedachte Almut mit einem bösen Blick und danach Yannis mit einem Lächeln. »Mama kocht sehr gerne. Und gut.«

»Meine Mama auch«, sagte er.

»Seine Eltern haben ein Restaurant.«

»Wie schön!« Almut tat begeistert. »Was denn für eins?«

»Ein griechisches«, sagte Yannis.

»Aber in Eppendorf«, erläuterte Hetti.

»Deine Eltern sind aus Griechenland?« Das hätte Hetti ihr ruhig mal sagen können. »Dann ist das Griechisch, das da auf deinem Arm?«

»Genau«, sagte Yannis.

»Wollen wir uns nicht mal hinsetzen?«, drängelte Hetti.

»Und was bedeutet das?«, fragte Almut.

»Mama, du fragst immer so viel«, stellte Hetti fest, was gemein war, irgendwer musste das Gespräch ja irgendwie am Laufen halten.

»Ein Zitat aus der Internationalen«, sagte Yannis.

»Was willst du trinken, Yannis?«, fragte Hetti.

»Und obwohl deine Eltern ein griechisches Restaurant haben, isst du kein Fleisch?« Auch kein ganz unverfängliches Thema, aber immer noch besser als die Internationale.

»Weil meine Eltern ein griechisches Restaurant haben, esse ich kein Fleisch«, antwortete Yannis. »Danke, dass du extra für mich was Vegetarisches gemacht hast.«

»Sogar vegan«, sagte Hetti.

»Gerne, für meine Tochter mache ich alles.« Almut fand sich ausnahmsweise ein bisschen lustig. Hetti verzog spöttisch den Mund. Yannis lächelte, nur mit den Augen.

In einem hellblauen Oberhemd würde ich ihm sogar das Tattoo verzeihen, dachte Almut, darin wäre er unwiderstehlich.

Nach dem Nachtisch (Nektarinen) wollten die beiden noch zu Freunden. Hettis Verliebtheit schwebte so hell und rein über der Aufbruchszene, dass Almut es nicht übers Herz brachte, sie durch profane mütterliche Wo-und-wann-Fragen zu entweihen. »Komm nicht zu spät, okay? Dein Handy hast du ja mit, oder?«, flüsterte sie, als Yannis auf dem Klo war.

»Ja klar, ist gut«, flüsterte Hetti zurück. »Oder kann ich bei Yannis schlafen?«

»Was? Nein.«

»Mama, was denkst du? Glaubst du, ich weiß nicht –?«

»Nein, auf keinen Fall. Oder, jedenfalls möchte ich vorher in Ruhe mit dir –«

»Okay, wir reden morgen, und dann darf ich?«

Teenager waren wie Raubtiere. Man reichte ihnen den kleinen Finger, sie verschlangen einen mit Haut und Haar.

»Aber seine Eltern?«

»Die haben nichts dagegen.«

War sie mal wieder viel zu nachgiebig?

Nachdem Hetti und Yannis losgegangen waren, versuchte Almut, sich vorzustellen, was Tille und Yeliz dazu sagen würden. Wie gerne würde sie sie fragen, was sie an ihrer Stelle getan hätten. Aber das ging nicht, noch nicht.

Nicht hingucken!

Sie brauchte Ablenkung. Sie brauchte etwas, an das sie denken konnte, ohne dass es schmerzte, jemanden, der (wenigstens) für Gedankenspiele taugte. Minutenlang saß sie mit dem Telefon im Schoß herum und tat nichts, außer mit sich selbst zu reden. Dann traute sie sich.

Wieder ging er sofort ans Telefon.

»Almut?«

»Ja?« Warum fragte er das? Er hatte doch angeblich ihre Nummer gespeichert.

»Hey! Mit dir habe ich ja echt gar nicht gerechnet.«

»Nein?« Wieso nicht? Sie hatten doch abgemacht, dass sie noch mal tanzen gehen würden.

»Na ja, nicht so schnell. Egal, ich freue mich. Was kann ich für dich tun?«

»Nichts Bestimmtes. Ich –« Warum redete er so formell?

»Du?«, fragte Gunther.

»Ja?«, fragte Almut.

»Was ja?«

»Was wolltest du mich fragen?«

»Nichts, also … Ich glaube, ich bin jetzt ein bisschen verwirrt. Du hast doch bei mir angerufen.«

»Ja, stimmt, entschuldige bitte.«

»Aber dafür musst du dich doch nicht entschuldigen.«

»Doch, ich habe dich gestört, das höre ich.«

»Woran hörst du das?«

»Siehst du.«

»Was soll ich sehen? Was du so alles hörst?«

»Dass ich dich gestört habe.«

»Aber du hast mich doch gar nicht gestört. Also, nur bei meiner Steuererklärung.«

»Ach, so. Oh, das tut mir leid.« Oh mein Gott, dachte Almut. Sie war dreiundfünfzig, aber es nützte ihr gar nichts.

»Almut.« In Gunthers Stimme lag mitfühlende Zärtlichkeit, wie sie sie aus Gesprächen mit den Kindern kannte, wenn sie ihnen eine schlechte Nachricht überbringen musste. »Ich glaube, ich verstehe nicht, was du von mir willst.«

»Ich auch nicht. Bitte entschuldige, wirklich, das ist mir sehr unangenehm.« Almut legte auf.

Eine Sekunde verging.

Eine zweite Sekunde verging.

Eine dritte Sekunde verging.

Die vierte Sekunde. Die fünfte. Sechs. Sieben. Acht. Neun. Zehn. Elf. Zwölf. Dreizehn. Vierzehn. Fünfzehn. Sechzehn. Siebzehn. Achtzehn. Neunzehn. Okay, das Leben muss weitergehen, dachte Almut, zum Beispiel muss der Wasserkocher mal wieder entkalkt werden. Achtundzwanzig. Neunundzwanzig. Dreißig. Aus ihrem Schoß stieg ein Klingeln auf. Sie war so überrascht, dass sie einfach ranging.

»Am besten fangen wir noch mal von vorne an«, sagte Gunther. »Hallo Almut, sag mal, bevor du gleich wieder mitten im Satz auflegst, hast du Lust, morgen essen zu gehen?«

Sie trafen sich in seinem Stammlokal. Der quälend heiße Tag war zu einem lauen Sommerabend geworden, sie saßen draußen. Almut trug das dunkelblaue Kleid mit den Spaghettiträgern. Sie aßen und tranken sehr gut, aber nicht zu viel. Sie redeten, wie sie miteinander getanzt hatten, aufeinander bezogen, fast pausenlos, zugleich konzentriert und beschwingt, und nur einmal, als er angerufen wurde und zum Telefonieren aufstand und wegging, dachte Almut an Tille und Yeliz, aber nur ganz kurz. Er war noch attraktiver, als sie ihn in Erinnerung gehabt hatte. Sie fragte sich, ob die anderen Frauen im Restaurant sie beneiden oder bemitleiden würden, weil er so eindeutig jünger war als sie. Zwischen Vorspeise und Hauptgang feuchtete er den linken Ringfinger an und strich damit seine Augenbrauen glatt, das irritierte ihren Enthusiasmus. Als er es ein zweites Mal tat, war der Nachtisch gerade gekommen und die Stimmung schon vertraut (und Almut angeheitert) genug, um ihn darauf anzusprechen.

»Deine Augenbrauen sind perfekt, du brauchst sie nicht zu richten.«

Er schob seine Hände unter den Po. »Doofe Macke, ich weiß, hat Yeliz mir auch schon gesagt.«

Seine Verlegenheit entzückte sie. Sie lachte und fütterte ihn mit Topfenknödel und Zwetschgenröster. Als sie aufgegessen hatten, holte er die Hände hervor, winkte dem Kellner zu und bestellte noch zwei Gläser Wein.

Wieder war es ein sehr schöner Abend.

Wie auch der letzte sehr schöne Abend mit Gunther, wie alle anderen fast zwanzigtausend sehr schönen, schönen und nicht so schönen, traurigen, furchtbaren oder völlig belanglosen, schon am nächsten Morgen vergessenen Abende, die Almut bereits erlebt hatte, war auch dieser sehr schöne Abend irgendwann vorbei. Wieder küsste Gunther sie auf beide Wangen, wieder öffnete er die Tür zur Rückbank ihres Taxis.

»Danke«, sagte Almut.

Wieder strich er ihr eine Strähne hinters Ohr.

Diesmal blieb sie stehen. Sie sah ihn an, und er sah sie an, und sie sah, dass er das Gleiche wollte wie sie, vielleicht sogar dasselbe, und sie merkte, dass ihre Lippen ganz leicht geöffnet waren und dass die nächtlichen Geräusche noch leiser wurden und die Hausfassade, die Autos, Bäume und Straßenlaternen noch mehr verschwammen in der Dunkelheit, ein Augenblick dehnte sich ins Unendliche, und irgendwo ganz am Rande des Universums dachte sie, dass es seltsam oder sogar lächerlich war, dass alles ganz genauso ablief wie beim letzten Mal (und seither in Dauerschleife in ihrer Fantasie), da sagte eine Männerstimme: »Ich störe ja nur ungern, aber soll ich Sie denn nun irgendwohin fahren oder doch nicht?«

»Kommst du mit zu mir?«, fragte Almut.

Während der Fahrt saßen sie nebeneinander, ohne einander zu berühren und ohne zu sprechen. Sie schauten sich noch nicht mal richtig an. Es war, als wollten sie noch mal ganz bei sich selbst sein, bevor sie sich gleich beide ineinander verloren, denn das war unausweichlich.

Der erste Kuss. Auf der Straße, vor dem Haus.

Die erste unter Stoff berührte Haut. Im Hausflur, vor den Briefkästen.

Das erste laute Atmen. Im Treppenhaus, erster Stock.

Die erste liebkoste Brust. Im Treppenhaus, zweiter Stock.

Das erste auf den Fußboden gefallene Kleidungsstück. Im Wohnungsflur.

Das erste Ertasten der Gürtelschnalle. Vor dem Bett stehend.

Die erste zwischen Fleisch geschobene Hand. Auf dem Bett liegend.

Der erste leise Schrei. Ebenda.

Der erste gesprochene Satz. »Hast du Kondome?«

»Nein«, stöhnte Almut. Nach der Sache mit Fred hatte sie die Kondome in ihrem Nachttisch in einem Anfall von Ekel weggeschmissen, so als könnte sie damit auch die Erinnerung an ihn entsorgen.

»Mist«, keuchte Gunther.

»Macht nichts«, hauchte sie.

»Wieso nicht?«, seufzte er.

»Keine Sorge, es passiert nichts«, flüsterte sie.

»Spirale?«, murmelte er.

»Nein«, sagte sie.

»Du nimmst die Pille?«, fragte er.

»Nein«, zischte sie. »Ich bin dreiundfünfzig.«

»Ja und? Das macht doch nichts.«

»Ich kann nicht mehr schwanger werden.«

»Wie praktisch.«

Almut verstand ihn nicht, weil er nuschelte.

Und weil seine Zunge eine nasse Spur auf ihre Haut pinselte, vom Ohr den Hals hinunter über das Schlüsselbein bis zu ihrer Brust und langsam hinauf zum Nippel, der längst hart war und zwischen Gunthers Lippen wurde, was er immer gewesen war, die Krone der Schöpfung.

Nüchtern betrachtet ist alles noch viel schlimmer

Von wegen sich fallen lassen wie in ein weiches Bett, hatte Yeliz gedacht, als sie von Almut nach Hause kam. Der Abend war erst in die völlig falsche Richtung und schließlich komplett aus dem Ruder gelaufen.

Sie waren geradezu beinhart übereinander hergefallen.

Yeliz hatte versucht, sich rauszuhalten, aber dann war ihr der Kragen geplatzt. Wie konnten die beiden nur einen derart lächerlichen Streit anfangen? Anscheinend waren selbst erwachsene, ansonsten vernünftige Frauen imstande, den Verstand (Anstand) zu verlieren, wenn es um ihre Kinder ging. Und genauso offensichtlich kam es nicht gut an, sie darauf aufmerksam zu machen. Dabei sieht man vieles doch sogar besonders klar, wenn man von außen draufschaut, dachte Yeliz.

In eine dunkle, von Morten verlassene Wohnung zurückkehren zu müssen, war fast so was wie stimmig.

»Ich möchte allein sein«, hatte er geschrieben.

Ich aber nicht, dachte Yeliz.

Wennschon scheiße, dann grandios scheiße.

Yeliz holte den Cognac aus dem Sideboard, der immer ganz hinten stand, hinter den Flaschen, die Morten »den billigen Fusel« nannte – hinter den zwei Sorten Gin (ein guter, ein sehr guter), hinter dem Premium-Rum (tranken jetzt angeblich alle, wollte aber nie jemand) und hinter den Standards (Aperol, Averna, Lillet). Den Cognac ließ sich Morten von einem mit einer Französin verheirateten Kunden aus Frankreich mitbringen. Er weigerte sich zu sagen, wie viel er kostete, vergaß aber nie zu betonen, wie edel er war, weshalb er für besondere Anlässe aufzusparen sei.

Heute Abend war ein besonderer Anlass.

Yeliz schenkte sich ein.

Großzügig.

Es war der allerbeschissenste Abend seit – sie überschlug die Beschissenheitsbilanz ihrer letzten Jahre. Seit sie mit Morten (und Bamse) auf dem Sofa gesessen und um die Familie getrauert hatte, die sie nicht haben würden. Vielleicht war dieser Abend sogar noch beschissener, denn diesmal saß sie alleine auf dem Sofa und bangte um etwas, das sie schon gehabt, aber womöglich wieder verloren hatte.

Um ihre große Liebe.

Und nun auch noch um zwei Frauen, auf die sie sich Woche für Woche mehr gefreut hatte, seit sie im Januar zum ersten Mal mit ihnen an Almuts Küchentisch gesessen hatte, weil es an diesem Tisch reichte, einfach da zu sein.

»Drei Beziehungen schrotten in vier Tagen. Ich kann's einfach«, sagte Yeliz und trank das Glas leer. »Das kann ich richtig, richtig gut!«

Almut und Tille waren so anders, dass sie zuerst gedacht hatte: zu anders, um ihre Freundinnen zu werden. Aber es gab eine Gemeinsamkeit, die größer war als alle Unterschiede zusammen. Sie teilten die Erfahrung, dass das Leben sich nicht an Entwürfe hielt.

Als junges Mädchen hatte sie geglaubt, sie müsste sich nur genug anstrengen, dann würde sie schon irgendwann dahin kommen, wo sie hinwollte. Aber das stimmte nicht. Man blieb immer ein bisschen dort, wo man hergekommen war. Man schleppte immer etwas von dem mit, was schon hinter einem lag. Man konnte das Leben immer nur bis zur nächsten Weggabelung leben. Dann musste man neu entscheiden.

Wobei man oft nur so tat, als hätte man abgewogen und entschieden. In Wahrheit hatte man den Zufall oder andere entscheiden oder sich treiben lassen, auch wenn das kaum einer (eine) zugeben mochte. Heutzutage hatte angeblich jeder (jede) eine Wahl, und wer die Wahl hatte, musste auch wählen, sonst war man (frau) leichtsinnig, verantwortungslos und bequem. Dabei könnte man wahrscheinlich genauso gut auch würfeln, dachte Yeliz, wer weiß, vielleicht landete man auch so irgendwo, wo es ganz okay war.

Vor allem aber: Egal, wie man es machte, man konnte nie sicher sein, ob man richtig gewählt hatte oder ob das Leben einem nicht hinter der nächsten Biegung um die Ohren flog.

Mortens Brief lag immer noch auf dem Couchtisch.

Yeliz las ihn zum sie wusste nicht wievielten Mal.

»Ich bin mir ziemlich sicher, dass ich dich noch liebe, aber ich bin mir gar nicht sicher, ob du mich noch liebst. Ich bin mir noch nicht mal mehr sicher, ob es nicht genau umgekehrt ist. Ich möchte allein sein. Ich muss mir über einiges klar werden und brauche Zeit für mich. Lass mich bitte. Ich bin kein Problem, das du lösen musst.«

Sie goss sich Cognac nach.

Ich bin mir gar nicht sicher.

Er hatte richtiges Briefpapier benutzt.

Sie konnte sich nicht erinnern, wann Morten ihr das letzte Mal einen Brief auf Briefpapier geschrieben hatte. Eigentlich schrieben sie einander nur noch Notizzettel. »2 l Milch, Frischkäse, 2 Auberginen, Reis, Klopapier«, »Denk dran, morgen 7.30 Klempner« oder höchstens mal »Bis später, knus V.«.

Seine Handschrift war nicht schön, sie war ungelenk.

Wie die eines Fünftklässlers, krakelig und nach links gekippt. Noch zwei Schluck Cognac, weil er schneidende Einsamkeit in samtweiche Verlorenheit verwandelte.

Ne saçma bir akşamdı? Was für ein absurder Abend, dachte Yeliz. Sie nahm noch einen Schluck.

Wie Almut geguckt hatte, als sie erfuhr, dass Tille von Hettis Freund wusste. So als wäre es nicht das Normalste der Welt, dass Kinder den Eltern verheimlichten, wer und wie sie in Wahrheit waren, nicht obwohl, sondern gerade weil sie ihre Eltern über alles liebten und deshalb von ihnen zurückgeliebt werden wollten. Wie die sonst so harmoniebegabte Almut beschlossen hatte, zur Abwechslung mal richtig eingeschnappt zu sein. Wie Tille geschlingert und gestottert hatte. Wie froh die beiden gewesen waren, voneinander ablassen und sich auf sie, Yeliz, stürzen zu können. Wie sie alle zusammen in bis dahin achtsam umschiffte Klippen gekracht waren und der ganze flotte Frauendreier feuerwerksmäßig detoniert war.

Das war schon auch ein bisschen komisch gewesen.

»Pchchch!« Yeliz ließ ihre Hand explodieren.

Sie kippte den Rest Cognac hinunter, der noch im Glas war. Das war das Beste an dem Zeug, dass es den Blick weitete und das Lustige im Trostlosen und das Richtige im Falschen offenbarte.

Ich muss mir über einiges klar werden.

Sie goss sich nach.

Auch Mortens Brief hatte etwas Komisches.

Seine Kinderschrift passte nicht zum feinen Büttenpapier und den fast poetischen Worten, die vielleicht gar nicht so poetisch waren, sondern theatralisch. Warum machte er eigentlich immer so ein Drama aus allem? Warum hatte er sie nicht einfach angerufen und sie an ihren Jahrestag erinnert? Warum saß er lieber alleine vor einem Haufen kalter Hackklößchen und suhlte sich in Selbstmitleid?

Die Cognacflasche war fast leer.

Ob du mich noch liebst.

Morten wäre stinksauer, wenn er wüsste, dass sie den arschteuren Cognac runterkippte wie Apfelsaft, aber der Idiot hatte sich verpisst, also scheiß drauf. Vielleicht wäre es ja gut, wieder frei zu sein. Frei von seinen Ansprüchen, von dem Wissen, ihm seinen größten Wunsch nicht erfüllt zu haben. Er könnte sich eine Jüngere suchen und mit ihr Vater werden, viel Glück dabei. Sie könnte so viel arbeiten und arschteuren Cognac trinken, wie sie wollte, ohne sich vor irgendwem rechtfertigen zu müssen. Sie müsste nie wieder Ski fahren, keine Pärchenabende mit Jorge und Marie ertragen und sich nicht länger befangen fühlen, weder seinetwegen vor ihrer Familie noch ihrer Familie wegen vor ihm. Sie bräuchte nur noch sie selbst zu sein. Nicht mehr die Tochter türkischer Eltern mit dänischem Freund. Nicht mehr die Frau, die kein Kind bekommen konnte. Nicht mehr die Partnerin, die nie Zeit und zu wenig Lust hatte.

Nur noch: Yeliz mit Elbblick-Einzelbüro.

Am Freitagmorgen war sie erst mal: Yeliz mit fettem Kater.

Der Kater bestand aus einem federleichten Kopfschmerz und einer ohnmachtsgleichen Erschöpfung, in der alle anderen Empfindungen verschwanden wie in einem schwarzen Loch. Obwohl sie sich kaum auf den Beinen halten und nur kalte Cola (Zero) trinken konnte, fragte sie Gunther, ob er abends Zeit hätte.

»Tut mir leid, ich wollte endlich mal meine Steuererklärung machen.«

»Okay, dann nicht«, sagte Yeliz.

Ihr fehlte die Kraft, um schwach zu sein.

Ich brauche Zeit für mich.

Sie drängte sich drei Kolleginnen auf, die nach der Arbeit zum Inder und danach ausgehen wollten. Es war Freitagabend, und sie war tatsächlich frei. Diese neue Freiheit musste ausgekostet werden, um nicht nach einer bedrohlich gähnenden Leere zu schmecken. Erst als sie über ihrem Mango-Lassi wegdöste, während die anderen über Kunden lästerten, sah sie ein, dass sie sich ein Taxi rufen sollte.

Morten stellte sich weiter tot.

Ich bin mir noch nicht mal mehr sicher.

Am Samstag war sie kurz davor, Tille und Almut zu schreiben, aber wenn auch die sich tot stellen oder auch nur abweisend reagieren würden, wäre sie erledigt, das konnte sie nicht riskieren. Sie traf sich mit Svea zu einem späten Frühstück. Sie berichtete auf eine Art und Weise davon, was zwischen Morten und ihr passiert war, dass Svea nichts anderes übrig blieb, als zu sagen: »Oh, Mann, ich wusste gar nicht, dass er so ein hypersensibles Weichei ist!« Statt dankbar zu sein für ihre solidarische Haltung, nahm sie es Svea übel, dass sie so über Morten redete.

»Na, mit mir ist es auch nicht immer leicht«, sagte Yeliz. »Lass mal zahlen, ich muss noch in die Agentur.«

»Bei der Hitze?«, fragte Svea.

Ich bin kein Problem, das du lösen musst.

Sie arbeitete bis sechs.

Als sie wieder zu Hause war, rief ihre Mutter an, um zu berichten, dass Aslan sich ein neues Auto gekauft hatte, Bukets Schwägerin schon wieder schwanger, der Imbiss an der Ecke vom Gesundheitsamt geschlossen und bei einer Großcousine Brustkrebs diagnostiziert worden war.

»Bizden şimdilik bu kadar«, so, das war's, was zu Hause so passiert ist, sagte ihre Mutter wie üblich, nachdem sie die heimische Nachrichtenlage vollständig an die in die Großstadt ausgewanderte Tochter übermittelt hatte.

Dann wollte sie wissen, was es in der Fremde Neues gab. »Sen ve Morten? Iyimisiniz?«

Wieso erkundigte ihre Mutter sich nach Morten?

Das tat sie sonst nie.

»Biz iyiyiz. Anlatilacak birşey yok«, antwortete Yeliz, nichts Besonderes.

»Öpüyorum seni kızım. Kendine iyi bak.«

»Ich dich auch. Bende seni, anne.«

Sie machte sich die vegetarische Tiefkühlpizza, die sie vormittags bei Lidl gekauft hatte, aß sie im Bett und guckte auf dem Laptop Tierdokus. Ihr fielen die Augen zu, während sich ein unglaublich hässliches Warzenschweinjunges vor einer wunderschönen Leopardin in Sicherheit brachte. Am Sonntag wünschte sie sich schon beim Aufwachen, es wäre Montag.

Lass mich bitte.

Es war noch heißer als gestern.

So wie das Stadtleben fast stillzustehen schien in der gleißenden Sonne, schien auch die Zeit sich kaum noch zu bewegen. Der Vormittag zog sich endlos hin. Yeliz traute sich nicht raus. Sie saß in der einigermaßen kühlen Küche und versuchte, Zeitung zu lesen. Am frühen Nachmittag, auf dem Höhepunkt der Hitze, klingelte ihr Telefon.

Jorge. Wieso Jorge?

Jorge war vor allem Mortens Freund.

Schickte Morten jetzt etwa einen Freund vor?

»Yeliz, hallo, schwitzt ihr auch so?« Jorge hatte offensichtlich nicht die geringste Ahnung. »Nur eine Frage, ganz schnell, ich muss gleich los, Fünfundsiebzigster von Maries Pa, aber ich will das vorher noch erledigen. Gibst du mir mal Mortens Kontonummer? Oder deine?«

»Meine Kontonummer?«

»Geht doch auch. Ich habe ihm versprochen, das Geld spätestens heute zu überweisen, aber die Mail mit seiner Bankverbindung ist weg, und sein Handy ist aus.«

»Jorge, du musst ihm kein Geld überweisen.«

»Komm, Yeliz, wir sind Freunde, das muss dir nicht unangenehm sein, ihr zahlt das ja zurück. Du weißt doch, ich habe ein bisschen was geerbt, sieben fünf sind kein Problem –«

»Siebentausendfünfhundert?« Es war unerträglich heiß.

»Wenn ihr mehr braucht –«

»Nein, nein. Wir – Morten braucht nichts von dir. Ich kann ihm was geben.«

»Aber ich dachte – also, Morten hat gesagt, das Thema Geld ist gerade etwas schwierig bei euch, da dachte ich, dass du auch – ich meine, ich habe natürlich gedacht, dass du – habe ich da etwa was missverstanden?«

»Ja.«

Im Hintergrund rief Marie: »Jorge! In zehn Minuten müssen wir los! Liebe Grüße!«

»Verdammt«, sagte Jorge. »Du weißt nichts davon?«

»Nein. Dass er so pleite ist, wusste ich nicht.«

»Du weißt nicht, dass dieser Kunstfritze oder was der da macht, also der Typ, der Morten ganz viel Geld schuldet, dass der immer noch keinen Cent gezahlt hat? Du weißt nicht, dass Morten seine nächste Werkstattmiete nicht –? Aber wieso weißt du das nicht? Wieso hat er dir das nicht gesagt?«

Yeliz wischte sich mit dem Küchenlappen den Schweiß ab. »Ich muss jetzt auflegen, Jorge.«

Sie ließ die kurze Jeans und das Top an, schlüpfte in die Flipflops und setzte die Sonnenbrille auf. Als sie vor die Haustür trat, fiel ihr ein, was Alena vorhin getwittert hatte: »Okay. Ich geh da jetzt raus.«

Ihr Auto stand in der prallen Sonne.

Im Innenraum herrschten geschätzte achtzig Grad. Es roch nach Kunststoff, der schwarze Fahrersitz klebte so heiß an ihren Beinen, dass sie die alte Decke aus dem Kofferraum holte und darüberlegte. Sie ließ alle Fenster herunter und fuhr erst Richtung Norden, an kernsanierten großbürgerlichen Wohnhäusern aus der Gründerzeit entlang, dann ostwärts am Stadtpark vorbei, hinter dem die Altbaufassaden nicht mehr weiß und prächtig waren, sondern schlicht und backsteinrot. Je weiter sie fuhr, desto kleiner wurden die Fenster und desto weniger die Balkone. Es waren kaum Leute unterwegs in der überbelichteten Stadt, wenig Autos, erst recht keine Fußgänger. Nur Radfahrer gab es vergleichsweise viele und ab und an kleine Gruppen größerer Kinder mit Eis in den Händen, das schneller schmolz, als sie lecken konnten.

Ob es nicht genau umgekehrt ist.

Nach einer halben Stunde bog Yeliz in eine von Linden gesäumte, schattige Einbahnstraße ein, nach fünfzig Metern erreichte sie die Einfahrt, die zwischen zwei Wohnblocks auf einen mit Kopfsteinpflaster befestigten Hof führte.

An der linken Hofseite zog sich eine lange, aus Backstein gemauerte Reihe Garagen mit zweiflügeligen, abblätternden Holztüren entlang. Rechts befand sich ein einstöckiges, ebenfalls backsteinernes Gebäude mit Flachdach und fünf hellgrauen Fenstern. Davor ein schön gearbeiteter, schlichter Gartentisch aus Eiche samt passenden Bänken. Die Geranie darauf hatte Yeliz gekauft, sie sah viel besser aus, als sie befürchtet hatte, nämlich als ob sie gegossen worden war. Am hinteren Ende des Gebäudes befand sich ein etwas höheres Lagergebäude mit einem deckenhohen Metalltor, gleich vorne die Eingangstür mit dem Firmenschild.

»Morten Stamm Lundbeck – Feine nordische Möbel und Innenausbau«

Auf dem Weg hierher hatte Yeliz darüber nachgedacht, was sie gleich sagen würde. Sie hatte an Formulierungen gefeilt und sich ganze Sätze zurechtgelegt. Versöhnliche Sätze.

Sätze, mit denen sie sich entschuldigen würde.

Sätze, mit denen sie sich verteidigen konnte.

Sätze, mit denen sie einen Gegenangriff starten könnte, notfalls. (Falls seine Vorwürfe zu scharf wurden.)

Sie hatte in der Zugluft, die lau durch die offenen Autofenster wirbelte, eine tonlose Rede gehalten, immer wieder von vorne, mehrmals nacheinander. Aber auf dem Weg zur Werkstatttür waren die Sätze verschwunden, als wären sie in der Hitze verdampft. Ihr Kopf war wieder so leer wie eben, als sie nach den Autoschlüsseln gegriffen und aus dem Haus gestürzt war. Nur ein einziger Gedanke war noch darin.

Hoffentlich war er da.

Die Tür zur Werkstatt war offen.

Morten stand mit dem Rücken zur Tür, ganz hinten an der Kreissäge, die sich kreischend durch ein dickes Brett fraß. Mal wieder hatte er die Gehörschützer nicht auf, obwohl sie ihm welche mit integriertem Radio geschenkt hatte, weil sie, wie sie ihm oft gesagt hatte, Hörgeräte bei Männern unter siebzig unsexy fand. Vielleicht war es aber auch einfach zu heiß heute für die Dinger. Durfte er überhaupt so einen Lärm machen am Sonntag? Ihr Kopf füllte sich wieder, aber nicht mit den gewichtigen Sätzen von vorhin, nur mit Nebensächlichkeiten. Morten war mit Sägen fertig und stellte die Maschine aus. Es roch köstlich nach Holz.

Was sollte sie nur sagen, wenn er sich umdrehte?

Ich bin mir ziemlich sicher.

Er blieb eine Weile stehen, mit dem Brett unter dem Arm, und sah sie an. Er guckte ernst, aber seine Lachfalten konnte sie trotzdem gut erkennen, sie gingen genauso wenig mehr weg wie ihre Stirnfalten.

Wahrscheinlich waren diese Falten, seine und ihre, alles, was man wissen musste, um ihre Beziehung zu verstehen.

Als er sich wegdrehte, wollte sie wütend werden, aber er stellte nur das Brett ab. Dann kam er auf sie zu. Er ging die vielleicht zehn Meter vom einen Ende der Werkstatt zum anderen ganz ruhig, ohne zu zögern und ohne sich zu beeilen, bis er dort angekommen war, wo sie stand und immer noch nicht wusste, was sie sagen sollte.

»Möchtest du reden?«, sagte Morten.

»Nein«, sagte Yeliz.

Sie lehnte sich an ihn.

Dass ich dich noch liebe.

»Manchmal bist du echt eine richtig, richtig blöde Kuh«, sagte er und legte beide Arme um sie und seine Wange auf ihren Kopf, und da konnte sie endlich weinen. Sie weinte lange, und es war genauso heiß und klebrig wie damals im Basar oder sogar noch heißer, und diesmal fühlte es sich wirklich ganz genauso an wie damals.

Wie eine Rettung.

Wasabischarfe Rachegelüste

Jan war noch ein kleines Baby, ein Säugling. Tille trug ihn in eine Decke gewickelt in den Armen, das Köpfchen stützend, das ganze winzige Kind schützend an ihren Leib gedrückt. Um sie herum waren viele Menschen, die kreuz und quer durch die Gegend eilten, alle waren sehr geschäftig. Auch Tille eilte von hier nach dort, auch sie hatte zu tun. Sie brauchte ihre Hände für das, was zu tun war. Sie legte Jan ab. Als sie fertig war mit allem, was zu tun gewesen war, lief sie weiter. Ein schlagartiges Entsetzen fuhr ihr ins Herz.

Ihre Arme waren leer. Sie hatte ihr Baby liegen lassen.

Aber wo?

»Ganz ruhig«, sagte Almut, oder war es ihre Mutter? »Er taucht schon wieder auf. Denk nach. Wo hast du ihn das letzte Mal gehabt?« Aber Tille konnte sich nicht erinnern, an nichts. Die Erinnerung war wie ausradiert. Es war furchtbar, dass sie Jan vergessen hatte. Noch viel furchtbarer war es, dass sie vergessen hatte, wo. Ihr Baby musste gestillt werden, jetzt. Wenn sie sich nicht erinnerte, war es verloren. »Ich weiß es nicht, es tut mir so leid, ich weiß es nicht«, schluchzte sie und war auf einmal allein in einem Bett in einem Zimmer, in das gerade genug Licht durch die Ritzen der schwarzen Jalousie sickerte, um zu erkennen, dass es ihr Schlafzimmer war.

Tille tastete nach ihrem Gesicht. Es war trocken.

Sie wartete auf die Erleichterung, die einem als Entschädigung für ungerechtfertigt erlittene Seelenqualen zustand, sobald sich herausstellte, dass etwas Schreckliches gar nicht wirklich passiert war, sondern im Schlaf. Aber die Erleichterung kam nicht. Das Entsetzen verblasste nur langsam und hinterließ eine Traurigkeit, die wie ein Firnis alles überzog. Ihr alterndes, matschiges Gesicht im Spiegel beim Zähneputzen, die halbe Banane auf den farblosen Haferflocken beim Frühstück, die schmutzige, nach Pisse stinkende Treppe hinunter zur U-Bahn, die Augen des indisch aussehenden Verkäufers im Kiosk, wo sie Zigaretten kaufte, der immer melancholisch wirkte und heute todtraurig. Daran konnte auch die Sonne nichts ändern, daran war nicht nur der Traum schuld, dafür gab es gleich mehrere Gründe.

Einer davon war Yeliz, ein anderer Almut.

Herrje, was war da nur passiert gestern Abend in Almuts Küche? Wie hatte aus einer (zugegeben) nicht ganz durchdachten Bemerkung so ein Streit entstehen und wie hatte dieser Streit so eskalieren können?

Als Tille im lahmarschigsten Fahrstuhl der Welt stand, fiel ihr wieder ein, dass Frau Tespe sich diesen Freitag freigenommen hatte. Zum Glück, dann musste sie keinen Kaffee mit ihr trinken. Frau Tespe hatte morgen Hochzeitstag, sie machte mit ihrem Mann eine Städtereise, Paris oder Prag. Tille hatte vergessen, wohin, obwohl Frau Tespe es mehrmals erwähnt hatte. Das musste sie gleich in Erfahrung bringen, damit sie am Montag nicht aufflog. Frau Tespe reagierte empfindlich auf Unaufmerksamkeiten, die sich (zu Recht) als Desinteresse interpretieren ließen. Frau Tespes Frühdienst war von Frau Okafor übernommen worden. Die junge Frau stand hinter dem Tresen und blätterte in einem Ordner.

»Guten Morgen, Frau Seyboldt!«

»Guten Morgen.« Tille ging ohne Umweg ins Sprechzimmer und machte die Tür zu. Zwanzig Minuten hatte sie noch, bevor der erste Patient vor ihr saß, ein gerissenes Frenulum, so stand es im Kalender. Nach drei Minuten klopfte es.

»Ja, bitte?«

»Kann ich was für Sie tun? Möchten Sie noch einen Kaffee?« Frau Okafor lächelte schüchtern.

»Wie nett. Aber nein. Danke.«

»Na gut.« Frau Okafor sah aus, als wolle sie noch etwas fragen und traue sich nicht.

»Doch, eine Frage. Wissen Sie, wo Frau Tespe hingeflogen ist mit ihrem Mann, dieses Wochenende?«

»Geflogen? Die fahren doch Rad, mit den neuen E-Bikes, die sie sich zum Hochzeitstag gekauft haben.«

»Stimmt, mit den E-Bikes. Wohin noch genau?«

»Sie wollten von Lübeck über Wismar nach – wie heißt das noch? Stralsund? Und mit dem Zug wieder zurück.«

»Korrekt. Danke, das war's schon.«

Freitags hatte Tille nur vormittags Sprechstunde, bis zwölf. Heute war ein spannender Arbeitstag. Nach dem gerissenen Frenulum (Lehrer, Sozialpädagoge, Bioladenbesitzer?) empfing sie neunzehn weitere Patienten und Patientinnen, darunter vier Vorsorgen, vier Notfälle (ein Leistenziehen, eine Kolik, zwei Blasenentzündungen), zwei Nachsorgen und eine PSA-Abklärung, eine Zystoskopie, ein neu diagnostizierter Nierentumor und Herr Fendrich, der zum ersten Mal nach seiner Frau-zu-Mann geschlechtsangleichenden OP kam. Um kurz vor halb eins verließ der letzte Patient (Spermiogramm) die Praxis, er hatte lange gebraucht für die Probengewinnung. Tille erledigte noch ein bisschen was von dem, was früher Papierkram geheißen hatte. Sie kontrollierte Abrechnungen, ergänzte Patientenakten, meldete sich für den 71. Kongress der Deutschen Gesellschaft für Urologie an, schrieb Mails an drei Gebäudereinigungsdienstleister mit der Bitte um Angebote, weil sie mit ihrem jetzigen nicht mehr zufrieden war, und verabredete sich mit Frau Okafor für ein Feedbackgespräch.

Schon wieder?, dachte sie, als Ify Okafor sie darum bat.

Dann wurde ihr klar, dass das letzte Feedbackgespräch im letzten Sommer stattgefunden hatte, an diesem beschissenen Tag, an dem sie ihren Haustürschlüssel in der Praxis vergessen und Jan zusammengeschrien und dann auch noch die adrette neue Nachbarin mit einer Sektflasche vor der Tür gestanden hatte. Almut.

Ach, Almut, dachte Tille. Ach, Yeliz.

Um kurz nach eins beschloss sie, Feierabend zu machen. Sie konnte (mochte) nicht mehr. »Tschüss, ich gehe heute mal früher«, sagte sie zu Frau Kemper, die im Labor am Mikroskop stand und Spermien zählte. »Schönes Wochenende.«

»Oh ja, das werde ich ganz bestimmt haben, das Wetter soll ja so toll werden! Ihnen auch ganz viel Spaß!«, jubilierte Frau Kemper. »Tschüssi, bis nächste Woche!«

»Ich bin dann mal weg, Frau Okafor«, sagte sie zu Frau Okafor, die hinterm Tresen am Computer saß und Abrechnungsziffern eingab. »Ein schönes Wochenende.«

»Danke, Frau Seyboldt, das wünsche ich Ihnen auch.«

Ify Okafor war schon zwei Jahre da, nach den Ferien begann ihr letztes Ausbildungsjahr. Lieber Gott, bitte mach, dass sie danach nicht woanders hingeht, betete Tille. Ihr Verhältnis zu Gott war schon vor sehr langer Zeit abgekühlt, sie dachte nur noch selten an ihn, aber für manche Themen war er nach wie vor der einzig kompetente Ansprechpartner.

Wo sie schon mal dabei war, bat sie auch noch darum, dass alles wieder gut werden möge mit Almut und Yeliz, denn Almut und Yeliz waren nicht nur irgendwelche Freundinnen, mit denen sie sich einmal in der Woche traf. Sie waren drauf und dran, so was wie ein inneres Zuhause zu werden, die Antwort, die man anderen (und sich selbst) auf die Frage gab: Wohin gehörst du? Wo bist du abends am liebsten, wenn der Tag freudlos und grau war?

Draußen in der Fußgängerzone, an der das Ärztehaus lag,

blieb Tille stehen, unschlüssig. Es war ein wirklich schöner Frühsommertag.

Nicht mehr junge Frauen in bunten Kleidern schoben Hollandräder mit Körben und Taschen voll Obst, Gemüse und Blumen vorbei. Noch sehr junge Frauen mit runden Brillen, AirPods und Kurierrucksäcken aus recyceltem Kunststoff schlängelten sich auf alten Rennrädern zwischen den Passanten hindurch. Rentnerinnen und Studenten saßen vor dem Starbucks in der Sonne. Männer trugen Sakkos über dem Arm und die Hemdsärmel hochgekrempelt. Der Gemüsehändler stand auf der Straße vor seinem Gemüse und grüßte mit dem herablassenden Nicken, mit dem er Stammkundinnen für ihre Treue belohnte. Jungen und Mädchen rannten mit wippenden Schulranzen um die Wette. Mittendrin stand ein moppeliges Paar und küsste sich, als wäre es allein auf der Welt.

Alle außer Tille hatten gute Laune.

War es wirklich das Beste, jetzt schlecht gelaunt nach Hause zu gehen, wo Jan saß und sicher nicht die geringste Lust hatte, schon wieder zu seinem (und Hettis) seltsamen Hobby befragt zu werden? Sie hatte ja keine Ahnung von dem ganzen Thema. Sie müsste sich mit Almut darüber beraten. Aber dazu müsste sie sich mit ihr vertragen.

Erst mal musste sie eine rauchen.

Tille setzte sich auf eine Bank und schob sich eine Zigarette zwischen die Lippen. Sie fand ihr Feuerzeug nicht.

»Kann ich aushelfen?«

Jemand hielt ihr ein brennendes Feuerzeug hin.

Tille zündete die Zigarette an, inhalierte und atmete aus. Fantastisch. Die erste Zigarette nach der Arbeit schmeckte immer fantastisch. Genauso wie die erste Zigarette am Morgen, die erste Zigarette in der Mittagspause und die erste Zigarette mit Bier. Alle anderen, die zweiten, dritten oder abends auch mal achten Zigaretten waren überflüssig bis ekelhaft, aber die ersten waren durch nichts zu ersetzen. Wegen dieser ersten Zigaretten rauchte Tille immer noch.

»Rauchst du etwa auch?«, fragte sie.

»Nur manchmal.« Adam setzte sich neben sie. »Und nur wenn ich unglücklich bin.«

»Willst du?« Sie hielt ihm die offene Schachtel hin.

Er schüttelte den Kopf. »Ich war nur gestern unglücklich, heute geht's wieder. Und ich rauche eigentlich nie in der Öffentlichkeit, das ist meinem Arzt-Über-Ich zu unangenehm.«

»Meinem nicht, leider«, sagte Tille. »Außerdem bin ich gerade unglücklich.«

»Warum?«

»Ach.«

Sie verfolgte, wie der Rauch, der aus ihrem Mund kam, sich in der Sonne ausbreitete und in Nichts auflöste. Sie hatte keine Lust, einem Mann zu erklären, worüber Frauen (Freundinnen) sich so alles in die Haare bekamen. Er würde es (zu Recht) nicht verstehen.

»Erzähl lieber du, warum du gestern unglücklich warst«, sagte Tille. »Das ist bestimmt viel interessanter.«

»Glaube ich nicht, aber na gut. Wegen meines Sohnes.«

»Du hast einen Sohn?« Warum hatte er den noch nie erwähnt?

»Ja, aber ich sehe ihn nur selten. Seine Mutter ist wieder nach Polen gezogen mit ihm, als wir uns getrennt hatten, da war er sechs. Tymon wohnt in Warschau, er arbeitet da bei einer Bank.«

Ihr Handy klingelte, ihr Vater. Tille drückte ihn weg.

»So groß ist er schon?«

»Siebenundzwanzig.«

»Dann bist du ja echt jung Vater geworden.«

»Mit vierundzwanzig. Ich fand mich sehr erwachsen damals.«

»Und mit siebenundzwanzig machen Söhne einen immer noch unglücklich? Meiner wird sechzehn im November, ich hatte gehofft, das legt sich bald wieder.«

»Wollen wir ein bisschen laufen? Richtung Elbe?«, fragte Adam.

Wahrscheinlich war es genau das, was sie brauchte. Immer geradeaus an einem Fluss entlanglaufen und sich vergewissern, dass ein so ausgeglichener Mann wie Adam auch nicht immer zufrieden war. Sie war ewig nicht mehr spazieren gegangen, außer über den Friedhof.

»Musst du nicht noch arbeiten?«, fragte Tille.

»Nein, keine Lust. Das Wetter ist so schön heute, und wenn es wirklich so heiß wird wie angekündigt, gehe ich das restliche Wochenende gar nicht mehr vor die Tür, nicht tagsüber.«

Sie spazierten bis Blankenese, während Tille Adam über das komplizierte Verhältnis zu seinem Sohn ausfragte. Dort am Strand aßen sie Fischbrötchen, dann liefen sie weiter bis zur S-Bahn. Als Adam alles gesagt hatte, was es zu Tymon zu sagen gab (und sie zu Jan), unterhielten sie sich über die Nutzlosigkeit der Ärztekammer, über die Schönheit der polnischen Ostseeküste und über den Erfolg der PiS-Partei. Adam war nachdenklich, klug und beredt, ohne welterklärerisch zu sein. Ganz am Ende kamen sie auf die Rolle der katholischen Kirche in Polen zu sprechen. Auf dem S-Bahnsteig stehend machte Adam den lispelnden Priester nach, in dessen Gemeinde er Messdiener gewesen war, und Tille stellte fest, dass er auch sehr lustig sein konnte. Das war eine (schöne) Überraschung.

Sie war müde, aber auf eine befriedigende, körperliche Art, als sie nach Hause kam. In der Küche stand Jan, eins sechsundachtzig groß und siebenundsechzig Kilo schwer, mit in den Nacken zurückgelegtem Kopf vor der offenen Kühlschranktür und schüttete Orangensaft direkt aus dem Tetra Pak in seinen Mund.

»Du sollst ein Glas nehmen«, sagte Tille.

»Lohnt nicht.« Jan schüttete weiter, bis es nur noch tröpfelte, dann stieß er donnernd auf. Er warf die Kühlschranktür zu und die leere Saftpackung in den Müll und setzte sich an den Küchentisch. Tille holte die Packung wieder raus, presste die Luft heraus, faltete sie klein und tat sie in den Gelben Müll, zusammen mit dem Deckel, der noch neben dem Kühlschrank lag.

»Hast du schon was gegessen?«, fragte Jan.

Er hatte dieses ganz leichte, irre Flackern in den Augen und diesen fast unsichtbaren, für Tille trotzdem unverkennbar angespannten Zug um den Mund, an dem sie ablesen konnte, dass er unterzuckert war.

»Haben wir noch Pizza?«

»Guck doch selbst«, sagte Tille.

Jan blieb sitzen. Als Adam von seinem Sohn erzählt hatte, waren ihr die Konflikte mit Jan angenehm harmlos vorgekommen. Jetzt fühlte sie sich schon wieder, als hätte sie ihm etwas angetan, das sie nicht würde wiedergutmachen können. Sie öffnete das Tiefkühlfach.

»Salami piccante oder speziale?«

»Beides.«

»Soll ich sie für dich in den Ofen tun?«

Jan nickte, flehentlich.

Zwanzig Minuten später sah sie ihm dabei zu, wie er abwechselnd von den Pizza-Achteln abbiss, die er in beiden Händen hielt, links Salami, rechts Salami mit Schinken. Nach den ersten vier Stücken war er so weit wiederhergestellt, dass er nur noch eine Hand zum Essen brauchte und dabei Fragen beantworten konnte.

»Müssen die Figuren in Computerspielen eigentlich auch mal was essen?«, fragte Tille.

»Kommt drauf an.«

»Worauf?«

»Auf das Spiel.« Jan nahm sich das nächste Stück. »Bei den ganzen Ego-Shootern muss man gar nichts essen. Bei den Story Games, wo man so eine richtige Geschichte von vorne bis hinten durchspielt, musst du was essen, jedenfalls bei den guten. Und in den Open-World-Spielen auch, da musst du sogar auch manchmal was trinken.«

»Sonst?«

»Sonst wirst du immer schwächer, und dann stirbst du.«

»Was sind denn Open-World-Spiele?«

»So Spielwelten, wo du eigentlich machen kannst, worauf du gerade Lust hast, Minecraft zum Beispiel.«

Von Minecraft hatte Tille schon mal gehört. »Und wo kriegt man das Essen her?«

»Ganz verschieden. Manchmal musst du dir das selbst besorgen, Beeren sammeln oder Kaninchen jagen und dann eine Suppe kochen oder so. Oder es gibt was zu kaufen. Und manchmal gibt es auch so was wie Restaurants, da kannst du dann essen gehen, wenn du genug Geld hast.«

»Sag mir lieber nicht, dass du jagen und kochen kannst.«

Jan grinste.

»Und wie ist das bei World of Warcraft?« Das war das einzige Computerspiel, dessen Name in Tilles aktivem Wortschatz vorkam. Nicht weil sie es kannte, sondern als Synonym für eine ihr durch und durch fremde Welt.

»Weiß nicht, mit Fantasy-Rollenspielen kenne ich mich nicht aus, die spiele ich nicht.«

»Und was spielst du am liebsten?«

»Die, wo man nicht jagen und kochen muss.« Jan rieb sich den Bauch. »Mann, bin ich fett.«

»Nachtisch?«

Tille holte zwei Becher Schokopudding und zwei Teelöffel.

»Und wenn du nicht spielst, sondern mit Hetti vor dem Computer sitzt, was genau macht ihr dann da?«

Jan gehörte schon lange zu einer Gruppe, in der er Programmiersprachen lernte, und seit letztem Herbst war auch Hetti dabei. Wenn sie in seinem Zimmer saßen, übten sie Programmieren oder trafen sich online mit den anderen, um mit ihrer Hilfe Neues zu lernen oder irgendwelche Computerprobleme zu lösen. So viel hatte Tille gestern Abend verstanden.

Mehr aber auch nicht.

»Kannst du mir das noch mal richtig erklären? Wozu ihr die braucht, diese Programmiersprachen?« Sie schlürfte Pudding und Industriesahne vom Löffel.

»Na ja, es ist so ähnlich wie bei einem Haus. Wenn du da reinwillst, ohne dass die Bewohner das merken, aber du hast keinen Schlüssel, musst du halt wissen, wie es gebaut ist, damit du weißt, wo vielleicht ein Schlupfloch ist.«

»Schlupfloch wofür?«

»So was wie ein nicht abschließbares Kellerfenster, durch das du vielleicht einsteigen kannst. Dafür musst du die Programmiersprachen können, aus denen die Software besteht. Wenn du die kannst, also wenn du weißt, wie Programme gebaut sind, kannst du irgendwann auch sehen, wo die Schlupflöcher sind, und so kommst du dann oft rein ins System.«

Erstaunlich, wie anschaulich Jan erklären konnte, aber Tille fragte lieber noch einmal nach.

»Du meinst, ihr lernt hacken?«

»Genau.« Jan leckte den Puddingdeckel ab.

»Und wie gut bist du?«

»Das willst du lieber nicht wissen.«

»Doch, unbedingt«, sagte Tille.

Sie fragte, Jan erklärte weiter. Ihr Vater rief schon wieder an, sie drückte ihn noch einmal weg. So viel hatte sie Jan ewig nicht mehr reden hören.

»Wenn ich wissen möchte, von wem eine schlechte Bewertung für meine Praxis stammt, könnt ihr so was auch rausfinden?«

»Was zahlst du?«

»Ich zahle in Pizza satt. Aber mal ernst, geht so was?«

»Puh.« Pause. »Hast du denn eine Ahnung, wer das war?«

Tille nickte.

»Und weißt du ein bisschen was über die Person? Was die so interessiert, wo die sich im Netz rumtreibt und so Sachen?«

Tille nickte.

»Hast du ihre E-Mail-Adresse?«

Tille nickte. »Es ist ein Mann. Ein Ex-Patient.«

Jan guckte wie seine Deutschlehrerin, wenn sie mal wieder fragwürdig fand, was Eltern alles von ihr erwarteten.

»Und ist das nur so ein kleiner Beef zwischen euch, oder was ist das Problem?«

»Er ist ein Riesenarschloch, ein richtig linkes, also rechtes Riesenarschloch.«

»Hm.« Pause. »Keine Ahnung, leicht ist das nicht. Das kann auch mal dauern.«

»Macht nichts, eilt nicht.«

»Aber dir ist schon klar, wie krass verboten das ist?«

Tille nickte.

»Ich überleg mal. Aber Mama?«

»Ja?«

»Nur wenn du dich mit Almut verträgst.«

Jan stellte sein Glas und das große Brett, auf dem die Pizzen gelegen hatten, in die Spüle. Den Pizzaroller und das zusammengeknüllte Küchenpapier ließ er liegen. »Du denkst immer, ich kriege nichts mit.«

Im Vorbeigehen huschte er einen Kuss auf ihren Kopf.

Tille holte sich ein Bier aus dem Kühlschrank. Es spülte den Kloß weg, der in ihrer Kehle steckte. Sie guckte in die Kastanie, deren Blätter gesund und grün aussahen. Nicht mehr lange, dann würden die ersten braunen Flecken auftauchen. Sie rief ihren Vater zurück und behauptete nach fünf Minuten: »Du, ich muss noch dringend eine Mail schreiben. Ich melde mich morgen noch mal, okay?«

Tille brauchte bis Samstagabend, um zu wissen, was sie Almut sagen wollte. Nach dem Essen klingelte sie bei ihr an der Tür, aber sie war nicht da. (Hetti auch nicht.) Das war blöd, fand Tille, die jetzt, wo sie sich dazu durchgerungen hatte, das Sichvertragen möglichst schnell hinter sich bringen wollte. Andererseits war es auch gut, dass Almut nicht trübsinnig alleine zu Hause saß, nicht nur für sie selbst, sondern auch für Tille: Eine Almut, die Lust hatte, auszugehen, konnte trotz allem nicht so weidwund sein, wie Tille es sich in ihren schlimmsten Visionen ausgemalt hatte. Vielleicht war sie viel robuster, als sie immer gedacht hatte?

Dann halt morgen.

Sie ging zeitig ins Bett und las lange, auf der Sommerdecke liegend, die Fenster und Türen weit geöffnet, um die Hitze des Tages durch die kühlere Nachtluft zu vertreiben. Als sie Sonntag aufwachte, war es erst acht, aber schon so warm, dass sie schwitzte. Um zehn vor zehn stand sie in einer langen Schlange vor dem Freibad, das um zehn öffnete. Normalerweise stellte Tille sich nirgendwo an. Wo man sich anstellen musste, wollte sie grundsätzlich nicht hinein. Diesmal hielt sie durch und lobte sich dafür, als sie ins funkelnde Chlorwasser eintauchte und zu schwimmen begann. Ein Tag, der wie ein Kindersommertag anfing, konnte kein ganz schlechter mehr werden. Auf dem Heimweg holte sie Brötchen. Gerade noch rechtzeitig, bevor die Mittagshitze alles niederdrückte, war sie wieder zu Hause. Sie weckte Jan und frühstückte mit ihm. Den Nachmittag vertrödelte und verdöste sie. Am frühen Abend ging sie noch mal zu Almut rüber, aber wieder war niemand zu Hause.

Sehr komisch.

Tille kehrte in ihre Wohnung zurück und bereitete das Abendessen vor. Als sie zwischen Knoblauchhacken und Speckschneiden aufs Handy guckte, hatte sie vierundzwanzig neue Nachrichten, alle in der Donnerstagsgruppe.

17:49 – »Hallo Ex-Freundinnen! Ich habe mich mit Morten ausgesprochen und vertragen, dabei habe ich gemerkt: Sich aussprechen und vertragen ist voll super. Das möchte ich mit euch auch unbedingt mal machen. Yeliz«

Tille lachte leise, als sie das las.

17:50 – »Vielleicht entschuldige ich mich sogar für einige Sachen, die ich gesagt habe.«

17:50 – »Aber nur, wenn ihr euch auch entschuldigt!«

17:57 – »Ich möchte das auch. LG Almut«

17:58 – »Hey, ich habe den ersten Schritt gemacht, ist sonst nicht so meine Art, geht auch mehr Begeisterung?«

18:06 – »Bitte entschuldige, liebe Yeliz, kann gerade nicht. Ich freue mich aber sehr, dass du dich gemeldet hast.«

18:07 – »Wieso kannst du gerade nicht? Du hast doch bekanntlich nichts zu tun.«

18:10 – »Scherz!!!!!!«

18:11 – »Bin unterwegs.«

18:11 – »Bei der Hitze?«

18:11 – »Bei Gunther.«

18:12 – »DER Gunther?«

18:15 – »Ja.«

18:15 – »???«

18:15 – »Almut, ich will ALLES wissen! Wann bist du wieder zu Hause?«

18:25 – »Erst morgen wahrscheinlich.«

18:25 – Drei Wow!-Smileys

18:28 – »Die letzte Nacht hat er bei mir verbracht.«

18:29 – »Hattet ihr etwa Sex? Habt ihr gerade Sex? Werdet ihr gleich Sex haben? Wie viel Sex wirst du morgen gehabt haben?«

18:32 – Ein Rotwerd-Smiley

18:34 – »Aber Freitag wollte er noch seine Steuererklärung machen! WTF?! Tille, sag doch auch mal was!«

18:26 – »Später. Muss jetzt Schluss machen. LGA«

18:28 – »Almut, Tille, morgen Abend treffen, 1930 bei mir? Ich besorge Sushi. Muss jetzt auch Schluss machen, muss schnell Gunther anmorsen, wo Almut nicht mehr verraten will, vielleicht ist er ja gesprächiger.« Zwinker-Smiley

18:29 – Daumen hoch. »Liebe Grüße von Gunther, er kann auch gerade nicht. Bis morgen, A.«

18:38 – »Tille? Wo steckst du? Bitte sag Ja!«

»Ja!«, schrieb Tille.

Es war zwanzig vor sieben und die Erleichterung war da, mit Verspätung, aber umso größer. Tille, die Emojis verachtete, überlegte nur kurz, dann schickte sie ein Herz hinterher.

Yeliz' Küchentisch war zu klein, behauptete sie, deshalb saßen sie an dem riesigen (natürlich von Morten gefertigten) Eichentisch, der im Wohnzimmer stand. Auf dem Esstisch standen auf großen Platten die Sushi. Tille und Almut betrachteten sie so ehrfürchtig, wie es ein Meisterwerk verdiente.

Da gab es die akkuraten dunkelgrünen Maki mit den pastellfarbenen Kernen, manche garniert mit einem knallpinken Geraspel. Es gab die Inside-out-Rollen, aus denen die verführerischsten Füllungen quollen, das Äußere gewälzt in orangem und grünem Fischrogen, Sesam oder Röstzwiebeln oder von irgendwas Geröstetem oder lindgrünen Blättern umhüllt. Es gab die klassisch-schlichten Nigiri mit dem dunkelrot marmorierten Thunfisch, dem glänzenden, hellorange-rosé gestreiften Lachs und den hauchzartrosafarbenen Garnelenschwänzen. Und es gab die neumodischen Nigiri, deren Sockel aus Klebereis von mal gebratenen, mal frittierten Knusprigkeiten gekrönt wurden, die von schmalen Algenblätterstreifen auf dem Reis gehalten wurden und verziert waren mit verschiedenfarbigen Toppings, schwarzem und weißem Sesam und winzigen grünen und dunkelroten Blättchen. Zwischen alledem gab es Hügel aus mattgelbem Ingwer und mintgrüne Wasabi-Tupfer.

»Reist deine Großfamilie heute auch noch an? Oder für wen ist das alles?«, erkundigte sich Tille.

»Habe ich zu viel bestellt?«, fragte Yeliz.

»Morten kommt doch bestimmt noch«, sagte Almut.

»Nein. Den habe ich gebeten, sich zu verabreden, der geht essen mit einem Freund.« Yeliz goss Wasser ein. »Wir wollten uns doch aussprechen.«

»Genau, wir müssen uns noch aussprechen.« Almut zeigte mit den Stäbchen auf eine Inside-out-Rolle. »Was ist das da Leckeres? Ente?«

»Ja, das müsste die Crispy Duck sein«, sagte Yeliz und legte ihre Stäbchen ab. »Wer will anfangen mit dem Aussprechen?«

Yeliz wollte offenbar nicht.

Almut wollte auch nicht.

Tille wollte essen.

»Sollen wir das nicht lieber wann anders machen? Wir haben uns doch schon vertragen. Reicht das nicht?«, sagte sie.

Als Yeliz ihr die Tür geöffnet hatte, hatten sie einander in die Arme genommen. »Tut mir leid«, hatte Tille ihr ins Ohr geflüstert. »Mir auch, bitte entschuldige«, hatte Yeliz zurückgeflüstert. Im Wohnzimmer hatte sich die Szene wiederholt, nur dass sich diesmal Tille und Almut in den Armen gelegen hatten, und zwar noch ein bisschen länger. Währenddessen hatte Yeliz die Sushi auf den Tisch gestellt.

»Ich gebe zu, ich bin auch ein bisschen hungrig«, sagte Almut. »Ich habe heute extra den ganzen Tag nichts gegessen, nur mittags ein wenig Obst.«

»Vielleicht klappt es ja auch mal spontan mit der Aussprache«, sagte Tille. »Und notfalls, wenn eine von uns merkt, dass sie das vorher braucht, machen wir halt doch noch mal einen extra Termin.«

»So was in der Art hat Morten auch vorgeschlagen.«

»Dass wir uns zum Reden verabreden sollen?«, fragte Almut.

»Dass wir uns zum Sex verabreden sollen.«

»Sex mit dir möchte ich aber noch weniger, als mich mit dir aussprechen müssen«, sagte Tille.

»Morten will sich mit mir zum Sex verabreden.«

»Oha«, fragte Tille. »Und? Machst du's?«

»Notfalls. Aber den Notfall haben wir Sonntag ja erst mal abgewendet.«

»Wirklich, das ist so wunderbar«, rief Almut. »Und wie habt ihr zwei das hinbekommen?«

»Almut, sie haben gevögelt«, sagte Tille.

»Und zwar – Achtung, kein Witz! – auf der Hobelbank.«

»Ach so.« Almut packte mit ihren Stäbchen ein Stück Maki-Rolle, tunkte es in die Sojasoße und sah fragend in die Runde. »Bitte entschuldigt, aber darf ich? Ich kann schon gar nicht mehr richtig denken.«

Sie schafften nicht mal die Hälfte.

»Ich pack dir was für Jan ein, okay? Für Hetti auch?«

Yeliz verschwand mit den restlichen Sushi in die Küche.

»Gleich erzählst du uns mal alles über Gunther und dich, okay?«, sagte Tille zu Almut. »Und hast du schon mitbekommen, was Hetti und Jan da machen, wenn sie in seinem Zimmer hocken?«

»Ja, hat Hetti mir Samstag gesagt.«

»Die knutschen echt nicht?« Yeliz war schon wieder da.

»Nein, sie machen eine Art Hobby-Hacker-Ausbildung oder so«, sagte Tille.

»Cool. Aber auch ein bisschen schade. Na ja, vielleicht ist Jan ja auch schwul.« Yeliz stapelte schmutzige Teller und Schälchen.

»Johann hatte seine erste Freundin auch erst mit achtzehn, das muss nichts bedeuten«, sagte Almut.

»Aber das wäre doch gar nicht schlimm«, meinte Tille. »Hauptsache, er ist glücklich. Wenn er doch nur endlich mal glücklich wäre.«

»Da hast du recht«, nickte Almut. »Und heutzutage ist das ja auch schon fast normal. Ich meine, man kann damit sogar Gesundheitsminister werden.«

»Aber er sieht doch gar nicht so unglücklich aus. Nur so normal unglücklich, so wie man mit fünfzehn eben aussieht«, sagte Yeliz.

»Almut, guck doch einfach mal ›Sex Education‹, läuft auf Netflix, da wirst du auf den allerneuesten Stand gebracht«, empfahl Tille. »Ich habe Jan übrigens gefragt, ob er rausfinden kann, ob das Riesenarschloch die schlechten Bewertungen für meine Praxis geschrieben hat.«

»Und wenn er das schafft?« Yeliz stand mit dem dreckigen Geschirr neben dem Esstisch.

»Ich weiß nicht. Ich will einfach wissen, ob er's war.«

»Apropos, das habe ich euch noch gar nicht erzählt«, sagte Almut. Yeliz, die endlich das Geschirr wegbringen wollte, blieb noch einmal stehen, um zu hören, was Almut zu berichten hatte. »Sigrun hat sich bei mir gemeldet. Sie hat den anderen Frauen gemailt, die sich wegen ihres Artikels gemeldet hatten, und hat ihnen ein Foto von deinem Frederik Vennemahn geschickt.«

»Wieso mein Frederik Vennemahn?«, fragte Tille.

»Und wenn, ist es auch Mortens Frederik«, fügte Yeliz hinzu. »Und irgendwie auch ein bisschen meiner. Und deiner natürlich erst recht, Almut.«

»Na, ihr wisst schon, was ich meine«, beschloss Almut, obwohl Tille keine Ahnung hatte, was sie meinte. »Jedenfalls haben die Frauen ihn alle erkannt. Mal hat er sich Fred genannt, wie bei mir und Sigrun, mal Freddy oder Frieder. Ich kann Tille verstehen, dass sie Bescheid wissen will. Wenn man mehr über ihn weiß, als er weiß, dass man weiß, fühlt man sich nicht so ausgeliefert, das macht es leichter.«

»Noch schöner wäre es, wenn man sich rächen könnte.«

»Oh ja«, stimmte Yeliz zu.

»Aber das geht nun mal nicht. Er hat nichts getan, wofür man ihn anzeigen könnte, und ihm auflauern und verprügeln–« Almut winkte ab.

»Du könntest seiner Frau schreiben, anonym.«

»Nein, das ist nicht mein Stil.«

»Und zu riskant«, befand Yeliz. »Wer weiß, wie er reagiert, wenn jemand versucht, seine Ehe zu zerstören.«

»Es bleibt nur, ihm die Meinung zu sagen, aber das würde bestimmt einfach an ihm abperlen. Das Einzige, womit man ihn wahrscheinlich treffen könnte, wäre, ihn zu beschämen. Aber ich wüsste nicht, wie«, bedauerte Almut.

Stimmt, dachte Tille, aber sie wusste auch nicht, wie.

»Tja«, sagte Yeliz und verließ mit den benutzten Tellern das Wohnzimmer Richtung Küche. Zehn Minuten lang hörte man von dort typische Küchengeräusche, das Scheppern beim Befüllen der Spülmaschine, das Rauschen des Wasserhahns, das Klappen von Schranktüren. Dann tauchte sie wieder auf mit einem Tablett, auf dem türkische Teegläser standen, randvoll mit dampfendem Çay.

»Gleich gibt es noch Künefe.«

»Was ist das, Künefe?«, fragte Almut.

»Der Himmel auf Erden, ungefähr zwanzigtausend Kalorien schwer. Aber jetzt muss ich euch erst mal erzählen, was ich mir eben überlegt habe.« Yeliz redete erst weiter, als sie das Tablett mit den sehr vollen Gläsern vorsichtig auf dem Tisch abgestellt hatte. »Ich habe eine Idee, wie wir uns an Vennemahn rächen könnten.«

Sie sah sehr zufrieden aus, fast begeistert.

»Und zwar eine richtig geile.«

Ein raffinierter Plan mit einfach belegten Broten

An einem Donnerstagabend Anfang November stand Yeliz mit frisch geschnittenen Haaren, perfekt geschminkt und in einem eleganten Jumpsuit im vorderen, hell erleuchteten Raum einer stadtbekannten Fotogalerie und tippte, während es draußen heftig zu schütten begann, eine WhatsApp: »Posten bezogen. ›Operation Schande‹ kann beginnen. Der Countdown läuft.«

»Ich weiß nicht, ob ich aushalte, nicht dabei zu sein«, schrieb Tille zurück.

»Viel Glück«, wünschte Almut.

»Danke, bis später«, antwortete Yeliz.

Dabei brauchte sie gar kein Glück. Sie musste es nur schaffen, sie selbst zu sein, das würde reichen. Sie nahm die Lesebrille ab und steckte das Handy in die Hosentasche ihres Jumpsuits.

Es war kurz nach sieben, und alles war restlos fertig vorbereitet, der Empfangsbereich samt Gästeliste, das Catering, die Beleuchtung, die Musik. Die Stehtische und das andere Mobiliar standen dort, wo sie hingehörten; alle Mitarbeiter wussten, was sie zu tun hatten.

Die Party konnte losgehen.

Die Party ging zwanzig Minuten zu früh los.

Schon um zehn nach sieben standen die ersten zwei Gäste vor der Tür, eine Frau und ein Mann, dabei begann der Einlass zur Benefiz-Veranstaltung »Photos for life« laut Einladung erst um halb acht. Aber Yeliz konnte schlecht so tun, als würde sie nicht sehen, wie die zu früh Gekommenen draußen im unwetterartigen Regen standen und durch das große Schaufenster sehnsüchtig ins warme, helle Trockene starrten. Sie wies den Türsteher an, die Tür zu öffnen.

An der Kleidung des Paares erkannte man, dass Mode im Leben der beiden eine zentrale Rolle spielte. Oben herum sah die Frau allerdings aus, als wäre sie frisch aus der Dusche gekommen. Yeliz winkte die Praktikantin herbei: »Gül, nimmst du der Dame bitte den Mantel ab?«

Die Dame hielt der Praktikantin ihren nassen Wollmantel hin und drehte sich zu ihrem Begleiter um. »Er hat geschworen, es würde trocken bleiben. Wir wollten eigentlich noch ein bisschen durchs Viertel laufen.«

»Lothar Weltlin, hallo.« Der Mann gab Yeliz die Hand. »Und das ist meine Frau Leslie. Danke, dass Sie uns reingelassen haben.«

»Sein zu großer Optimismus ist seine größte Schwäche, aber ich falle immer wieder darauf rein!« Leslie lachte perlend und schüttelte ihre zusammengefallene Frisur. Ein Tröpfchenschauer landete auf dem iPad mit der Gästeliste.

»Liebling, Achtung«, mahnte Lothar. »Ja, ich bin notorischer Optimist. Ich glaube auch daran, dass wir heute als Gewinner nach Hause gehen.«

»Leslie! Lothar! Immer die Ersten, immer die Nase vorn!« Gunther kam aus den hinteren Räumen der Galerie, wo Fotografien verschiedenster Art hingen. Manche waren groß und wurden einzeln gezeigt, manche waren klein und hingen in Gruppen. »Ihr habt euch schon miteinander bekannt gemacht?«

»Nur so halb«, sagte Yeliz. »Wir mussten erst mal die Folgen der Flutkatastrophe in den Griff bekommen.«

»Das ist Yeliz Bademli, Client Service Director, meine liebste Kollegin und größte Konkurrentin. Yeliz, das sind Leslie und Lothar Weltlin. Lothar ist Marketingchef bei Severion.«

Severion war ein Online-Verleih für Haute Couture und luxuriöse Designermode, dessen Umsatz sich verdreifacht hatte, seit man die angebotenen Kleider und Accessoires in den fünf größten Städten auch stundenweise leihen konnte. Die Leihstücke wurden von einem Severion-Fahrradkurier gebracht, der sie maximal eine Stunde später wieder mitnahm. Diesen Service nutzten vor allem sehr junge Frauen, die hofften, dass ihr nächster Instagram-Auftritt sie der erträumten Influencerinnen-Karriere (oder wenigstens dem Neid ihrer zweitausendeinhundertzweiundsechzig Followerinnen) einen Post näherbringen würde. Anfangs hatten die meisten Severion-Kundinnen verschwiegen, dass das Outfit, in dem sie sich präsentierten, geliehen war. Dann war die erste auf die Idee gekommen, ein Foto zu posten, auf dem sie mit dem überaus attraktiven Fahrradkurier zu sehen war. Seitdem trendete der Hashtag #severionboy. Mittlerweile wurden die Kuriere auch nach Aussehen eingestellt und mussten unterschreiben, dass sie mit den Kundinnen für Social-Media-Beiträge zu posen bereit waren.

»Freut mich«, sagte Yeliz. »Ich spiele nachher die Glücksfee und drücke Ihnen die Daumen, dass ich Sie ziehe. Es sind fantastische Sachen dabei. Und wenn nicht, haben Sie immerhin etwas für Ihr Karma getan, danke dafür.«

Lothar und Leslie Weltlin hatten wie (fast) alle anderen auf der Gästeliste fünfhundert Euro pro Person bezahlt, um mitfeiern und an der Verlosung der ausgestellten Fotos teilnehmen zu dürfen. Das in jedem November von Kelke & Kraus ausgerichtete Charity-Event »Photos for life« fand zum elften Mal statt. Es war im Laufe der Jahre zu einem der gesellschaftlichen Top-Ereignisse geworden, bei dem die Agentur ihren besten Kunden und den handverlesenen anderen Gästen aus Kultur, Politik, Medien und Wirtschaft bewies, dass Werber nicht nur dazu fähig waren, Produkte anzupreisen und Umsätze zu steigern. Nein, sie waren auch bereit, ihren Teil zur Weltverbesserung beizutragen.

»Ich komme gleich wieder«, sagte Yeliz zu einer der zwei Juniortexterinnen, die die Gästeliste führten. Bei »Photos for life« packten traditionell alle Agenturmitglieder mit an, von der Praktikantin bis zu den Chefs, um die Veranstaltungskosten (vor den Augen aller) zu minimieren und den Spendenerlös zu maximieren. Aus demselben Grund gab es immer nur Bier, einen mittelguten Winzersekt und Wasser. Dazu aß man die einfach belegten Brote, auf die sich angeblich alle immer wahnsinnig freuten, weil Zwiebelmett auf Krustenbrot und Kaltbacher mit Gürkchen auf Pumpernickel so eine wohltuend bodenständige und originelle Abwechslung zu all dem fancy Fingerfood war, das sonst zu derlei Anlässen gereicht wurde.

Bevor der Hauptschwung der Gäste eintraf, wollte Yeliz noch mal aufs Klo. Auf dem Weg dorthin kam sie an Leslie Weltlin vorbei. Leslie stand allein in dem Raum, in dem die Fotoserie von Sehun Altman ausgestellt war. Sie las gerade den kurzen Text, der neben dem Porträt einer jungen schwarzen Frau hing. Als sie Yeliz sah, zeigte sie auf das Bild und deutete ein Klatschen an.

»Bravo!«

»Ja, bravo, finde ich auch!«, rief Yeliz zurück.

Auf einmal war sie sehr aufgeregt. Ihr Herz pochte. Gleich war er da, der Augenblick, dem sie monatelang entgegengefiebert hatte.

Die Vorbereitungen für »Photos for life« begannen immer im Frühling, wenn sämtliche Mitarbeiterinnen und Mitarbeiter von Kelke & Kraus per Mehrheitsbeschluss eine gemeinnützige Organisation wählten, an die der Erlös der nächsten Veranstaltung gespendet werden sollte. Die auserwählte Organisation wurde dann gebeten, ein Motto zu formulieren, dem sich die nächste Fotoausstellung widmen sollte. Sobald das Motto vorlag, wurde es an die Werbefotografen weitergegeben, die sich bereit erklärt hatten, die gute Sache zu unterstützen, selbstverständlich ohne ein Honorar zu verlangen. Ihre Aufgabe war es, das Motto mit Unterstützung der Agentur fotografisch umzusetzen, wobei sie, was Motive, Stil, Umfang und Größe der Bilder anging, völlig frei waren. Die so entstandenen Fotos wurden nur ein einziges Mal abgezogen und am »Photo for Life«-Abend unter den gut zweihundert Gästen verlost. Je länger es die Veranstaltung gab, desto schillernder waren die Namen der teilnehmenden Fotografinnen und Fotografen geworden.

Vor den Toiletten musste Yeliz warten.

Sie waren beide besetzt, aber hinter den Türen war es vollkommen still. Man hörte nicht mal jemanden atmen. Yeliz guckte auf die Uhr, zwanzig nach sieben. Mein Gott, warum brauchten Frauen immer so lange, was taten die da in den Kabuffs? Endlich raschelte erst Klopapier, dann Kleidung, die Spülung spülte, und eine der Türen ging auf, es war Annabell.

»Hi Yeliz toll siehst du aus wollte ich dir noch sagen ich glaube das wird richtig gut heute hast du gesehen Maxi Sennkorn und Müller –«

Yeliz saß schon auf dem Klo.

»– die kommen auch na ja ich gehe dann mal zu meinem Einsatzort ich bin ja dieses Jahr beim Bier bis später.«

Dieses Jahr hatte sich die Agenturbelegschaft für einen Verein entschieden, der in Griechenland gestrandeten Flüchtlingen half. Das vom Verein vorgegebene Motto hatte »Wie viel darf Menschenwürde kosten?« gelautet. Mit Unterstützung eines Texters wurde es ziemlich frei und leicht kryptisch in »The value of dignity« übersetzt. Man brauche, erklärte man den Flüchtlingshelferinnen, ein international verständliches Motto, das etwas offener formuliert sei und damit mehr Spielraum für kreative Interpretationen ließe. Sieben Fotografen und Fotografinnen hatten sich beteiligt, darunter Undine Gorkow, die Grande Dame der Modefotografie und Hauptattraktion des Abends, sowie Sehun Altman, ein ausschließlich Rot tragender siebenundzwanzigjähriger Autodidakt, der in der Szene als Shootingstar galt.

Yeliz war eine der Ersten gewesen, die Sehun Altman einen Auftrag verschafft hatte, da war er nicht mal vierundzwanzig und noch fast unbekannt gewesen. Seitdem hatte sie einen besonderen Draht zu ihm. Sehun hatte sofort Nein gesagt, als Yeliz ihn Ende Juni angerufen und gebeten hatte, bei »Photos for life« mitzumachen. Der Fotograf war berüchtigt für seine Schroffheit.

»No way, you know, I love my job, aber ich hasse solche verlogenen Drecksveranstaltungen«, hatte er gesagt. »Kann ich nicht einfach direkt spenden? How much do you want me to give?« Sehun hatte seine Meinung geändert, nachdem Yeliz ihm den Plan und die Hintergründe erklärt hatte. »Okay, das ist was anderes, that sounds like really great fun.«

Vor dem Spiegel im Damenklo puderte Yeliz sich die Nase. Sie zog den Lippenstift nach, ihre BH-Träger zurecht und zupfte den Ausschnitt ihres Jumpsuits in Form. Er war dunkelblau. In Dunkelblau fühlte Yeliz sich immer ein bisschen wie eine Königin, unnahbar und überlegen. Das Dunkelblau-Gefühl brauchte sie heute Abend.

Sie betrachtete sich im Spiegel.

Sie sah gut aus, auf diese nicht mehr glatte, aber souveräne Art und Weise, auf die nur Frauen gut aussehen konnten, die nicht allein mit dem Verstand begriffen hatten, dass man sich auf Jugend und Schönheit nicht verlassen durfte. Ihr Herz klopfte schon weniger.

»Denk dran, du bist durch und durch Profi«, sagte sie unhörbar zu ihrem Spiegelbild. Dann kehrte sie zurück zum Eingang, um mit Gerrit, Gunther und Carl die Gäste willkommen zu heißen, die jetzt immer zahlreicher eintrafen, gut gekleidet und gut gelaunt, wie es sich gehörte, wenn man zu einem illustren Kreis gehörte. Die Räume der Galerie füllten sich mit Männern und Frauen und ihren mal jüngeren, mal älteren Stimmen, dunkel, hell, durchdringend, lieblich oder rau, mit Durcheinandergerede, Ausrufen, Monologen und Auflachen, mit dem Klirren von Glas und mit leisen, langsamen Beats. Die Musik würde erst laut und tanzbar werden, nachdem um neun Gerrits Rede samt anschließender Verlosung stattgefunden hatte. Dann würde auch das Deckenlicht ausgemacht werden und die richtige Party beginnen.

Um Viertel nach acht waren fast alle Gäste da.

Yeliz wurde wieder nervös.

Um kurz vor halb neun machte sie sich mit dem Gedanken vertraut, dass der ganze Aufwand womöglich völlig umsonst gewesen war.

Fuck.

Draußen näherte sich unter einem Regenschirm ein Mann im Dufflecoat. Kurz dachte sie, er wäre es, endlich, nur ohne seine Frau. Aber es war Professor Nagel. Nagel war ein kinderloser, unverheirateter Jugendfreund von Gerrits verstorbenem Vater, der von Gerrit bei jeder Gelegenheit eingeladen wurde.

»Guten Abend, Professor Nagel. Wie geht es Ihnen?«

»Wo ist Gerrit? Und wo soll ich meinen Mantel lassen und den hier?« Professor Nagel hielt ihr den Schirm hin, Yeliz ignorierte ihn.

»Kommen Sie«, sagte sie. »Ich zeige Ihnen die Garderobe, da finden Sie bestimmt auch Gerrit irgendwo.«

Als sie wieder zurückkam, war er da.

Er trat gerade durch die Tür.

Es hatte aufgehört zu regnen. Ihm folgte seine Ehefrau, die heute nicht missmutig wirkte wie damals im Mai auf der Straße vor dem Restaurant, als Yeliz sie das erste und letzte

Mal gesehen hatte, sondern argwöhnisch. Sie trug die hellblonden Haare in der Mitte gescheitelt und streng zurückgekämmt zu einem im Nacken angesetzten Pferdeschwanz. Während ihr Mann der Juniortexterin hinter dem Stehtisch seinen Nachnamen buchstabierte, knöpfte sie ihre Jacke auf und sondierte die Lage, so als sei sie seine Leibwächterin und dafür verantwortlich, potenzielle Gefahrenquellen zu identifizieren. Ihr Blick übersah Yeliz, blieb kurz an Gerrits dritter Frau hängen, die gerade über einen von Carls schlechten Witzen lachte, und verharrte etwas länger an den zwei blutjungen Models, die Sehun auf die Gästeliste hatte setzen lassen. Das hatte Yeliz ihm nicht abschlagen können nach dem, was er für sie (und die anderen) getan hatte und noch tun würde.

Yeliz straffte den Rücken und ging auf das Paar zu.

»Guten Abend. Ich glaube, wir kennen uns nicht. Yeliz Bademli von Kelke & Kraus. Herzlich willkommen.«

»Carola Vennemahn«, sagte Carola Vennemahn.

»Frederik Vennemahn, guten Abend«, sagte ihr schlanker Ehemann mit den grasgrünen Augen hinter der Hornbrille in einem Dreiteiler aus Tweed, ohne Krawatte, dafür mit Einstecktuch – Besitzer des Onlineshops fotovaszination.com, gewissenloser Verleumder, zahlungsunwilliger Querulant, feiger Lügner, hemmungsloser Betrüger, eiskalter Menschenverächter, widerwärtiges Riesenarschloch.

Yeliz strahlte ihn an.

»Ah, Herr Vennemahn, der renommierte Experte für zeitgenössische Fotokunst, herzlich willkommen!« Es war sonnenklar, warum Almut ihn anziehend gefunden hatte. Genauso klar war, dass sie selbst immun war gegen diesen Typ Mann. Sie hatte zu oft in Konferenzräumen vor ihm stehen und seine Geringschätzung an sich abperlen lassen müssen. »Wie wunderbar, Sie kennenzulernen. Wir freuen uns sehr, dass Sie unserer Einladung gefolgt sind!«

Vennemahn musste überrascht gewesen sein, als er die Einladung zu »Photos for life« in der Post gefunden hatte, nachdem dieses Ereignis zehn Jahre lang ohne ihn stattgefunden hatte. Er mochte ein tüchtiger Geschäftsmann sein, der gut Geld verdiente mit hochwertigen, hübsch gerahmten Abzügen von gefälligen Fotomotiven, wie sie sich Menschen mit mutlosem Geschmack übers Sofa oder hinter den Schreibtisch hängten. Ein renommierter Experte für zeitgenössische Fotokunst war er nicht. Und weil er auch sonst nichts Besonderes war, außer ein besonders großes Riesenarschloch, war keiner bei Kelke & Kraus je darauf gekommen, seinen Namen in die Excel-Tabelle einzutragen, die der netten Nadja als Datensatz für die zu verschickenden Einladungen diente.

Erst Yeliz hatte diese Idee gehabt.

Vielleicht war Vennemahn aber auch gar nicht überrascht gewesen. Vielleicht hatte er sich nur bestätigt gefühlt darin, dass ihm zustand, endlich dabei sein zu dürfen. (Gerade für Arschlöcher war dabei sein ja immer alles.) Jedenfalls hatte er exakt so reagiert, wie Yeliz es vorhergesagt hatte. Nur vier Tage, nachdem Nadja die Einladungen verschickt hatte, hatte er für sich und seine Frau zugesagt und die tausend Euro überwiesen.

Sehr viel Geld.

Nur ein Bruchteil dessen, was er Morten schuldete.

Die Praktikantin trabte mit Mantel und Jacke des Paares davon. Carola Vennemahn hielt sich mit beiden Händen am Arm ihres Mannes fest. (Oder hielt sie ihn fest?) Beide guckten sich auf die durchschaubare Weise um, auf die man sich umzugucken pflegt in Gesellschaften, in denen man niemanden kennt und nicht gekannt wird: offensichtlich neugierig, aber gleichzeitig bemüht gelangweilt, um ja nicht bedürftig zu wirken.

Prima, das machte die Sache noch viel einfacher.

»Ich bin gespannt, wie Ihnen unsere kleine Ausstellung gefällt.« Yeliz konnte überaus charmant sein, wenn sie wollte. »Darf ich Sie vielleicht ein bisschen herumführen?«

»Sehr gerne«, sagte Carola Vennemahn.

»Aber erst besorgen wir Ihnen etwas zu trinken. Ich muss nur schnell meinem Kollegen etwas sagen, bitte entschuldigen Sie mich drei Sekunden, ich bin gleich wieder da.«

Yeliz bahnte sich einen Weg zu Gunther, der mit dem Autofuzzi Markus Thies (Leiter Konzernkommunikation) ein launiges Männergespräch führte. Man trank Bier.

»Frau Bademli, Sie sehen wie immer blendend aus!«, jovialte Thies. »Ich habe gehört, die geniale Werbekampagne für die Babynahrung stammt von Ihnen?«

»Ja, die ist von unserem Team.« Konstantin hatte sich soeben zu den Männern gesellt.

»Genau, die habe ich durchgesetzt.« Yeliz warf Konstantin einen eisigen Blick zu. »Gegen die anfänglichen Zweifel so mancher Kollegen.«

»So muss es sein, genau so!« Autofuzzi Thies hielt Yeliz den hochgereckten Daumen seiner bierfreien Hand vor die Nase. »Man muss auch einfach mal mutig sein, dann hilft einem auch das Glück. Fortes fortuna adiuvat, mein Reden. Mich hat der Spot auch sehr angesprochen, ich weiß nicht, ob Sie mitbekommen haben, dass ich dieses Jahr Vater geworden bin, im Februar, Johanna heißt unsere Kleine, meine Frau hat sie vier Monate voll gestillt, aber –«

Dieser Typ Mann, der sich immer erst dann interessierte, wenn es ihn unmittelbar betraf, dann aber umso brennender.

»Verzeihen Sie, Herr Thies, ich habe leider gerade gar keine Zeit für Sie, vielleicht später.« Yeliz beugte sich zu Gunther vor. »Sie sind da, an der Tür. Kannst du Almut schreiben, dass alles nach Plan läuft?«

»Mache ich. Viel Glück!«, flüsterte Gunther zurück.

Im Eingangsraum hingen vier im typischen Gurkow-Stil

fotografierte, fast lebensgroße Ganzkörperporträts in Schwarz-Weiß von bezaubernden, traurigen Mädchen in verschiedenen, ebenfalls bezaubernden Kleidern, an denen übergroße, altmodische Preisschilder befestigt waren, sowohl an den Kleidern als auch an den Mädchen. Die Preise der Kleider bewegten sich zwischen dreihundertzwanzig und sechstausendzweihundert, die der Frauen zwischen hundertzwanzig und zweitausendzweihundert Euro. Die Fotos hießen schlicht »Madeleine« oder »Luisa«. Neben den Fotos auf der weißen Wand klebte in schwarzen Versalien die Frage: »Was ist zu teuer?«

»Das ist der Beitrag von Undine Gurkow«, sagte Yeliz. »Über die sensationellen Fotos hinaus hat sie nur den Titel zu ihrer Fotoserie beigesteuert. Jede weitere Erläuterung hat Frau Gurkow verweigert mit dem Hinweis, in ihrem Alter hätte man keine Zeit mehr, den Leuten das Denken abzunehmen.«

»Wie alt ist sie denn?«, fragte Carola Vennemahn.

»Sie ist gerade neunundachtzig geworden.«

Frederik Vennemahn nickte und schaute den blutjungen Models hinterher, die plaudernd und kichernd an ihnen vorbei- nach weiter hinten schlenderten.

»Inspirierend, nicht wahr?«, sagte Carola Vennemahn.

»Ja, sehr«, sagte Frederik Vennemahn.

»Und gleich sehen Sie die Fotos von Wolfgang Both.« Yeliz wies den Vennemahns mit dem Arm die Richtung und ließ sie vorgehen in den nächsten Raum.

Both hatte in den späten Siebzigern als Produktfotograf begonnen, war Anfang der Achtziger für dreizehn Monate mit einer koksabhängigen Zigmillionenerbin verheiratet gewesen und hatte sich dank dieser (zu seinem Bedauern per Ehevertrag geregelten) Verbindung auch als Promifotograf einen Namen gemacht, von dem er bis heute profitierte, insbesondere seit das Achtziger-Revival an Fahrt aufnahm und immer mehr Redaktionen wissen wollten, wie »Der Mann, der sie alle kannte« das

Lieblingsjahrzehnt der Deutschen erlebt hatte. Yeliz und Gunther hätten Wolfgang gerne ausgeredet, bei »Photos for life« mitzumachen, was Carl zu immer neuen Scherzen rund um das Verb »jemanden ausbooten« verleitet hatte. Aber Gerrit hatte ihnen das untersagt: »Lasst ihn mitspielen, solange er noch kann, es dauert ja nicht mehr lange. Er ist ein sehr kranker Mann.« Das Ergebnis waren über hundert Polaroids, auf denen man unterbelichtete, überquellende Aschenbecher und leere Rotweinflaschen sah. »Immer genug Nikotin und Alkohol ist meine persönliche Vorstellung von einem würdevollen Ende. Wenn euch die Botschaft nicht passt, denkt euch halt was Besseres aus, dafür seid ihr da«, hatte Wolfgang ins Telefon gehustet. Ihnen war nichts Besseres eingefallen, aber in Clustern an die Wand geklebt sahen die Polaroids fast aus wie Kunst. Das hatten die beiden Praktikantinnen gut hinbekommen.

Zum Glück hatte Wolfgang sich krankgemeldet.

»Herr Both kann heute Abend leider nicht anwesend sein«, erklärte Yeliz den Vennemahns. »Ich weiß nicht, wie gut Sie ihn kennen, er ist ja … so was wie der alte Rebell in der diesjährigen Runde. Dieses Fotoprojekt ist seine so provokante wie authentische Auseinandersetzung mit der Frage, inwieweit das Recht auf Rausch und Selbstzerstörung ein Menschenrecht ist und damit auch konstituierend für die Menschenwürde.«

Für eine stille Sekunde feierte Yeliz sich selbst. Sie hatte diesen hanebüchenen Scheiß tatsächlich lässig über die Lippen bekommen. Der Rest war ein Kinderspiel, die Kür nach der Pflicht.

»Interessant, oder?«, sagte Carola Vennemahn.

»Unbedingt«, sagte Frederik Vennemahn. »Sagen Sie, wo sind denn die Toiletten?«

Nee, dachte Yeliz, nicht das jetzt.

Auch Riesenarschlöcher mussten mal Pipi.

Sie hatte an alles gedacht, nur daran nicht.

Um zur Toilette zu gelangen, musste Vennemahn durch den Sehun-Altman-Raum, aber dorthin durfte sie ihn auf keinen Fall alleine gehen lassen. Er würde womöglich auf dem Absatz kehrtmachen, sich seine Ehefrau schnappen und unter einem Vorwand schnellstmöglich verschwinden. Mal abgesehen davon, dass die Zeit knapp wurde.

Noch eine Viertelstunde bis zu Gerrits Rede.

»Die Herrentoiletten werden gerade gereinigt.« Yeliz verzog bedauernd den Mund. »Deshalb musste ich mich eben kurz mit meinem Kollegen besprechen, einem Gast ist dort ein kleiner Unfall passiert, sehr unangenehm. Wenn Sie noch zehn Minuten warten können? Oder wenn es sehr dringend ist, vielleicht kann Ihre Frau Sie auf die Damentoilette –?«

»Nein, nein, geht schon.«

»Lassen Sie uns so lange die Fotos von Sehun Altman anschauen, er ist hier heute Abend. Vielleicht können wir sogar kurz mit ihm reden.«

»Das wäre ja großartig!«

Carola Vennemahn zog ihren Mann hinter Yeliz her. Sie durchquerten die nächste und kleinste Ausstellungsfläche, in der sich nur eine gute Handvoll Gäste aufhielt. Dort hingen Informationen zu der heute begünstigten Organisation aus, inklusive einer Fotoreportage aus einem der Flüchtlingslager, in denen der Verein half.

Dann standen sie im Raum mit den Fotos von Sehun Altman. Yeliz wurde ganz ruhig. Das war eine ihrer größten Stärken, dass sie immer dann am ruhigsten wurde, wenn sie am meisten Grund hatte, aufgeregt zu sein. Der Raum war voll, aber nicht ganz so voll wie die Räume, die sich näher am Büfett und den Getränken befanden. Man konnte sich mühelos zu den Fotos vorschlängeln.

»Kommen Sie, am besten stellen wir uns hierher.« Yeliz winkte die Vennemahns zu sich.

Carola Vennemahn drehte den Kopf und verschaffte sich einen Überblick über die ausgestellten Bilder. Sie wandte sich Yeliz zu, erwartungsvoll.

Frederik Vennemahn, immer noch im Klammergriff seiner Frau, regte sich nicht. Er starrte wie gebannt auf das Porträt, zu dem Yeliz sie gelotst hatte. Es zeigte das Schulterstück einer Frau mittleren Alters mit kinnlangen, aschblonden Locken, einer etwas zu kleinen, etwas zu knubbeligen Nase, beginnenden Hamsterbäckchen und runden, hellwachen, dunkelblauen Augen mit dichten Wimpern. Die Frau guckte keineswegs unfreundlich, aber selbstbewusst und ein bisschen spöttisch, und zwar dem Betrachter direkt in die Augen. Wie alle anderen porträtierten Personen im Raum trug sie ein weißes T-Shirt vor einem feuerroten Hintergrund.

»Wer ist das?«, fragte Frederik Vennemahn.

»Das weiß ich leider nicht«, sagte Yeliz.

Das ist meine Freundin, dachte sie.

Die, die du verklagt hast, weil sie ihre Sprechstundenhilfe gegen deine rassistischen Ausfälle verteidigt hat, und dann hast du auch noch angefangen, sie im Netz schlechtzumachen, anonym. Es war tatsächlich Vennemahn, der die gefälschten Bewertungen geschrieben hatte. Das hatten Hetti und Jan nach langen, illegalen Online-Recherchen herausgefunden. Dabei hatten ein gefakter Tinder-Account, ein vorgetäuschter Online-Flirt und eine per Phishing-Link installierte Spyware eine Rolle gespielt. Sie hatten noch viel mehr herausgefunden, unter anderem, dass er auch einen Grindr-Account besaß, gerne Hasskommentare auf Twitter schrieb und zwei weiteren Betrieben die Bezahlung verweigerte, aber mehr Details hatten sie nicht verraten. Das wäre, so Jan und Hetti, unvereinbar mit ihrer bereits arg strapazierten Hacker-Ehre.

Yeliz lächelte Vennemahn an.

»Ich weiß über die Menschen auf den Fotos auch nur, was

hier neben den Bildern über sie steht. Warten Sie, ich lese es Ihnen vor.« Sie tastete die Hosentaschen ihres Jumpsuits ab. »Oh, meine Lesebrille, ich habe sie nicht dabei.«

»Kenne ich, ich lass meine auch immer überall liegen.« Carola Vennemahn schob ihren Mann nach vorne zum Bild. »Frederik, lies du mal.«

Das mit der Brille war nicht vorgesehen. Es war noch viel besser, als Yeliz es jemals hätte planen können. Fortis fortuna adiuvat. Frederik Vennemahn näherte sich dem Texttäfelchen, als handele es sich um ein sehr haariges, tropisches Rieseninsekt. »Ich bin naiv, unver …«

Der Rest ging im Geplapper unter. Carola Vennemahn runzelte die Stirn und berührte ein Ohr.

»Frederik, lauter, sonst versteht man ja gar nichts.«

Vennemahn las so laut, dass er fast schrie.

»Ich bin unverschämt, unsensibel und inkompetent.«

»Und was hat das zu bedeuten?«, fragte Carola Vennemahn.

»Das erklärt uns Sehun am besten selbst.«

Yeliz winkte über die Köpfe der anderen Gäste hinweg dem Fotografen zu, der mit den beiden Models in der anderen Ecke des Raumes stand. Sie ging ein Stückchen weiter, die gut zwei Meter bis zum nächsten Foto. Es war das Porträt der jungen Frau, vor dem Leslie Weltlin vorhin noch allein gestanden und »Bravo!« gerufen hatte. Die junge Frau war höchstens Anfang zwanzig, ihre Haare waren zu einer kunstvollen Cornrow-Frisur geflochten, ihr Blick war sehr ernst, fast angriffslustig. Yeliz sah, wie Frederik Vennemahn kurz zögerte, bevor er seiner Frau (und ihr) zuschrie, was auf dem Texttäfelchen neben diesem Bild stand.

»Ich bin eine schmutzige Lügnerin, von der man sich besser nicht anfassen lässt.«

Carola Vennemahn guckte betreten.

Frederik Vennemahn kaute auf seiner Unterlippe, rieb sich

das Kinn und sah zwischen Tille und Ify Okafor hin und her. Sein Gesicht war wie eine Leinwand, auf der man den Film verfolgen konnte, der in seinem Kopf ablief. Zu sehen war erst Verwirrung, dann ungläubiges Staunen, dann Zweifel und Verunsicherung, dann beginnendes Begreifen.

Er drehte sich zu den anderen Fotos um.

Von der nächsten Wand lächelte ein gutmütig wirkender Mann mit wasserblauen Augen, schmalen Lippen und großer Nase im runden Gesicht und mit lichtem blondem Haar über der hohen, schon etwas faltigen Stirn. »Ich bin ein eierloser Polacke«, stand neben dem Porträt. Das wusste Yeliz auswendig, so wie sie alle Texte in diesem Raum auswendig kannte. »Eierloser Polacke«, so hatte Vennemahn Adam Blaszczykowski genannt, nachdem der ihn aus Tilles Praxis vor das Ärztehaus geleitet und, höflich, wie er nun mal war, seinen Namen genannt hatte, als das Riesenarschloch danach verlangte.

Neben Adam hing Sigrun mit den prallen Wangen und dem Doppelkinn, ihre grünen Augen blitzten höhnisch vergnügt, ihre rote Mähne hob sich kaum ab vom Hintergrund, auch ihre Lippen waren rot, genauso wie der lange Nagel ihres Mittelfingers, den sie dem Betrachter entgegenstreckte. Darauf hatte sie bestanden, obwohl das gegen Sehuns Bildkonzept verstieß, der eigentlich ausschließlich Köpfe und Schultern zeigen wollte. Aber wer verzichtete schon wegen eines Konzepts auf eine Frau, die bekannte: »Ich bin eine bemitleidenswerte, fette Schlampe.«

Das böse Erwachen in Vennemahns Gesicht wechselte ins Fassungslose. Er sah jetzt so aus wie die ärmsten Promi-Opfer von Versteckte-Kamera-Maestro Kurt Felix, kurz bevor der Showmaster sie erlöste. (›Verstehen Sie Spaß?‹ hatte Yeliz als Kind fast so gerne geguckt wie ›Wetten, dass ..?‹)

Statt Kurt Felix kam Sehun Altman.

Er begrüßte Yeliz mit Küsschen und die Vennemahns mit einer imperatorenhaften Geste. Sein eng geschnittener Anzug hatte das gleiche Rot wie der Hintergrund seiner Fotos, unter dem Zwei-Knopf-Sakko trug auch er ein weißes T-Shirt.

»Sehun, kannst du uns ein bisschen was erzählen?«

»Klar«, sagte Sehun. »Ihr habt bestimmt schon gesehen, die Fotoreihe heißt ›No shame but pride‹. Die Idee war: Ich fotografiere Menschen, die gedemütigt, beleidigt oder betrogen wurden. Wem so was passiert, schämt sich dafür, jedenfalls ganz oft, ich weiß das aus eigener Erfahrung.«

Carola Vennemahn nickte brav.

Frederik Vennemahn war erstarrt.

Sehun redete weiter.

»Aber die Leute hier, die zeigen sich stolz, sogar mit dem, was jemand zu ihnen gesagt hat, so stellen sie ihre Würde wieder her. Böse, beschämende Worte verschwinden nicht einfach, aber sie verlieren ihre Macht über uns, wenn wir sie zu unseren eigenen Worten machen und mit ihnen spielen. Wir zeigen, dass wir stärker als die Worte sind, dass sie uns vielleicht treffen, aber nicht vernichten können. Komm, ich zeige euch mein Lieblingsfoto.«

Es war fünf vor neun.

Sehun fasste den offenbar willensgelähmten Vennemahn am Arm und geleitete ihn zur dritten, gegenüberliegenden Wand. Carola Vennemahn stöckelte hinterher. Weiter links hing Morten (»Ich bin ein unzuverlässiger, raffgieriger Nichtskönner«). Es war ein tolles Porträt, Mortens schöne Augen bildeten den magischen Mittelpunkt, jede einzelne seiner vielen Lachfalten war messerscharf, Yeliz liebte es, aber Sehun blieb vor dem anderen stehen.

Almut sah schön aus, obwohl nichts geschönt war an ihr.

Obwohl man die zarten Linien auf ihrer blassen Stirn sah, die leichten Schlupflider, die schon weicher gewordenen Konturen ihres schmalen Gesichts, obwohl man ihren Hals erschlaffen sah und dass ihr Blond am Haaransatz ein Aschblond war, war sie schön. Der offene, etwas melancholische Ausdruck ihrer graublauen Augen war schön. Ihre gerade, zierliche Nase war schön. Ihr Mund mit der leicht vorgeschobenen Oberlippe und der Andeutung eines Lächelns war schön. Sie war schön, nicht nur weil sie eine ehemals wunderschöne (wie man so sagte), gut alternde Frau, sondern weil sie Almut war, ein Mensch, der liebte und sich wünschte, geliebt zu werden, der deshalb verletzlich war und sich traute, diese Verletzlichkeit zu zeigen.

»Ich bin alt und nicht mehr begehrenswert, deshalb kann man mich benutzen«, las Sehun laut. »Wow! Ist das nicht der Hammer, wie mutig sie ist? Und all die anderen? Welches fucking asshole behandelt andere Menschen so?«

Carola Vennemahn guckte pikiert.

»Wahnsinnig beeindruckend«, sagte Yeliz.

»Entschuldigung, aber ich muss jetzt wirklich mal –« Frederik Vennemahn hastete zur Tür, die zu den Toiletten führte.

»Meine Damen und Herren, wenn ich Sie kurz um Ihre Aufmerksamkeit bitten darf!«, tönte Gerrits vom Mikrofon leicht verzerrte Stimme aus einem anderen Raum.

Sehun sagte nichts, sondern zwinkerte Yeliz zu.

Er steckte sich eine Zigarette in den Mund, legte seinen beiden wirklich unverschämt hübschen, blutjungen Models die Arme um die Schultern, küsste sie und zog gackernd mit ihnen Richtung Ausgang.

Yeliz sah den drei jungen Männern nach.

Sie zog das Handy aus der Hosentasche.

Sie tippte eine Nachricht an Tille und Almut.

Dann eilte sie den anderen hinterher und drängelte sich nach vorne zu Gerrit, wo sie gleich, wenn er mit seiner kurzen Rede fertig war, die Gewinner des heutigen Abends ziehen würde. Sie war gespannt, welche Gäste heute Glück haben würden. Nur wer gleich die Fotoreihe von Sehun Altman gewinnen würde, die als Erstes verlost wurde, das wusste sie.

Schon sehr lange wusste sie das.

In Köstlichkeiten und Hoffnung schwelgen

Yeliz musste noch das Tepsi Böreği aus dem Ofen holen und in Stücke schneiden. Gunther mischte Korianderblätter unter den Mangosalat. Almut zupfte die Luftschlangen zurecht, mit denen sie die Lampen und den Tisch dekoriert hatte, und wechselte die fast heruntergebrannten Kerzen gegen neue aus. (Sie hatte lange gesucht, bis sie geschmackvolle Luftschlangen gefunden hatte.) Tille holte zwei Biere aus dem Kühlschrank, eins für Morten und eins für sich, und zeigte auf den etwas schiefen, zuckergussverzierten Kuchenkegel aus immer kleiner werdenden Teigringen, der auf der Arbeitsplatte stand. Im obersten, kleinsten Ring steckte eine dänische Flagge.

»Was ist das?«, fragte sie.

»Ein Kransekage, aus Marzipanteig. Der wird traditionell um Mitternacht gegessen«, sagte Morten.

»Und für jeden gibt es auch noch einen Berliner«, stellte Tille fest, vorwurfsvoll. »Aber wieso sechs? Erwartet ihr noch jemanden?«

»Morten isst auch zwei«, behauptete Yeliz.

»Ich höchstens einen halben, wenn überhaupt«, sagte Tille. »Ich muss abnehmen.«

»Aber doch nicht heute Abend.« Gunther streute gehackte Erdnüsse über den Mangosalat.

Almut zündete die Kerzen an. »Du sagst doch immer, deine Figur ist dir nicht so wichtig.«

»Pass auf, die Luftschlangen«, warnte Morten.

»Nicht ansatzweise so wichtig wie dir, aber ich habe gestern entdeckt, dass mein Bauch größer ist als meine Brüste.« Tille setzte sich. »Busen größer als Bauch ist meine Körperproportionsminimalanforderung. Bauch kleiner als Busen ist mein guter Vorsatz für das neue Jahr.«

»Alternativ käme auch eine Brustvergrößerung infrage.« Yeliz wusch das große Messer ab. »Almut, hast du ein Geschirrtuch für mich?«

»Beides scheiße«, befand Tille. »Aber wenn ich so sehe, was da vor mir auf dem Tisch steht, suche ich mir, glaube ich, doch lieber einen anderen guten Vorsatz.«

»Ich denke, wir sind jetzt so weit«, sagte Gunther.

Endlich setzten sich alle.

»Lække r!« Morten rieb sich die Hände.

»Kann mir mal jemand das Wasser geben, bitte?« Yeliz streckte den Arm nach der Wasserflasche aus. »Wer will noch?«

»Wow, das sieht toll aus«, sagte Gunther.

»Danke, dass wir bei dir feiern dürfen, Almut.« Tille nahm sich von den Börek. »Ich hätte euch ja auch in meine Küche gelassen, aber bei mir ist es halt nicht so gemütlich wie hier. Willst du auch?«

»Später«, sagte Yeliz. »Ich nehme erst mal was von deinem Nudelsalat.«

»Ich freue mich, dass ihr hier seid.« Auch Almut fand es bei sich viel gemütlicher als bei Tille, die sich zum Glück schnell hatte überzeugen lassen, das Silvester-Essen doch nicht bei sich zu veranstalten. »Ich hatte ja kaum Arbeit, ihr habt ja alle was mitgebracht. Oh, Sojasoße brauchen wir noch.«

»Ich hol schon.« Gunther küsste ihren Nacken.

Er macht Mangosalat, er weiß, wo die Sojasoße steht, er steht auf, um sie zu holen, dachte Almut. Nachher würde er mit ihr die Küche aufräumen, danach würde sie mit ihm schlafen, egal wie spät es war.

»Ich habe Partyhütchen besorgt«, sagte Tille.

»Nicht dein Ernst«, sagte Yeliz.

»Womit fang ich denn mal an?«, fragte Morten.

»Erst mal Prost!«, sagte Gunther. »Auf das alte Jahr!«

»Ja, auf dieses aufregende alte Jahr«, sagte Yeliz.

»Aufregend, allerdings, das war es«, sagte Almut. »Erzählt doch mal. Was war bei euch das Blödeste und was das Beste, was ihr dieses Jahr erlebt habt?« Sie liebte solche Runden, bei denen jeder etwas Persönliches preisgeben musste, sodass eine Atmosphäre der Zusammengehörigkeit entstand.

»Das Blödeste war das Null-zu-zwei gegen Pauli, das Beste das Drei-zu-null gegen Hannover«, sagte Morten.

»Ich dachte, das Beste, was dir passiert ist, war, als ich plötzlich in deiner Werkstatt stand«, sagte Yeliz.

»War doch klar, dass du irgendwann kommst«, sagte Morten und nahm sich von dem Lachs, den er mitgebracht hatte. »Das sind fyldte lakseruller, und das ist sild mit karrysalat«, erklärte er, ohne dass ihn jemand gefragt hätte. »Aber okay, als ich mich umdrehte, und du standst auf einmal da, das war das Zweitbeste.«

»Du lügst doch wie gedruckt, Morten«, sagte Tille. »Also, bei mir war Jan das Beste und das Blödeste.«

»Wie meinst du das?« Almut wusste ungefähr, was Tille meinte, aber sie zuckte immer noch jedes Mal innerlich zusammen, wenn Tille so über ihr Kind sprach.

»Er ist immer das Allerbeste in meinem Leben und genau deshalb immer mal wieder auch das Allerblödeste.«

»Blöder als das Riesenarschloch?«, fragte Yeliz.

»Klar. Das Riesenarschloch ist doch nur eins von einer Millionen Riesenarschlöchern. Der hat mich total gestresst, aber eigentlich ist er mir völlig egal.«

»Bei mir war das nicht so«, sagte Almut. »Für mich ist Vennemahn das Schlimmste, was mir letztes Jahr passiert ist. Und das Allerbeste ist –«

»Gunther!«, riefen Tille und Morten.

Yeliz verdrehte die Augen und seufzte ekstatisch. Gunther wollte sich die Augenbraue glattstreichen, aber Almut erwischte gerade noch rechtzeitig seine Hand. Sie streichelte sie hingebungsvoll, um nicht übergriffig, sondern zärtlich zu wirken.

»Ja, genau, Gunther.« Almut hatte sich vorgenommen, sich nicht mehr so beeindrucken zu lassen von Tilles und Yeliz' Witzen. »Und das ist wirklich kein Grund, sich lustig zu machen. Hast du eigentlich den Champagner kaltgestellt?«

»Klar«, sagte Yeliz, »im Null-Grad-Fach.«

»Darf ich?« Gunther entzog Almut vorsichtig seine Hand. »Reichst du mir mal bitte den Nudelsalat? Und diese Bratlinge da, was ist das noch?«

»Ispanaklı patates köftesi, aus Kartoffeln und Spinat.«

»Hm, ich hätte lieber die richtigen Frikadellen.«

»Geheimrezept von meiner Mutter.« Tille hielt ihm den Teller hin. »Und dein Highlight, Gunther?«

»Almut, Almut!«, riefen Yeliz und Morten.

Gunther lachte. »Nein, diese Frikadellen. Die sind echt gut, verrätst du mir das Geheimrezept?«

»Hela Hackfleisch Fertigwürzung«, sagte Tille, »mit Geschmacksverstärkergelinggarantie, original deutsche Siebzigerjahreküche. Und dein Tiefpunkt?«

»Einen Tiefpunkt hatte ich gar nicht so richtig, bei mir ist echt alles ziemlich gut gelaufen dieses Jahr.«

»Alter, weißer Mann, durch und durch zufrieden mit sich selbst«, sagte Yeliz.

»Yeliz«, sagte Almut.

Scherze auf Kosten eines fortgeschrittenen Alters mochte sie nicht. Erst recht, wenn es um den (jüngeren) Mann ging, in den sie verliebt war.

»So ein bisschen mehr Selbstzufriedenheit und dafür ein bisschen weniger Schwanken zwischen Selbsteuphorie und

Selbstzerknirschung würde dir ehrlich gesagt auch mal ganz guttun, Yeliz«, sagte Gunther. »Lass mich raten, dein blödestes und dein bestes Erlebnis war der gefloppte und dann doch nicht gefloppte Babybrei? Ah nee, dein allerschönster Augenblick war natürlich der, als die Autofuzzis Carl abgesägt und dich wieder zurückhaben wollten.«

»Nein, der schlimmste Augenblick war der, als Morten weg war. Und der mit Abstand allerbeste, als du verkündet hast, dass Carola Vennemahn gewonnen hat«, antwortete Yeliz.

»Ich dachte, als ich dich in der Werkstatt in den Arm genommen habe.« Morten nahm sich eine gefüllte Aubergine.

»Nö, war doch klar, dass du das tun würdest.«

»Oh, bitte, erzähl noch mal, Yeliz«, sagte Almut.

Sie hatte sich in den letzten sechs Wochen mehrmals den Verlauf des »Photos for life«-Abends schildern lassen. Sie wollte die Geschichte immer wieder hören. Vor allem von der Schlussszene konnte sie nicht genug bekommen.

»Na gut.« Yeliz legte das Besteck ab und faltete die Hände. »Speziell für die allerbeste aller Gastgeberinnen die zweihundertste Wiederholung. Alle anderen die Ohren zuhalten, bitte.«

»Ich höre auch gerne noch mal zu«, sagte Tille.

»Bitte noch mal ganz ausführlich«, sagte Almut.

»Also«, sagte Yeliz. »Ich bin dann, als Vennemahn in die Toilette gerannt ist, nach vorne zu Gerrit, und der ist nach seiner Rede runter vom Tisch, und Gunther und ich sind rauf, um die Verlosung zu machen. Und gerade als wir oben auf dem Tisch standen, kam Vennemahn wieder vom Klo, der stand ganz hinten mit seiner Frau und sah ziemlich unlustig aus. So, und dann hat Gunther verkündet, dass jetzt als Erstes die Sehun-Altman-Fotos verlost werden, und hat noch mal ein paar Sätze zu den Fotos gesagt, und da sah Vennemahn schon wieder aus, als würde er gleich kotzen. Tja, und dann habe ich die schicke Wim-Thoelke-Brille aufgesetzt und das erste Los aus der Losschüssel gezogen und hab's dem Leiter der Ziehung gegeben, nur dass Gunther kein Ministerialrat ist, sondern ein bravouröser Schauspieler. Ich habe schon gedacht, dass er seine Sache gut macht, aber dass er so spitzenmäßig lügen kann, hat mich dann doch ein bisschen verstört. Gunther, ich werde dir nie wieder vertrauen können.«

»Ich falte den Zettel auseinander –«, übernahm Gunther.

»Und zwar extra langsam«, ergänzte Yeliz.

An dieser Stelle wurde Almut immer ganz kribbelig.

»Und dann rufe ich: ›And the winner is!‹«, rief Gunther mit Oscarverleihungsstimme. »Und dann falte ich den Zettel ganz auseinander, und dann steht da: Leslie Weltlin.«

Das hatte er ihr noch nie erzählt.

»Ey Mann, das tat mir schon echt leid, die Weltlins um ihren Gewinn zu bringen, aber na ja, super Zweck, heilige Mittel oder wie das heißt. Ich also: ›Carola Vennemaaaaahn! Wo ist unsere erste Gewinnerin, Carola Vennemahn? Herzlichen Glückwunsch, Frau Vennemahn!‹«

»Er hätte eine Samstagabendshow verdient!«, sagte Yeliz.

Almut, erfüllt von Besitzerinnenstolz, legte ihre Hand auf Gunthers, der fortfuhr: »Und alle klatschen wie wild, und die Vennemahn winkt, und vor ihr machen die Leute Platz, und sie zieht ganz aufgeregt ihren arschigen Mann hinter sich her wie so einen Mehlsack.«

Yeliz: »Und dann reißt der sich los und haut ab.«

Gunther: »Ohne Erklärung, ohne Mantel, ohne Frau. Quetscht sich zum Ausgang durch und geht einfach. Und alle glotzen ihm hinterher, und die Türglocke bimmelt ganz laut, und Carola, die Arme, weiß gar nicht, was sie tun soll, die war total verwirrt und ist dann ganz schnell hinterher.«

Am nächsten Tag hatte er eine Mail in die Agentur geschickt mit der Mitteilung, seine Frau und er würden auf ihren Gewinn verzichten (mit der Bitte um eine Spendenquittung).

Mit freundlichen Grüßen, F. Vennemahn.

Almuts Porträt hing jetzt in ihrem Wohnzimmer.

Das von Morten hing in Yeliz' Büro.

Ify hatte ihres ihren Eltern geschenkt.

Das Foto von Tille hing in ihrer Küche. Daneben klebte ein Zettel, auf dem in Großbuchstaben (36 Punkt) gedruckt stand: »ICH SEHE ALLES, VOR ALLEM, WAS DU NICHT TUST, ZUM BEISPIEL WENN DU NICHT DEINEN MÜLL WEGWIRFST UND NICHT DEIN GESCHIRR IN DEN GESCHIRRSPÜLER STELLST. KÜSSCHEN, MAMA«

Wo Adam und Sigrun ihre hingehängt hatten, wusste Almut nicht, das musste sie noch mal fragen.

»Ich hatte echt Angst, dass ihr auffliegt«, sagte sie.

»Ach was«, sagte Yeliz wieder.

»Fortes fortuna adiuvat!«, proklamierte Gunther und sah Yeliz dabei tief in die Augen. »Wer bin ich?«

»Hör mir bloß auf mit Markus Thies. Es reicht, wenn ich mich ab nächster Woche wieder mit ihm beschäftigen muss. Der hat mich doch tatsächlich neulich gefragt, ob ich nicht kostenlos an Breigläser rankomme.«

»Wenn du dafür von ihm einen dElight bekommen würdest, wäre das doch ein fairer Deal.«

»Das wäre es, ja, ist aber leider nicht in Sicht.«

»Ich hätte gerne einen in Elfenbein«, seufzte Almut.

dElight hieß das neue Sportwagen-Modell, mit dem der Autokonzern, für den Gunthers und Yeliz' Agentur arbeitete, den Markt revolutionieren wollte. Gunther hatte ihr neulich (verbotenerweise) ein Bild gezeigt. Der dElight war ein kleines, fast zweihundertzwanzig Stundenkilometer schnelles Elektro-Cabrio im Sechzigerjahre-Stil, das in fünf cremigen Pastellfarben angeboten und gezielt als Statussymbol für die emanzipierte, überdurchschnittlich solvente Frau vermarktet werden sollte. Irgendeinem Manager, so hatte Gunther ihr erklärt, war plötzlich aufgefallen, dass es zum einen immer mehr sehr gut verdienende Frauen gab und dass andererseits gerade überdurchschnittlich gebildete und erfolgreiche Frauen besonders großen Wert auf umweltbewusstes Verhalten legten (und sei es aus Gründen des Distinktionsgewinns). Die Autofuzzis, wie Gunther sie immer nur nannte, hatten darauf bestanden, dass nicht Carl, sondern Yeliz die Markteinführungskampagne für den dElight entwerfen sollte.

Und Almut würde eines der drei Kampagnenmodels werden.

(Die anderen Models waren Ende zwanzig und vierzig.)

Almut beobachtete Tille, Yeliz, Gunther und Morten beim Essen, Reden und Lachen im heimeligen Schein der Kerzen und der zwei graublauen FlowerPot-Leuchten, so als gehörte sie nicht dazu, sondern als säße sie vor dem Fernseher und guckte eine dieser wunderbaren romantischen Komödien, in denen am Ende alle um einen Tisch saßen und aßen und redeten und lachten. Manchmal war auch die Wirklichkeit wie ein schöner Film. Ihr wurde auf einmal sehr warm ums Herz. (Hoffentlich keine Hitzewallung.)

»Almut, hallo? Träumst du?« Yeliz stupste sie an. »Weißt du, wie das Restaurant von Yannis' Eltern heißt?«

»Hm – nein, das habe ich schon wieder vergessen. Irgendwas mit H.« Hellas, Herakles, Helena? »Es ist in Eppendorf, das weiß ich noch.«

»Wo feiern denn die jungen Leute heute?«, fragte Morten.

»Bei irgendeinem Freund von Yannis«, sagte Tille. »Almut weiß bestimmt genau, wo und bei wem, ich aber nicht, ist mir nämlich völlig schnuppe. Alles, was mich interessiert, ist, dass mein Sohn auf einer Party ist statt vor seinem Computer. Vielleicht knutscht er ja sogar, wenn nicht dieses, dann bitte nächstes Jahr. Das wäre super, das wäre ein großer Fortschritt, für uns beide.«

»Mein nächstes Jahr wird auf jeden Fall großartig«, sagte Almut. »Ich werde Model, das ist so unglaublich. Aber meinen Buchladen-Job kündige ich trotzdem nicht.«

»Warum auch? Der macht dir doch Spaß«, sagte Morten.

»Eben«, sagte Almut. »Aber ihr habt ja auch so was Tolles vor. Wisst ihr schon, wann ihr fahrt?«

»Nein, Yeliz kann noch nicht absehen, wann sie wegkommt, wahrscheinlich erst Ende des Jahres.«

Zuerst hatte Yeliz es abgelehnt, wieder für den Autokonzern zu arbeiten. Sie hatte sich richtig laut mit Gerrit gestritten deshalb, hatte Gunther Almut erzählt. Aber am Ende hatten die beiden sich geeinigt. Yeliz würde die Kampagne machen und durfte dafür nach Abschluss des Projekts zwei Monate unbezahlten Urlaub nehmen.

Yeliz hatte im Kopf schon alles geplant. »Wir fliegen nach Istanbul und bleiben da erst mal eine Woche«, sagte sie. »Und dann leihen wir uns ein Auto und fahren nach Izmir und nach Alaçatı und von da an der Küste entlang nach Osten. Ich möchte auch unbedingt nach Marmaris und Ölüdeniz, die Strände da sollen traumhaft sein, und dann gucken wir mal, wohin es uns verschlägt. Ganz am Ende wollen wir aber auf jeden Fall eine Rundtour durch die anatolischen Berge machen.«

»Ach, ihr beiden, das wird so herrlich«, sagte Almut.

»Ja, das wird es«, sagte Morten.

»Wenn ich länger als zwei Wochen Urlaub machen könnte, würde ich mit Jan nach China fliegen«, sagte Tille. »Da will er schon hin, seit er das erste Mal ›Jim Knopf‹ gesehen hat.«

»Ich bin die Prinzessin Li Si, weil ich nicht will, mich finden nie sie!«, sang Almut. Sie guckte auf die Uhr, gleich zehn, gleich musste er kommen.

»In China gibt es so eine neue komische Krankheit, stand vorhin bei ›Spiegel Online‹«, sagte Gunther.

»Was für eine komische Krankheit?«, fragte Tille.

Gunther zog sein Handy aus der Hosentasche. »In der chinesischen Millionenstadt Wuhan sind knapp dreißig Menschen an einem rätselhaften Lungenleiden erkrankt«, las er vor.

»Noch so eine chinesische Millionenstadt, von der ich noch nie im Leben was gehört habe«, sagte Morten.

»Nicht über Krankheiten reden«, bat Yeliz.

Die Türklingel schellte.

Almut suchte Yeliz' Blick.

»Ich mache auf«, sagte die.

»Wer kommt denn jetzt noch?« Tille setzte sich eines der Partyhütchen auf, die sie mitgebracht hatte. »Gleich gibt's noch Tartufo-Eis, frisch von der Metro!«

»Tille, nimm das Ding ab«, empfahl Gunther.

»Wieso? Wollt ihr etwa keins?«

»Nein, danke«, sagte Almut. Die albernen Hütchen passten gar nicht zu ihren geschmackvollen Luftschlangen.

»Ich habe auch noch welche in anderen Farben«, sagte Tille, die mit dem Rücken zur Küchentür saß.

»Guten Abend!« Adam hob den großen Topf an, den er in den Händen hielt. »Barszcz czerwony z uszkami, Rote-Beete-Suppe mit gefüllten Teigtäschchen. Vielleicht als Mitternachtsmahl? Entschuldigung, dass ich nicht früher kommen konnte, und danke für die Einladung.«

Adam stellte den Topf auf den Herd und ging in den Flur zurück, um seine Jacke aufzuhängen und sich die Hände zu waschen. Tille saß da, auf dem Kopf ein rotes Partyhütchen mit weißen Punkten und blauem Pompon und im Gesicht jenes kühle Lächeln, das sie immer dann lächelte, wenn sie kurz davor war auszurasten.

»Ich schwöre«, flüsterte sie, »ich bringe euch alle um.«

Danke

Beim Schreiben dieses Romans haben mir zahlreiche Menschen geholfen. Manche haben mir ein paar Minuten ihrer Zeit geschenkt, andere ein oder drei Stunden oder sogar ganze Tage. Viele haben meine Fragen beantwortet, einige haben mir die richtigen Fragen gestellt, und ohne die, die fest und fraglos an mich und mein Vorhaben geglaubt haben, wäre dieses Buch sowieso nie erschienen. Ein paar haben mir großzügig mit ihrem beruflichen Fachwissen geholfen, andere haben mir sehr Persönliches anvertraut. Wieder andere haben ihre Kreativität, ihre Sprache oder ihre Menschenkenntnis mit mir geteilt.

Ohne euch und eure Unterstützung hätte diesem Buch etwas Wichtiges gefehlt, danke: Henry Akanno, Nicole Basel, Hendrikje Blandow-Schlegel, Isabel Bogdan, Sabine Cole, Güllüzar Gladasch, Christian Hoffmann, Anton Karnick, Ernestine Karnick, Christian Link-Eichhorn, Kerstin Oesterlin, Daniel Plötz, Stevie Schmiedel, Katharina Schmitz, Theo Schnelle de Lorenco, Alena Schröder, Paulina Smulko, Türkiz Talay, Vincent Weppner und Anne Woywod.

Mein ganz besonders großer Dank gilt meiner Verlegerin Barbara Laugwitz für ihr beherztes Vertrauen, meinen Lektorinnen Karoline Adler und Maike Kleihauer für ihren zugleich unbestechlichen und wohlwollenden Umgang mit meinem Manuskript und meinen Eigenheiten, meiner Agentin Barbara Wenner für Begeisterung, Beharrlichkeit und Beistand – sowie Christine Hohwieler, Merve Kayikci, Susann Pásztor, Maike Rasch, Claudia Schmidt und Barbara, mit denen ich schon ungezählte Stunden in Küchen saß: Ohne ihre Klugheit, ihren Witz, ihre Zuneigung, Solidarität und Lebenserfahrung wäre nicht nur diese Geschichte sehr viel ärmer, sondern vor allem meine Wirklichkeit.